作者像

文化生活叢書・藝文采風

相煎

華平　著
孝平　書

目次

第二集

第三集

內容提要

右心童左撇子伊卜拉西姆在養父嘔心瀝血的栽培下，在音樂與體育方面有很深的造詣，擁有了強健的體魄，並陶冶了一顆真善美的心靈，成了一位虔敬的伊斯蘭教徒。鑒於養父的病故，伊瑪目的弒戮，清真寺的焚毀，他擺脫了民團的追蹤，和教門吉偉兄妹一起為穆斯林赴省告狀。集賣藝募捐，匯打工苦力於身，節衣縮食為重建清真寺而籌措資金。他歷盡滄桑，以頑強的毅力和貪官污吏進行周旋，從而成長為伊斯蘭精英，穆斯林楷模。

邁哈德自少年始沾染了社會惡習，好逸惡勞，反以「大漢族」自居，組織民團，糾集烏合之眾，挑撥離間，製造回漢事端。在焚燒清真寺事件後，他為逃避上級追捕，由大後方獨自潛入敵占區雲龍城，賣身投靠日偽，從警察到警士，直到憲兵隊長，步步高升，節節榮耀。他草菅人命，殘害民眾令人髮指，以「無毒不丈夫」作其精神支柱，踩著別人的肩頭、骷髏，以「梯人」之術當作晉升發財的階梯。抗戰勝利，他逃脫了應有的懲罰，藉以時代的罅隙，乘國軍接管寧海市之際，冒名頂替革命軍人、地下工作者趙金庫，搖身一變，登上了警察局長的寶座，更加變本加厲施展其極卑劣的手段，非法強暴唐麗小姐，繼而攫取了匯來銀行經理的繼承權，卻把罪責轉嫁給正在經理家擔任鋼琴教師的胞弟，進行了慘絕人寰的迫害，假惡醜的靈魂暴露無遺。

尤素夫掩埋了老伴的屍體，沿路求乞，當腳夫，做小工，掃電車，最後也被引薦到匯來別墅當馬車夫兼花匠。他多想平平而過了卻終生，可是「樹欲靜而風不止」。

作品又同時塑造了一雙具有思維感染的孿生姐妹李華和唐麗倆新女性的形象。她倆出生於富賈李佩家，姐姐李華和伊卜拉西姆青梅竹馬，倆小無猜。妹妹唐麗呱呱墜地就過繼給姨夫——匯來銀行唐經理。姨媽毓平和白守義阿訇早年曾有過一段戀愛史，但由於民族和宗教信仰的差異，由於父輩的横加干涉，這一對有情人未能成為眷屬。然，愛情的種子在下一代生根、萌芽，緣分得到了延伸。故事讚頌了孿生姐妹對伊卜拉西姆忠貞不渝的情誼。雖然這一對情竇初開的少女在不同程度上遭到了邁哈德的摧殘和玷辱，然而這對孿生姑娘在「愛情」和「人性」上，付出了巨大的代價，竭盡全力幫助異族尤素夫父子仨，在「骨灰磚」舖砌的地下審訊室內，通過傳世珍品：御杯——犀龍杯彼此相認。但熱衷於官運，沉醉於女色財迷之中的邁哈德——高榮——趙局長，面視父親揮毫所書的曹植・子建的〈七步詩〉：煮豆燃豆萁，豆在釜中泣。本是同根生，相煎何太急？！最後手執大日本帝國賞賜的鬼頭牌指揮刀——屠刀的刀尖，以自己的血洗刷了他一生的罪孽而告終。

晨曦中的啟明星和蘇區銅幣上的五角星相互輝映。受盡殘迫、心田善良的伊卜拉西姆，失去了圓潤的嗓子，變成了啞巴。他手持錢幣和眾人踏著骨灰磚步出地下室，邁著堅定的步伐，迎著曙光昂首濶步而前……

小說且從側面記述了佛教和伊斯蘭教，伊斯蘭教和耶穌教之間的和平宗旨，從而折射出世界三大宗教之「教緣」所在。

主要人物簡介

尤素夫（回族）：五十開外的馬車夫兼花匠。

邁哈德（回族）：警察局長，尤氏大兒子。

伊卜拉西姆（回族）：鋼琴教師，尤氏小兒子。

李華（漢族）：醫學院女大學生。

唐麗（漢族）：音學院女大學生，李華的孿生妹妹。

白守義（回族）：阿訇，伊卜拉西姆的養父。

毓芬：外科醫生，孿生姐妹之生母。

劉伊瑪目（哈薩克）：清真寺教長。

李宗：學生，李華同父異母之兄。

李佩：北方商賈，毓芬之夫。

吉偉（維吾爾）：電車駕駛員。

朱金榮：唐公館總管。

毓平：唐公館女主人，毓芬之妹。

錢明遠：警備司令之子。

尤妻（烏茲別克）：尤素夫之妻。

興泉：黃包車夫。

娜英（維吾爾）：農村姑娘，吉偉之妹。

馬忠順（回族）：馬復興菜館主人。

日野（日）：日本軍官。

趙金庫（滿族）：日本翻譯，地下工作者。

阪川（日）：日本憲兵司令。

楊老闆（吉爾吉斯）：穆斯林飯店主人，馬老闆之師弟。

李克洛（美）：醫學院教授。

唐經理：匯來銀行經理，唐公館主人，毓平之夫。

金剛：刑警隊長。

過秘書：警察局秘書。

苦行僧：惠靈。

引子

帶血的一雙光腳拖著沉重的鐵鐐，艱難地在泥濘的小道上挪步，發出「哐啷」的金屬碰擊聲。

它爬上雜草叢生的土垢；

淌過水流潺潺的小溪；

穿過綠草如茵的草坪；

路經百花吐艷的坡坂；

走上五顏六色的卵石舖砌的小徑；

在小方瓷磚砌成的乳白色臺階前停住了，黑影落在潔白的地面，手銬腳鐐的影子在晃動……

用骨灰磚築成的地下審訊室大門緩慢向兩側移開，霧氣迷濛，陰寒逼人。

一個粗獷的聲音：「啞巴，伊卜拉西姆！」

年輕囚犯緊閉雙目踉蹌向下。

「我們已是老對手了，你最狡猾也逃不出我趙某手心，睜開眼瞧瞧吧！」

囚犯怒目相向，宛如兩道閃光瞪著趙某，昂然往下走……

趙：「你腳下的每一級臺階都是用骨灰磚鋪砌的，想當初磚的主人和你一樣，都是不可一世的人才俊傑，可在我的刑具面前沒一個能生還，唯識時務者例外。」

囚犯在最後一臺階踩空栽倒於地。

趙：「這最後臺階得用你──伊卜拉西姆的骨灰磚墊補。來人，加『溫』！」

囚犯被彪形大漢挾制懸空倒吊著。

皮鞭抽打聲和嘶啞叫喊聲在室內迴旋。

一張自供狀被殷血染紅。

刑警隊長金剛又一陣鞭撻。

趙局長上前做了個手勢，金剛才停手。

暈厥過去的伊卜拉西姆被放倒在地。

金剛用冷水潑去。

局長阻攔不及怒罵：「混蛋！我不要他醒。」說畢氣沖沖地把那狀紙塞給隊長轉身便走。

隊長愣了愣，俯身抓起囚犯的手指往印缸裏按……

囚犯醒來掙脫並拄撐著坐起來。

隊長冷冷地：「你早該認了，來，按上手印不結了。」說罷把紙推了過去。

「伊卜拉西姆，又名拉西姆，二十二歲，青銅縣人氏，係回族。犯有謀財害命罪，潛逃拒捕罪，行凶殺人罪……」囚犯見紙啞然無聲，面對刑具，忍劇痛捂傷痕站立起來直逼對方。

隊長膽怯後退，失落的紙被囚犯踩於足下，落上一隻腳印。

局長復入見紙上的腳印怒不可遏，對準囚犯一腳：「我要的是手印，不是腳印……」並撩起刺著「雙龍戲珠圖」的手臂揪住囚犯的頭髮，「現在你該認識我了吧！」

囚犯忍無可忍，耐無可耐，豁出性命猛撞過去。

局長打了個趔趄後退幾步，惱差成怒地抓起臺上的硯蓋擊中對方頭部。

囚犯前俯後仰失控又倒下。

局長即揮手：「還遲疑什麼？快！」

金剛一個箭步捉住其手往印泥缸摋去，突然驚呼：「趙局長，他……他的大姆指肉咬掉了。」

局長眉頭一皺計上心來，踩著腳下那塊鬆動的骨灰磚，不緊不慢地說：「好啊，了不起，穆斯林好漢。你既能咬下自已的肉，那你也吞得下別人的骨。我倒要看看你的能耐。」他取過日本鬼頭牌指揮刀插入骨灰磚磚縫，「給我啃下去，否則——」

馬車夫兼花匠尤素夫老人打斷說：「這使不得，這是違反天意的，任何有良心的人都不會這樣做，這豈不成了吃死人不吐骨頭了嗎？」

局長呲裂地咆哮：「嘿，這種人豈止死人骨頭！」

囚犯晃著爬起來抖動禁錮的手銬腳鐐，抬頭蔑視。

局長會意地命金剛打開腳鐐讓他蹲下「表演」。

囚犯雙手按住刀柄向下摋，右腳踩著刀面，從容地撬出骨灰磚並豎直於地。他忍痛跪地深吻骨灰磚……

霧氣中隱現教父白守義阿訇：「伊卜拉西姆，這是罪孽！」

囚犯放下磚雙手交臂前胸，欲言無聲痛苦地搖搖頭。

白阿訇：「你要想想含冤於九泉之下的人。」

從囚犯眉尖的褶皺中，彷彿看到含冤於九泉下的英靈，彷彿聽到他們發自肺腑的吶喊和呼救：

席子左手捂住流血的下頜，右手指著高榮切齒地：「伊卜拉西姆，我上了他的當！」

奶奶頸上套著絞索慷慨陳詞：「伊卜拉西姆是個孤兒，我願用這把老頭骨替他抵命！」

劉伊瑪目左手湊著心口流下的血，右手舉劍挑去脫斯他（白頭巾），豎起一對銅鈴般的眼球，緊咬唇鬚：「小人，逆徒！無耻——」

李佩捂住帶血的腦殼，跌倒在錢箱旁：「高榮搶我的血汗——

錢！」

李宗被劍刺穿腹部釘在門板上，一隻眼鏡腳掛在耳根上咬牙喊：「強盜！」

興泉小腿上鮮血淋漓，拖步在雪地上拉著人力車，鮮血灑街……

娜英捂住眼睛，血外溢者，雙膝跪地：「主啊，我是虔敬的穆斯林，為什麼讓他的罪孽得逞？我──」

趙翻譯官的頸部被高榮用毛巾勒絞著：「無──恥──之──徒──」

唐經理、錢明遠噁心嘔吐不已，無聲地喊：「毒……毒酒。」

懸吊在樑間的朱總管屍體在擺動著：「太太小姐，這是一個精心策劃的陰謀！」

……

邦克樓上的誦經聲由遠及近……

白守義在喚叫：「我的孩子，真主在呼喚，還猶豫什麼？」

伊卜拉西姆站了起來深吸口氣，看看骨灰磚後用憤怒的雙眼虎視眈眈地盯著局長，竭盡全力飛起左腳踢出那骨灰磚，命中局長前額，血濺磚上。而囚犯的腳上也血流如注……

這塊鐫有「趙氏金庫」的骨灰磚上，一頭是局長的污濁的瘀血；另一頭則是囚犯殷紅的鮮血。雖經數年的變遷，但顏色始終如一。

說來稱奇讚怪，骨灰磚的主人係革命軍人打入敵偽的翻譯官趙氏金庫竟然與局長同姓而同名；再則磚上面所染血的局長血型且與囚犯伊卜拉西姆同屬「O」型。

列位，世間哪有如此巧合？莫非真主、玉皇、上帝安排不成？

欲知真諦，務請閱覽。本書將續集、續章、續節為您解密，為您尋繹。

第一集

第一章

一　開齋節上的邂逅和重託

斯年希吉拉曆九月是伊斯蘭的兩大節日之一，《古蘭經》上稱之為開齋節，俗稱肉孜節。穆斯林們都換上整潔的服裝，男的戴上白色或黑色或繡花的禮拜帽；女的頂著白色或黑色的頭巾，網著絲織物的面紗。他們中間有黃髮垂髫，有的趕車，有的步行，有的騎馬，有的坐獨輪車，其中最打眼的還是一些衣衫襤褸的難民，他們從草坪的四面八方擁向高聳雲端的古老的伊斯坦堡式清真寺。

大寺座落在依山傍水的青銅縣城西南隅，四周碧綠地毯似的大草坪，成環形，足以容納上千人。平時是孩子們的天地，什麼嬉耍啦，摔跤啦，踢球啦，打拳啦等等。可到節日期間，卻別又一番天地，環形草坪的外圍別開生面，成了「巴扎」（集市）的場地：小商小販和手工業者的交易場所。

販子們的吆喝，牲畜的嘶叫，家禽的啼鳴，鳥兒的歡躍，成了節日和集市的前奏。烤羊肉、燒牛肉及炸油香的味兒渾雜於空氣中，噴香撲鼻。車來人往熱鬧非凡，一派節日的氣氛。

位於古剎西南角上，一個腰子形的大池塘，說是池塘可也不小，占地面積不亞於寺院建築群的大小，這裡終年是孩子的極樂世界，伴隨歡樂的童聲，一只小型足球從空中拋落，經人群腳邊直滾到一個十歲左右的小男孩腳旁。他穿一雙開了口的小布鞋，一身補丁壓補丁的外套，一頂白裡泛黃的穆斯林禮拜帽，一眼觀之，他是個茁壯的回回民族少年，胖敦敦的逼人喜愛。即使由於過度的勞累和飢餓，臉上塗上了一層枯黃色，但不是一種病態，絕不是。寬額下一雙灰色的瞳人中充滿著恐懼和膽怯的神情，同時深藏著些什麼內在的東西：這是一般被壓抑著的過剩精力，這能量自幼就蘊藏著……當他第一次接觸到好似由天而降的玩意兒——足球時，快活得不知所措，好奇地蹲了下去，摸著那黑白色塊，是抱起它，還是踢它呢？當然是捨不得用腳踢囉。他躊躇一下，最後抱起球就跑。一群踢球的孩子蜂擁而至，互相爭奪著，追逐著……

「當心！伊卜拉西姆。」憔悴而善良的母親瞧著愛子的背影不安地叫著。身後的是她的丈夫，也侷促地呼叫不迭。這位古董商人叫尤素夫，擅長牧馬養花。中等偏上的身材，四十開外，雖經水澇落難於此，而精神並不頹唐，相反地他矍鑠充滿生機。在那棕色的挺直的八字鬍鬚下，掛著一綹羊鬍子。從削瘦的雙頰和額上的皺紋，顯而易見，他是一個虔誠的飽經風霜的穆斯林。那篤厚質樸，溫文爾雅的性格特徵就會在你眼前油然而生。他著一件衣縫已開裂脫線的舊馬褲呢長衫，外罩緞子黑馬褂，黑得發亮。腰繫一只代表他職業的標誌——犀龍杯，戴一頂已經用了二十多年的褪色禮帽，雖說舊了一點，但並不破，因為主人每逢過年過節才用上一次。今天適逢開齋節，把它套在禮拜帽外面。棕褐色的鬢髮剛染白霜，刻著幾條皺紋的前額，一對劍眉下閃爍著一雙深邃的棕褐色眸子，它老是直勾勾地凝視前方，從不斜視，這也許是他數十年來鑒賞古董文物而所致，或許在私塾背誦詩經時所養成的一種習慣，當然也不排斥他內涵性格的一種外延。他的人生哲學用他自己的語言來表達，「能忍則安，知足常樂」。可是他偏偏忘了天災人禍這外因，因此他的一生是坎坷的，事違人願，不是嗎？黃河的泛濫使他無家可歸，命運把其拋落到異鄉客地。

尤素夫攙扶著家眷沿著走廊步入教長室，面對內房的氈簾，語調淒然地說：「白阿訇，今天是肉孜節，又是我孩子的生日，託主的福，讓我們這些難民飽餐一頓。唉，白阿訇，我想託付您，關於這個——」他指著窗外奔跑的伊卜拉西姆，又回首勸慰抽泣的內人繼續說，「這是我唯一的孩子了，只因他媽身患重病，我已身無分文無法照料他，為求一生路，想請您收留他，給上一口殘羹剩飯吧……」

大淨（沐浴）的守義阿訇吐掉口中的水，凝視窗外的男孩沉思片刻後，視線移向房內，彬彬有禮地回答：「老表，你既然信得過我就把他留下吧。」

尤素夫夫婦雙手交臂前胸像對著崇拜偶像一樣微微欠身：「給您添麻煩了，讓主賜福於恩人。」他千恩萬謝後從腰間取下一隻小巧玲瓏的犀龍杯。它用亞洲犀牛角製成，高38mm，杯口直徑30mm，底部直徑20mm，別小看它，這是一件精美絕倫的清代康熙年間的皇家工藝品。它的造型奇特別致又典雅，尤其是它的底部，一幀雙龍戲珠的浮雕。寶珠已不復存在，真正令人歎為觀之，唉——然而游龍的活靈活現仍栩栩如生，躍然杯底。杯子的外側刻著「中華民國八年八月二十八日伊卜拉西姆」的篆體字。顯然這是現在的主人後添的。他雙手奉獻翼翼小心地放置於臺上，「白阿訇，這是我最後一件古玩，它凝聚著伊斯蘭教和佛教的教緣。上面鐫刻的『龍』既是御用的標誌，又正是孩子的生肖，同時也是我望子成龍的徵兆，請您代為——」停了好大一會兒才道出告別詞語，「色倆目（伊斯蘭教徒相互祝安和問候）。」

看看北窗外活躍在草地的孩子，瞧瞧撇下兒子惘然離去的尤氏夫婦背影，怎不叫人心酸悲憤：為什麼命運總是折騰好人？他們背井離鄉何處覓源頭？又何日再來共聚天倫？

仲夏是個多雨季節。縣城的北部緊挨黃河，此刻再不是前些日子撩起褲腿就能淌過的淺灘澤地了，而是白浪翻滔，水流湍急。因而調節了暑氣，給大陸性氣候的城廓帶來了涼爽恬暢的夏日。在這民族雜居的區域，猶如大家庭的縮影，除漢民族而外，大部分都是信奉伊斯蘭教的少數民族，如維吾爾、哈薩克、塔吉克、塔塔爾、烏茲別克、吉爾吉斯、撒拉、東鄉以及占多數的回族和少量的保安族。凡遇民族節日之際，市容便整頓更新，一番狂歡的景象非筆墨所傾描，那偌大清真寺的周圍不說即知，竟是人山人海，大門口漢白玉的石階前水洩不通。唯獨草坪邊緣的池沼旁，密度比較稀疏，孩子們的足球比賽在這裡緊張地角逐著。

拋出界外的足球仍挾在伊卜拉西姆掖下，小運動員拚命追趕著。一個戴維族繡花帽的男孩，他穿著父親的衣服，滿身都是一年四季開「花」，被樹叉扯破的布條在飄動著，上裝幾乎拖到膝蓋，類似大衣，撩開上衣，褲襠下墜，像個口袋似的垂得很低。毛了邊的褲腳管在塵埃中拖沓，帽子蓋住了他的前額和眉毛，上面的刺繡只留下了線痕。一雙大靴中放著他唯一的寶貝玩具——哥薩克小刀。他有一個習慣性的動作，即單鳳眼在瞇成一線之間，小刀便甩出了手，可得心應手的。

「小兄弟把球踢給我。」

伊卜拉西姆遲疑片刻，後退數步猛力提足——有生以來的第一腳球。破鞋和球同時拋向空中，不偏不斜落到小剃頭匠高榮的頭上。說他小剃頭不過是個外號，二十冒頭的青年，修長的馬臉，黃裡帶黑，高凸的顴骨向外鼓起。剃頭是掛名招牌，「三隻手」才是正式行當，他邊罵邊放下手中的「瞇眼顧客」——李宗去揀球：「他媽的，今天開市不利，竟敢老虎頭上拍蒼蠅。」邊說邊用食指與中指一般長的右手摸摸自己斑禿的頭顱衝了出去。此刻小球員們卻步不前，眼看一場麻煩由此而生了。

小足球不聽高榮使喚，經他的手中滑出，向池塘滾去，水花濺在正蹲在跳板上洗衣淘米的兩個小姑娘身上。她倆用衣角和手背抹去臉龐上的水珠，露出天真無邪的笑臉。

一會兒少年們都湧到池畔，圍著伊卜拉西姆咒罵不絕，並逼其下水撈球，他一籌莫展，眼巴巴地望著池中漂去的球……李華和娜英側著身子用棒槌觸球，向彼岸推去。可因太短，但還是躍躍欲試。高榮和李宗冒了火，扯著嗓子同聲叫嚷：「小李華，妹妹，別動，讓這小子下水去取！」

眾少年有的附和，也有的緘默無言地看熱鬧。伊卜拉西姆拾起光腳底下的碎磚向池中的球擲去，以求從對岸取球，可心慌意亂用力過猛，磚片貼著水面啪啪啪直飛，正削到小李華頭上。她捂著傷口，血順著眉尖往下淌。小娜英見狀急忙調轉身把小姐妹扶上了灘頭。

瞇眼李宗眼見妹妹被擊傷怒氣直衝腦門，推了推擱在鼻樑上的高度近視眼鏡，在高榮的挑撥唆使下，猛力一撞將伊卜拉西姆推下池塘。不會鳧水遊弋的伊卜拉西姆，沒滅頂在黃河濁浪之中，卻浮沉在這一潭死水裡，他亡命掙扎，白色小帽在一泓碧水上漂動，好似一隻小白船。高榮見人落水，不僅不救，反而雙手叉腰幸災樂禍：「看你這窮小子，拿不到球也要讓你喝個飽，方解我心頭之恨。」

落水者的時現時沒，忽沉忽浮，伴隨漣漪的水波漸遠漸微。足球浮動著，禮拜帽下沉著，孩子在大口大口地喝著水，岸邊唯獨只聞小娜英的嘶嚷聲：「快救命哪，哥哥，快救人呀，他要溺死了。」

哥哥是誰？就是那個「飛刀」少年吉偉，他迅速脫帽卸衣正要入水，只見一道影兒猶如閃光一般竄入池中，掀起幾多水柱。少頃，層層漣漪的中心氣泡一個個地冒出，好似即將沸騰的水，氣泡減少了，池水果真翻騰起來，一個剛才還活蹦亂跳的，現在卻一動不動的他被一雙大手托出水面鳧向彼岸。

誰救出伊卜拉西姆？

欲知後事，請看續節。

二　右心童的甦醒

把奄奄一息的伊卜拉西姆頂出水面的是誰？此人眼下才三十掛零，不過已像四十出頭，快成了一個「花甲老人」。心情的鬱抑和病魔的折磨縱然使他未老先衰，然烏黑的大眼和高聳的鼻樑還保留著他那青春時期的英俊，眉宇間豎起一絲皺紋，不過輕輕一搓揉就會消失得無影無蹤。八字鬍鬚和黑頭巾給這位虔誠的教主增添了威嚴，但仍然無法遮蓋住他那真主所賜的善良本性。他的手掌很大，手指修長，大拇指和小指間叉得特別開，若是大拇指按著你的左耳，而小指即可觸及你的右耳。富有極好彈性的指尖，在鍵盤上靈活自如，彈得一手好鋼琴。他便是在開齋節上邂逅的白守義阿訇，此刻他划出水面，竭盡全力抱起窒息的伊卜拉西姆衝上岸，而後顛倒著扛在肩頭，竟以百米衝刺的速度奔跑著……

古剎之南百丈許處，有一座很不起眼的樓宇。如果說寺院是拯救靈魂的聖地，那麼這兒就是當之無愧拯救肉體的地方。常人都稱它為「世外桃源」。一點不假，它真可同東晉田園詩人陶淵明筆下的「桃花源記」媲美。

你聽，四下裡寂靜無聲，靜悄悄的，幽恬之極；你看，密密匝匝的樹葉兒在赤熱的陽光中輕輕顫抖；你聞，飄逸而過的那熱空氣裏夾帶的野花郁馨；你摸，那風化的山石有形無形地展示在空間。不辭辛勞的小蜜蜂們在花卉草叢中旋轉飛舞，嚶嚶嗡嗡勞作一團，像大提琴的共鳴聲；鳥雀們爪於樹巔唱起宛轉動聽的曲子；被人們譽為「地殺星」的蟋蟀們更不會放棄仲夏的日子，一個勁兒地在地縫中嚯嚯地亂叫，似乎是擊敗敵手後的狂笑……一幢乳白色的樓房就座落在叢林深處，它便是本縣中獨一無偶的醫院。

高懸紅十字的大鐵柵門內就是急診室，一位女醫師正在搶救落水者，白阿訇目不轉睛地盯著躺在急救臺上的伊卜拉西姆。此時此刻焦灼憂慮塞滿了他的胸膛，一陣陣快奔後的心跳還在持續著。你想啊，剛託付給他的活蹦亂跳的孩子，一下子靈魂已不附肉體，闖下了攸關人命的大禍，從良心上而言安能對得起人？! 故而他唯一的指望全落在這位女大夫身上，企求能從她的聽診器中得到一些現在遠未曾發現的東西。眉宇間的豎皺加深了，他以乞求施捨的眼神瞧著這位個子不高，體魄健壯結實，面容清癯，品行端莊溫順的中年婦女。她叫毓芬，使眾人在背後為她翹起大拇指，便是她做人的宗旨，這就是她的醫德無量；在醫術上精益求精，在家庭生活中乃是古人所讚譽的典型的東方女性——賢妻良母。她不曾有過美麗的年華，一生只是一連串聖潔的救死扶傷，縱使鵝蛋形的臉龐兩側過早地染上霜色，展現出慈祥溫柔的美，古典的美，修長的眉下，瞼瞼下垂著，無聲無息地忙碌不止，真可說是真主派往凡間的「白衣天使」。瞧她的額頭便知問號占據了她的大腦皮層，一連串的動作更使神經處於緊張狀態，時而中醫的望聞診切，時而進行不斷地人工呼吸，時而用手電筒照眼球，接著又借助聽筒在左胸心臟部位聽診，最後又失望地取下聽診器搖搖頭：「?!」

守義阿訇迫不及待地問：「毓芬姐，真沒希望了？就這樣走了？」

她歎了口氣又瞥了一下眼前的落水者，舒婉下語氣，百思不得其解地自白：「呼吸已停止，心跳聽不見，但瞳孔圓而未散，奇怪。」片刻的沉思，她終於果敢地催促著白阿訇，不，說得確切地應該是下命令，「小白，把頭放低，再做一次人工呼吸，快！」

白阿訇用「口對口」的方法替伊卜拉西姆做人工呼吸，毓芬配合默契地用雙手有節奏地擠壓胸膛。一陣忙乎，聽診器在搜索諦聽心跳的啟搏聲，她右手壓迫胸部，左手中的聽筒漸漸向右移去，「噗，噗——」的微弱而緩慢的心跳聲出現了，捕捉住了，隨之她的雙眉舒展了，眼睛明亮了。她興奮地吸了一口氣，替代小白繼續做，汗水滴落在伊卜拉西姆的眼窩裡，他的眼球動起來了，胸廓逐之起伏，他終於從死神的手裏逃脫回來。

毓芬大夫擦去汗珠，理了理自己被汗水浸濕的鬢髮，像哥倫布發現新大陸一樣地驚呼起來：「這孩子與眾不同，心臟不在左邊，在右邊，在右！是個右心童。」

白守義的緊張神經剛鬆弛，又瞪著詫異的雙目：「噢?! 那這是畸形了。」懊喪的心理立刻上升，收了一個廢物又如何向人交代，倒不如……

「不，這是一種特殊結構。他的內臟都反了，在生理學上是少見的，今天他走運了，要不是你救得快，現在已是一具屍體了。」

白阿訇面向西南，虔誠地向主祈禱。

走向水池淨手的毓芬朝著小白半開玩笑半認真地說：「小白，你救了這孩子的命，他的父母不知該怎樣感謝你吶。」

小白搶上一步握住大夫的手激動地說：「毓芬姐，您的起死還生之術令人欽佩，我謹代表他的家長向您致以由衷的謝意。」

毓芬噗哧一笑：「謝我？哈哈哈，你是什麼——」

小白不好意思地回答：「姐姐，從今起我就是他的監護人。」

毓芬先是默認，而後煞有介事地問：「怎麼？你想孩子了？獨身主義不是滋味吧！」

他凝視安然無恙的伊卜拉西姆微微點頭，可又馬上否定。點頭示意的是想孩子，以防老送終；否定的是由戀愛的挫折而抉擇了獨身的人生。

「爸爸，媽媽……」伊卜拉西姆甦醒過來了，似夢囈又似呻吟……

「媽媽，」李華前額包紮著來到毓芬身邊。

「唉，小華，看還有誰？」

小李華扭身見白守義親昵了一下喊：「小白舅舅。」

小白愛憐地上前摸了摸她的傷口問：「疼吧？我的孩子。」

小華搖晃著小腦瓜，兩條細細的小辮像貨郎鼓的槌子似的來回晃蕩，明亮的眼珠子黑白分明，晶瑩聰穎，貯存著智慧和毅力，白淨的皮膚和陽光照射下的瓷器一樣潔白，小姑娘從頭到腳，她從容的儀態，她說話的口齒，講話的聲音，語言的音色，乃至瞧人的神氣……這一舉一動都表現了她的聰明、伶俐、活潑、可愛。她捺住傷口微露一絲笑意地說：「不疼！小白舅舅是您救了他。」

白守義指著她的鼻子笑不露齒地說：「不，是媽媽救了他，給了他生命，才給你添了個小哥哥。」

「哥哥？不，不是哥哥，是弟弟。瞧他比我矮小嘛，是弟弟。」小華扭腰牽肚地撒嬌著。

「又任性放縱了，沒規矩。」毓芬又唬又哄說，「小華呀，別沒大沒小的。」

她既沒唬住，又沒哄住，反而一把摟住母親的腰，咕噥著：「那你說是哥哥還是弟弟？」

「好了，我的小姐。我已好了，可你卻沒完沒了糾纏個不休，看來非表態不可，隨你叫吧，聽便自由，總好了唄。」毓芬向小白投了一眼，表示由於她父親的寵愛真拿她沒辦法。無意之中發現白守義手中擺弄的小玩意兒便問，「小白，你那是什麼？」

「是個小杯子。」

毓芬在好奇心的驅使下，反覆察看上面的圖案和文字：中華民國八年八月二十八日，她驀然一愣自言自語：「世間竟有這等巧的事！」

「巧什麼？媽，給我瞧瞧。」李華一邊說一邊從母親手中奪走了那杯子。

毓芬感到驚喜，沒想到經她手轉危為安的「右心童」伊卜拉西姆正和自己的小華、小麗是同齡人，而且還是同月同日所誕生。

「真的，正是巧合，許是主的安排。」守義也興奮起來。

毓芬拍拍自己女兒的頭：「還是小白舅舅說得對，是哥哥。」

小華不吭聲，愛不擇手地翻來覆去看，嘴裏像頌詩一樣地念著：「伊——卜——拉——西——姆，媽，多長多彆扭的名字，噢，看在這樣長的姓名，就，就算是哥哥囉。」

此刻伊卜拉西姆從朦朧中甦醒，漸漸清晰地看到周圍全是陌生人，又在陌生的環境，便膽怯地哭了起來。想當姐姐的小妹妹靠近急救柗掏出白帽子吻了一下遞給伊卜拉西姆說：「小哥哥，等你好了，小白舅舅會帶你去找爸爸媽媽的。噢，別哭了，要是再哭我也會流淚的。」末了一句話她是揉著自己的小眦在懇請對方。

話說「巴扎」熱鬧非凡的情景有增無減，守義的內心甭提多高興，他携著伊卜拉西姆穿過人群向清真寺走去。這座建造於明末清初的寺院，飽經滄桑，御碑便是歷史的見證。其拱門雖有點頹圮了，殘跡爬滿了凸窗，裂隙布滿了牆壁，但還是毅然屹立在黃河之濱。沒見那宏偉的穹窿頂宮和漢白玉的臺階全沐浴在晚霞中，染上淡紅的光澤，可艷麗壯觀啦。他們來到葡萄架下，一串串沉甸甸的牛奶葡萄垂吊著，白阿訇隨手摘了一串自己勞動的碩果給了孩子，小西姆雙手接納而食。走過幽靜的花園，繞過莊嚴肅穆的講堂，通過曲徑幽道便是白宅。透過園門可見清水磚的天井，居中是客廳，舉首觀之，中間懸掛一塊大匾額，上面是三個鎏金大字——勤思堂。兩邊是唐宋八大家之首——韓愈的名句：「業精於勤荒於嬉，行成於思毀於惰」。中間是一軸「大鵬展翅」的畫卷，它預示勤學之後的前程。畫下是長案桌，中間坐著三套的紅木雕花插屏座鐘；右廂是大理石的圓插屏，上面隱有似龍如馬的天然紋理；左廂為二尺高的清代乾隆監制的五彩萬花瓶；廳中是一張作工精細的�木八仙桌，四周都刻有才子佳人的戲文，兩側是兩套廣漆茶几，整個廳室使人感到幽靜而質樸，古雅而脫俗。霞光從不高的圍牆中射入，透過一排玻璃窗櫺，照到茶幾靠椅上，更顯得窗明幾淨。廳的兩翼是兩間對稱的東西廂房，東首為臥房；西首為書房琴室，它的南窗下是一只柳安書臺，緊挨的是一口立地雕花書櫥。最醒目的則是掛在牆上的巨幅油畫——金邊裝飾圖案中鑲嵌著一幀波蘭音樂大師蕭邦，他神態自如地站立在鋼琴旁。居室中央寶地的是一架黑色的三角鋼琴，旁邊是一套鐵桿式沙發。伊卜拉西姆拘謹地環視四周，目不轉向地盯著那幀畫像，最後怯生生地坐到琴凳上，小手臂無意地擱在鍵盤上，「咚」的一聲驚哭了他：「媽——我要媽媽，我要——我要爸爸。」

白守義在小西姆身旁坐了下來，用右手在高音區彈著｜$\underline{\dot{3}\dot{4}}\ \underline{\dot{6}\dot{7}}$｜$\dot{3}$——｜即「伊卜拉西姆」，他按樂譜用花腔女高音的歌喉唱起「伊卜拉西姆」，接著說，「聽，媽媽在叫你吶，孩子。」

小西姆側耳辨析著：「……媽媽——」

過了一會兒，白阿訇又用左手在低音區彈著｜$\underline{\underset{\cdot}{3}\underset{\cdot}{4}}\ \underline{\underset{\cdot}{6}\underset{\cdot}{7}}$｜$\underset{\cdot}{3}$——｜即「伊卜拉西姆」。他按前法用男低音的歌喉唱起「伊卜拉西姆」。又說，「聽，爸爸也在叫你呀。」

鋼琴共鳴的餘音灌注小西姆的耳際，彷彿聽到父母親的呼喚，一雙精靈的眸子像被磁石牢牢地吸引似的，停留在阿訇彈過的白鍵上。好奇心驅動了他，小手下意識地舉伸，按摸著，撫弄著，並躍躍欲試地揿著，然而毫無聲響。他狐疑地轉過頭望著這位陌生的中年人——知識與技能的啟迪者。守義矯正了他的姿勢說：「身體坐正，手腕抬高，指尖用力篤，爸媽才會叫你。」

小西姆遵照啟蒙老師的指教，分別用右手和左手彈出了｜$\underline{\dot{3}\dot{4}}\ \underline{\dot{6}\dot{7}}$｜$\dot{3}$——｜和｜$\underline{\underset{\cdot}{3}\underset{\cdot}{4}}\ \underline{\underset{\cdot}{6}\underset{\cdot}{7}}$｜$\underset{\cdot}{3}$　　｜，正確無誤的聲音使第一次接觸鋼琴的

小西姆露出了笑容，也使守義感到驚訝。準確的模仿導致於他的興趣和發問：「阿訇，那我的聲音就一定在中間，對嗎？」

白阿訇沒想到自己的哄騙竟產生如此的效果，這孩子許是真有天賦不成？師範科班出身的白守義是熟知學生脾性的。對待學生的提問一定要盡量滿足，即使是幼稚可笑的發問也要誘導上軌，因勢利導地培養，更何況於此等情況——一個初次見到鋼琴，音樂細胞從未萌發的孩子是很難提及問題的。面對問題小白哪有不欣慰的？於是反問道：「孩子，你說呢？」

「……」這個靦腆又不善於言辭的男孩試彈了中音區的｜$\underline{34}$ $\underline{67}$｜3——｜……琴弦的抖動還未停止，守義的臉上泛起喜悅的神情，但一霎那喜悅被驚詫所取代。耳廓中縈繞的兩個聲部的和音，剎時插進了第三個聲部，改聽覺為視覺，他情不自禁地看了看剛從死神手裏奪回的小生命，只見其俯首雙手彈琴，同時用鼻尖觸及中音部發出了和諧而協調的三聲部的八度和音：

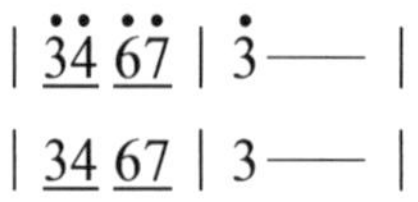

｜$\underline{\dot{3}\dot{4}}$ $\underline{\dot{6}\dot{7}}$｜$\dot{3}$——｜

｜$\underline{34}$ $\underline{67}$｜3——｜

｜$\underline{\underset{\cdot}{3}\underset{\cdot}{4}}$ $\underline{\underset{\cdot}{6}\underset{\cdot}{7}}$｜$\underset{\cdot}{3}$——｜一股希望的激情湧向守義的心房，他像著了魔似的瘋狂摟住小西姆，抱起還不過癮，便拋向空中，他又捏鼻子，又摸手指，面對那雙細長而富有彈性的指尖自言自語地說：「真主，你恩賜我這位小天使，我一定把他培養成才，成為第一流的穆斯林鋼琴家。」轉臉向懷抱中的小西姆親切地問候，「好孩子，我的小寶貝，你真聰明……」

伊卜拉西姆受寵若驚地面向監護人——父親和老師。

「來，讓我彈上一曲。」阿訇以嫻熟的指法演奏了《幸福的童年》……

小西姆伏在琴上全神貫注地傾聽，優美動聽的旋律使其進入幻境：

溪旁澗邊，垂柳抽芽，杏花吐艷，春意盎然。小西姆撩開枝葉，從草叢中露出活潑可愛的甜臉對著迎面而來的父母喊叫。爸爸上前擁抱親吻，三人信步走進杏林。花枝扎住媽媽的青絲，爸爸忙摘去枝丫，小西姆接過花枝奔向澗邊，銀子似的泉水灑在花朵上，繼而嬉起水來。花朵隨著汩汩的泉水順流急下，他緊追不捨。花朵兒時緩時快時停留，最後在入湖口扎在半浸於水中的漁籮上。他正欲拎起漁籮取之，卻被手握釣竿的小李華眼神鎮住了。浮沉子在下沉，小華眼明手快拉起漁竿，一尾紅鯉魚甩到他的面前，他取魚入籮，並卷起褲腿打著赤腳下水摸到一隻龍蝦，小華用水澆著大蝦。金童玉女天真無邪地嬉耍著上岸。小華背起漁籮，他取過上面的杏花枝插到小華的頭髮上，她嫣然一笑……

盛夏的湖邊，小華身著游泳衣，戴著游泳帽與小西姆一起走向湖邊沙灘。她把救生圈拋到湖心，小西姆站在岸邊驚奇地注視著被水浪推向遠去的救生圈，回頭喊小華，卻不見其影，目瞪口呆地望圈興歎。忽兒在泓碧綠波中紅色的游泳帽從白色的圈中間冒了出來，像小鴨子似地抖動著……

小西姆終於下水玩了，在波濤中他小心翼翼地向前走去，水漸深浪逐高，身子漂漂悠悠，沉浮上下，他欲呼不能，欲叫不得。小華情急智生把救生圈扔了過去，他亡命地抓住了圈，喉管嗆著水，嘴裏吐著水。小華在一旁抿著嘴咯咯咯地笑。當他倆躍出水面之時，已是太陽墜山的時分。西下的夕陽把雲彩映得紅彤彤的，景觀瑰麗，五顏六色的光斑灑在沙灘上，給人一種美的享受。她取下游泳帽撥弄著「前瀏海」，小西姆輕輕推開她的手，傷痕顯現，憂傷的淚水奪眶而出，這時即有千言萬語也沒法表達心思。他則用大拇指抹著熱淚按捺在小華額頭的疤痕上，打上了印記。

深秋的牧場，羊群在悠閒自得地尋覓嫩草，小羊在蹦跳追逐，母羊安詳地在河邊飲水，羔羊吊著奶頭。河邊兩個孩子的倒影歡暢活潑，天真爛漫。小西姆輕手輕腳地爬上樹杆，抓得一隻翠綠鳥，小華接過鳥雀撫摸著，舉手放生藍天，鳥兒翱翔空中，隨之飄落羽毛一根。他信手拈得，將漂亮的羽毛插在她蔚藍色的毛線帽上。

隆冬的雪地，大雪紛紛揚揚。皚皚的山野宛如披上銀裝，素裹萬物。孩子們掃雪地，擲雪球，打雪仗……小西姆和小華把雪球放置於雪堆上，塑成了雪羅漢，開上臉譜，觸上鼻子，樂極的小華頭一偏卻不見他，面門猛然間被「雪彈」擊中，她急忙拍撣。單見小西姆直僵僵地撲臥在雪地裏。她跟著臥倒打了個「身印」，兩人樂呵呵地對著留下的身影比試高矮，小西姆拿起鐵鏟柄量著，她踩住鐵鏟搖動小手蹲了下去。伊卜拉西姆以勝利者的姿態，像推磨一樣壓住把柄在原地旋轉，最後拖著木柄「吱——」地消失在茫茫雪梅中……

守義阿訇以輕快的旋律結束了《幸福的童年》，伊卜拉西姆早已沉睡在琴蓋上，流著口水的嘴角上還掛有一絲微笑。阿訇抱起小西姆端詳著，又看著琴蓋上的自畫像，不覺吟誦起唐代大詩人白居易的〈琵琶行〉:「……同是天涯淪落人，相逢何必曾相識。咳——看來從今我倆的命運是繫在一起的了……」不錯，隨著故事情節的發展，這對不是父子勝似父子的老和少將相依為命，彼此都成為對方的最寶貴的「財富」。

就在守義把同命運的異姓孩子放置於床上時，門外傳來了洪亮的聲音:「白阿訇，這小子一副苦相，你的收留會招致災難。」

聞其聲，他抬起眼瞼，眼目一亮，一位長老闖入眼簾。

他是何許人也？

欲知後事，請看續節。

三　幼童之師如舵手

聲音發自一位哈薩克族長老，清真寺內的首席伊瑪目。他高率的個子，黝黑的皮膚，相當粗壯，雖已年邁五旬，精力很充沛，白色裹頭巾下一雙濃眉大眼，兩塊紅得發亮的面頰和一縷黑色的長髯鬚，洪鐘般的聲音傳送得很遠。他站像松，睡似弓，坐如鐘，走若風，由此鑒得他是一個性格豪爽，說一不二，一板三眼的大阿訇。他舞得一手好劍，此看家本領到他手中淩居於前輩。可曰「青出於藍而勝於藍」。「飛劍」是他的絕招，能在百步之內以劍取物，無一虛發。今兒他的突然闖入是琴聲把他引來，因為他從未聽到像現在這樣時達數小時之久的音響。無意發現陌生童躺在床上，他捋髯察看小西姆，拍案驚問：「這小子一副苦相，你收留了？」

「嗯，劉伊瑪目。」

「他會給你招致麻煩，帶來禍殃。況且黃河的決堤導致家庭崩潰，難民多如牛毛，連年的天災人禍，沉重的苛捐雜稅，污穢的官紳兵匪……當今政府也弄得焦頭爛額，一無他法，更何況於我們呢?!」

小白給伊卜拉西姆蓋上被子，整了整衣冠，意味深長地說：「鄙夷權貴，揭露時弊，是您老浩氣所在，弟子望塵莫及；您的為人，弟子深為欽佩；您的指令弟子不敢違拗。不過，就是這件事不能聽命。千里穆民是一家，你不照料誰照料？你不管何人去管？更何況這孩子是剛從死神的手中奪回的，從他的天賦和秉性而觀，是出類拔萃的神童，賦予音樂的天性，對送上門的徒兒哪有拒之於門外，視死而不救之理?!」

侃侃而述的一番讚歎奏效甚微，說服不了伊瑪目，反過來主教也沒法阻攔住對方，對視冷場瞬間拂袖離去。其中甚有奧妙可言，他已過半百，而妻屢孕而不育，中途小產，迄今未得一男半女。雖說他在宗教界擢升為頭面人物，可在家庭——這個社會細胞中仍未升級。為防老送終由，才勉強收留了一個義子，喚名席子，從撫養始一直藉以棍棒皮鞭鎮之，堪稱在打罵聲中度年歲。浪子焉能成器？縱有渾身的武藝後繼乏人，真是恨鐵不成鋼，怪誰？自己又扯不出一個屁來，給人背後指著脊樑骨罵斷子絕孫。唯捂起嘴巴——有嘴論別人，無嘴說自身而宣告結束。倘若礙於面子硬要諭告數句，也只是違心之論，勸人之言，絕非阻攔訓斥之詞；另則根據經典之學說，「濟貧、扶貧」，為教徒之本分，聖賢之訓旨。話得說回來，伊卜拉西姆睡夢中的相道並不令人喜愛，常帶一臉苦容，興許是水淹家鄉的淒涼，子失天倫之苦楚所致。由此可見伊瑪目頗具洞察力，他的勸阻是以現身說教勸其同仁。可小西姆的內在的美不是一般人所能比擬的。不信，幼童之師的教育就是依據孔老夫子的千古遺訓：「生不教父之過，教不嚴師之惰」來培養造就我們的小西姆的。

「梧桐一葉落，天下盡知秋。」對於深秋，前庭的古槐樹也禿了，偶爾幾片黃葉吹動，草木凋謝零落，院內荒蕪，沒什麼好玩耍的了。葡萄樹赭色的莖蔓纏絡搖綴，參差披拂，晶瑩的葡萄一掃而空，換來的是滿目枯萎的黃葉狼藉一地；院牆旁的蒿草也都敗壞了，倒伏在地，後凋的針葉松柏和寬葉冬青早蒙上白霜，任瑟瑟秋風的吹拂，仍傲然屹立。灰色的天空，雲彩亦失去了形狀，好似剛洗滌過硯臺的水盂，深淺有別，混沌沌的。隨著北風的颳吹，秋雨化作白雪，長長的，晶亮的冰條兒懸掛屋檐，一派粉妝玉砌的冬景。

透過滿是雪花的窗框，小西姆哆哆嗦嗦地坐在謀得利三角琴旁練琴。白阿訇用自己的雙手溫暖著紅腫的小手：「冷了，手都腫了，暖暖手再練吧。」

佁然的小西姆抽回雙手，用嘴呵著熱氣，搓了搓又繼續練了起來。阿旬看著窗外紛飛的大雪，偶爾從窗戶上取下一捧雪給小西姆擦手。為激勵學生，他用古人的言語來開導：「『吃盡苦中苦，方為人上人』，當然我引用這話絕非為了做人上人，更不是踩著別人肩上的人上人。我是借用這個『苦』字，來表白我的觀點——下得苦功方有成功，便是常人所云的『功到自然成！』」

「功到自然成？」饒有興趣的小西姆要求道：「師父，你能給我講一講有關這成語的典故嗎？」

「行。不過這故事該從這裏講起。」守義搓了搓手掌，沉吟一會，指著房檐下的冰條兒，「孩子，你能想像一下它溶化的情景嗎？」

「請等等，給我一點時間。」他擠眉弄眼後思考了一會兒流利地答道，「知道了，當它溶化時，冰條的尖頭滴下水，地面上就會形成一個小雪窩窩。可對？」

「如若長此以往，地面的石頭又怎樣呢？」

追加提問使小臉漲紅了，傻呵呵地仰望師父。這時師父從身後的大花瓶中取出一幀卷軸，鄭板橋的墨寶——滴水穿石，他偏頭專注，用手指點劃，冥想許久才開腔：「時間一長石頭被打穿。師父，那這跟成語故事又有什麼關聯呢？」

守義對著不恥下問的學生暗暗稱是，略微領悟，接著往下講：「……唐宋年間，有個賣油老翁，憑著數十年賣油經驗，能把一隻葫蘆放在地上，以一枚銅錢蓋在它的口上，用舀滿油的杓舉至齊眉，慢慢把酌油注入葫蘆裏。油成一直線從錢幣的方孔注入葫蘆內，可錢孔上一點也不沾油。在旁的人都拍手叫絕，而他只是遜色的微微頷之，平平而語，『我亦無他，唯手熟爾』，老人家居然有這一手絕技，無非是功到自然成……」

小西姆聽得絲絲入耳，迷住了，眼前點點滴滴的冰水猶如油柱。

那構成的小雪窩彷彿就是葫蘆口，他興奪地抓起一把雪擲向小雪窩，擦著雙手坐上琴凳發奮地勤學苦練起來……

冰雪融化，春回大地。候鳥們都返回故里，當那燕子棲息在搖洩著發芽的柳樹枝頭上時，到處皆是滿目春光了。小西姆的琴聲驅動著那姍姍來遲的春天，此時他已是春裝打扮，著一套藍色學生裝，靜靜地伏在琴蓋上，手握鋼絲板手，口吹校音器，白阿訇不住地用定經片撥彈鋼絲，師徒倆配合默契地校音。

「小西姆，記住，要彈得一手好琴，聽音校音是第一步，來不得一丁點兒的馬虎。一音偏離，八十八鍵全盤走調，即使你彈得如何好，那出來的不是音樂，而是噪音了。」師父邊說邊用抹布揩著手，「一年之計在於春，要抓早抓緊，有春華才有秋實啊。」

春去夏臨，烈日當空。午後的氣溫異常的熱，烤得人頭暈眼花，要不是汗水的流淌，說不定躺下了再也起不來了。你瞧，鎮上的狗也停止了吠叫，無精打采地趴在樹蔭下，不住地伸出長舌。牛、羊、駱駝也臥在草棚裏不停地反芻，鼻孔中不斷地喘著粗氣，唯有鳴蟬欣賞炎炎的赤日，躲藏在大樹上叫個不停，與琴房的鋼琴聲遙相呼應。井水淋頭後的伊卜拉西姆又伏到琴蓋聽著Victoty留聲機放的音樂，對著節拍機作聽寫練習。師父悄然而入用蒲扇為他驅趕酷暑，一二、一二……到後來索性用扇子按唱片的節奏拍打著他的後背。最後笑盈盈地批閱著樂譜，並按上批語：冬練三九，夏練三伏，持之以恆，必有長進。

師父的諄諄教誨，小西姆字字聆聽，他把五線譜抱在胸口，一股暖流湧向心房，想說些什麼，可話到唇邊又咽了下去。無師焉能自通？! 此景此情，無聲的回答勝似千百次的表白。師徒間兩對視線長久地對視著……「咯篤……咯篤……」這才發覺音樂已停，留聲機在原圈旋轉。守義隨即關掉，小西姆翻過唱片，可中心已脫落，形成一個環。他通過圓孔瞇起小眼睛看著師父，兩人都放聲大笑。

夏止秋至，落葉凋零。秋雨像篩子篩過似的，連綿不斷，雨絲如牛毛飄附在窗玻璃上。伊卜拉西姆已是一個英俊少年，他穿上了並不合身，但很挺括的改制後的毛呢外套，雙目緊閉地演奏著音樂大師貝多芬的《命運交響曲》，伴隨曲調的起伏，熱淚從眼眶中拋落，掛在白皙的雙頰上。

毓芬牽著小華進入清真寺大院。李華一手挽著皮包，一手拎著一只新的小足球，儻爾像發表新聞一般地說：「媽，說來也怪，前年當西姆哥的磚塊砸傷我時，我的心怦怦直跳，幾乎到了喉頭。這時我清楚地聽到小麗妹妹跟我一樣在呼叫……」

母親聞之怡然停步，因為諸如此類的話語已不止一次了，她看了看女兒，用手撫摸了她的小臉蛋，笑意在母親極明極大的眼睛裏增聚，最終露出慈愛的笑：「傻姑娘，哪裏有這等事？分明是小英子在叫你。」

「是麗妹麼，她還說過我在給你寫信吶。」小李華偏著小腦瓜，噘著菱角小嘴，瞪著杏眼。

母親拗不過，認輸地白了女兒一眼。

曲曲憂傷低沉的調子由琴房逸出，它如訴如泣揪人心弦，音思的壓抑縱使毓芬的臉也拉長了，鵝蛋形消失，腳步踟躕，並扯了一下愛女的衣角。琴聲如遇知音一樣嘎然終止，母女倆躡手躡腳地推進房門，正見伊卜拉西姆坐在琴凳上仰天長歎。這位慈祥的大姑媽再也不能忍受這種性格的再現，她從白守義的身上已經知道這類性格所導致的不幸結局和終身遺恨，因此她邊取出手帕替自己的侄兒抹去淚痕，疼愛地告誡著：「孩子，男子漢的淚是不易輕彈的，尤其在這架鋼琴邊。」她著重在「這架」字眼上，繼而轉向仍陶醉在樂曲聲中的書呆子似的師父，便用責備的口吻，「小白，你——」

主人醒悟過來，慌忙點頭招呼。

「你自己對這種憂傷情調的曲子還沒彈夠？這陰影難道還要繼續沿襲下去籠罩孩子幼小的心靈不成？! 你常說音樂能給人意志，噢，就這樣的意志？」她越說越氣憤地合上琴蓋。《愛情三部曲：揮淚皆分離》的樂譜失落於地。

小西姆蹲下揀起樂譜拍了拍，小心翼翼地放回原處：「大姑媽，請別責難師父，是我自己喜愛的。」

「好啊，你們師徒串聯起來耍我，好比周瑜打黃蓋，一個願打，一個願挨。」

「真的，大姑媽我何曾騙過您。」

「不對，這不存在遺傳，也不會有先天的因素，這是從醫學角度判斷。看來取決於什麼樣的師父拖帶什麼樣的徒弟。阿拉伯飆悍的馬背上民族——你們穆斯林的祖先就有這樣一句諺語：『幼童之師如舵手』。我希望在性格上有所突破。請原諒，但願是我的過敏，神經過敏。不過——小白弟，你那百結愁腸總得了嘞，拿一點男子漢的氣度來。喏——」她從皮包中取出信件，「這是妹妹給你的。」

「毓平？」驚喜之餘白守義拆啟封口，一幀八寸彩色照相，影中人便是毓平和唐麗母女倆，他如痴似醉地端詳十多年前的戀人和李華的孿生妹妹自言道，「她胖了，胖多了……不，應該胖了，是中年了，人到中年……」常言說觀得人影不如聞其之音。沒見他心急如焚地展示信札，默不作聲往下讀。

守義，親愛的：

您的尊作《愛情三部曲》的第一二兩章我已數十遍地拜讀，感受一次深似一次，小麗已作為練習曲開始彈奏，那上面的每一個音符都敲打著我的心。我耐心地期待著它的續章的問世，它

> 是我倆美好思戀的追溯，先睹為快的心理驅使我等待它的到來，今天是小麗和小華倆的生日，他們已十二歲了。雖說小麗是李氏後裔，但我卻始終如一把她當作我倆的結晶來哺育培養她。天性的能歌善舞，對音樂看來極有天份。遺憾，物色不到理想的啟蒙教育者，要是你在身旁該多美啊。唉——往事如煙，不堪回首，這流水般的十二年正是我倆離別的十二年，惆悵徘徊的十二年，憂愁痛苦的十二年。種種複雜的感情交織著我的心靈，最後無疑傾注在淚水裏……是您的懦弱壓抑了您真摯的情感，坑了我，也毀了您自己。小白，親愛的，聽芬姐講您領了個男孩，是嗎？這也好，終算有個依靠，我也寬心些。不過總須讓孩子有個母親才是，否則您既當爹，又做媽會病倒的……

讀到此處，他抖然鼻子一酸，忍耐了好久的淚水一古腦兒地上升了，字模糊了，無法下讀，他揮淚掩鼻發自肺腑喊道：「不，毓平，親愛的，不會的。孩子是我的希望和未來，即便嘔心瀝血我也在所不惜，一定要培養成為一位出色的穆斯林鋼琴家，是真主賦予我的使命，也是我最終夙願。」他像對主起誓一般，堅如盤石，雙目凝視在毓平的相片上：和毓芬相似的臉型，加上花妙的眼神，年輕得多了。鮮艷的朱唇和潔白如銀的牙齒相對照，烏黑的波髮與白皙的皮膚相映襯，顯得婀娜多姿極了。不過略濃裝了一點，浪漫蒂克一點，這是老姐妹的不同之處。望著影中人他漸漸地，漸漸地把嘴唇湊到照片上，深深地印上一吻。

作為姐姐的毓芬怎不感到心痛，照此下去沒病也要成痴。聽到的憂傷曲調，看到的頹廢神情，想到的痛楚分離，她再也壓制不住內心的激情：「小白，你……你何苦這樣對待自己的一生呢？這不公平的事實已成歷史陳跡，非人力所能挽回呀，妹妹和我所擔心的是你的憂傷孤獨，不僅坑害了自己，還會感染小西姆。惡性的循環使他缺乏堅韌不拔的毅力，在冷峻如鐵的環境中表現得懦弱無能……誠然，我是不願舊事的再現，絕對不願的。」

小華有些不耐煩了，拍拍皮包插話：「媽，好媽媽，你嘮叨沒完，還給不給西姆哥？」

「喲，我倒忘了。」母親取出皮包中的淺口回力牌白球鞋，「我的大師父，在用你的琴聲陶冶孩子性格的同時，切莫忘卻他的體能和意志的鍛鍊。作為一個醫生的我有必要提醒你——家長的注意。喏，這是妹妹捎來給小西姆的生日禮物。」

小華拎著足球走到小西姆跟前：「這是姨媽給的，你喜歡嗎？」

伊卜拉西姆不勝喜地捧過球，使勁一轉，足球頂在大拇指尖上旋轉……

「孩子，嗨，看你高興得。我的小球星，來，讓姑媽把鞋帶繫上。」球即停，他靦腆地走向大姑媽，順從地任憑擺布。

綠草如茵的草坪上，伊卜拉西姆穿著白球鞋在草坪上帶球奔跑，小足球運動員們隨後爭球。雙方相持，旗鼓相當。正在爭奪激烈的比賽中，倏地從橫頭的邊線外衝進一人搶球便走。此為何人也？他那橄欖様的腦袋瓜上貼著鬈曲的頭髮，一個細捲疊一個細捲，像黑羊羔的皮毛，愣頭愣腦的，難怪作為養父的伊瑪目一見氣就來，只因穆斯林，又同是哈薩克族故發作不得。是由於先天的關係還是後天的鞭打，經過發育的身體還是「開不長」，他便是席子，劉伊瑪目的養子。一身過時令的哈薩克民族服裝，款式古雅：金黃的綢緞襯衫，輕飄涼爽。絨布馬褲下一雙漆黑的馬靴，可以鑒人，不時地發出像手風琴似的咯吱聲，醜傷心的是在捲髮下的一對使人彆扭的鬥雞眼。說他看你又不像；說他不看又似看，叫人捉摸不透。臉容和隱約可見的鬍鬚還是前幾天整理的呢，使人感到他的面部線條與身上的裝束很不協調，給人以一種懶而愛漂亮的直覺。

球賽即停，隊員都圍上去，伊卜拉西姆已不是以前的孩子，他上去奪球，兩人爭奪不休就摔打起來。眾少年紛紛指責席子，席子逼於眾目睽睽之下乘對方不備用頭頂擊其面部。剛從地上爬起的伊卜拉西姆又打了個趔趄後退幾步，鮮血從鼻中流出。吉偉路見不平拔刀相助，他架住了小伙伴，用腳尖勾起足球塞給伊卜拉西姆，並對著席子摸了摸靴子說：「席子，別撒野！」他抽出靴中的小玩意兒正待出手，卻見一人被高榮推進場擋住了視線，轉視而見不是別人，乃是李華之兄長李宗，即收藏小刀告誡道，「今兒看在劉伊瑪目的面上，否則也要你破一點皮，見一點紅。」

李宗窘在場中，這個一十又八的青年，豆芽型的身體，老氣橫秋，頭顱上沒有一點肉，一張沒有血色的臉，更顯得慘白消瘦，連嘴皮子也毫無紅氣。那料子考究，作工精細的袍褂不合身地罩在他瘦長的身上。兩隻手被肥大的袖管遮掩著，理著短髮的平頭在馬褂上微微晃動。一副洋瓶底的近視眼鏡覆在他的小眼睛前，占據了面盤的一半，打老遠就見一閃一閃的反光，似孫大聖的「火眼金睛」。同夥的嗾使撐了他的腰，其氣勢洶洶地把腰一叉，裝出一本正經的樣子：「這是我的姨媽給我的！」

一著不讓的伊卜拉西姆回道：「這是小姑媽送給我的禮物。」

李宗趾高氣揚以勢壓人：「嘖，野小子，窮回回也配有姑媽？連爹媽都沒有，哪來的姑媽？真不害臊。把白球鞋給我脫下來，你也配穿嗎？」講話的語氣和口吻活像一個老夫子。

「你們欺侮人！」吉偉上前阻攔不平地喊。

「喲，又是個窮穆斯林，想動武？」高榮本來相打無對手，這下可正好。他尋衅地走向伊卜拉西姆笑裏藏奸圍對手繞了一圈，猝然轉身上去一個「掃腿」，把其摺倒在地，「欺他？欺他又怎麼樣？你算什麼？別多管閒事！」

眾少年被激怒了，一條無形的鴻溝仿似從天而降，自然地分成勢均力敵的兩派：漢族的一派，少數民族的一幫，群架大有一觸即發之勢。李宗見勢兩腿失控，想縮腳溜之大吉，可雙腳又不聽使喚，稍稍振足一下便自扯篷自落篷地拉著高榮的袖管說：「他們是不開化民族的子孫，『野蠻』是他們的族性，『無知』是他們的代名詞。犯不著跟其一般見識，走，以後再收拾這批窮穆民。」他抹了一把冷汗好不容易地講完這番話——理不直氣不壯的短短講演。內心的緊張空氣早從眼窩裏逃逸，凝聚在高度近視眼鏡的玻璃片上。他抹去附著的汽水，搶白了吉偉一眼，狠狠地啧了一口唾沫，被高榮為首的一伙前呼後擁抱球揚長而去……

夕陽西下，餘暉灑在清真寶寺頭盔式的頂宮上，大殿上阿訇們誦讀古蘭經的聲音極似真主的呼喚，迴旋上空。草坪上只剩下孤單單的伊卜拉西姆。他捂著傷口，忍著疼痛，掙扎著站了起來，忍辱負重地拎起白球鞋，踉踉蹌蹌地迤邐前去……

恰巧李華放學打這兒路過，耳聞伊卜拉西姆被打的消息，她到處找尋，由草坪到池沼邊，又來溪旁，發現血跡和腳印，她慌叫不迭，可報以她的卻是回聲。失望之餘，最後在老榆樹下找到了小伙伴，只見他昏昏沉沉地倒在灌木叢中，她邊喊邊用白色手帕擦拭著他臉上的血跡。

「水——水——」他乾渴得輕叫著。

溪澗裏有的是清洌的泉水，拿什麼去取水呢？她望著書包發愣，她想，她搜索，無意之中目光聚焦於他腰間的角杯。喜出望外地解下，並取來滿杯泉水，乾裂的嘴唇濕潤了。她又用濕手巾捂搭在他的前額，儼然是個頗有經驗的護理人員。此時拉西姆強爭坐起來，嘔氣地嘶聲呼叱：「你走，你給我走開，我不要看見你！我恨你！你們串通一起來……」

李華對他的無名業火惘然若失，委屈地撲向老榆樹，兀自哭泣淌淚。雨淅淅瀝瀝地下起來了，淋濕了在泥地挪動的「右心童」。他朝向蒼穹，急驟疾呼：「爸爸，媽媽，你們為什麼把我拋棄，使我淪為舉目無親的孤兒？難道我竟成了你倆的累贅，一個多餘的人！你們可知曉我失去母愛，失去天倫，我受盡了人們的凌辱，飽嚐了世間的苦楚，流盡了人間的辛淚，而今除了師父還有誰憐憫同情？! 爸爸，媽媽——我的親人，你們今在何方？在何方?! 」

雨像鞭兒一般逼著羊群從山坡上下。落湯雞似的小羊倌吉偉揮動羊鞭，像晴天一樣哼著小調，唱著牧歌路經老榆樹旁。俄爾見李華向隅而泣，不覺大聲問道：「小華，你怎麼一個人在這？在雨中！」他捲起鞭子走上前去，適才發現了伙伴拉西姆半躺在樹砧旁，這才猜中七八分：「怎麼？絆嘴了？」伙伴不吭聲，李華亦不接口，吉偉心中已全部知曉。鞭桿就地一插，抓住生氣的拉西姆衣襟憤懣地數落了幾句：「你這人好不通情達理，李宗是李宗，李華是李華，怎可混為一起遷怒於她？由此看來那就是你的不是囉。」

伊卜拉西姆餘怒未息，他拄撐著鞭桿站了起來。吉偉見其站立困難忙去扶他一把，自告奮勇地說：「別耍孩子氣了，讓我背你回去。」

他負氣地答話：「不必了，我自已走，就是爬，我也要——」語音未完腳已擺動。人說「右心童賽神童」或「左撇子聰明」，我們姑且不論，但對於這位拉西姆來講，他對疼痛的最大承受是遠超一般孩子，加上這兩年的足球訓練和音樂培養，無論意志和毅力，還是彈琴和歌唱，都有特大的進展。音樂促使右腦的開發、智慧的萌生，但帶來了脾氣大這個弊端。固執和自信的程度雖非極限，可也是極少見的了。譬如他想幹什麼事非幹好不可，而且在幹這事的同時已統籌兼顧了其他一件或幾件事，效率高，更不需別人的幫助。如若需要別人幫助來完成某事，那說明他已是萬般無奈了。老師是最了解學生的，你不妨聽聽：人家說了再做；他是做了再說。人家說了不一定做；他是做了不一定說。這便是右心童的秉性所在。

小華委屈地目睹盛怒之下的伊卜拉西姆喊：「西姆哥，你——你把鞋穿好！」無回音。她屈受這冷漠的態度，面對樹砧上的年輪苦思：年輪一年復一年地向外擴展，沒有一絲內接。假若我倆的友情也像這年輪一般，隨著時間的增長而加深，莫有一語的口角，那該多好啊。可是——她沒奈何，揀起東西緊追而上。

陣陣晚風吹得樹林沙沙地響，羊群已遠去。雨後的天氣感到涼颼颼的。她脫去外套給伊卜拉西姆披上。可是他居然棄少女的心意而不顧，固執地拒絕了。並對著她——出氣筒一般地發洩了一通：「不用了，小姐，我就是凍死也不要你的憐憫、施捨，鞋在你手裏，球已被你哥搶走了，你還死死盯住要什麼？要什麼？」

自尊心人皆有之，面對這番言語，少女安能承受？她惘然地瞟了一眼，猛回首扭身狂奔……

她去何方？

欲知後事，請看續節。

四　「你就是我第一個病人。」

李宗高興地用雙足絆球進入家門。忽然間，他似乎想到了什麼，急忙抓球向後退去，可已經晚了，只聽得客廳中傳來問話：「什麼地方弄來的球？」他迅速把球藏於身後，聽憑父親的訓斥，「小畜牲，怕又是從我的錢櫃偷錢買的吧，說，你說！多少錢？」一面發問，一面揪住兒子的耳朵，由天井經客廳一直拖至書房。

他疼得棄球捂住耳朵哇哇直叫，為免除皮肉之苦，吱唔地用「借」來搪塞。

父親把臉一沉，聲色俱厲地責問：「胡扯！向誰借的？」

話已脫口，但又無法交代借主，露了馬腳怎麼辦呢？交不出要挨板子，編造又不行，他乞求地瞧著父親：「別打，我說，我說實話，這是撿來的。」

簇新的足球到哪兒去揀？謊言要留有自圓的餘地。李佩這個氣呀甭提了。他火冒三丈大著嗓門叱：「謊話連篇，給我跪下！」即使這樣命令氣還不消，直到把算盤頂在兒子的頭頂，才揉揉胸口舒展了一口氣走向帳檯邊的錢櫃。

從「罵」起，經「打」，到判「跪」，此乃李氏家教法則。為此李宗沒法，從命地頂物罰跪，這已成了他的基本功了。頸椎的擺動開擴了視野，眼球通過鏡架上方，模糊地現出銀白色的一小堆置於檯中，其後是父親的身影：他端坐在帳檯邊，中等個兒，穿一件鐵灰色的馬褲呢大衣，腳踩一雙羊皮軟靴。其料作和款式雖不新穎，可算得上考究的了。至於尺寸他向來是寧大毋小，以此穿著舒適自如。他是由學徒小工生涯開始的，歷經二十載的經營成了老闆。現五十不出頭，剪得短短的華髮，正發出黝黑的光亮，好似擦得鋥亮的鐵器一般，根根很有精神地豎著。典型的東方人種，沒有一絲皺紋的黃臉很是端正，鼻正口方，輪廓清楚，線條高雅，彷彿精巧的匠人用小鑿子搽出來似的。手背上的青筋和太陽穴的動脈遙相配合，它是滄桑歷程的象徵，熟練的算盤嘀嘀嗒嗒聲和清脆的銀元叮叮噹噹響默契呼應。對於他來講，什麼是社會？社會等於金錢就是他的邏輯，他的做人哲理。錢是萬能的，是血液，是命根。這跟社會時興的「有權就有一切」則一字之差，即「有錢就有一切」。他的人生哲學便是：你的就是你的，我的就是我的；你的我不要，我的也不給。「人不為己，天誅地滅」是他的信條。人們給他一個外號：李佩，李佩，只理不賠，一個東方葛朗臺——吝嗇鬼。

列位，誠然吝嗇遭非議，但比起「你的就是我的，我的不能碰的」那種強盜行逕，有天壤之別也。

兒子乘父親轉身之際，索性抬起頭，通過那洋瓶底般的近視玻璃片，看清了白花花的疊疊銀元，便乘機抓了三塊大洋放入後褲袋裏。值逢高榮在窗外探頭探腦，與之交換了一下眼色。

李佩隨手開啟錢櫃，疑竇頓生，手執竹爿：「你到底說不說實話！」

「爸爸，孩兒不敢撒謊，我確實沒拿錢。」

「把口袋翻出來！」

李宗一驚不自覺地摸著後袋的銀元，心想這下露餡了，錯上加錯。為解除父親的疑團，他大方地翻開左右上下的口袋，除了筆紙手巾之外毫無分文。李佩本想嚇唬兩句了結，便取下頭上的算盤放回原處，發現五疊銀元中的一疊短少了。尚未壓熄的心火頓時又冒了上來，橫衝怒氣全集中在竹爿上，一記下去恰好打在後袋的銀元上，竹爿裂坼。有辨析能力的李佩一聽聲音不對頭即刻追問：「後袋裏藏的什麼？」

李宗借機捂住屁股，佯裝哇哇嚎叫，且叫且退直至窗口。父親逼到窗下命其翻開後袋，結果還是一無所獲。他狐疑了，看看手中開裂的竹爿，自我安慰著：也許是竹子開裂的聲響，錯怪了，遂將它扔掉。此刻窗外傳來了銀元的叮噹聲。他本能地俯向窗外，一條黑影一閃，逃之夭夭……

毓芬下班回轉直抵書房，見書桌上的足球愕然不已，且見兒子的那副狼狽相便問：「怎麼啦？又闖禍了。」

丈夫見妻子歸來二話沒講，只是指指書桌上的球，拍拍帳檯上的錢：「你的慈愛心腸用在他的身上正是瞎子點燈——白費蠟。這心肝小寶貝蛋，哎——」李佩臉色鐵青，上句不啟下句，下句不承上句，像患口吃病一樣拍打著大腿，好一會兒才找出一句話，「都是你平時寵慣的，做賢妻良母吧。」

毓芬大夫是在舊禮教束縛下的新式婦女，生活上是解放型的，自食其力，然而思想上仍是禁錮著。當丈夫大發雷霆時，她像千百萬婦女一樣唯唯諾諾，從不頂撞，一個舊式婦女的楷模。她正想開導兒子，李宗卻先開口：「媽，球是姨媽給我的，為什麼——」似乎因不服氣而提出責問。此時李華氣呼呼地拎著球鞋出現在門口，見勢頭不妙，李宗只才收住了口。母親見女兒手中的鞋，又看看桌上的球，百思不解地問：「小華，怎麼啦？」

女兒抹著紅腫的眼皮，「哇」地一聲撲向母親懷抱：「媽，哥哥又和那些浪蕩子廝混，把西姆哥痛打了一頓。」

母親克制自己的情緒追問：「受傷了沒有？你要對媽說實話呀！他是小白舅舅的命根啊！」

「沒有，就剮破一點兒皮。我是問他要球的。」李宗用袖管擦著鼻涕分辯說。

李華由書包中掏出那塊沾滿血跡的手帕反問：「這是什麼？還賴吶，好不羞恥！怎愧你這個男子漢。」

母親像對病人一樣耐心誘導：「宗兒，做人誠實第一，是你幹的就承認，承認就等於改了一半。媽說得可對？」

「姨媽給我的，憑什麼要他拿？八成是偷的。」他強詞奪理偏著頭，色厲內荏問著那句話。

「哪兒的話。你要，媽可以買，不過——」母親拉起兒子，拍去褲腿上的塵埃，反覆叮嚀，「你已不小了，交際我不反對，要注意選擇。『朋友多一個好一個』、『多個朋友多條路』、『菸酒不分家之友』等等，都是走江湖一套的邏輯，他們的哲學是『在家靠父母，出門靠朋友』，須知，交朋友應該是寧缺毋濫。『近朱者赤，近墨者黑』這千古遺訓，你得三思，切莫孩子氣十足。」

兒子被母親的一席話感動得嗚嗚地哭起來，深叫一聲「媽」，這是自毓芬來李家的感情收穫。確乎出自肺腑，否則他不會自己撿起地中心的竹爿像負荊請罪似地跪拜在後母的腳下。毓芬無言地接過竹爿，雙手撫起，進入往事的回憶：

清明是踏青上墳的時節，這對操辦喜事的人家是很不吉慶的。十幾年前她就是在這個時候進入李家大門的，過後方知自己是墊房，悲痛欲絕，終日不食不飲，滴水不沾，整日整夜地躺在床上，勸說無效，就像著了魔，嘴裏念念而語：「人到世上是受苦的，受苦人又為什麼騙人……騙人！」一個滿月的傍晚，她忽然起床梳洗打扮，獨自一人來到後花園兀立井邊。當空的一輪明月落入井中，在水波的作用下還在抖動哩。舉首對著深邃的天幕，藍湛湛的，使她觸景生情地獨白：「抬頭望明月，低頭思故鄉。親人啊，為什麼把我飄零到這樣一個異鄉客地，做一個不清不白的人。今晚我前腳跨出大門，後腳就不準備再回門了……爸爸、媽媽、妹妹……」說畢如嫦娥奔月一般撲向井中之月……

園內幾個孩子在玩耍，有的拋鐵箍，有的打陀螺，有的捉迷藏……李宗要累了，滿頭大汗地脫去外套去井邊飲水。朦朧中發現毓芬的背影落入井內，由驚轉而大呼：「救人呀，救人！新娘子掉井了，新娘子掉井啦……」

井圍子像油炸似的鬧開了，一窩蜂擁來的大人小孩七嘴八舌失了主意。李佩收帳回家剛坐定，忽聞兒子的呼叫聲，扔下帳冊直奔井臺，心想這下徹底地完蛋了。前妻病逝不久，為了孩子和家財，損失了一筆巨額錢款，在媒婆的撮合下，總算贏得了一個有學問的姑娘續了弦，立了個內當家。沒知那該死的婆娘搖唇鼓舌地謊說一通，弄得新嫁娘從進宅以來一天未安寧。扯謊即欺騙，為信譽之敵，就李佩來講是大忌大諱的，尤其在生意場上。為此惶恐不可終日，異常的內疚。現今又闖下了攸關人命的大禍，重演悲劇，好不叫人痛斷肝腸？! 你想他怎敢向井中投其一瞥？他已沒有勇氣，一點兒都沒有了。一到井沿兩腿一軟，一屁股坐在轆轤邊。這下可更忙乎了，節外生枝，事中套事，到底搶救誰，三人六主意鬧得不可開交。

適逢門上進得一位外鄉客人，紳士模樣的裝束，從南方專程來探望這位新娘子大夫的，此君不是別人，正是白阿訇守義。救命的呼聲使他仍下雨具和包袱直往裏奔，踏上井沿邊向井中一掃，平靜如鏡的井面皎月已不復存在，反光似金。來客不由分說地抓住絞索往下墜，轉軸在滾動，手柄在旋轉……

翌日清晨，空氣似乎要新鮮得多。一夜的折騰新娘已在洞房中迷迷糊糊地醒來，她安然無恙，猶如做了一場惡夢。她斜視床沿下一個孩童跪著，雙手捧著餐盤頂過頭：「您醒了，快吃飯吧，別餓壞了，孩兒已等待多時了。」

一股暖流湧向心頭，催人淚下，有什麼理由不理睬，有什麼理由不疼愛？她勉強地坐起來攙扶起李宗：「孩兒，乖，我吃——媽——吃。」

……

「媽媽！」李宗的喚聲使毓芬回到現實中，她心疼地看著這個沒娘的孩子，見他深深吸了一口氣含淚而說，「孩兒自幼失去母愛，是您重新給了我，我聽您的話，您揍吧，狠狠地。人生百善孝為先，我要學二十四孝，侍奉您一輩子……」

媽媽愛憐地輕撫兒子，由於先天不足而造成的瘦骨嶙峋的肩頭疼愛地說：「傻孩子，媽疼你愛你都來不及，怎捨得打？起來，聽話就好嘛。往後待人接物要好好地學。我們的宗旨是軟的不欺，硬的不怕。好好學本領，靠真才實學立足於社會，報效於父母養育之恩。」她又回過頭吩咐女兒，「小華，你把鞋洗淨晾乾連球一起送還小西姆。」

小華手拎球鞋，網兜兜著足球來到天然牧場。群羊的領頭羊是一隻毛片像荷蘭牛一般的公羊，頭頂心一塊形同黑牡丹，擠在兩隻捲曲有力的大犄角中，為此給予「黑花」的雅號。牠是一頭體型獨魁的雜交大公羊，豎起的毛茸茸的大耳一動不動地站在草垛上，由後瞧像狼犬一般搜索著每一個細小聲音；由前看像雄獅一樣擺起森林之王的架勢；由側望，像老翁落在晚年的沉思中。伊卜拉西姆偷偷迂迴過去，壞了！不料被大公羊察覺，牠立刻振作活躍起來，神氣活現地抖擻著長鬍子，踏步後退，隨即藉以犄角之威力橫衝直撞地奔過來。路經一半，黑花又低下頭去，夾緊那肥大的尾巴，以減少阻力，改用賽馬的姿勢跑來，好鬥的意圖已超越示威的範疇，其目的昭然若揭。伊卜拉西姆光著腳板，雙手撥開羊群，迎向群羊之首，分出雙手，一手一個死命抓住那對粗壯的武器——尖角，用頭抵在黑花處。激烈的人畜戰開始了，頂撞相持一會兒，這百十斤畜生，又有如樁柱一般的四蹄的平衡，好不容易對付。汗水浸透著對胸衣服的伊卜拉西姆，腳步蹣跚了，人在後退……

「你瘋啦，伊卜拉西姆，當心碰在羊角上，危險！嗬——」吉偉熟知「黑花」的力量，小西姆遠不是牠的對手。眼見驅趕已失靈，上去就是一鞭。公羊嚇住了，但並不就此罷休，眨眼間對著眼前的陌生人又反撲過去，其勢倍猛。羊倌吉偉忙壓上去，可是撲了個空，急呼，「躲開！伊卜拉西姆！」

這時躲閃已來不及了，話時遲，那時快，就地橫掃一腿，失前蹄的「黑花」倒地，小西姆也滾翻在草地上，血流不止。頭羊獸性發足仍不服輸，又捲土重來。小吉偉一個箭步騎跨在羊背上，按住了牠的脖頸，一場人畜大戰終於平息了。

李華撇下手中物，連忙奔跑過來，像搶救傷員撕下裙邊給小西姆包紮。他卻執意不要，能眼看血不住地流淌嗎？不，她用命令的口吻：「要包紮，一定要！否則會細菌感染的，走！」一把拖住受傷者向小溪走去。

伐樹取道，聞得溪流聲，像人身上佩帶的玉佩玉環相碰發出的聲音。順著坡度下見清澈見底的溪水歡暢地流瀉。小西姆濯足後，金雞獨立般地兀站溪邊。小華扶著他指向對岸：「到岸邊去坐一會吹吹乾。」

兩位小伴侶淌過溪水來到彼岸，這兒有一座規模較大的墳塋，陰暗淒涼，墓間的溝壑早已長滿了過膝的茅草和一些不知名的野花。墓碑有的東倒，有的西歪，有的像是什麼人從後面把它們抬起來似的，有的好似盜墓人偷盜過的。邊緣的幾個孤墓已是無主的了，偶爾也有一二個新墳，三五年的，草特別興盛，而幾棵松柏光禿禿地遮蔽不了日光。這些已故之人埋於此，有的是子女選擇，有的是親朋好友的安葬，也有的是自己生前的宿願。從墓誌銘得知此處確鑿是一塊風水寶地。身居山北，臨近古剎，能聽鐘聲，能聞香菸，人迹罕見，好一個極樂世界。羊群野兔出沒於此，隨意闖入墓園，那新鮮的糞便足以表明。就在這壘壘荒塋中，唯一一座卻十分完好，既沒被人碰損，也沒被家畜踐踏，似乎擁有神靈的庇護，鶴立於墳塋之中，尤為打眼。它那黑色的墳圈內青松翠柏，古木參天，如上世紀的衛士守衛著墓中的主人，它們的高度代表了主人的「陰壽」。沒見墳頭包得完好無損，居中直立一人一手高的大青石墓碑，上面清晰地鐫刻著幾個大字：「御醫秦公普之墓」，碑前設有一祭臺，穩坐於圈內。圈外是三十六級臺階，甬道兩廂分設著花崗石的長石條，墓道由此向山下遠伸……

李華把右心童架到石條旁說：「來，坐在這上面，不准亂動！這兒不是球場！00 號病人聽見了沒有？」

伊卜拉西姆用球鞋墊在石條上一屁股坐了下來：「好厲害的小大夫，真像大姑媽。」

「有病人就有醫生。我就是個小大夫嘛，將來我成了大大夫，你就是我第一個病人——01 號，嘿……哈……」小病號捧腹大笑，小醫生也笑到拗頭拗腦，「現在你得先聽我的『醫囑』，等乾了我給你敷藥。」

「敷藥？藥在哪裏？」驚疑使笑聲嘎然終止，他把禮拜帽往後腦勺一抹，瞠目雙眼。

她背著雙手一本正經地說：「甭管！你給我安安穩穩地坐好。」然後轉身沿著崎嶇曲折的羊腸小道向山上攀去……

生性好動的右心童就是在一舉一動中開啟自己的睿智，提高自己的智商，培養自己的技能，鍛鍊自己的意志。坐在石條上他乾等已不耐煩了，還沒到一支菸的工夫，就靜極生動了。適時一隻野兔巧從墳塚中竄將出，如矢一般地迎面躍來。蹦蹦跳跳地鑽過條石，停留在草叢中啃吃嫩葉。他見之興頭頓時萌生，忘卻了疼痛和「醫囑」，麻利地從屁股下抽出球鞋，悄然無聲地將腳伸進鞋中，輕輕下了石條，屏住呼吸逃避牠的兩隻豎直的大耳朵的搜聽。不好！顧了腳忘了手。那該死的右手不慎牽動了網兜上的繩子，足球從石條凳上滾落下來，順著山勢下拋，自然驚嚇了野兔。俗語道「氣大如牛，膽小如鼠」。我看兔膽和鼠膽乃是半斤和八兩，彼此彼此。您想牠能不鑽入洞窟？其速度之捷甭提可知。逮兔之念只得告終，可追球倒是迫在眉睫之事，坡度越陡，加速度越大，球拋得越快。單足提著追去則望塵莫及，不由得出動雙腳傍地，最後好不容易踩住了網上的繩頭，球才停在石階上，可已氣喘吁吁了。瞬刻的停歇，他旋轉了一百八十度，用受傷的左足尖向上方勾球，踢啊……勾啊……絆啊……球被踢了上去，碰到墓碑彈了回來。他反覆往來地踢著，著落點很準，像被球門頂了回來似的，免去了揀球的煩惱。於是愈踢愈來勁，愈踢興愈濃。一、二、三……十、二十、三十……出乎尋常地得心應「腳」，次次命中碑心。

李華手執洗淨的葛銀藤和一塊大卵石從溪邊走了上來，見狀氣憤的命令：「止腳，把球給我！把球給我，止腳！……」

多次命令就會失去效應。當小華來到身旁，球才停止跳蹦。他傻呵呵地望著小醫生，無奈地將球勾給了她。

「你瘋了！在玩命？」她接過球，不是足球而是「血球」，紅色覆蓋了本色；再瞧他的白球鞋已成左紅右白的鴛鴦鞋。這時伊卜拉西姆才垂首俯看殷紅的鮮血染紅了左足，不覺伸出了舌頭。她面對憨直篤厚的小伙伴又好氣，又好笑，心裏又好疼喲。她直指彷彿是血洗染過的大青石的墓碑諷喻地說，「這下可徹底地舒坦了吧！我的 00 號。」

他抹去雙臂上的汗水，瞥了下墓碑無言可答。驀地碑中的「秦普」兩字使他解了圍，收起窘相切換話題，學著古人之乎哉也的語調問：「李小姐，秦公普者乃何許人也？」

小華不聽便罷，一聽這小老夫子的口氣便忍不住噗嗤一笑。

唉，別小看這一問，果真把局面轉了過來，所謂的一笑了百事嘛，還當真管用吶，她將手絹舖在石凳上，放上葛銀藤，繼而用卵石舂擊。略思忖片刻後講述：這是傳說的故事，明太祖洪武年間，有一位大名鼎鼎的御醫，專給皇上皇后嬪妃診脈看病。他醫術過人，大有起死還魂之妙手。他平易近人，黎民百姓求醫者無不應診，並能剜己之肉補他人之瘡。被黎民百姓美譽為「當今扁鵲，再世華陀」。該御醫有個同母所生的兄長，其品行與弟恰恰反之，以投機專營，拍馬奉承為本，巴結權貴，勾結宦黨為長，是個地地道道、道道地地的不學無術的傢伙，正可謂集古今中外之大成者。為了爬上將軍寶座，他不惜踩踏別人的肩頭，施展無所不用其極的卑鄙手段。就草菅人命一例，聞者毛骨悚然。君不會忘卻「一將成名萬骨枯」的警句吧，為掩蓋其殺人誅口的真相，竟動用暴力處死他自己的胞弟，成了千古之罪人。凡受過御醫醫道的，無不痛惜悼念，無不緬懷追思。就奔喪送葬者大有百千之多，哀聲一片，綿延數十里之遙。後人故特修葺墳塋寄託哀思，聊表心願。

「御醫尊性大名？」

「聖醫秦普。」

「啊——他就是秦普？可敬，可敬！」沒等小華把藥敷上，他一頭撲倒在血碑前，正跪拜於墓前。沉思在故事的人物中突然釋放感觸地說：「歷代以來為什麼好人總遭壞人的暗算和毒手？難道就不能倒逆過來?! 我的真主！」

「歷史長河中的軼事何必要你如此萬千感慨！」

「汝不知，如果說朝朝代代都是亂人賊子、小人奸佞主宰一切，那歷史豈不顛倒，社稷豈不倒退，國家豈不變質，民眾豈不遭殃?! 仗義執言的忠良，剛正不阿的臣民，那只能從荒涼的阡陌中覓得他們的歸宿之地，怎不叫人悲歎啊！」

欲知後事，請看續節。

五　伊瑪目收了兩個「咖啡」徒弟

白守義的臥房是東廂房，與琴房相對，室內家具簡樸而擺設講究，富有藝術風格，雅致恬靜。兩張單人床成丁字形，中間夾著一具藏有經書的櫥子，櫥子醒目處安放著《古蘭經》和伊斯蘭教的創始人——安拉的代表——穆罕默德的箴言語錄。

少年拉西姆靠在床架上，小華下達「醫囑」:「因失血較多，你必須靜臥三天！」他聞後做著鬼臉蒙上被子躺了下去。

在書櫥前翻閱的白阿訇漫不經心地說：「小華，你的醫囑對他來講真可說是白搭。他跟前兩年可不一樣了，再不是琴邊愛拋淚的小西姆啦，而是足球場上的健兒了。依我看別說三天，就是三個時辰對他也是難熬的。」他信手捧出《古蘭經》給伊卜拉西姆，「待會淨淨手坐起來讀《古蘭經》，了解一下真主是怎樣艱苦創業和磨煉意志的，這樣也許好一點，可以收住你的心。」

伊卜拉西姆聆聽了師父的話，淨手後右手按住胸口心誠、口誦、身行地:「真主憐憫我，我信仰真主。」誦畢便全神貫注地翻閱起來。

「這才像養傷。人說傷筋動骨該一百二十天，我只短短三天，不算長吧。喔唷，險些忘了。小白舅舅，哥哥不學好，爸爸為此異常憤懣，定要哥拜師學藝，母親一定要您到場，等會——」敲門聲打斷了她的話。

一個瘦骨嶙峋的小姑娘從門縫中擠了進來。她約莫十幾歲光景，一頭金髮，儼然維族姑娘的打扮，編成許多小辮子甩來甩去。她的外貌酷似丹麥童話大師安徒生筆下的賣火柴的小女孩。上身是一件黃花頭的花罩衫。黃花受染料的影響，棉纖維已斷裂，形成了一個個小孔。雖然陳舊，色褪花淡，但還整潔，不過小得不稱身了，可她還是竭力拿它來裹住自己的羸弱的身軀。她靦腆地用手腕抹著消瘦蒼白的小臉蛋。她就是卷首在跳板上洗衣服的小姑娘娜英，吉偉的胞妹。她手持大紅請柬雙手恭恭敬敬地遞給白阿訇。上面寫著：

白阿訇守義兄：

敝人定於×月×日午後二時，在常春樓為犬子李宗舉行拜師儀式，屆時敬請蒞臨指教。

此致

敬禮！

愚弟　李佩謹上

×年×月×日

常春樓是一家二開間的回民館，門前雨棚下吊著圍有鍍金框子的招牌，精美華麗，四角包著豐碩的花果浮雕，中間是鎏金的「清真教門常春樓」七個字，鑲嵌在古蘭色的底板上，昭示著「古蘭」和「金」──古蘭經，很是閃光奪目。其背面相應地印有「經文」和「湯瓶壺」標記。金字招牌為紅木結構，外型設計布幣狀，長一百二十公分，寬五十公分，厚三點五公分，上有銅襻，下有墊珠，四角有銅質鎏金包角，全重十五斤，古樸而莊重。

一條小河打店前淌過，斗折蛇行，明滅可見，向遠方蜿蜒，輕楊垂柳在河邊隨風搖曳，杏樹、桃樹含苞欲放，散發著誘人清香，沁人肺腑，雲杉高聳排成一列橫隊，頗有「杏花村」之再現。太陽漸偏，已是午後二時。門庭若市，賀喜的人們熙熙攘攘，進進出出好不忙乎。李佩、席子在門口張羅著，迎接著，白守義阿訇應邀領著拐腳的伊卜拉西姆步入店堂。賓主魚貫就席，十桌居中首席者當之無愧的便是劉伊瑪目。他舉起滿斟橘子汁的酒盅，臉朝西南默默祈禱：「真主，請寬恕我收下這『咖啡』（泛指信奉伊斯蘭以外的民族）的徒弟。」說罷把盛有橘子汁的酒盅放置在地，喚李宗上前聽命，「徒兒，臺上放著一對龍鳳劍，一對鴛鴦劍，你任挑一對，破指滴血於杯中，血汁交融乃象徵師徒融洽，來日相好，以圖吉利。」

李宗聽見要刺血，臉色驟然一變，本是黃皮老薑的臉，一下子變得死一樣的蒼白。他窺四周，不敢抬頭正視師父，雙手直打哆嗦取來龍劍，戰戰兢兢地拔出劍鞘。寒光逼人，毛骨悚然。他欲試而不敢，欲放而不能，如白痴一般長久地愣在杯前，一副令人掃興的窘相。

拜師，這對李佩而言，本打算讓兒子學點武藝，一則防身守家；二則可榮宗耀祖。不想兒子如此當眾出醜，如芒刺背惱火至極地訓斥道：「這是為圖個吉利，你，你這樣磨磨蹭蹭好不光彩，你真沒出息！」他是咬著牙說出後一句話的。

有些事不聞則已，一聞則甚，適得其反，不是麼，兒子聞得老頭子的辱罵聲，益加膽怯，連那一丁點兒舉劍的勇氣都溜之光光，執劍的手指緩緩伸直離開了劍柄一下子垂了下來。人們望而生歎惋惜地搖頭。

這時，就在這時，一個亡人的家屬腰纏白布從人縫中擠到李佩前。歎氣之中又摻晦氣，好不大煞風景。他湊忙軋熱鬧地跪拜叩頭在地中心，連哭帶號：「李老爺，我高榮喪妻失財，無力操辦喪事，叩求老爺開恩，賞一口薄材收屍裝殮，以積陰德，勝造七級浮屠。」

李佩對高榮這小子的印象原本浮光掠影，加上世俗的眼睛對這等下里巴人更是不予理睬。今求施捨於腳下，安得推諉？只因兒子壞事，心煩意亂。他取出瑞士18K歐米茄懷錶，看著時間似流水消逝，怒視不爭氣的獨子，橫瞅繫喪帶的小剃頭，憤中有氣，氣中有怒。他用手杖「篤篤篤」地戳著磚地，一古腦兒地發洩在高榮頭上：「喪事是要辦的，但須量力而行。現在我犬子的事都顧及不上，哪還有清閒工夫管你斷命死人的事？別自找沒趣了。」他失去控制，無力地靠了下來。且見高榮賴著不走，看來非達目的不可。硬的不行就轉軟的，「你向我討，我向誰伸手？! 你又不是不知道，東洋人在南京大屠殺，物價一日三漲，我們身居後方可也——」

「求爹爹告奶奶無門，跪老爺拜老闆不肯，我只能——」見乞求施捨無望的小剃頭作著習慣性的抹眼淚捏鼻涕動作，往身上一擦，急奔李宗，一把抓住龍劍劍頭奪了過來，宛如演戲一般把劍刃架在脖頸上像悲劇的終了，以示威脅無賴之伎倆。由此可見，為達到目的，他施展了最後一只棋子——佯裝自刎，黔驢技窮已昭然在目。

就在奪劍的一刻，李宗非但不鬆手，反而握持並把劍一抽，高榮不慎防範即驚呼一聲，鮮血從「虎口」中迸出，巧滴桔汁杯內，與會者紛紛云云。

「伊瑪目，您老真有造化，一收就是兩個徒弟，這乃真主旨意。」白阿訇藉機扭轉尷尬局面，站起來抱拳作揖，代表賓客表示由衷的祝賀。

親朋好友點頭讚許：「好主意，說得好！」

劉伊瑪目欠身還禮，打拱答道：「承在座各位美意，俺領情了，哈哈哈，我收下這兩個『關門徒弟』。」爽朗的笑聲中，李宗在父親的授意下，欣然牽著高榮納頭便拜。

師父扶起倆徒：「徒兒誠心，俺送劍一把作為見面禮，務求刻苦習藝，以防身克敵之用。」

一徒將接龍劍，一徒則見劍搖頭連歎道：「師父，徒兒治喪為當務之急，燃眉之迫，懇請師父作主。」

師父斜睨李佩一眼，眾人的目光都停留在這吝嗇鬼身上。在眾目睽逼下的李老闆才解下腰間的鈕扣，伸進衣兜兒，半響才取出兩塊大頭銀洋錢說：「看在師父面上，這點面子總要給的，拿去！這兩塊大頭買點錫箔化願去吧。」

劉伊瑪目掩鼻而嗤，敗興地收起龍鳳鴛鴦兩對劍逕向門外走去。客人們緊跟隨後以觀後事。高榮扔下銀元打李佩身旁擦過，舉手之勞後得意洋洋地跟了出去。憤憤然的師父同情地說：「徒兒，現成棺木成殮沒有靈柩，亡人即入土為安。就按你們漢族的風俗『棺材無長短，六尺二寸半』，自己打一口吧！」

師父運了一下內氣，紫銅色的臉更深了，一雙單鳳眼直瞄河岸的兩棵挺拔的大雲杉，下巴頦的鬍鬚都挺直了，龍鳳寶劍於左右同時飛出。好一個出手不凡，只見碗口大的雲杉樹頭微微一振，「嘩啦」應聲而倒於河中。目擊者無不拍掌叫絕。繼後再次運氣，古銅色的臉上雙眼瞇成一線，鴛鴦寶劍飛出手，刺穿樹幹覆疊在龍鳳劍之上，交叉插在小河邊。那粗大的樹幹在水濺之後早滾翻在河水裏。

老人舒了一口氣，在掌聲和讚歎聲中捋著髯鬚喚道：「徒兒，上前自取，量它已綽綽有餘了。」

高榮愣了好一陣才想到謝恩，便上前連連叩了三個響頭：「師父的高超技藝乃是空前絕後的，徒兒領教；師父的德高望重乃是眾所周知的，徒兒光耀；師父的長者恩典乃是刻骨銘心的，徒兒勿忘。」左一個師父，右一個徒兒，誦一句叩一個頭，好一片誠心。

人群中的東道主這時無趣地返身入內，拾起丟下在地上的兩元銀洋，相互敲了一下放至耳邊聽聽，似乎變樣了。又不放心地用嘴吹了一下，再聽聽，銀元特有的餘音激起耳膜的共振，這才擦了兩下掂了掂，安然無恙才放入袋兜，扣上鈕子自言自語道：「這兩塊大頭夠我付一年的水錢吶，他不要，嘿，我還嫌少哩！」他再摸了摸貼胸的口袋，像似癟了好許。瞬間，臉突然一變，心一沉，吃驚地張著嘴巴無法抿攏，不能伸張，也不敢伸張；就是伸張了，也沒人同情，反受人笑柄，剛才的一幕表演得已夠深刻的了，他只得打掉牙齒往肚裏嚥——有苦說不出。

何事使李佩如此驚慌不已？

欲知後事，請看下章分述。

第二章

一　開齋節的野餐

光陰似箭，日月如梭。春夏秋冬次第輪番，轉眼間五載的時光已悄然失逝。藍天與草原交接處，兩騎駿馬在馳騁，由遠及近。在先的是一匹雪青馬，騎者是年輕而獷悍的維族姑娘。隨後是一匹烏龍駒，上面坐著楚楚動人的女主人公李華，一身維吾爾姑娘打扮，若不是眼眶的下陷程度還欠缺些，你還真無法辨析真偽呢！

拉西姆已成了壯實的小伙子，棒帥極了。他正頭枕足球，翹起大腿躺在大樹下翻閱五線譜樂譜。嘴裏還在吭嗚，被頂穿的破球鞋頭裏，大腳趾還在一動一動打著節拍吶。在這幕天席地的大自然青紗帳裏，一副逍遙自在悠哉悠哉的樣兒。

吉偉那滿身一年四季開「花」的衣服也早已淘汰，進入歷史博物院了。他比伊卜拉西姆小一歲，從小失去雙親，和妹妹娜英在奶奶的翅翼下成長長大。他個頭並不高大，這全然由於先天不足，後天又失調所致。別看體型單薄又瘦小，可勤奮的勞作使其臂力過人，手腕之強勁令人驚歎。一雙藍黑色的眼睛在瘦削黝黑的臉上不太顯目，跟眉毛一樣細而不打眼，然而當手腕飛出匕首時，那眼更是瞇成一條線，在緊鎖的眉宇下，薄薄的嘴唇抿得更緊，鼻空幾乎不動彈。匕首得心應手，眼神停留在何處，刀頭落點不會有絲毫偏差。就憑這點本領，他俠義強悍，路見不平，拔刀相助——愛打抱不平是維吾爾族遊牧民族的特定性格。他遇事易怒，好感情衝動。若是去掉那繡花的禮拜帽，除了深陷的眼窩子外，很難找到維吾爾穆斯林的特徵來。

隨著時間和氣候的變化，他眼下更換的是一套嶄新的對襟服，類似京劇武生的服式，小袖緊身，胸肌和闊背肌隱隱凸起，今兒他已經是一名老練的神刀手了。沒忘吧，他牧羊從不帶狗，就憑靴中匕首，「以一隻兌一窩」，即咬死一隻羊非滅狼一窩不可。匕首一經出手，狼沒有生還的。沒見他又習慣地用心愛的小刀在樹上練著眼光？

姑娘倆翻身下馬來到大樹下，首先注入李華眼底的是「虎頭鞋」，她咬著紅唇，露出一對小酒靨，害羞地偏頭把手中的黑色高幫鞋遞給了他，又埋怨，又心疼地說：「我的牧羊人，你的『老虎頭』鞋該更新了，否則真要傷人了……哎，真不會料理自己。」

喜出望外的伊卜拉西姆把樂譜一放，一骨碌地坐了起來，笑咪咪地問：「給我的？」

「給你？不，給鞋破的人。」李華風趣詼諧地說，一陣心跳又使她難為情起來。

新鞋套上腳，他異乎尋常的高興，蹦呀，跳呀，呼叫呀，因為每當球賽上場，眼睜睜地看到球友的鞋，總不免寒酸幾分，對不起自己的一雙腳板。所以日思不得夜託夢，對於這昂貴的球鞋可敬而不可親，現突然其來到面前哪有不樂之理？!「這回可好了，吉偉，有了它我可以『雙飛』了。」

羨慕的眼光勝似言表，它停留在黑色鞋面上的一對白蝴蝶結上，神秘地瞟了他倆一眼，指指腳背一語雙關地說：「你們看，正是天生一對，地配一雙，黑白相襯，形影相伴。美極了！」

娜英一路上察覺李華的神情並不像以前那樣開朗，至少有些不悅之事壓於心頭，現在又聽得哥哥在拿他倆開玩笑，就上去擰了他一把。

「唉喲，疼死我了，死丫頭！」吉偉捂住臂膊，揉著……罵著……瞪著眼，最後伸出舌頭做了個鬼臉。

李華嫣然一笑，問道：「西姆哥，今天是啥日子？」

伊卜拉西姆不加思索地回答：「肉孜節。」

「我的穆斯林，誰問你這？老是把《古蘭經》搬出來壓人。要是不知道開齋節——肉孜節為何我要這身打扮？」

他被懵惑住了，傻呵呵地搔腮摸耳。

李華把嘴一噘，用手敲打了他腰帶上的犀角杯唬起了臉：「真忘了?! 患了健忘症？也罷，算活在——」

抓住小角杯，他豁然明白：「喔——今天是萬能的主創造我的日子。」並撫摸著杯側的生日。

「不，還有。」

「還有？」

「還有呢？不知道了。」

「還有我和麗妹，都不是開齋節降臨人世間的?!」

吉偉在旁應和著：「李華姐說得是，連生日都忘了就得罰，理所當然，我做公正人。罰甚？」他把匕首在油光光的腦門上擦了擦，似乎靈感就來了。稍後，對準大樹擲了過去，匕首不偏不斜地戳入大樹兩米的高度，順手取出羊鞭「啪」地一抖，鞭頭纏絡在匕首把柄上，然後又把鞭桿往地上一插，利索地築成了一個「土球門」，「罰一個十二碼球！」說著一個「頭頂」把足球傳了過去。

伊卜拉西姆不急不忙地停住了球，雙手叉腰一足踩球，像一員久經沙場的虎將，擺出罰球的架勢：「好，小兄弟，注意球將著落在你的頭部。」可一下子他又躊躇起來了，舉棋不定地絆球徘徊。

吉偉站在「土球門」下，像似察覺對方的心思，催促「球員」，鼓勵著右心童這個左撇子：「西姆哥，別猶豫，用左腳好了，我頂得住！」

伊卜拉西姆稍微寬心，目測前方的射程，「球門」見無動靜繼續喊：「快拉開雙腳，用左腳背射門。快拉開雙腳，用左腳背射門！」

這位受音樂陶冶，又酷愛足球的伊卜拉西姆無論在體格、情操或是意志方面都得到了極大的鍛鍊和培養。他胸有成竹地後退數步，猛地一個扭腰，球「嗖」地飛了出去，賽如離弦的矢向門心穿去，不歪不斜直衝「球門」的上方。吉偉反應也不賴，雙手接住，只因球力過猛，兩掌振得灼辣辣地痛。因觸到前額，他後仰過去，乘勢來了一個後滾翻動作，一屁股坐在門下。

李華和伊卜拉西姆急速奔了過去扶起吉偉問：「好兄弟，摔壞沒有？」

吉偉丟下球，揉揉雙腕，搓搓前額，活活關節說：「不打緊，嘿，西姆哥的腳頭真硬，夠厲害的，真是鐵腳板。我的手腕都振麻了。要不是我跟勢來了這一下，頭早就飛走了。」他幽默的動作，博得了一陣歡聲笑語……

刀叉敲擊盆子聲蓋過了嘻笑聲：「好了！該赴宴入席囉，肉孜節的野餐開始啦！」作為家務活能手的娜英，早已把餐桌菜餚就緒完畢。古老的樹樁上攤上桌布就是一等樣的餐桌，豐盛的佳餚就以野餐的形式進行。大桌中間的大盤裏放著整隻醃羊腿，還有大塊的乾切牛肉。四周餐盤中分別擺滿煮雞蛋、燻魚、奶酪等鹵菜。主食是油香、烙餅和蔥油餅，每個均有盤子那麼大小，散發出一股蔥油奶香。

吉偉舒展活絡一下關節經絡後走了過來：「我的好管家，喲，夠香的嗎，開齋了招待什麼菜？我瞧瞧。」

妹妹小英子急用身子擋住哥哥：「不許看！你猜。」吉偉乾脆把足球一放，背席而坐於球上，闔上眼像警犬一樣嗅著四周的空氣……

李華和伊卜拉西姆也向這兒慢慢踱來，她瞧著腳下問：「鞋可合腳？請原諒我不會買東西，尤其是你們男人家的。」

他拍打球鞋上的塵土：「正好一腳。不過我該還禮的，買什麼好？」

她低頭不語，踢著腳邊的芳草，走到桌前，娜英擦著器皿快嘴快舌地說：「西姆哥，現在我代表主人宣佈，野餐的各式鹵菜是華姐特地邀請奶奶做的，請品嚐一下。」

「今天是穆民節日怎能叫她請客？豈不反客為主了嗎？穆斯林們。」西姆說。

「同是主人，不過我只是一個新穆斯林。」李華道。

「咳，老表們，還管不管我了？我要偷看了，我只聞到油香、奶酪和烙餅都垂涎三尺了。」在嘻嘻的笑聲中，吉偉睜眼轉身興奮地拿起匕首戳，飢腸轆轆使他大刀闊斧地幹了起來。

李華以主人自謙而語：「今天是我平生有史以來第一次穿著維吾爾服飾，品嚐清真飯，又適逢伊斯蘭教曆的開齋節，來度過我美好青春的第一個誕生日」。

吉偉啃著羊腿說：「真主會賜福華姐，有第一次，則有第二次、第三次……我敢擔保你遲早會同我們生活在一起，被我們穆斯林的生活習慣所『同化』，西姆哥，對嗎？」他以狡黠的眼光瞅了瞅對方，順手取下伊卜拉西姆的禮拜帽戴在李華頭上，「真主早就安排好了。」

無語的默認賽過有言的許諾。秋波一閃，她不好意思地垂下了頭。伊卜拉西姆窘得不知如何是好，對準吉偉後背就是一拳。前後夾攻腹背受敵，妹妹也責怪起兄長的冒昧，搶白了一頓才說：「哥——你就是這等調皮，東拉西扯的好不令人掃興。華姐，別聽他的胡攪蠻纏，我們吃！」

李華的兩腮一直紅到粉頸，她自選了個雞蛋以抑制自己的「心動過速」和「血液的快速循環」，不料正欲敲殼而剝，卻被吉偉攔住：「這是生的雞蛋！」

「生蛋帶來何用？」眾人你看我，我瞧你，最後疑慮的目光投向吉偉，又移向娜英。小英子也愣住了，眨眨雙眼不知所措。還是伊卜拉西姆老練，他瞟了一眼吉偉神秘的眼睛，像魔術大師變幻莫測，問號連連。他滿有把握地接過雞蛋在「桌面」上一轉，雞蛋平穩地打著旋，最後如法官宣判果斷回答：「熟的，無疑！」

「對囉，那你能否叫它站起來？」

他仨不約而同地爭著試著，可都以失敗告終。你想蛋殼與桌面的接觸面積趨於一點，試問重心能穩嗎？不穩。不穩則焉能站立？不管是生還是熟，蛋不可能直立。妹妹自知被耍了，氣鼓鼓地說：「哥哥，就是會轉甴甲念頭，滿肚子的壞主意，今天我倒要看你怎麼個叫它站起來！」

三對六眼有疑問，有請教，有怒火，一齊投向吉偉。他取過盤中的三顆蛋，以敏捷的動作，幾乎同時在三人面前砸殼而立，並語意滑稽地為自己尋找理論根據：「是你們的眼光逼著我，才使我逼著它站起來的嘛。可謂『逼上梁山』、『逼走華容道』。」逗樂了，氛圍舒緩了，邊剝邊吃……

李華由於心神不定，她吞下了雞蛋黃，又掰了一塊油香放到嘴中，下嚥時快了一些哽住了，堵塞了咽喉，上氣不進，下氣不吐，伊卜拉西姆忙捶背，娜英六神無主手忙腳亂，吉偉情急智生命小英子：「妹妹，水！」

「沒有。」

「羊奶，快！」

這位穆斯林的客人——李華，臉面紅漲，冷汗涔涔，熱淚從眼窩中冒出。伊卜拉西姆迅速取下角杯滿注羊乳餵著。她貪婪地飲著，以清除喉頭阻塞物，使上氣通接下氣，待等李華回過氣來略趨平靜時，吉偉又打趣地說：「李華姐，這頓穆斯林的清真飯不好吃，上口氣就哽了。奶奶也——」

她清了清咽喉的殘渣說：「是奶奶烹飪得好，色香味形意俱全，我太貪嘴了，所以——」

「所以貪嘴不留窮性命。」吉偉故意中斷她的話，模仿她打嗝的樣兒，逗引大伙發笑。

世間沒有不散的宴席。日頭西昃，野餐收尾，豐盛的一席現已羹殘餚盡碗底朝天。器皿理畢，娜英提著飯籃說：「你們在這兒，我得先告退一步給白阿訇去煎藥。」說完躍上馬鞍，勒緊韁繩，「華姐，別忘了晚上來我家，大淨（沐浴）後我們一起去禮拜……」

「好嘞，好嘞，婆婆媽媽地你有完沒有？真煩死人了！」吉偉收起匕首，握著鞭子向羊群走去。

「誰跟你嚕囌，我要華姐答應嘛。」娜英不服地回了兩句，調轉馬頭聽候覆音。

李華思緒俱湧，杏眼噙住淚水，咬住櫻桃薄唇，勉強地點點頭……

李華為什麼欲言而止？

欲知後事，請看續節。

二　受辱後的分手

眼淚湧自李華的眼眶，交錯在她的臉龐。淚水這東西不是時常攜來安慰的。每當晶瑩的淚花在胸口中抽汲許久之後，終於得流放出來，起初是急驟地，於是比較容易地，更柔和地，這種眼淚是一種熱淚，它能安慰人，給人以舒袒，是有裨益的，哀愁的、噤啞的痛楚因眼淚得而減輕了……與之相反，還有一種冷的眼淚——很吝嗇地擠出來的眼淚，被推移不動的累贅的、苦痛的重量從心頭絞出來的一滴一滴的淚水，它不會安慰，不會消愁。毫無疑慮地，她是歸屬於前者範疇。是在受辱後的憤怒激情中邂逅親人，用一腔熱淚——無聲的語言來傾訴自己的衷腸和痛楚。

伊卜拉西姆用手抑去她的淚花問：「華，你怎麼啦？好像有心事。」

她畏葸不前沉思一會才說：「西姆哥，明天，明天媽要我去南方讀書了，今天我是來告別的。」說完難過地回過頭去，一陣緘默。

「啊——不，不會的。我不信，這太突然了。」意外的消息如晴天霹靂，一無所備。他咬著牙關用拳猛擊老槐樹，然後無言地坐到樹樁上，悶悶不樂地言道，「怎麼辦？我該怎麼辦？」他像呼救似的連連呼喊自己的伙伴。

吉偉三步併作兩步趕到，伊卜拉西姆嘶啞著聲音悲愴地告訴：「李華，她明天就要離開我們了。」末了幾個字已略帶顫抖。

「真的？去哪？」

「寧海。」她頻頻點頭含歉地回答。

吉偉懵懂著：「好急！那今天的一餐竟是臨別餞行嘍，唉——既是離別，那用什麼來表達我們的心意吶？」

「就免了吧。」她誠懇地勸慰，「穆斯林的勇敢真誠的心靈就是美好的留念。試問有什麼比這更可寶貴的呢？!」

「願主保祐你鵬程萬里，前途無量。」伊卜拉西姆見挽留無望，拿起樹樁上的角杯，「華，只因師父已病入膏肓，他老人家為我含辛茹苦，我怎能再破費他老人家呢？你若不嫌棄就把它帶去吧。它將代表我的心伴隨你到天涯海角，海角天涯。」

「不，西姆哥，我怎敢領受？這是你父母留給你唯一的紀念物，我斷然不能帶走。這豈不無端地扯斷了你們父子間的最後情絲！倘若有朝一日父子相認又以何物為憑？!」李華再三推辭不肯收納，「噢，我想解說一下。媽特地要你去吃飯，我知道請不動你，所以來個變通法，特邀吉偉兄妹一起野餐，這道告別的一餐。」顯而易見，她在仰止內心離別的淒楚而補敘前情。

吉偉先前的愛說愛笑的勁道早已煙消火滅蕩然無存了，飯前飯後判若兩人。他難過地低下頭，暗忖了好一陣方說：「紀念物一定要留，推諉是不合情理的。」這倒好了，一個要送；一個不收；還有一個來了個折中，並以央求語調說：「好兄長，你把杯子放原處！」

伊卜拉西姆悉聽遵命，把角杯放回樹樁上，心中犯疑，又不敢追問原委。卻見吉偉操起匕首，眼眸子瞄準著杯子，薄嘴唇緊抿著，鼻腔呼吸憋息著，一切皆在緘默之中。手起刀落，只聽得「啪」地一聲響，杯子劈成均等的兩半。他彎腰取來，摸了摸平整的剖面驚叱：「喲，是犀角杯！犀兕角，不是牛角，伊卜拉西姆！」

「怎見得？」

吉偉對這發現非同小可，杯子的身價不是十倍百倍提高。看！他多麼像個行家指著杯子的縱剖面講述分析；聽！他高興得直呼其名，喊著：「伊卜拉西姆、李華，你們瞧！是直絲直紋，懂嗎？你們摸！直絲直紋是犀牛角，珍貴的犀牛角。」他一邊比劃著犀牛的頭和角，一邊繼續陳述，「聽奶奶說它的用途可大哩，它能鑒定毒物，並有起死還魂的魔力妙用，比黃金還珍貴，與白金相等同。」他用衣角擦拭後興奮地說，「我衷心祝願你倆的情誼像犀角一樣珍貴。」衷心的祝願似乎還不過癮，所謂「口出千言不如一字」。沒見他將「餐桌」為機，運力自如地在上面鍥刻什麼。戀人面面相覷，不超一袋菸的工夫，他左右手各執半爿放在背後，「好了，你倆各挑一半留作紀念。」

此刻他倆才恍然大悟。李華搶先說：「我要右手那爿，因為西姆哥的心臟在右邊。」

「也好，那剩下的左手一半該留下囉。」

倆人各自拿了一半。李華的上刻「心印」，伊卜拉西姆的上雕

「心相」。併合湊起，杯側上乃是方方正正四個字：心心相印。吉偉，這位公證人喜笑顏開地看著這對初戀人抱歉地說：「請把杯底翻過來。」一幅「雙龍戲珠」的圖案。每爿上有一條龍於底部乃是兩位的生肖，還有拉西姆的生日，同樣也是李華的。

這對青年交換了眼色，一個信任的眼色。一個共同的願望不約而同地呈現在他倆的心海中：「今天的分離，就是為了明天的重逢！」

「既欲重逢，何必分離？」況且如此匆匆離去，使人在情感上難以轉折，難以接受。帶著一連串的問號——滿腹的不解，鼓足最大勇氣向自己的愛人提問：「華，親愛的，請原諒我的冒味，不知何故使你走得如此倉促？或許是我的不是……你能告訴我嗎？看在多年的情份上，也讓我能為我的友人分憂解愁，哪怕一丁點兒，我也極願聽。如若用得到我，我可以……」

掏心語言怎不感人肺腑，尤其在情侶之間。她「哇」的一聲哭了起來，委屈地傾訴滿肚子的怨恨：「親愛的，請你別責怪我，我的出走是萬般無奈呀，就像逼迫雞蛋站起來一樣，那只能——」她已無法說下去了，視線的模糊帶入了痛苦的回憶：

昨晚天正下雨，那種連綿不斷的細雨，似牛毛，如蠶絲，沾濕了人們的衣衫，喪失了人們的精神，叫人厭煩極了。雨神可畢竟是神，而不是人，焉有人情？固然還是頑固而緩慢地飄個不停。

自拜師以後，李宗沒學好多少，老脾氣又有進展，在師兄的搭檔下更變本加厲了。一天他又拿了父親的錢揮霍無度，和高榮、席子在酒肆酗酒，往窑子尋歡作樂。他們為爭搶一個賣唱的歌妓鬧翻了臉，不歡而散。事後高榮又靈機一撥，假腥腥地勾搭著他的脖子拉話：「怎麼？生我的氣了，師弟，嗯？為一個婊子何犯兄弟之義氣？!」

李宗卻似醉非醉，不理不睬。

「好了，我的好兄弟，都是我的不是，怎麼樣？說實話，有了老婆打老婆，沒有老婆想老婆。咳──年復一年的下去，心裏怪不是滋味的。啊喲，我怎麼跟你談這些呢？你還沒到時候吶，到時不學自通。來來來，咱哥仨到家再暢懷痛飲一杯，捶我幾下給你消消氣。六六六……五金塊呀……七巧七巧……八仙……」他嘴裏喊著猜拳令，眼睛向師弟老三──席子瞟了一下，示意：捅一捅他的口袋，看看還有多少「袋底」。

征服醉漢豈不是吃粒瓜子香香。席子聽命伸進口袋，把錢幣一個不留地掏了出來給師兄過目。

「全買酒菜，撈一個子『外快』不是娘養的！」

真是會做賊會防賊。席子口吐黏液用腳跺了幾下地，以表自己的清白。他用舌頭舔了舔食指，邊點數，邊應諾返身離去。

至家，排闥直入，把半醉半醒的近視眼師弟架到席子外房的桌前，便自在地又哼小調，又吹口哨。沒大工夫，這個跑腿抓了兩瓶高粱酒，托著一個荷葉包──下酒滷菜閃了進來。雨水從荷葉上滴落而下。高榮推推搡搡地呼喊：「二弟，二弟，咱們再痛飲幾盅過過癮，消消氣。」

醉漢的舌根發僵，吐詞含糊不清，期期艾艾：「不──不行──了，我──呃──要回家家──嘔──」餿食瀉了一地，散發出一股難聞的酸臭味，燻得滿屋皆是。

高榮見狀仍不罷休，繼續勸酒灌酒：「吐了再飲乃好漢，飲了再吐逞英雄。來，再滿三杯。常言道『酒逢知己千杯少，話不投機──』」他點著太陽穴瞑想對偶句，「話不投機──機──」

「話不投機半句多。」三弟席子晃動腦殼補充完了楹聯的下聯。

「好小子，真有兩下！我們同拜一師，同學一拳，肝膽相照，知人知面，知己知心。來來來，咱們兄弟仨為忠義，為金錢，為美女痛飲狂歡，哈哈哈……到那時我們將有福同享，有難同當……」

酒對穆斯林是戒的，滴酒不沾。席子偶爾偷飲，故酒量有限。今兒放肆貪杯，酒足興濃，便一搭一擋地啦呱起來。時而猜拳，時而罰酒，酒未三巡，李宗早已睜不開眼了，上下眼瞼「打起架」來，最後趴到桌上像死豬一般紋絲不動了。師兄授意席子師弟，詭秘地耳語著，比劃著，小師弟點點頭心領神會地退了出去。

話說李宅大院，它是一座老式宅院，歷盡數十年日晒雨淋，門窗的油漆已斑駁，露其原來本色，表面已不是初形成時的光滑，那上面的年輪清晰可見，就像雕塑家手中的浮雕凸面；磚石因年久失修而風化好許，院子裏花磚墁地，苔蘚覆蓋在隙間，有瓦房、過廳、木廈。飛檐有些傾塌，檐瓦也脫落了許多，這是因出頭椽子先爛的因素。圍牆較矮，可山牆很厚實，門窗很笨拙，合乎中國人的特點：萬古千年地傳子傳孫，為後代好多留一點遺產。長年累月的受濕，白色牆面石灰已脫落，長出一片片黛綠色的青苔，苔草經腐蝕，貼黏在牆基上，年復一年像一塊塊黑斑。一進李家大院，蘚苔腐蝕的氣息就撲面而來，夾雜霉爛的味兒。當然嘍，院裏免不了也種植一些針葉和闊葉的花樹，譬如：雪松、扁柏、月季、茉莉、薔薇等等，全是一些普普通通的大路貨，沒有什麼名貴的花卉草木……老藤纏絡著，葉子密密匝匝，遮得滿院陰暗不透風。三間大瓦房的窗櫺又窄又密，要不是上面的氣窗，屋子裏準是黑咕隆咚的，和後院裏支著轆轤架的井裏一樣黑魆魆的。

晚上，李華在桌前準備生日蛋糕，上面由黃油燒製的「雙龍戲珠」的圖案，圓盒四周插著十八支小蠟燭，象徵她第十八個春秋即始，亦可稱之為美好青春的起步。兩條龍則代表生肖為龍的孿生姐妹。沒有門環的砰擊聲，漆黑的大門咿呀推開，門縫中探出半個腦袋，濕透的羊鬈髮下撳著一對使人彆扭的鬥雞眼，所見之人沒有一個順心，總想把它撥過來。橄欖式的大頭大腦本是福相，可安置在他那未發育完全的身軀上，不知怎麼搞的，變得愣頭愣腦一副蠢相道。這裏筆者只能武斷地添上一筆，此為在母體中羊水過多的原由。他一身哈薩克服裝：嶄新的杏黃綢襯衫，絨布馬褲，可油污一層。簇新鋥亮的馬靴，要是白晝定能照得見人，但是今夜泡在雨水中受了「委屈」，光彩蕩然無存，面目全非，足有半靴子水，走起路來發出近似拉風箱的聲音。「落湯雞」的模樣，與原形大有遜色，假若在白天晴朗的日子裏，許是要順眼一點吧。不，也不，鬈曲的頭髮如枯黃的亂蔴一般。臉容總洗不淨，彷彿永遠是隔夜面孔。鬍子已個把星期沒刮了，像茅草窩。總而言之，他面部的輪廓線條和五官的布局比之身上的衣著裝束更不協調。而內在別具的是一種懶饞而愛打扮的惰性。他最忌諱別人注意他的眼睛，尤其當眼球旋轉時，不知道的人往往會把他當作休克病人送醫院吶。因此，他不敢多轉動，只得老老實實以旋轉脖頸而代之。當他瞥見客廳內只有李華一人，便用雙手捂合作傳聲筒，輕聲呼喊：「李華，李華……」

此人隱匿於暗處，李華站在明處；暗者能知明者，明者難辨暗者。她聞聲向大門走了幾步，定睛一瞧方知這位不速之客便是劉伊瑪目的養子，哥哥的師弟——席子。一陣狐疑直湧入心頭：我與他素不搭理，今雨夜上門必有要事，看在哥哥的師弟面上，便直截了當地問：「叫我嗎？有啥事？」

他神色慌張地跨進門檻，探頭探腦地低語：「噓——小點聲。」趁四下裏沒動靜就附耳道，「快去呀，你哥醉倒啦！」

「在哪？」

「我家。」

「你進來，我去裏屋叫媽，謝謝你。」

心懷叵測之人，大凡都是鬼鬼祟祟的。古人云：「君子坦蕩蕩，小人常竊竊。」糾其根就是心怵不正，當別人偶爾無意地觸及他的鬼把戲、鬼點子時，總認為是有所指的。懷著這種心理，席子哪肯讓她轉身，一把拖住壓低嗓門：「還是你去吧，快一點，讓你爸知道又要板子侍候。」

雨滴加大了，打在瓦礫上嘀嘀嗒嗒地響。李華取傘急跟席子前往，她捲起褲腿，淌著水，深一腳淺一腳地跑著踏進劉府，席子指了下側廂逕自而去。李華叩敲房門無聲，即放下雨傘扶門直入。見兄濫醉如泥趴伏在桌上，酒瓶、酒盅倒翻在地，雞骨、蝦殼滿桌皆是，狼藉滿地。她幾乎不相信自己眼睛，欲呼而未脫口。此刻高榮如雷擊電閃般地從門後竄出，像禿鷹抓小雞雛似的攔腰摟住李華。驚嚇之餘才呼救，可手帕已堵塞口腔，叫聲絕，唯拚命掙扎以示反抗。高榮著力掖住，如餓虎撲羊之勢卸衣解帶，捆抱入內房置於床上。自己轉身房門口對驚得跟木偶差不離的席子說：「你把住門，當心師傅！等會你也來嚐嚐這鴿子肉，可香吶！」吩咐完畢得意地屈著手指鍵，哼著《小小洞房》的曲調掩上房門。

雨越下越大，猶如瓢潑一般。毓芬渾身上下水淋淋地出現在外房門口，見席子內斜的雙眼傻呵呵地笑，便劈頭就問：「李華在哪？」

發問聲使尷尬的笑容頓時遁逸得無影無蹤，凶多吉少的陰影籠住了他神情。實說吧，李華是他去誆來的，他負有不可推卸的責任，再則大師兄也不會放過他，免不了一頓毒打；不說吧，也許還可以蒙混過去。於是他採用後者。吱吱唔唔地胡編一通：「她，她——她先是跟我一起走的，後來，後來她就去——去找伊卜拉西姆了。」他語氣雖有拖沓之感，然自如的手勢倒也能掩蓋了幾分敗露的痕跡，煞有介事地指著白阿訇的院子。

女兒在裏屋聽到母親喚女之聲，應諾無聲，下床不得。抗爭的汗水，仇眼的淚水，冰冷的雨水交織在她那少女白淨的臉龐上。袒露的上身被高榮死死地壓著。她用腳踢床架，藉此發出聲響，可又被一雙大腿牢牢地夾住。抗爭成泡影，身子欲受辱，奸淫將得逞……

席子的噱頭居然蒙住了毓芬。她信以為真，正要挪步離去，俯視間，忽見門旮旯裏女兒的油紙傘，疑竇頓生，立刻卻步直問：「這不是我家的雨傘嗎？」她拎起傘柄，傘頂還在滴水呢。

席子哄住了李華媽，剛慶幸地吸了一口氣，沒想到她會來一個「回馬槍」，舒坦的心又收攏了，怦怦直跳起來，畢竟做賊心虛，他結結巴巴地解釋：「是，是你家的，李宗忘在這兒的。」

謊言能欺騙一些人，但有時間性。就像紙永遠包不住火，謊言必不攻自破。這娃子哪裏知曉那紙傘是李華的，而李宗的傘就在毓芬手中，是一把油布傘。就是因為笨重與輕巧之別而分於兒女所用。鑒於此點，她完全斷定女兒就在裏面，而且還是前後腳。君不見那紙傘頂還在滴水？那為甚女兒不放聲？也許……她不敢再想下去，深感事態嚴重但礙於禮貌又不便擅自闖入，怎麼辦？

內房中李華聽到親人的話音，拚死掙扎以求擺脫魔掌，然而都無效。她強轉頭來，從床架的鏡子裏看到自己潔白如玉的身軀被高榮這廝污辱，怒不可遏。想咬，想抓……一切都不可兌現。末了，她急中生智，竭盡吃奶之力，用腳對準那塊使自己顯以裸形的車邊大鏡一蹬，「哐啷」一響。聲在內室，音傳外間。母親恍然明白了，她毅然扔下雨傘衝了進去。像死豬一般沉睡著的李宗模樣攝入她的眼簾，這意料之外使她不覺詫異非凡，那股氣呀甭提了。她克制著，冷眼即向房內一掃，旋即轉身，以犀利的目光，用外科醫生特有的敏捷動作，左手捏住兒子的鼻子，當他爭著喘氣時，猛抽出右手狠摑了正反兩巴掌，這是她自進李家第一次動手打了李宗。作為賢妻良母的她怎下得這一手？當她抽回手掌時，臉和手一樣地熱辣辣。為自己的魯莽、粗野和無知而感到負疚。此時此刻她已顧及不了這麼許多，激動的心緒佔了上風，她大聲嚷嚷：「該醒醒了，到裏面去把妹妹帶出來！」

一語雙關：明對李宗，實及高榮，高小子早有提防，他急劇丟棄李華，從靴中抽出匕首，潛入門背後。

兩記巴掌清醒了李宗，架正了眼鏡，搖擺著身子蹣跚地進入內房。就在這一眨眼，大師兄把匕首頂住李宗，寒光的威脅，利刃的恐嚇……

李華披頭散髮奪門而出，一頭跌倒母親懷中。媽媽疼愛而憐憫地看了看女兒，並用手勢阻止了她的哭訴。憤懣的神精和目光凝視著，全停留在門鎖上的一串鑰匙上，然後輕步向門移動……

高榮在門背持刀不懈……

兄妹倆吃驚地望著母親……

門外問罪心猶切，門內圖窮匕首逼，試想狗急亦要跳牆，氣氛是一觸即發。當毓芬逼近房門，兄妹倆欲呼「當心」時，母親出其不意地迅速運用使捉匕者震懾，使受辱者驚呆之策。

母親毓芬以何策略處之高榮？

欲知後事，請看續節。

三　離別在復仇之後……

草原的夏秋之交美不勝收，到處都是開不敗的花朵，藍色的馬蘭花，粉色的喇叭花，素淡的野菊花……赤橙黃綠青藍紫應有盡有，無奇不有，點綴在嶄新的綠色大地毯上，可謂是錦上添花，在晚霞的映襯下，呈現一派恬靜歡暢的大自然風貌。

草原的盡頭，林區的邊緣，一間茅草屋就位於它們的接壤處。屋內就巴掌大一塊，很是寂靜，這是守林人的「家」。房前川水汩汩地流淌，屋中一對眷戀人默不作聲地相望。是分離的苦痛佔有了他倆的心靈，還是大自然的美景使他倆飽覽而以至於留連忘返？! 不，都不是。

李華倚著那虛掩的門框，彷彿墮入懺悔性的沉思中。她的眼睫毛又長又黑，宛如描摹出來的天仙一般。當她無力地垂下眼瞼時，你才會發現到她精神萎靡不振，大有「一夜不睡十夜不醒」之態。許久，她費力地睜開溫柔的眼睛，篝火已燃起。伊卜拉西姆充滿仇恨、貯存殺機的雙眼，在跳動的火焰反照下，更顯得強烈、熾熱。溫柔的眼，仇恨的睛，四目長時間地對峙著。最後他避開了愛人的目光，隻身迅跑，消失在夜幕中……

東方剛破曉，魚肚白的天際啟明星在閃爍。伊斯坦堡式的清真寺在晨曦中，輪廓依稀可見，並漸近清晰。位於「邦克樓」東首的劉伊瑪目的院子裏，人影晃動，劍光閃爍。伊瑪目手執鴛鴦寶劍，忽兒如蛟龍騰空，忽兒如猛虎下山，忽兒如丹鳳朝陽……劍法嫻熟，呼呼作響。院子的東壁有三間正屋，端頭挨接一個披屋，很是簡陋，主人作為柴間啟用。正屋外表堂堂，富於民族特色而匠心獨運，它是寺院建築群的一部分，專供大阿訇及家眷所用。結構講究，別具一格，房廳氣勢高大，架著極粗的房樑，光主柱之圍圓一個孩子也抱合不過來。清水磚牆，藍色琉璃瓦的房頂，屋脊上還有透明的用瓦塊堆砌的圖案花紋，飛檐流丹，迎著朝陽煞是好看。它的山牆兩梢上，一邊一隻鴿子，表示了伊斯蘭——和平的象徵。大概是年代久遠，陶瓷釉彩並不鮮艷奪目，但那鴿子的平靜安詳、自由自在的神態還是栩栩如生。

席子躡手躡腳沿牆而走，悄然步至樹下，從搭在梔子樹叉上的衣服中取出鑰匙，輕聲溜走。劉伊瑪目依然舞劍不動聲色。單憑自己的聽力，或是「人來之風」的感覺發問：「拿我的鑰匙去哪？」

他一驚，心想：這可糟糕，又得挨劍鞭笞了。「事到臨頭泰然處之」這對他來講不甚理會，不過他也有自己的一套「經」，閉上門雞眼，便若念符咒一般動著嘴皮子：保祐我吧！哎，伸頭一鞭，縮頭也是一鞭。咦，真管用吶。眼也不內斜了，氣也粗壯了，好似電線木上綁了雞毛——大膽（撣）多了。他故意亮出鑰匙，鎮靜地回話：「爸，我去房裏。」

「該練功了，待會我要做榜搭（晨禮）呢。」

「是，爸爸。」

「李宗、高榮怎麼還不來？」

「我這就去看看。」

席子見父已認可，便如釋重負噠噠噠地跨進外房，取出鑰匙塞進鎖中，正欲轉動，忽聽一聲大吼：「席子！」緊接從樑間跳下了一人，此人不是別人，便是伊卜拉西姆。他吃了一嚇，幾乎休克，一陣肌肉抽搐把鑰匙拔了出來。

「你幹的好事，快，把它給我！就算與你無關。快！」

高榮在裏屋聞得伊卜拉西姆之聲，急得在屋內團團轉。俯首從焊鈎鎖小孔中看到席子把鑰匙交出，便聲嘶力竭地大嚷：「師弟！不能給他，快開門，師傅知道就沒命了。」他口若懸河反覆不停。

這裏筆者言表一席：當夜毓芬在這對峙的局面下，出其不意地將鎖反鎖住，並取走鑰匙。難怪高榮關在房中叫苦不迭。

席子忙抽回手，學著無賴的腔調：「要鑰匙嘛？」他故意拋向空中挑逗著，並捋起手臂，揚起拳頭說，「先讓我試上三下，看夠格不夠格！」

二話沒有一句的伊卜拉西姆扯開上衣，敞胸露懷地表示：「穆斯林說話算數，請！」

席子緊收寬腰帶，深深地換了一口氣運到手上，掄起拳頭向伊卜拉西姆死命擊去。一下，二下。伊卜拉西姆咬牙屏氣地忍受著。當第三拳剛著胸脯，為防備對方賴帳食言，乘勢搶住席子的手腕，奪取鑰匙塞進鎖洞，就要入門之際，他遲疑了一下，用手勢示意席子上去開門，自己閃過一旁。房門開啟，伊卜拉西姆頂著席子作「擋箭牌」。

高榮持刀而出，見人便戳，卻誤傷了席子右臂，自知失手更變本加厲，他一不做，二不休，握住匕首卷捋雙臂。兩條青龍躍然右臂上，他有恃無恐要挾尋釁著。

來者不懼，懼者不來。伊卜拉西姆沉著應戰，他卸去外衣擺出決鬥的架勢說：「持刀非好漢！」

高榮將匕首往腋下一捋，擦去血跡插入靴內。一場激烈的格鬥之後，房內用具已七零八落。高榮習藝數載，練得一身武藝，但畢竟理虧心虛，加上一夜的貪杯狂飲酒後方醒，故只是招架無還手之力，最後腳步零亂墜倒於地。伊卜拉西姆上去用腳踩住教訓道：「打狗須看主人面，今朝饒你這一遭，你這流氓！」

哪裏知曉，這個無賴之徒氣急敗壞地佯裝躺下，偷偷地從靴中拔出匕首，正欲出手，伊卜拉西姆反應靈敏，飛起一腳正著他的手腕。腕受擊指失控，匕首飛也似地出手直刺席子頸頷要害處。這許是命中注定，壽限所及。這位受害者，自右臂受傷後已蜷縮在牆角，萬料想不到這該死的匕首又衝他而來。他左手捂住流血的下頷，帶血的右手指責高榮，切齒地怒斥：「伊卜拉西姆，我，我上了他的當！」說著拔出匕首，血濺懸樑，踉蹌數步倒在血泊中……

陰雨的早晨，天亮得特別晚，好像與什麼人在嘔氣似的。伊卜拉西姆迤邐向前，在寂靜無人的路上躑躅而行……不知不覺已到李宅門口。他推開虛掩的大門，灌入耳中的是嘀嘀嗒嗒的算盤聲和叮叮噹噹的銀幣碰擊聲。繞過院子抵至窗臺，他踮起腳後跟見美孚燈下的李佩手執狼毫筆在記帳。他本能地迂牆至後院，直闖李華的寢室。憑藉東方欲曉的曙光，滿目淒涼的屋子死一般沉寂，像強人浩劫過的：案頭零亂至極，床舖已捲席一空，木窗在風中拍打，人去影消。他心涼了半截，失望地扭頭向外走去，速度加劇，直至瘋狂地奔跑消失在晨霧中……

多變的天氣風又颳起來了，天門不過太陽，終於又哭泣了，像似開了一個口子，一小時的雨五分鐘就下完了。他頂著風雨抗爭著，在泥濘的道上向汽車站迅跑……

李華身披雨衣等候頭班汽車的開出，偶爾舉首焦慮地向遠方眺望，等待心上人的話別。望眼欲穿，除了呼呼作響的風雨和隆隆的馬達聲外什麼也沒有。她沒奈何步入車廂坐於旅客之中。車輪滾動使車身緩緩行進。這位忍著淒苦的妙齡少女俯首於窗外投向最後一瞥。在失望中真主總是施捨安慰和仁慈。瞧見了！一個黑影由遠及近，由小而大，終於見到了伊卜拉西姆。他就像水裏撈出來似的，疲憊地目睹車子遠去，苦澀地舉手揮衣。他吶喊，她呼號，然多大的聲響都被引擎聲吞噬撕碎，隻言片語迴盪空中……她只是悲愴地對著孤獨的愛人痴痴地站在淒風苦雨中，用嘴吻了吻手中的信箋投放車外。他追著，逐著……最後在汽車輪轍上揀起，可汽車已轉過山崗消失在山塢中……

西姆哥：

請原諒我的倉促離去，我把心留給了您，您的身影已化作犀杯隨我南下。您等著消息，我會回來的，一定會回來的，愛神會給我翅膀，親愛的，吻您。

萬福！

您的華妹

字字值千金，句句扣心扉。他望塵莫及地看著十里長亭似的崗巒，引吭高歌《愛情三部曲——離別》：

離別苦衷油然生，

「梅馬」肺腑向誰申？
今去茫茫何日逢？
盈滿雙淚鮫濕枕。

近水遠山情愫深，
回漢秦晉定終身。
送君倩影去他方，
請爾留下摯愛心。

這對青梅竹馬的戀人何日再重逢？
欲知後事，請看下章分述。

第三章

一　泰戈爾·匯來別墅的客人

汽車在坎坷的山路上盤旋而行，發動機爆發出單調的刺耳聲。李華坐在司機後目不轉睛地盯住車頭的反光鏡，一顆孤獨而寂莫的心在亢奮地跳動，沉浸在痛苦和憂傷之中，幻想在大腦皮層上映現，幻覺在眼前交替展示：

伊卜拉西姆在反光鏡中出現，他風塵僕僕，頭頂穆斯林帽，身著陳舊的外套，拎著點心和水果，傷感地舉手長勞勞：「華妹，您走得好倉促，以至使我難捨難別，此次一別何日再相逢？」

李華情不自禁地從座位上站立起來，撲了上去：「西姆哥，你──」可是身影的遠去和汽車的喇叭聲使她恢復了平靜。

輪船在驚濤駭浪的江心航行，兩岸亘古連綿的山巒，大浪搏擊岸邊陡峭筆直的巨岩，泛起滾滾浪花。李華透過船舷的圓形窗玻璃，呆呆瞪瞪地凝視著飛濺的泡沫，心潮澎湃，思緒萬端。她彷彿看見伊卜拉西姆在岸邊追趕客輪，邊呼邊跑，手拎黑色回力鞋，涉水向江心，在齊胸的浪潮中高喊：「我的親人，您竟走得如此匆忙，以至使我無法為您送行。」她再也抑制不住自己的情感，淚水如泉湧。解下頭巾向岸灘揮動：「別過來，伊卜拉西姆，當心！」聲音驚動了四座旅客，面對別人的「注目禮」，羞愧地垂下了頭……

南下列車從輪渡上下來，又繼續地風馳電掣地飛奔在一馬平川上，習習涼風從列車的窗戶吹進，吹拂她那柔美的黑髮，她愛不釋手地撫弄著那被劈離的犀杯，入神地看著上面的生日、生肖和「心印」兩字。廣播聲中斷了她的遐想，亂哄哄的車廂內即刻靜了下來，人們的注意力投向臉盤大的喇叭，傾聽女播音員的聲音：「旅客們，請注意，本次列車前方停靠站是寧海車站，下車旅客請作好準備，清點自己的行李包裹，注意……」

李華斂起犀杯伸了伸懶腰，消除一下旅途的疲勞，抖擻抖擻精神。她拿了梳子、毛巾離開座位向盥洗室走去。她對著乳白色壁燈下的大鏡梳理著自己蓬亂的頭髮，長途跋涉的辛勞使她如花似玉的容顏更憔悴了幾分，不覺自言自語：「天哪，這迢迢千里的旅行總算宣告結束了。」她擰開水龍頭用毛巾捂著臉，露出那對大眼珠，逐漸模糊，進入遐思的意境：伊卜拉西姆穿著考究的格子呢西服，白色硬領襯衫上別著一枚黑絲絨領結，頭上是一頂金絲小帽，手捧鮮花從大鏡中迎了出來：「歡迎您，親愛的！」

她驚失了手中的毛巾，紅暈上升，她激動得不知所措，脫口呼叫：「西姆哥，您好！」並撲向鏡中……水注滿了瓷盆，向外盈溢，直流到她的腳背上。至此她如夢初醒，微微對鏡中的女郎報以一笑，兩顆笑靨浮現在紅潤的雙頰上……

一列綠色客車在山谷裏極遠的地方劃開了那些石堆和從山上延伸下來的青松翠柏，像一條大青蟲向斜坡上爬：巨大的飛輪套著輪箍被連桿帶動著，司機戴著風鏡操縱著把柄，全神貫注目不斜視，並不時地掏出懷錶——亞米茄火車頭表，這是整個鐵路行運中最標準的時間，很大程度上類似於目前的飛機駕駛員手腕上的飛行錶。司爐踏著鐵腳板，半圓形的爐門向兩側打開，一鏟鏟的烏金——工業糧食填入爐膛，蒸汽一股股地噴出。濃煙從烟囪中吐冒，拖著長長的尾巴，好久不消，然後像一團團淡灰的浮雲遠遠地飄散開來，宛如一幀淡淡的山水畫，等你再回首望列車時，車頭由減速運動後緩緩停息在寧海站臺上。

回顧由汽車上輪船，由輪船奔火車，經過幾天幾夜的長途跋涉，從西北向東南，馳騁廣袤沃野，穿越青山綠水，橫跨中原大地，最終到達了目的地。

李華提著行李包裹，手挽藍色牛皮包走出站臺，便見寧海市——她的第二故鄉的市容，第一腳跨進城廓，首先的印象即是緊湊。面對出口處繁華的大街上人聲鼎沸，報童的叫賣，小販的吆喝，「咯咯咯」的竹梆敲擊聲全混雜一起。還有招攬生意的腳夫、人力車夫、三輪車夫、馬車夫和汽車夫與旅客的討價還價聲組成了城市交響曲。

生平首次單獨出門的李華心裏免不了有些緊張，她蹙著雙眉，好不容易地穿過車水馬龍的繁華之地，來到大街十字叉口。百步嘸輕擔，她放下包裹喘氣歇息一會，用手帕拭著汗涔涔的前額。一位兩鬢斑白的老頭，渾身上下車夫模樣打扮，手執水菸壺斯文地上前招徠客人，彬然有禮地招呼：「姑娘，頭一回來寧海吧？馬車送您一程吧！」

她向車夫投了一瞥回答道：「謝謝，到吳趨坊泰戈爾．匯來銀行別墅。」

馬車夫掐滅了點火稔子，收起了用以消磨時光的白銅水菸筒，小心地將行李裝上車：「請上車吧！姑娘。」

她抓住車把，駕馭的雙套馬像磁石一般吸引了她：「喲，好馬，膘肥體壯的駿馬！」

老車夫楞了，不禁動問：「您也會相馬？」

李華不覺臉有些微紅，難為情地作了解釋：「我略知一點皮毛，瞧那油光鋥亮的毛片怎不惹人注目。」

車夫捋著羊鬍子樂呵呵地揚鞭催馬：「嗬——馭——」

馬車輒輒起動，輪箍輾壓地面，在正方形花崗石鋪砌的大道上轔轔向前。她坐於車篷，聽著和諧而有節奏的馬蹄聲，眼睛如痴如呆地凝集在車夫的背影上，若有所思。馬車繞過古老而巍峨的七層寶塔，向右拐彎。此刻李華的眼簾裏勾勒起車夫的側影：高聳的鼻樑，微微翹起的下頦，濃墨的眉宇，深思熟慮的眼神……她似乎好像坐在伊卜拉西姆駕馭的馬車上，不覺脫口而問：「啊，伊卜拉西姆，我們去——」

車夫回頭瞧了姑娘一眼：「不，我叫尤素夫，你——去吳趨坊匯來嘛。」

李華尷尬地用手帕捂住嘴，已知自己失言，含羞而帶愧地瞧著自己的腳趾尖。這也許是彎轉時車夫的側影一閃觸動了她，也或許是對戀人思念惦記的結果。她即自圓其問：「不，沒有什麼，我剛才——請原諒。」而後喋喋不休地重複多遍，「尤素夫，尤——素——夫——尤素夫大爺，你不是本地人吧？祖籍哪裏？」

「我籍貫甘肅隴東，祖籍中東阿拉伯，從絲綢之路而來。」

看著他的羊鬍子，又聽到是西北出生，故冒昧插嘴問：「大爺，那你是穆斯林囉？」

車夫如逢故友，伸出右手食指反問少女：「您也是——」

李華的腦袋搖得像撥浪鼓，兩條青絲長辮似墜子一般左右甩動。

試探的問話破局，他立刻收斂了笑容，驚訝地瞧著這位善良的姑娘，半響才說：「我和你一樣。」這是一句違心話，音色是那麼地生硬，音調是那麼地顫抖，音質是那麼地乾澀，神態是那麼的淒苦，原因是在這個城市中，這個區域裏，地方勢力強大，幫會制度盛行。他們用鄙夷不屑一顧的眼光看待伊斯蘭教徒，貶低穆斯林的人格，並歸屬於它的民族為不開化民族。這種自卑感長期地壓抑著他。唯獨遇見信仰真主的老表，其自卑才可消逝，變得親密無間，侃侃而談。

「馭，特兒——駕！」褐色馬車停在匯來銀行別墅門口，尤素夫按常理打開車門，「姑娘，到了，請吧！」

啊！她仰首向天，驚訝使她下意識地按住自己的繡花帽。一幢現代化的摩天大廈拔地而起，矗立在眼前，這就是匯來銀行別墅，一般人都叫它唐公館；上了年歲的人也有叫它泰戈爾·匯來（TaColwary）別墅。

這座歐羅巴式的別墅，建造於十九世紀末葉，是意大利銀行家兼建築師泰戈爾·匯來先生自行設計的。那時它還在郊外，由於城市拓展，現在已被包圍在這個東南沿海畸形發展的寧海市市區了。

整幢建築群由三座大樓組成：主樓高達二十四層，東西兩旁各是八層的裙樓，南面——習慣南——南偏東是規模龐大的中央花園，呈橢圓形，遠遠望去一片翠綠，蓁蓁鬱鬱，點綴著無數奇花異樹。草坪四周給參天的大樹、怪石嶙峋的假山和異型的池沼所圍，這裏是露天宴會的絕佳之處。在橢圓形的長短半徑的交會點，也就是草坪的中心，或稱之為整座建築群的中心，此間嵌著一只圓形的噴水池，用白色大理石築成，上面鏤有精緻的雕塑——一對活潑可愛的和平神童，伸展雙翼，由卷雲層託襯著，似騰雲翱翔之態鼎立中央。它是和平的化身，自由的象徵。水柱從這兒的中心泉眼噴射到半空，散成水花雨露，從高處落下，就像雨點打著水晶似的池面，打老遠就能聽到錚錚琮琮的悅耳聲響。它不知是憑著一般天然的力量，還是借著人為的能力在日日夜夜地噴射，當池中之水快要滿溢的時候，就由暗道汩汩地流入草地，淌進一條條環繞草地、設計精妙的水溝，水就此流遍全園，最後匯聚一處注入池沼溪流。由於水流循環不息，池中養金魚百許頭，有龍眼、珍珠、水泡、虎頭等，都好像在空中游動，沒有什麼依託似的。陽光往下一直照射到池底卵石上，魚兒的影子映在石上，呆呆地停留在那兒一動不動；忽然間向遠處游去了，來來往往輕快敏捷。這兒是唐公館最有勃勃生機的地方。

整座群作大到主樓，小至地下管道，均由意大利羅馬城的儒勒大街的匯來公寓翻版過來的。其原建造意圖，為使身居國外的金融家——匯來先生能像生活在故國故鄉一樣舒適、恬靜、安樂。夢景是無限的，思想是自由的，然現實卻是無情的、殘酷的。樹欲靜而風不止，好景不長。就在日臻完善之際，匯來先生在義和團運動中被義軍殺戮，全部財產及事務皆由他在華的繼子唐星繼承，自此泰戈爾·匯來別墅改為唐公館了。故而亭臺樓閣，池館水榭也遂之拔地而成，形成了現今規模，鶴立寧海而首屈一指的中西合璧建築群。

作為唐公館的總管朱金榮早在門口恭候著客人了。他五十足歲，衣冠楚楚，遇事老練沉著，為人篤厚，精明能幹，頗具高薪階層的氣度。一張慣於抑制中鎮靜的臉上，一對亮晶晶的眼睛輝耀在白眉之下，這對眼睛的擁有者在渡過的漫長歷程中，因為要操練匯來銀行的信譽而吃過苦頭，施於一頭銀髮來協調他的白眉。人們半開玩笑地稱他為「白總管」，此雅號就此而得。他雙頰上有健康的顏色，並非白癜風病態。臉皮雖然是褶皺的，但很少保留焦慮的跡象。興許這位忠實的老總管所關注的大半是別人的心事吧，或許是二等角色的操勞，正如二道手的衣服一樣，穿上脫下都比較隨便，即使失去也在所不惜。

花園裏女主人正在採擷花朵。朱總管走向毓平身邊報告：「太太，北方佳麗已到，大概是——」

手捧鮮花的太太興奮地說：「唷，我倒忘了，準是華小姐，請進！」

阿朱沉吟一忽附和著主人：「一點不假，跟麗小姐一模一樣，漂亮而落落大方。雖無西歐女郎之美，倒具華夏古典之色。」

「你倒是『慧眼』了，這對孿生姐妹不同就在這裏。阿朱啊，你先接待一下，我洗手就來，咳——」她歎了口氣望著自己的泥手說，「興花沒花匠不行啊，好花也成野草了，你瞧！這泰戈爾·匯來的百花園都成百草園啦。」

阿朱：「？」

尤素夫在卸行李，李華怯生生地獨自兀立在法國凱旋門式的別墅大門口東張西望，全然忘卻自己是這座別墅的小客人。馬車夫調轉車頭給馬餵了一把乾草，點燃了水菸耐心地蹲在車斗旁吧噠吧噠地抽著。

「咳喲，老天保祐，您竟把我的小天使給送來了。阿麗昨晚就說你要來了，我還將信將疑呢，你們這對孿生姐妹的心靈真是相通的，比無線電報還靈。哈哈哈……」

李華瞧著第一次見到的姨媽，容貌、身材和音色跟自己的母親何等地相像，可性格和母親迥然不同。她熱情爽朗，是一位浪漫蒂克的典型新女性，就是體型微胖了些，但並不臃腫，前胸和臀部曲線美仍很清晰，雖步入中年，但風韻和氣度非一般女性所能比及的。也許是堂而皇之匯來銀行經理的夫人，因優裕的物質條件和舒適的環境所致。尤其是那鮮艷的朱唇和潔白的牙齒相對照，烏黑髮亮的鬈髮與雪白粉嫩的皮膚相映襯，哪是中年婦女，竟是一個為異性青睞的摩登少婦。

外甥女親昵地迎了上去拉著毓平的手：「姨媽，您老人家可好？」

這一聲「姨媽」，飽含了對母親等同的感情，通過舌、齒、唇的協調配合，聲純情深意切，直呼到毓平的心坎。沒見合不攏嘴唇的笑貌，和熱情奔放的語言，就是夫人內心喜悅的表露：「好，好，好，大家都好！你看我光顧說話了，孫媽，你快把華小姐的行李搬進去。阿朱啊，結算車資打發車夫。」吩咐後下人們護擁著賓主朝裏走去……

阿朱應諾將車資付清。車夫得錢回斗篷放水菸筒，無意之中發現座位上的藍皮包。藍寶石的搭扣閃爍著異彩，誘人的異彩，他抓起拎帶毫不猶豫轉身追了上去：「姑娘，姑娘！您的包，皮包！」

李華聞聲接過皮包用感激的口吻說：「謝您了，大爺。」她擰開搭頭拉開皮包取出錢幣，掛在拉鍊圈上的半爿犀杯被帶了出來，在皮包外擺蕩著，「對不起，我忘了付車錢了。」說完把一大把銀角子塞到車夫手裏。

尤素夫捧著錢幣出奇地盯著殘件杯子沉迷地暗自道：「這角杯好眼熟，怎麼就半個？可惜，這寶貴的文物……會不會是犀龍──」

「錢，尤素夫大爺，這是車錢。」

車夫這才恍然醒悟過來說：「錢？早付了，小姐。」

「是嗎？」她不解地推住他的手，「那就算是我的酬謝吧。」

「禱告主，」他自己覺知這是伊斯蘭教的口頭禪，便改口說，「喔，謝謝您了，好心的姑娘，您為我攢積了盤纏。」

「你要離開這兒？回老家去？」

老車夫憂傷地答道：「我想找兒子去。」

李華面對可憐的老人，同情地又從包內取出兩塊銀元給了對方：「預祝你們父子團圓。」

白花花的銀元在尤素夫手心裏叮噹響著，他看著大頭銀洋觸景生情，構起了昔日的往事……

欲知後事，請看續節。

二　在洗塵接風中的幻覺

中西合璧的客廳內，燈火輝煌，窗明幾淨，正中是巨型浮雕：丹鳳朝陽，兩側雙色牆上掛著八大山人的春夏秋冬四幅中國山水畫卷，並配有吳昌碩的行書屏條，生動而凝煉，相互輝映。成套巴西紅木製作的新式家具和德國「J」字牌的落地報時報刻大鐘陳設在客廳中央，新意盎然。東面靠壁的玻璃櫃中，陳列著紅珊瑚、橙瑪瑙、黃琥珀、綠翡翠、青玉石、藍寶石、紫晶石、白珍珠之類的古玩，有的古稀千年，有的也近百年，在後背的鏡面反射下，更顯得晶瑩剔透新奇古怪；西邊落地式留聲機內放著《何日君再來》的歌曲。墨綠的大地毯把廳內的陳設顯得極為協調，與湖綠的粉牆，乳黃的門窗映托得更是和諧。

「這是華小姐。」毓平親昵地向眾人介紹。

李華窘迫地頻頻點頭致意。

夫人把外甥女拉到沙發上：「孫媽，你去準備一下給華小姐沐浴更衣，就拿麗小姐那條新置的法國絲絨裙服穿上。」

李華指著包裹：「姨媽，媽把換洗的都搬來了。」

「華小姐，甭客氣，這兒一切都是太太說了算數。」這位生性活潑的女佣人邊說邊抖動肥胖的雙肩，扮出惹人喜愛的滑稽動作，乍一看與她的年歲很不相稱，然這是她生性所屬。老媽子年紀四十開外，娘家姓「孫」，公館裏外上下都管她孫媽。五尺半高的身材，三尺的腰圍，面如滿月，顏若桑葚，終日笑聲不絕，是一個「樂天派」的侍女。主人家的喜怒哀樂，在她臉上反映出的，除了喜之外，旁的什麼都難看出。她是夫人的貼身女佣，忠實信徒。乍到公館連電話都不敢接，別說是打了，就憑她的忠厚老實立足於公館之中。

「對了，孫媽，另外——」毓平又補充了一句「去叫廚房準備酒菜，給華小姐洗塵接風。」

「遵命——今天又該熱鬧一番了，我們公館又多了一位妙齡女郎。哈哈哈。」孫媽高興得嘻咧著嘴，扭動著柴油筒式的身軀，向裏屋走去。

李華像孩子似的迫不及待地問：「姨媽，怎不見姨夫？爸媽要我代向您和姨夫問安，並在適當的機會邀請您二老去青銅縣玩上一陣……」

毓平嘻嘻地說：「你小小年紀做事倒蠻認真的嘛，果不其然有其母必有其女。」說完轉向總管風趣地問，「阿朱，經理在小客廳又與什麼人在『密談』？還有沒有完？」

「回稟太太，經理在跟錢司令談小姐和公子訂親之事。」

毓平笑著對李華說：「妹妹準備訂婚了。」

李華欣喜地抓住姨媽的手：「真的？那——」

「夫婿是司令的公子，他同意入贅。這下你姨夫的擔子要輕些了，既多了一條手臂，又後繼有人了。」夫人很得意，為覓到這門門戶相當的親家而自豪地談著，轉而叫阿四，「華小姐在聖約翰大學攻讀醫學，以後你就用我的奧斯汀接送華小姐。」並著重對最後三個字加強語氣，強化李華在公館上上下下的地位。

「好嘞，太太。」阿四聽得夫人的吩咐，啾啾唧唧地答諾。

李華進唐公館聽到「華小姐」一詞渾身不自在，不舒服。佔據在閒情小說中的稱謂——小姐卻用到自己身上，總不習慣，很是彆扭。現在又聽得要用汽車來接送她，心裏更不是滋味，不成了名副其實的「小姐」了嗎？因此她多次推託：「不，姨媽，不必用車了，我徒步到校。」

「你也別執拗了，傻孩子，盡說傻話。一二十里路，走？」

「我挺不習慣坐汽車，請不見笑，許是土生土長的原因，尤其是那股汽油味，我要暈車嘔吐的。」

「汽油味？」阿四為了卸掉這份無聊的苦差使，半拉半推地說：「只要放一塊老薑含在口腔裏，就能防暈止嘔。不過，話得說回來，薑辣也不是好熬的。」

女主人思量一下收回成命：「好，這樣吧，阿朱啊，添置一輛馬車，另外物色一位有經驗的馭手，年齡稍大一點，比較穩重。唉，對了花匠找到沒有？」

「正在物色挑選中。因為太太用人是寧缺毋濫的，所以我還得慎之又慎。」

「好了，那就一起辦吧，別拖沓了！」

「遵命，太太。」阿朱唯諾而退。

「阿四，你速去警備司令部把麗小姐接回來，好讓她們這對久別重逢的孿生姐妹會會面，同敘家常之情，共享天倫之樂。」

「是，我就去，太太。」阿四一身輕哼著京劇《四郎探母‧坐宮》一齣，手拿車鑰匙當板子拍打著走出大廳。

公館的餐廳與客廳分立主樓中軸線兩側，清一色的西歐餐廳，牆上是淡藍色的小方瓷磚，配上粉紅色的壁燈，雅致極了。天花板上繪著金碧輝煌的藻井，圍護著中間的一叢彩色吊燈，瑰麗豪華。燈影和燈光在四周高大、明潔、車邊的鏡鑒裏相互輝映。圓檯面上木耳邊的白桌布墊底，德國銀餐具、鉀玻璃器皿閃閃發光。

唐星經理、毓平、李華等紛紛入席，團團圍坐於圓桌。「今天的家庭筵席是為華小姐洗塵接風。首先為華小姐的健康乾杯！」唐經理的話音剛落。

「等一等，還有遲到的吶！」咯咯咯一陣急促的高跟皮鞋聲像雨滴快節奏地響著，闖進門的是一位身套粉色裙裝的摩登姑娘。她是攻聲學的，正宗的意大利美聲唱法，那嬌柔的聲浪顯得格外裊裊。這位惹眼的西歐派女郎，鬟髮垂在耳邊，成「J」字型，把鵝蛋形的臉容襯得恰到好處。祖母綠寶石的耳墜宛如一汪碧水，透澈而晶瑩，那射出來的光芒，給她熱情活潑、無拘無束的臉蛋上增添了一絲冷色，協調和諧。總括言之，自她的鬈髮到高跟鞋底，渾身上下均是一派藝術家的風韻，其就是李華的孿生胞妹唐麗。她挺胸凸肚旋風似地撲了進來，撒嬌地把紅菱艷的皮包扔到椅子上，邊脫去提花網眼的白手套往地上扔去，氣喘吁吁地衝上去挽住李華的脖子就是一陣狂吻。

李華是唐麗的孿生姐姐，她倆外貌酷似，愛好不一，性格脾氣迴然不同，自然的瀏海兩邊是兩條齊腰的長辮。兩道彎彎的淡眉下嵌著一雙善良而動人的黑眼睛，給人以特殊的美，在微聳的鼻樑左右閃爍著它的脈脈含情，發出它仁慈而寬容的光，這是外美與內美統一的象徵。透過這個靈魂的「窗戶」，便能揭示出她那心靈深處的內美：對愛情的忠貞不渝，對事業的堅韌不拔，對不公世道的痛恨與鞭笞。君不見，她那兩道貼在眼睛上方的細眉，毛茸茸的，差不多是筆直的、不大對稱的線條，左道比右道略高一點，眉間差特別大，眉宇間隱藏著一些小小的紋理，其中含有寓意：一個有思想的少女，只不過是思不外顯罷了。她笑不露齒，並不是因為牙齒有缺陷，這跟寬闊的前額，幾乎可以跑馬的前額所映襯，表現了她的高傲，但又不孤芳自賞的風韻。她愛淡藍色，全身素裹。其動作就同她的體格一樣非常勻稱協調，步履輕盈得幾乎叫你察覺不出來，飄飄然，竟是一位東方古典式美人。她與麗妹外貌上的區別，不管從正面、側面或後影，除去髮型服式及顏色外，很難找到不同之處。唯獨她前額上的小小疤痕是區別的標記。不過這並不遜色，反高於一籌，成了獨到的「缺陷美」。

李華作為未來的白衣天使，救死扶傷是她的天職——體驗考量人生自我價值的標尺。

孿生姐妹狂吻之後是相互餵酒。酒畢才想到身後同來人，唐麗用塗上紅豆蔻的手指尖指了指正在為她揀起手套的青年：「姐，這就是——」

是她的難為情呢，還是他的善於交際？那青年早與李華握手，並自己通姓報名：「錢明遠。」

李華微微嘴角一抿，點頭報以一笑，只見眼前站著的是一個文弱書生，臉上線條典雅，大有古代藝術品的風采：希臘式的額角和鼻子，女性般柔和的皮膚，多情的眼睛藍得發黑，眼白淨嫩得不亞於兒童，俊俏的雙眼皮上面，眉毛彷彿出自國畫家的手筆。栗色的睫毛很長，睫梢幾乎捲曲向上。短短的下巴是整個臉架的缺陷，可微微向前翹，角度十分自然得體，從而彌補了它的美中不足。一口牙齒雖不齊整，但在角色的嘴唇中，感到異常白淨。一雙漂亮的肉手，女人見了也巴不得親吻。他個兒不算甚高，細腰身材。看他的腳，你會疑心是女扮男裝的姑娘吶，尤其是他的柳葉腰，凡是工於心計而不能算狡猾的男人——黑心無用之輩，多半是這種腰身。

「這二杯酒該輪著我了。」唐麗狡黠的眼光掃視一圈，最後落到李華身上，現出外交家風度，就像作祝酒詞似的「我提議為我姊妹倆的久別重逢而乾杯！」

眾人嘩然而飲。

阿朱又滿斟第三杯：「這三杯酒該輪華小姐了。」

眾人舉杯應和。

李華面色緋紅：「我？」她生於北方從未經歷這等大場面和待賓禮節，在眾目投視下不好意思地底下了頭，考慮著措辭，用微微抖動的纖手舉起高腳酒杯答謝，「為姨夫、姨媽的健康，為麗妹和錢先生的幸福舉杯暢飲！」

賓主暢懷共飲，杯底相照。

朱總管繼續倒。李華按住杯口央求：「可別再斟了，我是不會喝酒的，今天——」她嗆得求救於夫人，「姨媽，再喝孩兒要退席了。」說罷便拂袖離席……

毓平酒興正濃，挽住外甥女強留著：「孩子，這是專程為你洗塵接風辦的宴席，怎可中途逃席?! 好不體面。」

「大姐，來一杯檸檬水清醒一下。」錢明遠殷勤地遞上。

李華這時感到唇乾舌焦，手背微癢，臉頰紅暈浮起，眼球腫脹，似乎欲脫眶而出。她接過果子水如獲甘露，貪婪地一飲而盡。當她放下杯子，眉宇頓蹙，唾液劇增，金星直冒，天旋地轉，「哇」地一聲撲倒姨媽肩頭。四座皆驚，你一言，我一語的提議著。

「孫媽，快！快把華小姐扶進房間躺平休息。」

「讓她吐，吐了就好了。」

李華平臥在「席夢司」的大銅床上噁心嘔吐不已。姨媽在旁拍打著她的後背。唐麗一愁莫展來回踱步。

「小白舅舅，你——你不能走呀！伊卜拉西姆離不開您，他會孤獨悲傷，他會無依無靠……」李華緊閉雙目，嘴裏念念有詞嘮叨不休。

母女倆心神不安，毓平重複著：「小白舅舅，小白？」

唐麗喃喃地：「伊卜拉西姆？伊卜拉西姆——媽，我怕。」她使勁勾住母親的肩頭，目不斜視地瞟著門口，「上週我過生日的時候，也是他……」她倒吸了一口冷氣告訴母親說，「一個『剃頭鬼』從門背後閃出，一把摟住我，用手帕捂住我的嘴，解衣去帶，我拚命掙扎反抗。那鬼用褲帶縛住我，把我按倒床上……我叫天天不應，呼地地不靈，後來……後來一個戴白帽子的穆斯林持刀闖入，把我解救下來。對，對！那人就叫伊卜拉西姆。媽，姐姐怕也中了邪魔了，這房子真鬧鬼？」唐麗狐疑地豎起了衣領，顯出害怕驚惶的神情。

「胡扯！那是你的幻覺。」母親安慰女兒，但「不可不信，不可全信」的禪語占據了她思想的一部分，而在唯物和唯心之間，她還是偏於前者，畢竟受過教育，有一定的素質和修養，相信醫學，尊重科學。說白了吧，信神則虛，求醫則實。即喚道，「孫媽，去請李克洛大夫，勞他大駕。」

「太太，別慌張，先用你那戒指套在華小姐手指上，準能驅魔壓驚！定是老鬼欺陌生。」孫媽看著無計可施的主人，滿有把握地勸導。

毓平嘴上不說，可心裏驚恐不已，六神無主便依著下人的擺布，急忙勒下白金鑽戒套在李華的左手無名指上……

以金壓驚此舉能奏效嗎？

欲知後事，請看續節。

三　引薦

「逼我背井離鄉作客於異鄉的是天災，使我妻離子散家破人亡的是錢財。錢！就是這個錢！」尤素夫把李華給他的兩塊大洋緊緊攥在手中，老淚縱橫，進入辛酸的追憶：

秋雨連綿，日月遮蔽。他是扶著妻子離開青銅縣城的，忍痛辭別了心愛的兒子，背著破舊的包袱和褡褳，在泥濘的道上艱辛地走著，傍晚風餐露宿在城門洞中……

春光明媚，鳥語花香，夫婦倆向旅遊賞春的闊老、達官貴人乞求……

汛雨滂沱，電閃雷擊。尤素夫攙架著病入膏肓的妻子，一個普普通通的商人之妻，不過四十來歲，她是一個烏茲別克族的普通婦女，一個虔誠的伊斯蘭教徒。因循守舊，安於本分，老兜著面紗，披著經緯磨得光亮的頭巾。兩眼角細細的魚尾紋布列在呈灰白色的臉龐上，無一絲血色。鬢角上已經是絲絲銀髮，這是她憂鬱思子所致，那乾枯的薄唇上已裂著口子，有的還滲著血，鼻子不住地在喘氣，失去女性應有彈性的手，不時地捂著丹田部位，咬牙皺眉在雨中淋著。雨間，婦人最終因心力衰竭跌倒在沼澤地裏，口中絮絮念叨：「家破人離……這都是我對主的罪過，願真主赦免我的罪過，安拉……我的孩子——伊卜拉西姆——邁哈德——要是在身旁該……該多好啊。」她費盡最後的一點兒氣力，抱住尤素夫的肩頭，嘴一張一翕吃力地呻吟一陣，「孩子他爹，你……你一定要把他們找回——」一刻短暫的掙扎終於放掉雙臂，橫到在地，她瞠目對天似乎在企足而待……

雨後必是晴天。尤素夫心痛欲碎地站在長形墓堆前，手捧一撮黃土於妻子遺物——面紗裏，緊束腰間，藉以寄託自己的哀思。他揮淚默默告別：「安息吧，孩子他媽，我一定會找回我們的兒子。天無絕人之路，真主會保祐我們一家。」他挎著破籃三步一回瞧著新墳，直到消失於荒原之中……

小錢一個一個地投入挎籃中，一個時期的乞求生涯使尤素夫成了另一個人。他拄著樹丫叉，不顧山路的崎嶇，肩搭布包，手挽籃頭，在井前停了下來，雙手湊近撳泵的彎頭出水處大口大口地飲著……

為了生計，他憑著先天的壯實身架子，出賣苦力，充當腳夫，在碼頭上為客送行李或搬運貨物，穿長袍的客戶從口袋裏掏出小錢扔在地上，他撣去身上的塵土，揀起錢幣收藏起來……

肅瑟的寒冬，尤素夫攢了一些錢，租賃一輛三輪車，在雪地裏行駛。披著狐裘的姨太太們，下車從皮包中取出小錢甩在座位上。他從脖頸上取下抵寒保暖的毛巾，擦著汗，拾起小錢囊入紗巾……

由於車禍，黑狗子警察們把肇事責任強加在他的頭上，敲榨勒索去他所有的積蓄。囊括一空的他在窮哥們的接濟下，謀得了打掃有軌電車的活兒，大肚子的法國老闆把錢投進被清除的垃圾中，他用顫抖的手去取錢，法國佬捧腹獰笑……

笑聲打斷了尤素夫的回憶。他回到現實，目送李華的背影，默頌著：「多好的姑娘，願真主賜福於她。」

一輛米色奧斯汀轎車馳出別墅的凱旋門，喇叭聲驚動了門口的馬車夫。司機「嘎」地一聲剎住了車，習慣地探出頭來吐了一口唾沫，以發洩擋道的憤恨。此人本姓祝，渾名「阿四」或「阿司」，一說是排行為「四」；一說是司機而「司」音，故而得此渾名。他生得獐頭鼠目，自幼吸毒，嗜酒貪杯，菸令酒令遠超其工令。年復一年，酒量加大，毒量積纍，烙下了醒目的標記──面部變型：粗糙的酒糟鼻子，布滿血筋的雙頰紅裏帶紫，猶如料紅桔皮一般。醫學上稱之為「毛囊炎」，一個個小疙瘩中是一條條毛囊蟲。後天的天花痲疹所遺留下的大痲子，一個個，一只只凹坑遍布面龐。高高低低，凸凸凹凹，變成了一個似痲瘋病，但又不是痲瘋病的古怪臉型，本來就小的眼睛，相應之下變得更小了，須注視方能找見。

「呸！他媽——啊？是你！尤老頭怎麼改了行當啦？」

馬車夫轉驚為喜，用手指了指停在對面的馬車：「四哥，我們這號人是老古董了，管看不管用。在世泡了半輩子，黃土上生，黃土上長，講不了洋話就給高鼻子老闆辭了。唉，得不足喜，失不足憂啊。」

司機面對馬車靈感驟然上來了，他打開話匣子說：「趕車可不容易，是自己的車馬？」

「嗯。這是我的一家一當。俗話說『能忍則安，知足常樂』。」他邊說邊從懷中掏出一支捲菸，自己捨不得抽，專供客人們的，「四哥，孬菸，抽一根吧。」

阿四接菸瞧了下牌子，那不以為然的神態頓時消掉，手屈大拇指：「嘿，『哈德門』夠格，合潮流。」並在指甲上篤著……

尤素夫吹著水菸稔子，可對方早已亮出打火機的火焰。他深吸一口，吐出圈圈煙霧隨後夸夸其談，自吹自擂起來：「尤老頭，你看我們唐公館不錯吧。『金飯碗中甲匯來，匯來行里數公館』，每月有薪，季末有獎，年歲又有紅利分。平時三日一小宴，五日一大宴，逢年過節那更不用說囉，紅紙包的花紙頭夠你點的……」他用唾沫吐在指頭上比試著點鈔票的動作。

「這是真主的——慈憫，你老哥的造化。」

「造化？哈哈哈，你老漢也忒不懂世故人情了。什麼是造化？造化是什麼？呸！憑路！用錢舖路是條條通的『百有路』。怎麼，我引薦可好？」

「咈。」尤素夫吹掉了水菸筒的灰燼，自言自語地說，「就怕沒這福分，四哥，別拿咱窮開心了。」

引薦者來勁了，拍著露裸的胸脯叫道：「老兄，真人面前不說假，說假非為真君子。『趕車』、『興花』任你挑！怎麼樣？」

「當真？」

「當真！」

「果真如此？」

「果真如此！」

司機這傢伙在這上面倒不是徒託空言。一則他捷足先登，搶先朱總管一步；二則想起了主子的一筆賞賚更得勁了：「君子一言，駟馬難追！」

尤素夫激動地答語：「那敢情好，甭挑了，我一人包了。」

「好，痛快，利索。嘿，荒年餓不死伙頭軍，手藝人還怕沒活幹?! 包在我身上了。」

「偏勞四哥了。」

阿四扔掉菸蒂，賣弄關節滿有把握地說：「我只要在經理和太太面前美言幾句就行了。不過——」這個貪財的角色——現代化的轎夫——汽車夫想兩頭撈取油水，故意拖長了調門，「老兄啊，事成之後這股『高香』還是要補燒的囉。」

「老哥，請寬下心，你鼎力相助，我感恩戴德，一定重金酬謝，以聊表小弟心意。」

這位玩世不恭的小人物聞得被引薦者的口噢才滿意地揿著喇叭，像抬上八人大轎一般的氣勢：「嘟——好嘍，明兒見！」汽車一溜煙地消失在喇叭聲中……

欲知這位玩世不恭的小人物的諾言是否付之現實？

欲知後事，請看下集分述。

第二集

第四章

一 夢遊未名洞——屍骨＋珍寶

鬥雞眼席子誤殺身亡後，伊卜拉西姆感到一陣心跳，他顫慄，他害怕，他惶惶不可終日。這攸關人命歸天的大事，怎不震撼他那善良的心?!殊不知還是同一信仰的穆斯林呢！過去的恩恩怨怨可姑且擱起，但對於他的無辜而絕總是一件憾事。外加知音人生離的痛苦蓋過死別的事，當然囉，這是暫時的，它將隨著時間的推移事過境遷，逐一淡化之。

就在他和李華無聲告別的那天，他拿著信札向回走時，早已迷失了方向，漫無目的地遊蕩。此時此刻的情景已不是生離的苦痛壓住害人的懼怕，而恰恰反之，懼怕蓋過了痛苦。正由於這駭人聽聞的事件，使他心有餘悸不敢返家，像夜遊神。不知怎的已進入山坡的叢林中。足酸還是腿軟？他已來不及辨別，一屁股坐在山石上，肚中早已「回聲」疊起，皮寒揪心。

不曉得是從什麼地方送來了習習涼風，陰涼而潤濕，自覺愜意歡暢，到後來日暉西斜，身子越發地蜷縮起來了。他測得風向翻開岩石旁的灌木叢，發現一個未名洞穴，風源在此勼集呼呼作響。他側耳傾聽，叮叮咚咚的滴水聲迴響著。他出於好奇用石塊投進洞中，回聲之中竄出一群黑色幽靈——蝙蝠，吐出吱吱的聲音，是探險的心理驅駛，他躬身鑽進洞穴，如進入《地心遊記》中描摹的一般，帶有神秘色彩的洞府旅遊自此起步。隘口處有八米深的甬道，時立行，時鑽越，時貓腰，時淌水，漆漆然深不可測。過了拱門眼睛適應了，面前也開闊多了，一個大洞窟活像一隻死人的巨大頭顱之內腔，穹窿便是腦蓋，拱門就是嘴巴，獨缺眼眶。這早使他毛骨悚然，汗毛直豎，真到了陰曹地府？恐怖不禁使他叫起自己的名字，以壯壯自身的膽量。「伊卜拉西姆——」聲響從八方四面回攏過來：頂上石參危垂，將墜不墜，猶如騰雲駕霧的羅漢；四壁嶙嶙峋峋，類似神廟中人鬼鳥獸，若坐若立，似飛似行，如跪如蟠，怪相萬千，類別多醜少妍。沿著岩石向上走，蒸氣騰騰，沖人眼鼻，感到溫暖無比。驚恐消去，涼意驅散，他撫摸著橫臥的大石，似「石床」一般，圍困在氣霧之中，怠倦和困盹上來了，他就地倒在石床上，齁聲把這位獨遊人帶入夢鄉：

陰曹地府的霧氣沖開漢白玉大門，把他領進一個巨大的宮殿。它富麗堂皇，殿檐斗栱、額枋、樑柱，裝飾著青藍點金和鎏金彩畫。正面是十二根紅色大圓柱，金瑣窗，朱漆門，同臺基相互襯映，色彩鮮艷，雄偉壯麗。大殿正中是兩米高的朱漆方臺，上面安放著金漆雕龍寶座，背後是雕龍圍屏。方臺兩旁是無數頂天立地的蟠龍金柱，每根粗大的柱子上盤繞著一條矯健的五爪金龍，怒目利爪，活靈活現。仰望殿頂，中央藻井上又一條巨龍，龍舌尖上垂下一顆銀白色的大明珠，足有雞蛋那麼大。樑枋間彩畫絢爛，鮮艷奪目，均以龍為題。有行龍、坐龍、升龍、降龍、蟠龍，多態眾姿。龍身周圍還襯托著流雲火焰，煞然一派威嚴氣勢。遺憾至極，這裏卻萬籟俱寂，是一個死人的王國。儘管宮殿金碧輝煌，龍騰虎躍之氣概，卻毫無一絲生機。伊卜拉西姆看看這個，摸摸那個。在這應有盡有，無所不有的世界裏遨遊。起初有些膽怯，到後來隨意擺弄了。從皇帝的冕旒到后妃的鳳冠，從龍座到玉璽，從金鑾殿到御花園，都遍布了他的足跡……

倏然間，瞬息萬變。眼前金燦燦的一切都化為烏有，取而代之的是一具具屍骨。向前，前邊是；向後，後邊有；向左，左邊橫；向右，右邊豎。橫七豎八比比皆是。它們不需要空氣，也不需要陽光，所有的是無限的時光，故而它們間互不干涉，亦不鬧不吵，無權之爭，無利可奪，公平交易各得一方葬身之地。所不同的是在他面前的一排排白骨旁，居然還有一灘灘青紫塊，各式離奇。他睜大眼奇怪地瞪著，然後伸手去摸：「啊，是用鮮血和智慧凝聚的殉葬品。」有金銀首飾、珍珠瑪瑙、珊瑚寶石，掛件擺件、大件小件無所不有。他信手拈來一只翡翠如意，那綠色翠得竟是一汪水，清澈透明的「祖母綠」。此刻他尋思默想道：活著人上人，死了鬼中鬼。萬寶皆俱齊，總該心「如意」了吧。沒見那！這件件珍品便是傾國傾城之瑰寶。想當初，這些白骨的原型，為了這類無價之寶煞費了多少心機？! 為了高官厚祿踩踏了多少生靈？! 而今安息了，徹底地安息了；寧靜息事了，完全地寧靜息事了。永遠永遠地……伊卜拉西姆擲去如意，從殉葬品最多的棺槨中取出一個骷髏，自問自答：「你活著的時候是一個威風凜凜的將軍，不是嗎？那你是一個能言善辯的謀士，要不你就是一個煊赫的名門望族的貴人兒……可現在你既不威風，又不顯赫，更不能雄辯，只會死守這一堆搜刮來的民脂民膏上長眠於此……」

他一個挨一個地看過去，口裏絮絮不止：「這些高級殉葬品在這裏已失去了光澤和價值，更談不上是什麼值得榮耀的珍品。這是一種強有力的諷刺——屍骨＋珍寶。換言之屍骨擁有的珍寶。」

他轉過身子看了一下身後的一排排枯骨，除了白骨累累之外，再也找不到什麼了。這些都是平民布衣的「遺物」。伊卜拉西姆狂呼不迭：「你們是萬物的創造者，世上最純潔的人。你們雙手空空來，兩袖清風歸，是你們用辛勤的勞動養活了『碩鼠』和『寄生蟲』，創造並發展了歷史……」說著屍骨閃開了一條路，他順路向前走去，可越走越覺兩腿好似被什麼拖住的，像灌了鉛一般地沉重。

一陣散亂的步伐之後，當他回首觀看時，一具滿臉鮮血的男屍揪住了他的褲腿喊：「伊卜拉西姆，我上了他的當！死得冤哪。」聞聲好耳熟，俯首瞧去仔細辨認原來是席子。他又拚命地邊甩邊跑，可總無法擺脫，像被天狗精咬住一樣。想跑而腳撒不開，就在即將跌倒之際，一聲洪亮的呼喚聲從天而降：「伊卜拉西姆，我的孩子你回來吧，為師一定為你去求情，哪怕用我的性命擔保，我也要把你保全下來。回來吧！可愛的孩子，我非常需要你，尤其這個時候，你快──」

「師父，我──回──來──了！」他來了一個「雙飛」，羈絆脫開，野馬似的奔跑，狂人般的呼喊。在懸崖、在峭壁……最後墜入峽谷……

伊卜拉西姆渾身汗淋淋地躺在石床上，一個翻身跌於地，睜眼定睛一看原來竟是南柯惡夢。他捉了一下眼睛，捏了一把鼻子，輾轉於暗道之中，越過盡頭的一道地下暗河，穿過山洞，豁然開朗。但已是翌日的晌午時分了。

師父為啥急需伊卜拉西姆回來？

欲知後事，請看續節。

二　訣別在真主召喚中

「叮咚叮咚……」包車夫拉著出診歸來的毓芬大夫在街上行駛，伊卜拉西姆手拎中藥和師父一齊走出藥舖。白守義阿訇連聲乾咳，不住地用手帕捂住嘴。

毓芬見師徒兩人忙喊：「車夫，請停下！」包車夫停了車，她踱步向前，「小白，你病了？臉色好蒼白。」

伊卜拉西姆如見救星搶著數說起來：「大姑媽，師父已病了好些日子，他還不肯瞧大夫，甚至連您也不讓我──」話到此處，他歉意地看了看師父，「今天，師父又大口大口地吐血，他自己也慌張了，這才出來切脈抓藥。」

白守義用無神的眼珠子瞥了一下自己的徒兒，似乎樂觀地說：「大姐，沒有什麼。春天是萬物復蘇，萬病復發的季節。我已習以為常了，不日就會好的，歷來如此。莫牽掛！」

毓芬帶著情同手足的口吻，借妹妹的話來規勸於他：「守義弟，平妹再三叮囑我要你保重，她說有朝一日能重逢，那是她一生精神痛苦的莫大補償。你可知曉，雖然唐家信耶蘇，可她天天在為你祈禱真主呢。」

「唉——謝謝她的一番苦心，我……」

頭羊「黑花」領著羊群過來，衝斷了他們的會話。吉偉兄妹倆揮動鞭兒驅趕寺院的羊群：「西姆哥，去逗羊不？」當他倆發現阿訇和毓芬時，伸出了舌頭，剎住了口。

師父因伊卜拉西姆已陪同自己多日，便開口道：「孩子，把藥給我，你去吧！」

「不，師父，我還要給你煎湯藥哩。」

「不急，待回來也不遲，去吧，別掃小伙伴們的興。」

毓芬也在一旁勸說：「好孩子，聽師父的。走吧，小心，別撞在羊角上。」

拉西姆把藥遞給了師父，道別了大姑媽向羊群撵去……

她指著遠去的伊卜拉西姆後影說：「小白，你看！他起步的姿態多像你，舉手投足和你當年一模一樣，可神了。這下可佩服你了，音樂真能培養意志，不過還得除了你。唉！聽講他的鋼琴和足球都有長進，尤其在彈奏上，連娜英都感動得流淚。我早就預料到在你這位隱姓埋名的名師悉心指導下，這塊料子一定會有很深的造詣。」

「名師？錯了，無名之師。」

「無名，無名！歷代無名氏的能人大有，只是缺少了『伯樂』而無師自通者。即使出現一二個人才——有名之師，也只不過是偶然的機遇。」

守義流露出不安的神情，謙和地說：「伯樂也好，千里馬也罷，這種桂冠與我無緣，亦無奢望。不過是金子就一定會發光，也一定能發光！孩子最大的特點是肯吃苦，他正在向理想人物漸變。這裏也有你的一大功勞。」

「你又來了，是自己的孩子怎談得上功勞和苦勞呢?!說不定將來還是我的『座上客』呢！」她臉驟地泛紅，但又馬上呵呵大笑起來，半開玩笑地解釋：「堂前驕子……你啊你，你還是一點沒改，我的書呆子。」毓芬突然收止了口，瞧著小白臘黃的臉色趨然一下子紅到耳根。

他定了定神繼續說：「尤其通過足球訓練，意志經受磨鍊，因此在演奏貝多芬的《命運交響曲》時，感情充沛，精神飽滿，達到了我所未及的意境。愧乎！恐怕是性格範疇的原因，使我在藝術上到達了極限，無所事事，唯作『人梯』耳。」

「人貴有自知之明。老弟啊，但願他能在你身上取其精華，刪其渣滓，揚長避短，成為第一流的穆斯林鋼琴家，將是我們共同的美好祝願。」

「他是這樣，性格在巨變，頑強的毅力和真善美的心靈在形成。」

「不過我要再三地敲釘轉腳告誡你，孩子的成長固然可喜，可絕不能因照亮了他而過早地毀滅了你自己。以喜劇開端，悲劇終了的戲給予人們的是怎樣的思索？『春蠶到死絲方盡，蠟炬成灰淚始乾』賦予人們的是怎樣的啟迪？我都不想去體察，因為我和平妹都不願的。萬望能聽聽我的話，健康才是最可寶貴的財富。保重！」

守義勉強地對著毓芬，微微鬆弛了一下臉部的肌肉苦笑著。

柔和的晚風，飄送來泥土和野草的氣息，吹動著田地畦界上的野花葉子。茫無涯際，坦蕩如砥的曠原沃土上，你無論向哪裏望去，到處都立著一堆堆的乾草垛，為牲畜儲藏過冬的飼料。一隻蒼鷹從草垛上騰起，戳破青天，在高空中盤旋，似乎在尋覓著什麼。

伊卜拉西姆汗流浹背地與那領頭的公羊頂撞著，相持著……這場鏖戰在力量上與前次大不相同。吉偉擺弄著心愛的小刀和妹妹一起在鼓動助戰。伊卜拉西姆雙手搶住羊角，把大公羊頂了回去，反攻開始了，「黑花」步步退卻，無以抵擋，他借勢飛起左腳平掃一腿，百十多斤的公羊四蹄騰空，他揪起一雙犄角旋轉著……旋轉著……笑聲充滿了牧場的一角……

翱翔的禿鷹剎時一個俯衝，鷹爪閃電般地抓住了小羊的觝角，搧打巨大的翅羽冉冉騰升。母羊叫著追逐著，娜英聞聲猛叫：「哥，哥哥！鷹叨羔羊了，快！」

吉偉被震驚，說時遲，那時快。他不緊不慢地追上幾步，選擇了一個角度，眼睛微瞇乜斜，哥薩克小刀出手，「啪！」地一聲鷹爪斬斷，拍打翅膀向遠處晃晃悠悠滑翔而去，小羊落地得救了，娜英抱起受驚的羔羊親撫著……

多變的草原氣候，夜間明明是月朗星稀的好天氣，翌晨濃雲吞沒了驕陽，疾風呼嘯而來。墨雲像從平地上冒出來的，剎時把天遮得嚴嚴的、密密的。接著，暴雨夾雜著栗子般大小的冰雹，不分點地傾瀉下來。小兄妹倆急急揮動鞭兒驅趕羊群返回村莊。途中見一彪人馬由遠及近，為首者乃是高榮，以及結巴幫凶，約摸有十人之多。他們一伙不分青紅皂白圍住了伊卜拉西姆就是一頓毒打。吉偉衝進包圍評理，卻也被推倒在地。最後眾徒連推帶架地把伊卜拉西姆擄了去……

清真寺伊瑪目院宅端頭的柴房裏，劉伊瑪目責令高榮、李宗倆徒用竹爿抽打伊卜拉西姆，鞭撻徒兒身，針刺師父心。白阿訇聽著聲聲鞭笞聲，看著條條傷疤痕。血湧腦門沖開柴門，目睹此狀此景心痛欲碎，苦苦哀求：「伊瑪目，您老高抬貴手，看在我的份上饒恕了他吧。」

伊瑪目面南背北，橫眉怒目而視：「正因如此，否則早就白刀子進，紅刀子出了。」

高榮怕露馬腳更放肆猖獗，火上添油以先聲奪人之法說：「還我師弟，殺人償命，天經地義，見官府去！」他搶先一步把伊卜拉西姆絆倒在地。

幾載的球場春秋，體魄強健結實，意志剛正不阿。任其竹爿高舉，棍棒亂揮，他始終一聲不吭，到了極端難熬之時，也只不過用手揉揉腰椎骨，保護著這條腰桿子，護衛著這中樞神經，以保持清醒的頭腦和最大的承受力。你看他的雙眼像一對利劍直逼打手高榮。作賊哪有不心虛的！高舉的刑具在抖動，像落在『鐵人』身上一般。

「不！殺人者絕非伊卜拉西姆。伊瑪目，我憑我的伊瑪尼（信仰）對主起誓：伊卜拉西姆是個無罪的人，這是一起誤傷而致命的人命案子，您一定要高抬貴手，請您老看在主的面上寬恕這孤兒吧。」白阿訇無計可施，藉以真主求得寬容，然而仍不奏效。無奈撲向徒兒，用自己的身子骨擋護著，嘴中的鮮血已大口大口塗地……

「也罷！」伊瑪目見狀抬手托住竹爿，一手掐指計數日期說，「犬子蒙難已五日，今看在主的份上，容你師徒二人考慮今明兩日，後天一定要交代出俺兒被害經過，否則休怪老夫無情！」

剛踏進家門，守義阿訇一頭倒向床沿。血暫時止了，黃氣退去，臉色慘白極了，他從顫抖的僵硬的無名指上取下一克拉的鑽戒套在伊卜拉西姆的左手無名指上：「孩子，你珍藏好。我一生碌碌無為，雙手空空來，兩袖清風去。這是我唯一的、有價值的物件，我，我不行了。」說著又乾咳不休。

伊卜拉西姆強忍著，可忍耐有一個度，雖說男兒有淚不輕彈，可面視親人削瘦的臉龐，耳聆親人無力的沙啞聲，抑制已到達了極限，淚珠再也噙不住了，畢竟師徒之親早勝似父子之情，縱使像斷線的珍珠抛落在手捧的藥碗裏。他畢恭畢敬地蹲下，直到跪膝守候榻前……

就在迴光反照的一段時間裏，我們的這位清白一生，守義一世的教師匠——阿訇擺手低語道：「別白忙乎了，我的孩子，真主在召喚，我，我……我無法再照管你了。」說罷又是一陣喘咳。

伊卜拉西姆手拿痰碗湊到師父唇邊，無色的嘴唇抿了抿，喉結上下微動，一口鮮血從喉頭冒了出來，咯在盂中。他力爭支撐起來，氣喘加劇，已現「雙重呼吸」。他用微弱的，幾乎難以聽到的聲語喊著：「孩子，這兒，這兒是……是非之地……萬不可久留……你……你到它——」他已沒有氣息支持，失去了語言的表達功能，僅用乾枯的手摸著斑斕的白金鑽戒，長久長久地……最後手漸漸離開戒面，回光消逝，藥碗打落……

「師父，師父！師父——你不能走！不能走呀。」徒兒雙膝跪地，痛苦而絕望地呼喊，「師父，我的好爸——爸！」

聲音迴旋在天際，經久不息……

欲知後事，請看續節。

三　舉哀執紼在焚寺之前

伊卜拉西姆親自為師父的墳墓破土奠基，吉偉兄妹和眾鄉親幫助挖土。在構成凹字形的土坑裏，把亡人用托帶安置於土穴。阿訇做完了宗教儀式：見最後一面。揭開大荷單露出白守義阿訇的遺容。偏向西南的臉上，一雙死而不瞑充滿血絲的眼睛，顯得格外大而圓，怫然作色似乎在控訴社稷的不公，世間的不平。伊卜拉西姆抳著紅腫的雙眼失聲痛惜：「爸爸，是我連累了您老人家，叫您未過半百就過早地離開人世，您一輩子勞碌連半點福未享，好不慘然。我追悔莫及！爸爸。」生前在世難以啟口的言語，難以抒發的情感，到此時——生離死別之際就像決堤的洪水一般沖了出來。無數次的捶胸頓足都無法表達晚輩的哀思，他再也抑制不住心中的悲憤，縱身撲到墓穴，抱住師父的遺體號淘痛哭，「爸爸，我的好爸爸，您就這樣撇下我走了，我再沒有親人了，沒有了。我生不能盡孝，倒不如讓我同去『天園』，侍奉您老人家。」哭聲確乎有效，它震憾了師父的靈魂，眼瞼慢慢地閉上，擠出了最後一滴淚，順著眼角拋下。

此時此刻此景，鄉親、老表無不傷心，慟哭聲聲。奶奶罨著眼角，好似想到了自己的歸宿說：「孩子，這是主的安排，早晚都得走這條路，誰也無法違抗，你節哀順變吧。」父老鄉親們安慰著，勸說著……好一陣子吉偉兄妹才把伊卜拉西姆扶了上來，眾人你一鏟子，我一畚箕，不一會兒長方形的墳堆前豎起了三尺頭帶經文的石碑。吉偉跪於前用鑿子鐫刻著「先師白公守義之墓」的字樣。

伊卜拉西姆擦乾了眼淚，站在碑前默默致哀：「爸爸，孩兒一定要為穆斯林辦事，遵循您老人家的教誨，做一個正直無私的人。安息吧！」

夕陽的最後一絲餘暉被夜幕吞噬而盡，天幕已如塗了一層炭。遠處火光由遠漸近，犬吠聲聲。小伙伴倆蜷曲在荒塚中窺視著。

「他媽的，給他溜了！窮回子。」為首者高榮帶領自衛團殺奔而來。搜東索西，發現零亂的掘土工具，便隨手拾起撬棒喊：「就在附近，還沒走遠，兄弟們給我追！」他手抓撬棒掂了掂轉身對著墳堆，「今天落葬先碰你一下，待明日再來鞭屍扒骨。」說罷倒拖撬棒前行數步，然後像殺回馬槍似的將它投擲過去，墓碑應聲擊斷，發出點點火星。

藏於暗中的伊卜拉西姆見此情景怒不可遏，欲竄出與高榮拚個魚死網破，卻被小兄弟吉偉一把按住。沒奈何，兩兄弟眼巴巴地望著燈籠火把遠去……就在此刻娜英號淘頓足從後山來到面前，一陣悲慟而又憤懣地訴說：「哥，高臘子、羅結巴帶著民團到處抓穆斯林，並把豬頭投入井中，奶奶不顧年邁力衰挺身阻攔，當眾羞辱了他們一頓。高臘子惱羞成怒，便下令掛牌示眾。奶奶她老人家被當場打得頭破血流，眼珠都被——她看不見了，哥哥你——」娜英再也說不下去了，流淚哭泣。

「走！這個死鬼，竟敢冒天下之大不韙，真是可殺而不可恕。」吉偉火冒萬丈豁地亮出匕首，咬著銀牙一字一頓地說，「穆斯林的匕首從不吃素！」說完頭也不回憤然下山。

伊卜拉西姆這時倒顯得比較冷靜老練，經苦苦哀求不成，便攔腰抱住吉偉：「好兄弟，我的好兄弟，忍著氣，要知道『一人難敵四手，四手難擋眾人』啊，我們不能蠻幹。若是出了岔子，我們的冤誰來申，我們的仇誰來報?! 你剛才的勸阻給了我很大的啟示。看來他們的這一著是有預謀地挑撥我們同漢民的關係。」

內心充滿矛盾的吉偉無語對答，手中的匕首忿忿然向樹幹刺去：「這怎解我心頭之恨？伊卜拉西姆，我的好哥哥，我們穆斯林難道就不能跟他們鬥？就是鬥不過，我也要和他們拚了，即使是魚死網破，破釜沉舟！這口氣我嚥不下呀！」

娜英也附和著。

「可以，當然可以。但歷史的教訓告訴我們，穆斯林如一盤散沙，這是我們信仰伊斯蘭民族的最大致命傷。就算組織起來也不齊心，甚至自相殘殺。」他拍了拍吉偉的肩頭說，「好兄弟，下去看看，萬萬不可魯莽，須見機行事，切切牢記。」他仨相互制約著摸下山去……

奶奶等一行二三十人掛著「穆斯林」的胸牌被押在清真寺門前的臺階上。她包紮著右眼慷慨陳詞地說：「鄉親們，穆斯林與漢族同胞曾世代和睦相處，手膝與共，在這塊黃土上休養生息。」她嚥了一口唾沫。平時像黃臘紙一樣的瘦臉，剎時紅潤了，青筋突起。她繼續像演說一般，「而今為什麼要動刀弄槍呢？鄉親們，別受壞人的挑撥，別讓沙子迷住了眼……鄉親們……」

臺階下的人們無不動情，不管民族不同，不管信仰各異，也不管生活習慣各一，他們都以濕潤的眼睛看著這年邁的老婦人。她從小習文識字，是一位非常年老的塔吉克族女人，一位虔誠的伊斯蘭信徒。她圍著小小的褐色披肩，從身後看去年事不高，實際是一個完全衰老的婦人，一個至少上了古稀之年的老祖母。她的丈夫是一個頗有名氣的維吾爾族著名文人，據述還是一個清代的舉人老爺，由於懷才不遇，抱負未能舒展，正是壯志未酬身先亡。未及中年就過早地撒手人寰，寡婦的命運就落到她的頭上。唯一留下的不是萬貫家財，而是一個血泡泡——遺腹子。她省吃儉用，供書上學，熬盡心血給兒子娶親完備。美景似夢不可久長乎？! 五十春秋一霎那，好人就是壽短，兒子兒媳在那年的瘟疫中相繼去故，留下這對牙牙學語的吉偉兄妹。老人用心血灌溉了兩代人，怎不操勞過度？她鶴髮童顏，蒼然古貌，在那可敬的容顏皺紋裏蘊藏著民族的尊嚴和濃厚的宗教色彩，她溫柔慈祥的眼睛裏充滿了貞淑氣節。漫長的歲月磨去了她的銀牙，當她笑的時候，露出了一列嬰兒似的半圓形牙齦。但從她的側影，尤其是那高聳的鼻樑上，還可捕捉一些中年時端莊明媚臉孔的影蹤。

李宗推了推眼鏡框，趨步竄上臺階對準老奶奶就是一巴掌：「胡說，你這瘋老婆子，誰同你親？誰跟你眷？! 一副孤孀相……」

熱血順著口角滴落在胸前的牌子上，「穆斯林」的牌子被鮮血染紅。奶奶挨打孫兒心疼啊。吉偉在人群中怎能忍受這等奇恥大辱？薄唇咬破，匕首亮出對準了李宗……這時是誰也阻擋不住的，只待雙眼微瞇，刀則出手，像弓上之矢勢在弦上。箭離弦，刀分手，李宗必一命嗚呼。

適逢父親李佩正好收帳路經此處，李宗的過火舉動迫使做父親的無法聽之任之，便拾級而上，氣憤地一把揪住兒子的耳朵往下拖：「死鬼，這挨得上你嗎？湊什麼熱鬧？起什麼哄？給我回去！滾！滾──」

這齣插曲賽似幕間小丑，頓時臺上階下人聲喧嘩。一陣長哨聲壓住了鼎沸的人聲，人們不約而同地扭過頭去。卻見一青年，理著短式的『板刷頭』，厚厚的頭髮生得很下，幾乎覆蓋了他的前額，與彎眉相接壤處只有兩指寬。再說他的脖頸，又圓又光，好像圓柱子，架著六斤四兩的腦顱，喉結特別大，聲音粗聲粗氣，結結巴巴沒有語感。張嘴便是滿口黄牙，其中四顆門牙是鑲金的，幸虧是結巴的緣故，說話不多，要是他口若懸河的話，非慪死你不可。因為他的聲音和唾沫星子同時發出，噴你一臉。這倒還不妨，最多閉口不言。然而他的嘴巴像犬一樣，不住地吐出「蒸氣」，依它來調節體溫。由此口臭的味兒真叫人噁心。他便是羅小子，綽號結巴，前面已提及。他停止了哨聲，結結巴巴地叫嚷：「靜……靜……一靜，隊長訓話。」

從結巴的嘴中得知自衛團的隊長頭銜已臨到我們這位主角身上，這是他政治生涯的起點。高榮反綁著手，露出不可一世的神情喊著：「諸位鄉親──父老兄弟姐妹們──」他學著走江湖賣拳頭拉場子的一套，拍打著袒露的胸脯，採用類似賣狗皮膏藥的語調，色厲內荏地叫道，「這個老婆子指使伊卜拉西姆殺死了我的師弟。殺人要抵命，血債須同物來償還。而這老太婆藏匿了殺人犯，又夥同這些窮穆斯林聚眾鬧事，破壞治安聯防。來人呵，用繩索先拿這老婆子開刀試問。」

嘍囉們放長了繩索，一頭套住奶奶的脖子，一頭從門檻下穿過。一會兒，繩子無情地把掙扎著的奶奶拖到門檻邊，繩越收越直，老人喘著粗氣。高榮拍了下手掌，睨視嘍囉做了個「暫停」的手勢，走到老人身旁恫嚇著：「老婆子，你聽著，給你最後三分鐘。」他伸手摸出懷錶——18K的「歐米茄」紀念錶。列位客官，不會忘卻這塊金錶吧，前面已交代，這是在拜師會上所竊得的李佩之物。他得意地撳開錶蓋看了看又說，「交出凶手伊卜拉西姆的下落，一切與你無關，否則，這條門檻將送你去見你的聖人——穆罕默德。」

全場絕無聲響，唯獨掛錶的擺盤在嘀嗟、嘀嗟地響著，短秒針在轉動，似乎超過了人們的心跳，一分、二分……臺下鴉雀無聲，唯獨仇恨的目光聚焦在高隊長奸詐的臉上。

「嘿嘿！」奶奶冷冷一笑，嘶啞著嗓子說，「伊卜拉西姆是個孤兒，他是無罪的！我，我願用這把老骨頭為他償命。」

伊卜拉西姆在人群中聆聽這席話，一股暖流湧向心房，悲喜交集。喜的是奶奶對受盡凌辱的孤兒的憐憫和庇護；悲的是偌大一把年紀怎經得起這等折騰?!不，絕不能使老人遭厄運，他正待開路，只聽到寺內腳步的聲響……

「別再磨蹭了，拉吧。」奶奶仰天而臥，安然把帶血的胸牌往身上一擱，慢慢地閉上眼睛，等待著最後一分的到來。

高隊長第三分鐘也不喊了，氣鼓鼓地收斂起金錶，兩手叉腰，以殺一儆百的口吻命令:「誰要是窩藏凶手，一律斬殺！」他早已潛藏殺機，只有處死個把人，罪責可以開脫，輿論有所轉向，對他來講是有百利無一害。他傲慢地向周圍掃視一下，眼神盯在繩索另一端，「預備——拉！」奶奶被勒到門旁，繩索在門檻下收得「吱吱」作響，老奶奶滿皺的前額上爆出黃豆大的汗珠子，口吐白沫。眾鄉鄰面對慘不忍睹的場景，忐忑地扭過頭去。繩索在拉直，在繃緊……伊卜拉西姆正欲衝上去，遽然，一柄匕首，一柄早就要出手的匕首由空飛來，斬斷絞索，嘍囉們一串地倒地。伊卜拉西姆以讚許欽佩的目光投向身旁的小兄弟，正氣凜然地穿過人群，向臺階走去。吉偉納悶地瞧著他的背影，旋即也拉著妹妹昂然緊跟而上。

至臺上，三人跪拜在地抱起奶奶。眾人屏住呼吸瞧著他仨。

伊卜拉西姆橫眉冷對高榮，然後解下繩索傷感而負疚地說：「奶奶，孩兒忤逆不孝，叫您偌大年紀的耄耋老人受此摧殘，遭此蹂辱，我——伊卜拉西姆捫心有罪，罪莫大焉。請您——」

「哈——不出我所料，你果然上勾了，正是『踏跛鐵鞋無覓處，得來全不費工夫。』」高隊長得意地打著哈哈，並反唇相譏，「伊卜拉西姆，你真的變了，英雄！一人做事一人當。佩服，佩服。哈哈哈，來人，給我生擒捆綁！」

伊卜拉西姆拿起手中繩索，冷目相對，而後套在自己的手腕上。爪牙們這時才敢蜂擁而上，給掛上了「穆斯林——殺人犯」的牌子。

正要帶走，只聽得一聲高呼：「住手！休得猖狂。」劉伊瑪目在寺內聽了好一個時辰，便大步流星地邁出寺門，洪鐘般的聲音震懾了全場，他擺出了師傅的威嚴，以教主的神聖問，「高榮，為何如此聚眾鬥毆，殺氣騰騰?!」

高榮故作鎮定對待突然出現的師傅，一字一板地說：「師父，為師弟報仇！為席子雪恥！」

劉伊瑪目看著五花大綁的伊卜拉西姆倒抽了一口冷氣，尋思著……吉偉半跪著偎著奄奄一息的奶奶，娜英趴在奶奶身上掐著「人中」，哭泣著呼天喚地：「奶奶您回來吧！奶奶您醒醒呀！」伊瑪目借著火光尋聲瞧去，見得鄉親們——穆斯林們有低頭的，有跪著的，有綁著的，有哭的，有喊的，人人胸前一塊大紙牌。把臉一沉，黝黑的臉膛泛起紫色，怒髮衝冠，鬚髯顫抖。他用手指著臺階上的穆民聲色俱厲地痛加責問：「這又是為什麼？難道我的教民們都是殺人囚犯不成?!」

徒兒隨機應變陪笑答道：「不，不，稟師父，這是徒弟用的『誘敵上勾』之計。」

「這上勾的恐怕不只一個伊卜拉西姆，還有這些教民吧，其中還包括我——你的師父——伊斯蘭教主！」

這個隊長在師傅的面前心虛地後退數步：「哪裏，哪裏，我，我不明白您的意思。師父，不，別誤會了。」他又補充了一席話，以求得嚴師的寬容。

師傅借勢一把揪住高榮的衣襟：「到底誰是凶手？你說！」

隊長指著伊卜拉西姆支吾地答道：「他。」

伊卜拉西姆就地而跪，無言地對著伊瑪目等待發落。

高榮他知道師傅的脾性，這時只能是「軟柴捆硬柴」，任何的違抗將導致於滅頂之災。老人家的眼神由嚴峻轉入和煦，入神地對著伊卜拉西姆，眼前浮現出伊卜拉西姆劈柴、擔水、種菜、牧羊、彈琴、看書、踢球、念經……件件樁樁在腦際回閃，耳廂又響起了白守義阿訇的話語：「伊瑪目，我憑我的伊瑪尼對主起誓：伊卜拉西姆是個無罪的人，這是一起誤傷而致命的人命案子，您一定要高抬貴手……」

「伊瑪目，千里穆民是一家啊，您給我們作主呀。」眾穆斯林異口同聲地懇請著，喊聲終止了他的回憶。

他親眼見到，親耳聞到徒弟蠱惑人心的一言一行，時矛時盾交替著，最終事實必戰勝謊言，彎腰雙手扶起伊卜拉西姆，解脫綁繩吩咐道：「去我房中取鴛鴦劍來！」

「這兒，師父，接住！」沒等說完高隊長早把龍鳳劍扔了過去。

劉伊瑪目從容地後退數步用腳背接住劍，緊繃鐵青的臉：「誰是你的師父?! 你這劍把上沾滿了白粉、鴉片和梅毒，還有穆斯林同胞的血！拿著它會玷污我的雙手。」說畢將劍踢還。

伊卜拉西姆戰戰兢兢手捧寶劍遞給了劉伊瑪目，教主抓住劍柄，寶劍出鞘，一道寒光逼人，眾鄰里瞠目結舌，肅穆異常，瞧瞧伊卜拉西姆，又看看劉伊瑪目。

老人家捲起袖子，操劍起舞，劍光在眾人胸前一晃，所到之處，光爍牌落，飄零在地：「穆斯林們，請寬恕我的過錯吧，主啊，我的主，我不該收下這『咖啡』的孽徒，弄得寺院內外灑著教民們的熱淚和鮮血。求主饒恕！」他雙手托劍向西南祈禱……而後捋髯對著疤禿隊長，「孽徒聽了，今我和你決一雌雄。如若你死於我的劍下，那是天意，天命不可違！反之那就意味著我們決鬥還將繼續，復仇必有後來人。」他捲起衣衫，理著白髯鬚，「來吧，讓你一步！」

高隊長自知大禍臨頭，手摸疤禿躊躇不前。

「結巴愛說話」羅小子他不知天高地厚，賣命地鼓動，呼叫助威：「高……高隊長，上……上，別怕！我，我們在這，給，給你助威。這老不死的！活……活膩了。」

隊長朝身後的嘍囉們掃了一眼，他明知不是對手，卻仗恃人多勢眾，拍了拍額頭，微微振作一番心神，一鼓作氣，舉劍直取對方：「你是趕鴨子上架，我只得硬著頭皮頂了。如有不測，休怪無禮！」

劉伊瑪目沉著應戰，用鴛鴦劍向龍鳳劍劈去，兩劍刀刃起槽。他執劍惋惜地歎曰：「鴛鴦、龍鳳乃一人之物，師祖傳授，現執於兩人之手相煎殘殺，俺這是勢在必行，迫不得已也。真主，我的主。」

一陣惡鬥廝殺，徒弟豈是師傅的敵手，功力差勁的高隊長漸已抵擋不住，腳步散亂，劍法無章，不堪抵禦。

伊瑪目深吸一口氣，賣個破綻虛晃一劍，挺劍直逼過去：「高榮，看劍！」

高榮見勢不妙，他知道此劍的厲害，就以快速得名，被稱之謂「閃劍」。他頭一偏，可已防範不及，劍頭早已刺入右耳外殼。「啊喲」一聲捂住耳朵，蹲地喘息。劉伊瑪目收住劍，略舒一氣，在鞋底上篦去劍頭上的血跡。隊長窺視之，乘對方不備之際要了一「冷劍」，刺中伊瑪目的右臂。老人憤怒至極，咬齒忍痛，帶血舞劍入逼高榮。刀閃劍爍，寒光逼人。高榮心虧力窮已無心戀戰，且戰且撤。在匆忙退卻中，劍被擊落在地。他赤手空拳難應戰，眼光盯住地上的劍，欲取而不敢。伊瑪目起腳踩住，撕下白衫將傷口扎緊。停當以後，他用劍挑起地上的龍鳳劍還對方，高榮隨即抓劍拚命出擊，負隅頑抗。師傅大喝一聲逼高榮於犄角旮旯，乃至屁滾直流，冷氣直喘，臭汗直冒，無心也無力抗爭。終了鴛鴦劍架在敗者的頷頸處……

「劉伊瑪目，伊瑪目，奶奶已——」娜英大喊大哭地從裏面奔出。教主不由回過頭去，高榮見機奪勢，施展渾身解數，驀地往下一縮，竄到後背，使劍刺向師傅的左胸膛。「喔唷」一聲，猝不及防的老人中劍，左手湊著心口流下的殷紅鮮血，右手舉劍挑去頭上的脫斯他（頭巾），汗水爆滿前額，豎起一對銅鈴般的眼球，緊咬牙關：「小人，逆徒！可恥——」一腔熱血從胸廓迸出，流經手掌滴落在地。他臉色煞白，拄著劍，拄著鴛鴦劍挪了幾步，最後仰面跌倒在血泊中……

轉敗為勝的自衛團，氣焰囂張不堪，皮鞭抽打，大刀亂砍，長矛狠戳，短劍殺戮……眾鄉親亂作一團，倉惶四處逃散。

高榮得意地雙手曲屈著龍鳳劍。心想：老頭子被殺再沒人管束，可無憂無慮了……感謝老天賜我良機……他更盛氣凌人站在臺階前耀武揚武，簡直成了不可一世的混世魔王，他揮劍命令：「弟兄們，殺戮穆斯林，燒掉清真寺！」

頃刻間，火光衝天，映紅天際。這浩浩四百五十畝的阿拉伯式古典建築就毀之一炬。人影、刀光、劍閃交錯著……喊罵聲、慘叫聲、兵器碰擊聲交響著……

伊卜拉西姆和吉偉兄妹沿著河道駁岸狂奔，斷後的大兄長喊：「吉偉，下水過河！快！」

追擊的自衛團員來到河岸，三人帶領一些鄉親已涉水到了河心，只得望著凫水的影子，一陣亂槍以了差使。

人們回頭眺望一片火海的清真寺，悲憤懣膺。他們借著暗淡朦朧的月光，踏著荊棘，忍著極度憤慨的心情，又餓又累來到白守義墓前，摩摸著斷折的墓碑默不作聲地佇立著。

清真寺的焚燒，穆斯林的遭難，伊瑪目的被弒，老奶奶的慘死，以及師父的身亡。這一件件，這一樁樁，好不叫人慘然。伊卜拉西姆面對殘月悲歎不已：「寺院有何罪？穆斯林又有何罪？好人為什麼總要遭到壞人的暗算、殘殺？! 難道這種社會的現實就不能顛倒過來嗎？真主啊，您開開金口吧！難道伊瑪目、奶奶和爸爸對您還不虔敬嗎？! 他們的伊瑪尼還不真心？! 主啊，我的主，您回答，您說句公道話呀！」

問蒼天，天茫茫；

呼大地，地沉沉。

火光在搖曳，煙霧在升騰，狼犬在吠叫，人聲在鼎沸……

這時夜空傳來了師父的聲喚：「孩子們，快，快向東南去，自珍自重，好自為之啊。」

哪兒是他仨求生的地方？

欲知後事，請看續節。

四　禁令：穆斯林是不行竊的

不一日，伊卜拉西姆和吉偉兄妹三人辭別了眾鄉親來到百十里外的省城。

集市上熙熙攘攘的人群聚攏到一處更加熱鬧喧嘩了。混雜的商販叫賣聲，飯攤的刀勺聲，牲畜市場牛羊的哞咩聲嗡嗡地匯成一片。伊卜拉西姆仨隨著擁擠不堪的人流，鑽過小百貨店五光十色的招牌，路經商號陳列貨品的櫥窗，走過擺在街頭路口的農具、水果、蔬菜、陶瓷器皿的攤頭，賣物上都插上草杆標記以示顧客。三位外鄉遊子在測字攤前停了腳，「專寫狀紙，代筆書信」的對聯簡直似磁石一般吸引著他們。互換眼色之後，伊卜拉西姆上前拱手作揖：「先生，可代寫狀紙？」

五十知天命的拆字先生壓下圓形的花鏡，從上到下打量他仨，摸了摸下顎的短髭，微微頷之。

「該多少酬勞作謝意？」伊卜拉西姆彬然有禮地問。

「寫嘛，吾可代勞。不過打官司得化錢呀，小伙子們。」他望了望土裏土氣的仨，「常言道『朝中衙門八字開，有理沒錢莫進來。』」老先生搖頭晃腦地吟誦著。

三人交頭接耳一陣央求道：「勞駕給我們代書一下吧，老先生。」

老人點頭允諾，三人高興極了忙湊合著，擺弄著文房四寶——筆墨硯紙，舔筆、羼水、磨墨、取紙……

大衍之慶的老人執筆揮毫疾書……

縣政府大門前，總理孫文的「天下為公」的匾額懸於正中，身套黑呢制服的警察荷槍實彈站立兩旁。伊卜拉西姆這個「右心童」的左撇子習慣成自然了，用左手遞上狀紙給警察。還沒開口，「黑狗子」嗷叫起來：「你他媽的，連起碼的規矩都不懂，必須右手遞紙，左手交——」他厚皮地嘻笑者，並用大拇指放到嘴邊一吹（指要銀元），或者嘛——「又用那食指、拇指摩擦著（數紙幣的動作），懂嗎？」

伊卜拉西姆只得忍氣吞聲，為打動對方好說歹說：「老總，我們都是被迫背井離鄉的，身無分文，請開恩吧！」

回答的是嗤鼻聲和一對白眼。

倏地，一道白光閃入警察的眼簾，眼球活動了，搜索著「光源」，最後貪婪的眼神直勾勾地盯在伊卜拉西姆無名指頭上的鑽戒。須知，朋友，他不是研究戒指戴法的。戒指不是隨便戴的，它戴在每個手指上所包含的意義是不同的。這是一種無聲的語言或默契，有時是訊號或標誌。就比如，把戒指戴在食指上——想結婚，即表示求婚；戴在中指上——已在戀愛中；戴在無名指上——已訂婚或結婚；戴在小指上——表示獨身。為什麼伊卜拉西姆戴在無名指上？這是延續了白阿訇生前與毓平的姻緣之故。另則，一般不用合金製造戒指，為表示愛情的純潔都用黃金、白金、白銀製作，無可非議鑽石戒指那是最高級的首飾了。喜出望外的發現使警察轉過語調說：「沒有那個（錢）」，他指了指伊卜拉西姆的無名指，「這個也可以嘛。」一束反光早已使他垂涎三尺。

至於戒指的戴法，拉西姆他是毫不介意，也一竅不通。戴在無名指，只是延續了師父的意願。不過在大青白日之下要勒索這枚戒指，他倒思量猶豫了好一陣。末了毅然取下。吉偉哪肯，一把上前攔住：「這是師父給你的紀念物，你，你——發瘋了！」

「吉偉，好兄弟，我沒瘋，我很清醒。它確確鑿鑿是嚴師之心愛之物，予以珍藏。但為了穆斯林的生存、幸福而忍痛割愛，師父絕不會責怪於我，即使他老人家在世。」他毅然決然推開吉偉，右手交著狀紙，左手托著鑽戒一併呈上。

警察頓時眉飛色舞，捏著戒指貪婪地看著，並本能地往「黑狗皮」上擦了又擦，像古董商鑒定古玩一樣鑒賞著，幾乎要放到眼球裏去了。正當他得意地囊入衣袋，一隻大肥手早從他身後抓了去：「給我全身搜查！」剛說一句，已呼嚕呼嚕地喘個不停。

來者你道何人？是一個胖得嚇人的警官先生，黑狗子的頭領。矮個子，大肚子，橫豎一個樣子，屁股大得像胖太太的臀部，黃包車內難以容納。其體型真可與影片《勞萊哈台》中的胖主人公相比。重心和穩度極大，要不怎能成三朝元老呢？黑色警服的領子掛著三層下巴，足足三個指頭；後面脖子上擠出三條胖摺。照豬身推測，估計脂肪、肌肉、骨骼至少三一三十一。倘若要他騎車追趕小偷，那一等的「蘭令」或「三槍」自行車也非壓扁不可。他走起路來像老綿鴨，一搖三擺，嘴裏呼哧呼哧地冒著氣，賽過蒸汽機車頭。即使如此，還是超過常溫。奇哉，講起話來卻是破殼聲，好似一隻破了紙盤的低音喇叭，嘰哩嘰哩不堪入耳。

警察懊喪至極，沒想到嘴邊的一塊肥肉被叼，他只得從命，無精打采地搜摸其三人：「這是什麼？」

伊卜拉西姆從褲帶上取下半爿犀杯，警察一把奪了過去。

「拿來我看！」胖警官呼了口氣，左看右瞧，熱氣附在角杯上。他又用鼻子嗅了一會，眉頭一皺，隨手往地上一扔，「什麼地方揀來的破牛角片。」

吉偉這時連肺都要氣炸了，他豎起眉頭，屏息呼吸，怒目橫掃了這雙「黑狗仔」，負氣地撿了回來。

伊卜拉西姆捏住犀杯，冷冷地對著胖警官。胖子耐著性子煞似古董的行家，鑒定著戒面的鑽石，身價就在他的口中。不時地反覆多次地在陽光下照著耀著。七色光——紅橙黃綠青藍紫時隱時現。最後像法官宣讀終身判決一樣地說：「假的，連鋯石鑽都不是，玻璃料的。」並悄悄與同黨唧唧咕咕，「如果真是金剛鑽，應該反光足，白金鑲嵌，豈容白銅襯底？準是垃圾筒裏拾來的破爛貨，這群窮穆斯林還配有這？」說罷把戒指塞進狀紙，揉作一團往地上一甩，拍了拍手，喘著粗氣，好不容易地轉動軀體往裏走去。

「王警官，他們可能是偷的，小偷！」這種職業的警覺對於「黑狗」來講是本能，就像狗向主人搖頭擺尾一般。早已眼紅的警察他當然不服長官的判斷，很想從中得利，故藉此扣留他仨。

胖子警官聞之頭都不回，背朝著擺了擺手說：「唉，差矣，穆斯林是不行竊的，他們有自己的禁令。」

「是，我信賴您的說法，可懷疑他們的舉動。」「黑狗」竄到主子面前表白。

「這是我三十多年的經驗之談，難道還用懷疑不成？」警官有點不耐煩了，可又要擺出知書達理的模樣說，「穆斯林把偷拿別人的東西看作是最大的恥辱。如果他們在路上發現別人遺失的物件，在沒人的情況下，就會把物件移放路旁，用小石子圍上一圈，等失主來取。倘使你把物件放在路旁，上面放塊石頭，別人一看就知道這是『臨時寄存處』，絕不會拿走它。你這傻瓜，如果他們是小偷，那倒好了，鑽戒和犀角都是真的了，你倒可發筆不小的横財，做個富翁了。」

經頭兒一述，警察如夢初醒。阿諛奉承了一番最後說：「警官先生，高見，真不愧為三朝元老。」

「呸！無恥之徒。」伊卜拉西姆憤世嫉俗地瞪著警察的一雙背影，「專抓小偷的大偷，專逮小賊的大賊，人世間真正的竊賊大盜！」

吉偉兄妹無可奈何地揀起了紙團。

不多日，風塵僕僕的伊卜拉西姆仨披星戴月輾轉城池來到省府同心清真大寺。它是唐代以來歷史最久、規模最大的清真寺之一。寺院臺座、邦克樓和「月掛松柏」的照壁等古老建築布局合理，結構堅實。他們穿過寺內龜碑林向大殿走去。小伙子們大飽眼福，欣賞著那巧奪天工的中亞細亞的古典藝術建築。吉偉更是像「劉姥姥進大觀園」，只顧抬頭觀看穹窿上富麗堂皇的雕塑藝術，不慎和長老撞了個滿懷。此人年逾古稀，中等偏矮的個兒，瘦瘦的，顴骨頗高。五流銀鬚飄然前胸，瀟灑脫俗，具仙翁之神態，頂纏紅色頭布，後拖穗子，是個朝罕阿訇，薩拉族中的佼佼者，褪了色的眼睛不能襯托他光彩的臉，然精神矍鑠。

他仨見了不約而同地：「色倆目。」以示尊敬。

「小教門從哪兒來？」教長溫文爾雅地答禮，「噢，你們像是遠道而來的，有甚事？」

「是的，伊瑪目，我們從青銅縣來，想有勞您把——」伊卜拉西姆雙手呈上狀紙。

教長盛情接待他仨，並以油茶款待。他伏案翻閱狀紙，怒形於色直到拍案驚膽「嚯」地站了起來：「豈有此理！國難當頭竟有如此膽大包天的狂徒，是可忍也，孰不可忍！」隨取筆墨下書三章：

還我清真寺院，保我教民安全，嚴懲凶手不貸。

他擱筆開啟印缸：「汝等可願在狀紙上畫押？」

哪有二話，小兄弟仨交換了眼色推開朱砂印泥缸：「真主，只要穆斯林和清真寺同存，只要好人不再遭壞人的殘殺，我們甘願流盡最後一滴血。」言畢各自咬破大拇指，同時按捺上血手印。

「爾等如此真誠忠心，主一定會降福於穆斯林。」教長讚歎不已，將信箋插入臺頭為「西北長官公署白長官寶鑒」的信封，並加以雙圈後封緘。

一路上馬不停蹄翻山越嶺傳遞急件。一陣嘶叫，傳令兵由馬背躍下，跨進縣政府，竟如入無人之境直往裏闖。他一個立正短促地高呼，大有欽差大臣的勢頭：「王警官，長官手諭！」

王胖子警官一副蠢相，在傳令兵面前低頭伏尾，喘著說：「卑職有不到之處，望多多海涵，務請在長官面前多美言幾句。鑒於此事，我一定照辦不誤，謹請白總長寬心，小的以全家性命擔保……」喘氣略低了一點，可汗珠已成串下掛了。

馬靴在立正聲之餘做了個向後轉的動作，爾後嗵嗵嗵地由此及彼地離去……

欲知後事，請看續節。

五　逃遁為三十六計之首

「逍遙宮」這塊招牌從字面上就可略知一二，所謂顧名思義。它是青銅縣城中獨此一家別無分郇的妓院，院內有妓女且老鴇計二十口之眾。生意挺興隆的，旺季時節為招財進寶，有時連老鴇也接客吶，不過極少。「市淫」或稱「商淫」這行當非同其他三百五十九行，就生活時間安排上恰恰相反，白天「休整」，而到夜間才出「姿」的夜生活。那些貪杯好色之人和聚眾賭博之徒鬼混在此，成了縱酒行樂和占卜命運的場所。偶爾也能碰遇到吃白粉、抽鴉片菸的吸毒角色。正是無所不有，有所必奇，奇所即毒，可謂社會之縮影──「東亞病夫」的孳生地。

妓女們為迎接開張，午後二三點鐘剛從骯髒的床上疲乏地爬起來。喝口涼水漱漱嘴，然後飲起濃茶或咖啡提神醒腦，藉以驅趕一夜的困乏。她們個個蓬亂著頭髮，只穿短上衣或披繫著睡衣，有的光穿汗衫在各處房間裏懶洋洋地走動；有的隔著簾子往外瞧，沒精打采地互相罵上兩句。接著漱洗、抹油、灑香水、試衣裳。最後坐在梳妝臺旁精雕細刻，照著鏡子塗脂抹粉，描畫眉毛。這時鏡中之人似花如玉，賽過新嫁娘，勝似天仙女。吃畢一道油膩的甜食，不算早餐，也不是午飯，只是點心。當她們穿上袒胸露臂的華麗綢衫，這時已是華燈初上的時分，她們分頭兩兩三三走上街去，各自迎接未知的主顧。

宮中首屈一指的美人兒要數花子了。她姓商，無名也。那些公子哥兒們呼其商花。說起容貌可同杭城中的蘇小小媲美。她鶴立雞群，自然高傲而神氣。即便她富於幻覺，但周圍的人還是存在。除了老闆娘和狎客在捧她，其他的在嫉妒，在咒罵⋯⋯因為，她確確實實是一個風騷女子，年輕芳華，麗色醉人。不過她已失去了女人味，女性美，成了供男人們玩弄發洩的活工具。略高的個兒，苗條勻稱，豐滿有線條，白得異樣，凡能夠露出來的部分全都一絲不遮……除此之外，用眉筆勾劃過的柳葉眉細極了，好似一條線。濕潤的眼睛四周有黛青色的眼圈，顎下的那顆美人痣最風行時髦不過的了。胳膊、肘子、肩膀、面龐以及指尖都塗過油脂，散發出一種惹人注目的，而又難以描摹的紅光和撲鼻誘人的香氣。斷然，這是為了生活才如此打扮，以強顏歡笑來送舊迎新。用她自己的語言來剖白她厭世的心理：「為了生活，為了舒適安樂的生活，我只得以此來養活自己，男人們的勾當我已嚐夠了。他們之中沒有一個是好東西，除非對自己，或者在發洩情慾的一瞬間。」

你瞧！前客未走後客又至。一隻刺著青龍的手臂推開了房門，透過門的狹逢只見胖警官正摟著半裸身軀的商花尋歡作樂吶。門全撞開了，酩酊大醉的高榮跌跌撞撞往裏倒。

「我的民團團長啊，你來遲了，今晚我已有客了，嗯——」商花忸怩作態依偎在胖警官的懷中，好似一朵鮮花插在牛糞上。

「好，好！你，你——你這臭婊子！」高團長狠狠地啐了一口唾沫，醉眼死瞟向情敵，冷笑了一聲，才找了句潛臺詞落場：「情場即沙場，勝敗乃兵家常事。花小姐，明天該輪我賞花了。」

高榮不說此話便罷，一說王胖子可火冒百丈了。他推開花子，瞪起鼠目，像吃醋，像火併，上去摑了兩巴掌，氣喘吁吁罵道：「他奶奶的熊，明天？明天還輪你？今天你就不該來了，還談明天！」他走到衣架邊取下制服，從上衣口袋中亮出公函，教訓地說：「高小子，你看看清楚！逐字逐句。」

他接過一看是一件打印文書，酒水糊塗頓覺新醒。他仔細地閱讀著：

絕密

肇事者嚴懲不貸，格殺勿論！

西北長官公署（簽章）

×年×月×日

他讀著讀著，頭腦完全清醒過來，深知問題的嚴重性。兩腿直打哆嗦，最後像斷了脊梁骨的癩皮狗，趴倒在地哀求地說：「王警長，剛才是小的不是，有眼不識泰山，你宰相肚裏能撐船，額上能跑馬，別跟小的一般見識。這件事望能包涵。」他指了指信件接著央求，「請開恩，念小的一片忠心，救我一命。」他接二連三地嗑頭求饒。

「好了！要你狗命易如反掌。」警官就像法院法官一樣不耐煩地叫著，這才算停止。

花子理了理蓬亂的鬢髮，為相好求情：「放了他吧，怪可憐的。冤家宜解不宜結，我的警長先生你說呢？」

「商花這一點面子總要給的，放你一馬。」

高榮起身抱拳作揖道：「謝兩位恩人，不過小弟不曾見過世面，還請大哥賜教不吝。」

「三十六計走為上策，到前方去。外面已緊鑼密鼓，風聲緊急。是上面壓下來的，弄得不好穆斯林定要揭竿而起，那時候……唉——你得連夜出走，溜之大吉，我也好交差。否則這些窮穆斯林不好對付，若是告到白總長那裏，我得帶領全家一起陪你坐牢。」

「小弟銘心刻骨，沒齒難忘，來日答報您的恩典。告辭了，大哥大姐，後會有期。」他輕步後退出了房門，又輕手關閉，以示恭敬。

房裏的燈滅了，傳來商花挑逗的言語，她婉轉而又細聲地私語竊竊：「動問警長先生，你不怕姑息養奸嗎？!」

「嗯——我的寶貝……」

一陣嘻笑聲回答她的盤詰。

高榮兜著一顆惶恐不安的心，吊膽提心地溜出了「逍遙宮」，探頭探腦竄進小巷，不慎撞在電杆上。他揉著面門慢慢蹲下，又不敢哼哼。他側耳傾聽，除了遠處的陣陣更柝聲便是萬籟俱寂。說來也怪，不知什麼緣由眼淚和鼻涕一齊雙管而下，是悲？不是。是恨？也不是。你看，他稍定了一下神，從衣袋角中取出剩下的最後一點兒「白粉」和錫紙想來過過癮。他劃了一根火柴可是很快熄了，又劃第二根也同樣。他抬頭觀察風向，偶然發現電杆上黏著一張紙，想燃紙來點，可定睛一看，原來是一張捉拿告示，上面寫著大號黑體字：

捉拿高犯榮，懸賞大洋伍佰。

上面還附半身脫帽照一張。這一驚非動小可，他嚇得魂不附體倒退幾步，棄粉而遁。

「野雞鑽沒頭」尚可借自己的保護色逃脫亡失的關頭，而我們這位角色何不想有此絕招，以求得一息殘存呢？！躲，危險，則坐以待斃；逃，沒錢，則以竊求生。他壯了壯自己的膽子，念著秘訣：「量小非君子，無毒不丈夫。」沒想到這秘訣竟成了他一生奮鬥的精神支柱和飛黃騰達的口頭禪。他走小巷，穿胡同，一個騰縱翻然過了一堵矮牆，這對他來說已是駕輕就熟了。書房的燈燃著，窗戶玻璃上投上了宅主李佩的側影，算盤聲和銀元聲交替著。他熱切地希望能得到錢，於是乎奪窗竄入房內。主人家嚇得如木雞一般，瞪著這不速之客，手早已本能地用紅木算盤蓋住了第二生命——金錢。

他已領教過，不給點顏色老東西是不知道厲害的，不知道厲害的老東西是不會捨得的，否則守財奴和吝嗇鬼的美號不會憑空授予。他掏出懷錶，亮出匕首，軟硬兼施地說：「李老伯，我的財神爺，久違了。這是你的金錶，在拜師會上『給』的，現完璧歸趙。人言道『有借有還，再借不難嘛。』今小侄禍不單行，逼迫出走他鄉而短缺盤纏特來商借，望老伯休推諉。」

李佩大驚失色，冷汗直冒，隔了好一陣才從袖籠裏拉出手絹，拭擦滿頭汗珠說：「有話……有話好說……好說，毋須動——」他指了指匕首。

高榮認為威逼已達目的便收了匕首，腳踩座椅，手裏撥弄著那塊懷錶，等候對方的來言。

「敝人小本經營徒有虛名。這錶早已是我算盤之外的東西，算是贈送於你，略表我的心跡，也算是朋友一場。」這句話出自他口是很不容易的。一則他的為人哲學是「談笑有鴻儒，往來無白丁」，鑒於如此的處世焉容高榮這等朋友？再則，畢竟他吝嗇財物的程度還超不過生命。因為生命的存在才能使財物發揮效應，故此他顯得慷慨異常。提起算盤亮出銀元，陪笑著並帶有苦澀的語調說，「此處一點，如不嫌棄請自納吧。」說完已撥過頭去，極不忍心地瞥了一下剛才還是自己的，分秒之後卻已成了他人的囊中之物。

到底是老吃老做的。心想：一樣一趟生意何不撈個痛快呢？要撈足總得找個藉口才好。他瞅了一下金懷錶，計上心來，彬禮而答：「老伯，此次出門迢迢千里，帶白的恐有不便，還是黃的——」他說到「黃的」兩字時，一邊指指金錶，一邊目不轉睛地盯住那帳臺後邊的錢箱，「看在我倆『忘年交』的情份還是行個方便吧，我絕不食言，待日後一定加倍奉還。」

李佩深知這種說的比唱的還好聽，做的比演的還好看，這是江湖大盜們一個先生調教出來的。他們的邏輯是千年不賴，萬年不還。當然他是絕不會上當的。

高榮自知太軟反遭麻煩，「量小非君子」又迴響耳際，氣血驟然上升。他拔出匕首，露出猙獰的面目向對方逼去，從牙縫中迸出：

「我知道金錢對你比性命還重。以前你施捨不給，這次借貸不肯，罷罷罷。休怪我無禮無義。」匕首尖頭點到商賈胸口。

「唉，等等，讓我——」想到殺師父的徒兒是沒有情份可言的。

「你考慮一下，但應立斷當機。要命，還是要錢，由你取決。」

李佩一籌莫展，渾身打顫，連呼救的勇氣也逃之夭夭。不得而已從抽屜上取下掛著的鑰匙，步履維艱地摸向錢櫃，開啟箱鎖高榮插好匕首，取下搭膊，乘機把臺上的銀幣擄入其中，如數照單全收。

視錢如命的商人見這明借暗偷實搶的行劫者如此貪得無厭，便破口大叫:「強盜！抓強盜！！」

高榮已如願以償，猝不及防呼救聲起。他手忙腳亂將臺上的算盤砸向李佩，正擊頭顱。李佩站立不住後仰跌倒，帶翻錢箱，嘴裏不住地叫罵:「高榮，你這賊強盜，搶……搶我的血汗錢……」話音未絕則無力地倒向箱裏。金條、金幣、銀元叮叮當當地外流一地。

宗兒在睡夢中驚起，他挾龍鳳劍破門而入。見錢箱旁的人影便不問三七二十一上去一劍。大師兄早有提防，算計師弟的能力。他身子一蜷一個後滾翻，劍砍在箱上，因用力過猛而難以拔出。他見父喪命倒地，拚死與高榮赤手搏鬥。為防止「援兵」的到來，使自己身處腹背受敵的困境。高榮入取咽喉——把持房門，亮出明晃晃的匕首說：「看在師弟的情份免你一死，走！」他習慣地推了推鼻樑上的「厚玻璃窗」，自知不是敵手便佯裝出走。在對方開門放行之際，他以閃電般的速度奪住高榮手腕，使盡吃奶的力氣撞擊門框，攻其不備，刀柄受力逐出手掌，擊翻了帳臺上的美孚燈，油液四溢，相連燃燒。油到之處，火焰騰升，火勢蔓延……「火！救火啊！」他驚叱不已，火苗在他的眼鏡片上跳躍、反射……

敲門聲越加急劇，師兄雙手卡住師弟的脖頸，用以擋住門板，李宗疲憊力弱，無法抗衡。汗流浹背，滿頭大汗，一隻眼鏡腳脫落，一隻掛在耳根上：「強盜！」

「開門，快開門！」毓芬嘶叫著，拍打著……

高榮這個情份掃地的竊賊見勢不妙，奮力拔出砍入錢箱上的龍鳳劍，對正師弟小腹就是一劍。「強盜！」李宗咬牙切齒地喊道，劍頭刺穿腹部，戳過門板。母親在門外聽到兒子的慘叫，定睛一看，戳過門板的劍頭在滴血，撕心裂肺地暈厥過去。火勢越趨猛烈，煙霧瀰漫，遍及整座房屋，危及鄰舍。眾鄰里紛紛前來滅火。他乘機從錢櫃中擄掠著金條、銀元，包紮後揹上肩頭。四周被火海包圍，此時不溜更待何時？他縱身上樑從氣窗中潛逃。火星濺在他肩頭，搭膊燒了起來。當推開窗櫺正欲翻窗時，金銀以它的自重在燒穿的窟窿中落下，拋在李佩的屍體上，銀元在滾動……

這位樑上君子在火海中命運如何？

欲知後事，請看下章分述。

第五章

一　分道揚鑣

一枚大頭袁世凱的銀元在拋滾，它來自一個青年流浪漢翻弄的錢包。他沒戴帽子，一頭棕褐色的短髮，臉色略顯蒼白，但並不瘦弱。襤褸的衣衫，外套陳舊得難以辨別它的顏色。黃昏的餘暈把他那邋遢的臉映得發青泛黑，兩只奇突的眼珠隱在黑影裏，像貓兒眼一般閃光發亮，射向貴人們的衣兜，做著這無本錢的營生。然而，一度時間他曾對著贓物內疚過，甚至有過發自肺腑的懺悔：「我的愜意、歡樂是建築在別人痛苦的頭上，我恨我的命運，我恨社會的不公。老天，老天爺，我不求您的保祐，總得給我一口飯。」懺悔祈禱者是以行竊為生的興泉。

「好晦氣，真不走運！」他狠毒地把錢包拋之遠遠，回過頭去取那枚銀元，卻被一隻黑靴踩沒了。他剛要抬頭看誰，只聽同夥的暗語：「當心獵狗！」興泉以慣有的敏捷動作撒腿奔出弄堂口，消失在人群中……

「哈哈！」穿黑靴的彎腰揀起那塊銀元，高興得哼起小調來：「命來，運來；錢來，官來；財來，物來；摩登女郎一齊送上門來。嘻……」

興泉帶領同夥活躍在繁華的大街，彳亍在寧靜幽深的小巷，穿梭在車水馬龍之間，擁擠在絡繹不絕的人流之中。

崑崙服裝商店裏一位摩登女士手操裙服走進試衣室，男客正與店員攀談。少婦脫去毛衣，門簾一動，興泉從中泰然而出，神速地轉手於伙伴。便若無其事地吹起口哨悠閒自得地踱著方步，似乎這裏從來就沒有發生什麼事情。

「啊呀，不好！」這是從試衣室內傳出的喊聲。那女郎用衣服捂住前胸衝了出來，試圖追回失去的首飾，「我的，我的項鍊，翡翠鍊偷了，抓，快抓扒手！我的翡翠項鍊。」

男客從玻璃櫥中看到小偷在飛快奔跑，就急忙衝出商店，卻被興泉攔住，故意問道：「怎麼啦？可愛的先生，如此慌張。」

男客指點遠去的背影：「扒手!! 」

興泉「自告奮勇」地追出去，哪知小偷跑到馬路邊拉起停放的人力車，興泉緊追不捨，回首看男客已鬆懈下來，便「嗖」地竄上車斗，回頭招手致意：「Bye、Bye！我的好主戶，為了生計關係逼法無路，多多原諒。」邊說邊翹起二郎腿，點燃了雪茄菸。同夥拉著車回頭向興泉眨著眼，顯示出合作成功的歡悅。

破窯，燒磚坯的破窯，在偏僻荒涼的亂石崗旁，斷磚碎石滿地，正中的一塊平地上報紙蓋著兩堆東西。興泉和同夥在相互猜拳，為爭取優先權而爭奪著。那雙黑靴似乎嚐到了甜頭，像貓聞到魚腥一樣又跟蹤出現在窯中，聲響嘎然而止。

「好啊，躲在這兒坐地分贓！哈哈。」那人從斷垣殘壁中取磚於手，「這一天總算沒白盯，你倆膽大包天，竟敢老虎頭上拍蒼蠅，偷到我家少奶奶頭上！老實一點吧，把項鍊交出來，翡翠鍊，否則——」他把磚揚了揚。

有恃無恐，無恃則恐。兩人驚恐地站了起來，整了整衣冠，互遞眼色，剎時一齊撲向來者。經過一場激烈的搏鬥，興泉倆豈是對手？

急促的巡捕哨子聲，兩人只得棄物而逃。

這位穿黑靴的勝利者便是青銅縣的高榮。他倖倖地揭開報紙，眉開顏笑地拈起翡翠項鍊，樂得咧著嘴大笑起來：「這無本萬利的生意我已金盆洗手不幹了，不過想飛黃騰達還得重操舊業，應從這兒開始，哈哈哈，膽小鬼，成不了氣候的小人！哈哈哈。」

笑聲在破窯中迴盪。這笑聲，笑出個富翁，笑出個紳士模樣的人：

高榮身穿筆挺的西裝革履，從服裝公司的三葉旋轉門中出來……

他坐在皮鞋店的沙發椅上穿著黃白雙色的尖頭響底皮鞋……

他手搖黑折扇，拄著文明棍，留著日本式的小鬍鬚趾高氣揚地步行在大街上……

位於死黃河的河道邊，藻類使河水發綠，發出了一股刺鼻難聞的氣味。三個男女青年圍著頭巾蓋住的東西，就地盤膝在岸邊，雙手交叉前胸默默無言，繼而又相互把那東西推來讓去。最後謙讓到年輕的姑娘面前。姑娘頭上頂著綠色鑲花邊的頭帕，一條條金色的長髮辮拖到臀部，辮梢上吊著兩顆像熟透了的葡萄似的小珠子。這大概來自鄉間對大自然的綠色有特殊感情的緣故吧。鍛子的緊身上衣幾乎是裱在身上，下身的裙子攤在地上，如一團荷葉浮在水面。那圓白的臉龐上，鼻子和嘴角的輪廓都很周正而纖秀，加之剛中有柔的目光和雙頰上的小酒窩兒，襯托著她那清新單純，但又粗獷的美，當她懷有敵意的時候，那民族的本性，傲然的氣質，油然而生。

她正欲撩開紗巾獨享，突然「篤篤篤」的手杖觸動地面，隨之而來的是粗魯夾著文明，文明帶著粗魯的聲音：「別動！跟我走一趟。」

三人低首默不作聲。

「耳朵長到糞桶上去了？他媽的——」文明壓抑不住污穢的語言，然後撒野的動作下意識地出現，硬底皮鞋在地上頓著，紳士模樣的高榮其動作與打扮很不協調。

出於對主的虔誠禱告，他仨視而不見，聽而不聞，仍是無動於衷。這時高榮竟用拐杖戳點姑娘，做出跟衣著極不相稱的動作。姑娘拭目而察，不覺脫口而呼：「高榮！」

「娜英？嘿！」

正是冤家路窄。伊卜拉西姆和吉偉猛抬頭瞪著仇敵。人言道「仇人相見分外眼紅」。

高榮故作鎮定地挽起拐杖：「好啊，你們竟然也來這一手，坐地分贓，不許動！」他掏出巡捕哨吹將起來。

哨聲引來了警察斥叱聲，指著地上不問青紅皂白劈頭便問：「這是什麼東西？哪兒偷的？」

三人忿然怒視不作答。

警察愈發惱怒了，用警棍指著地皮：「你們到底是說，還是不說？」

重複的吼叫使伊卜拉西姆理直氣壯地站了起來，他斜視著用輕蔑的眼神瞧著來者。

高榮狗仗人勢地咒著：「他媽的，你們這些窮穆斯林就是靠偷為生，一天不幹手頭便癢。」這下已「大開門了」，原形畢露，所謂紳士的模樣早已拋之九霄雲外。

「說，快說！不然的話把你仨統統帶走。」警察拿出繩子進行威脅。

「這是要來的。」娜英看了看兩位兄長噘著嘴答道。

「要來的？這麼簡單！」高榮聳肩諂笑著。

「是要來的一點東西。」

「什麼樣的東西？」高榮見已承認了心中甚快，追問道。

「難道這也犯法？」

「不犯法我管什麼？」警察反問道。

圍觀者愈聚愈多，議論紛紛，指指點點。興泉也從人縫中冒了頭，他瞧瞧地上，又看看伊卜拉西姆仨，像演戲一般用滑稽的動作向警察告發：「報告，親愛的警察先生，他們是善良的穆斯林同胞，行竊者不在你的面前，而在你的──」他用右手伸入左腋窩，指著背後的高榮。

與場者被興泉的詼諧語句和幽默動作所吸引，不約而同地把視線移向高榮。這位紳士模樣的人在眾目睽睽下一副窘相。他聲嘶力竭地大叫，藉以壓倒對方：「胡說八道，他也是小偷，他們是團伙，上次我親手逮住過他。」

流浪漢興泉沒絲毫懼色，狠毒地咬著嘴皮子，指著紳士的鼻子破口大罵：「你這短命的吃刀胚，是一個不折不扣的強盜，獨腳強盜。別看你衣冠楚楚，扒了這層包屍布，你是黑到骨子裏。你從我們的手中搶去了錢財，才披上了這套偽裝，好不害臊。」興泉同時又用手指塌著眼皮羞辱對方。

被罵得狗血噴頭的高榮無地自容，他怕露餡，施展了倒打一耙的伎倆：「警長先生，他們是一丘之貉。」他出示了王牌──「包打聽」的「派司」繼續表白，「捉奸作雙，捉賊作贓，現人贓俱在──」他為解決這尷尬局面，沒等說完就迫不及待地揭開頭巾。此時此刻，全場除三位乞討者外，無不瞠目結舌。展觀在人們眼前的不是一堆金燦燦的黃金，也不是白花花的銀元，更不是眼花繚亂的稀世珍寶，而是一碗白泡飯，上面氽著幾塊蘿蔔乾。

在場的由驚轉怒，異口同聲地譴責：「誣告反坐！」興泉已無法容忍克制，他多麼希望群眾的要求能咄嗟立辦。然而官官相護的時弊又令他失望。他不顧一切地一頭撞向高榮，其猝不防備後退數步，站立不穩仰面倒栽到河裏。平靜的死水剎時掀起大波。當其剛從水中冒出頭來，興泉這個號稱「活泥鰍」的早已脫去外衣一頭縱向河心，又把其按入河底。氣泡一個接一個，一串連一串冉冉上陞。興泉鼂出水面深換一口氣，復潛入水中，拖住高榮的腳，兩人在水中拚命折騰，綠色的水中冒出黑色的淤泥，像似沙場的塵埃。高榮雖有水性，面對勁敵亦無法抗爭。「活泥鰍」輕而易舉地把對方舉出水面，並把皮夾掏了過來，一個潛水走上灘頭，擰著衣角向對岸上的人喊道：「我是小偷，大偷在水中。我從陸上偷到水裏，你們瞧！」他舉起水淋淋的皮夾，取出項鍊套在脖子上搖晃身軀，項鍊如佛珠一樣在脖頸上打轉，「今天的澡洗得夠愜意的了，佛祖，我又可以做東道主囉。阿彌陀佛！」

欲知後事，請看續節。

二　雪夜，血濺殷地的除夕

興泉領著伊卜拉西姆等踏進店堂，滑稽地脫帽致禮：「馬老闆，我給您帶來三位客人。」

「色倆目！」來自西北的小兄弟仨同聲問好。

伸出右手食指（示穆斯林），馬老闆豪爽地答禮：「哈哈，歡迎，歡迎！我的穆斯林小兄弟。」此人已年近花甲，姓馬，名忠順，排行為三。河南周口南頓人氏，係回族。生清朝光緒十八年，歷任龍城清真寺理事、董事長之職。兒時家境殷實，父親為典當舖帳房，祖上做飲食的。六歲那年因黃河——懸河的泛濫，剝奪了他學文習字的良機，縱使全家背井離鄉，命運把他拋落到雲龍山麓。在這蘇杭之後名列第二的雲龍城鎮開始了他的從小工到小販，從小販進入商界生涯。

「冰凍三尺非一日之寒」，這是他勤儉治業的態度。他從北方人的麵食開始學徒謀生，白手起家。在諸位同仁的輔佐下，生意興隆，財源茂盛。一九一一年在此開設了具有教門特色的馬復興菜館，成為豫滬蘇皖最早的回民館之一。由於他出自行家，擅長烹調，對技術精益求精，並重金從省外廣羅穆斯林名師掌勺，用料選料考究，嚴格操作規程，注重質量信譽，樹立「商德第一，薄利多銷」的宗旨，故所以在隴海線上贏得了好聲譽。

日機狂轟濫炸使館室垣斷壁殘，一片瓦礫廢墟。逃難輾轉而歸的他，目睹慘狀悲痛不已。為穆斯林的飲食由，他不惜血本，迅速籌款在舊地重建，其外觀就是現在的模樣。經營範圍由傳統的牛肉鍋貼、水餃、包子、酸辣湯等，又增設了各式炒爆和鹵菜佳餚，自製鮮嫩油雞，味美糟鵝，並把享有盛名、馳名中外的南京板鴨、北平烤鴨、符離燒雞等都帶進龍城，成為席上名菜。

得天時、地利、人和之調順，發展頗快，遠超戰前水準。為了方便過往客商、遊人，照顧少數民族生活習慣和飲食起居。馬老闆以一個虔誠的伊斯蘭教門之心資助修繕了清真寺，主持歷年的「兩大節」：開齋節和宰牲節活動。自一九一一年十幾年內，他又相繼開辦過浴室，創設宰牛公司、奶牛場、養牛場、診所、鐘錶店、汽水廠和穆斯林旅館等。這時是他事業的全盛時期，一個實實在在的實業家。凡進馬復興菜館的遇難教門，不論貧殘如何，一律款以茶飯，待以住宿，贈以盤纏，饋以物品。因為他有一個不渝的信念：千里穆民是一家。

他穩健魁梧，一綹灰白的羊鬍子，是北方少數民族的好標本。兩耳下垂，耳殼寬厚，一副福相。墨黑的眸珠，潔白的眼球，無一點血絲。雙眼之間很開闊，筆直挺拔的鼻子，看樣子總算稱得上好脾氣，但是也毫不遷就，顯然是有一定主見而決心堅強的人。他行不改姓，坐不更名。這位錚錚鐵骨的漢子，在一面是懸岩峭壁，一面是深淵峽谷的狹路上，他鋌而走險，也絕不回轉，也無法使他回頭。朋友相託之事，哪怕只有百分之一的希望和可能，他還是要據理力爭。「金錢如糞土，人面值千金」，這是他一生處世的準則和標尺。

興泉向新伙伴介紹：「馬老闆忠順先生是我的恩人，他熱情俠義，見義勇為。他——」

馬老闆謙遜地阻止對方：「小泉子，講這幹嘛，都是隔年舊皇曆了。常言道在家靠父母，出外靠朋友嘛。多個朋友多條路，少個朋友走絕路。」

年輕的流浪漢停了一會繼續說：「恩公，他仨和我一樣都是無家可歸的孤兒，想投靠於你，希望──」他想不出恰當的辭藻。

老闆爽朗地說：「千里穆民是一家嘛，我們有福同享，有難同當。」

三人抱拳答謝：「感恩真主。」

主人家在店堂張羅招待小客人。席間，興泉慚愧地對老闆說：「馬老闆，他們如此清貧卻不偷不搶，而我──」他難過而又悔恨地掏出錢包，「收下吧，恩人。我深知這是很不光彩的錢財，但請原諒我的最後一次，萬望您別嫌棄它的來路。」他捫心自愧地耷拉著腦瓜，雙手學著江湖義士模樣打拱作揖。

「小泉子，你能棄邪歸正，我高興，古人有訓『浪子回頭金不換』。」老闆從皮夾中取出項鍊，「我，我錢代為保管，這個──」他在手心顛弄著，「你自己留著吧。」

小泉子抹去淚痕，沉痛地接過鍊子，厚望著恩公的訓示。

「興泉啊。」馬老闆和藹地拍著其肩頭，「你不是要買輛洋車嗎？用自己的勞力來掙錢，以養活自己，這想法挺好，我看還是用它吧！」

人力車輪子在旋轉。興泉在大馬路上拉著洋車，雙腳在飛快地奔跑……

腳踩樹根，斧頭在砍劈。吉偉擦汗在園中桂花樹下拾著零星的木柴……

零亂的筷箸浮在木盆裏，碗一個接一個地漂漂悠悠地下沉著，堆積著。娜英身束圍腰在廚房中洗刷碗碟盆筷……

盛滿飯菜的碗，一個復迭一個在手臂上，伊卜拉西姆行走自如地在堂口來回跑著、喊著……

時間在消逝，日復一日，年復一年。伊卜拉西姆和吉偉抹著汗水把一個個錢幣納入娜英捧著的布袋裏。興泉搧動著草帽把錢也塞入袋中：「讓我這個不是穆斯林的穆斯林，為重建清真寺添磚加瓦吧。」

四人的手彼此相互交錯重疊地握著……

「有錢能使鬼推磨」這話一點兒不假，在高榮的身上應驗了。回望他在大後方從一個剃頭匠被地方民團提拔為隊長、團長，由於殺人、焚寺，第一步就此失敗告終。為東山再起而潛逃龍城，投身於日本人懷抱，活動於太陽旗下，公開地認賊作父。且看他身著警察制服，為慶賀他政治生涯邁開的第二步，設筵款待同仁和上司，一來答謝，二來以示攏絡，為日後的飛黃騰達舖平道路。

「來，別客氣的，請咪哂咪哂的。」他在日本憲兵隊長面前大顯殷勤。

坐在正中席位上的是日本陸軍軍官學校畢業的日野少佐隊長。他又瘦又小，類似乾薑癟棗，年歲約莫四十上下，一張臉盤子又長又乾枯，沒有一點皮下脂肪，類似一隻大馬猴。上半截長著一對灰色的小眼睛，扁鼻子下一撮仁丹鬍鬚。他的手一直不停，不是摸著鬼頭牌指揮刀把，就是拉著形影不離的「恰利」狼犬。他坐在那兒還挺神氣，就是脖頸子略長了一點，這還無妨；可當他站起身來溜上那麼一圈，你就會吃驚。兩條大腿幾乎沒有，唯見一雙鋥亮無比的皮靴直抵褲襠，大概這就是「倭寇」的詮釋吧！這種五短身材的軍人委實罕見，估計是軍官學校的後期畢業生，或者是留校生。為補充侵華的兵員，統治這九百六十五萬平方公里土地上的四萬萬五千萬同胞，連這種看家「狗」都用上了，可想侵華戰爭的命運和前途了。

列位，在此值得一提的是在日野手中的日本鬼頭牌指揮刀。日本兵器深受我大唐文化及佛教影響。古代許多名貴刀劍均鐫刻中國的詩詞、游龍、神像，或是梵文、蓮花、蝙蝠之類圖案。宋朝以後日本鍛造、淬火工藝突進，自此開始聞名於世。

此刀雖受華夏文化之影響，但在刀形上借鑒了緬甸刀具，後又吸取多民族的精華，逐漸形成了自己的個性。鬼頭牌的特點：刀柄較長且略彎，柄與刃的比例為一比四，厚刀背，刃部直而略帶弧度。使用它時雙手舉握，劈砍凶猛。清代《小知錄》上就有這樣一段記載：「倭犯中國，始以此跳舞而前，遭之者身多兩斷，緣器利而雙手使用力重故也。」

在日本對刀的侮辱即是對主人的侮辱。所以如果主人願意以刀相示時，客人亦要十分謹慎；當主人鞠躬捧刀於前，客人要雙手受刀；拔刀時須神態恭敬，在徵得主人同意後，方可緩緩抽出刀刃，而且刀口要對自己，絕對不能對主人。

指揮刀應是發號施令之物，也是行義之器，但一旦在別人家園裏用它來作殺人比賽，那再好的刀具也成了一件真正的凶器。故命名為鬼頭牌，以示警戒也。

諸君，筆者之所以潑墨重描日本鬼頭牌指揮刀，意為故事發展到結局進行舖墊，故翔實敘錄。然而此刀與穆斯林十大民族之一的保安族所傳世的「折花腰刀」相媲還略顯遜色。撇開設計、鍛造、工藝等不談，就日本刀本身為千錘百煉之物，難能可貴的高件。可為成吉思汗打刀的民族——保安族，其打造的「折花腰刀」需千錘萬煉才能出此極品，故而從「百煉」與「萬煉」天壤之別，諸君可評判之。

在此附上一筆，以增我穆斯林民族之自豪。

言歸正傳，此時高榮冷眼相覷伊卜拉西姆端盤上菜。一個絕念頓時萌發。當上二道菜時，他佯裝忙碌為日野添菜灑酒，並故意以右側頭部碰撞餐盤。「哐啷」一聲，菜盆從伊卜拉西姆手臂上滑下，全潑在日野的靴上。

這位日本天皇的驕子怒形於色，對堂倌伊卜拉西姆上去就是一個Boxing（勃克興）:「叭格亞魯！」由於質量小，日野上身已向後傾斜，不能自控。

伊卜拉西姆忍受這一拳，緊咬牙齦紋絲不動，太陽穴上的青筋條條綻出，牙齦的肌肉在抽搐。他多麼想還敬一拳或是飛起一腳，攥緊的拳頭正待還擊。上首忽然站起一個人來，此人三十左右，中國軍銜上尉。他身材不算魁偉，但儀表堂堂，氣度不凡。整個身體與其說是粗壯倒不如說是結實。近乎淺黑光澤的膚色，一對忽閃忽閃的黑眼睛，貯存著睿智的光。墨黑的濃眉和頭髮，潔白的牙齒，典型的滿族後裔，操一口標準的關東話。這裏交代的是他由於生計關係，青年時期曾經飄洋過海東渡日本，留學於東京士官學校，能講流利的日本語，他的職務是翻譯官。面對這局面，他看了看踩在高榮膝蓋上的皮靴，皺了皺眉頭打起圓場來:「小穆斯林要小心些，今天都是年三十了，大年小夜好不掃興。」他邊說邊拉開了。

看到自己得逞了，高榮忙掏出手帕給隊長擦抹。日野好奇地盯著擦鞋者耳朵根的刀傷痕問:「你的這個怎麼的啦？」

高榮微微一震，便抿了抿嘴，眼珠子一轉，把師傅留下的劍傷厚顏無恥地吹噓一通，以提高自己在主子面前的威望:「隊長，這是跟八路搏鬥中被刺刀捅的，後來那八路給我嘶啦嘶啦地一劈兩爿……」他用手比劃，藉以表達那「洋經浜」的日本話。

荒誕之言往往亦會引起頭兒的興味，隊長翹起大拇指嘉獎似地道:「你的，大大的好。」並伸出毛茸茸的手拍拍身旁的那只張著血盆大口的「恰利」。

「他的抓小偷的是好樣的……和小偷打到水裏……還……」警長已酩酊大醉，大著舌頭含糊不清地亂吹捧。

這矮軍官樂得眯著眼向翻譯官嘰哩咕嚕會話一陣，趙翻譯當即宣布：「高榮忠於皇軍，現晉升為警察所警士。」

高榮沒有意料晉級是如此的輕而易舉，只要擺兩個噱頭，再找人幫幫腔，就可一舉而成，他即一個立正，像面前就是天皇一般。用擦過皮靴的手帕抹著臉上的汗液，現出小丑似的花臉，千恩萬謝地：「謝隊長，謝趙翻譯官！」他整了整制服，激越的心情勝似當年由隊長晉升為團長的情景，別小看了警察升到警士，這是正規的軍人編制，尤其在這非常時期，警軍不分，跟那烏民團的烏合之眾有天壤之別。他爽快地掏出錢，「堂倌，算帳！今天趙翻譯請客，我匯帳。」

伊卜拉西姆左臂搭著抹布，右手屈指計數著，很有韻味地唱道菜單的價格，「一口清」溜著：「……共計五十一元六角二分。」

「另加添頭四塊作小帳。」他擺闊地掏出一張百元紙幣塞給伊卜拉西姆，顯出落落大方的模樣和不可一世的神態。

伊卜拉西姆邊走邊捻著那張一百元的紙幣，狐疑地走進帳房間：「袁先生，這票子不準啊。」

帳房戴上花鏡左看右摸，橫照豎瞧，沒準。這時老闆推門而入：「偽鈔？怎麼又是假的！他們有意作梗搗亂。」他接過紙幣悲憤填膺地，「真主，這是什麼世道？! 吃了白食不算，還將偽幣兌真錢！唉——」他突然揚手拂袖要走……

帳房袁先生忙推開帳薄站了起來，抖動著微胖的身軀，摸了摸黑亮的平頂頭勸阻道：「東家，忍著點，息事寧人為安。看來來者不善，三思而後行。」

他收斂了怒容，以往的教訓浮現眼前：

那是前年春上的事，由於戰事禍亂，生意很不景氣，連連虧本。一幫地痞流氓吃東西不付錢，藉故菜中有耗子屎，在酒足飯飽之後興師問罪。這時，他正值從外面採購碗盞回店，見店堂中圍擠人群。上前觀之，又是那批「白食鬼」，血氣頃刻上冒，隨手將一疊碗盞向為首者砸去。但未擊中，更是氣上加氣，趨步於砧案飛出剁刀，刀刃插入牆壁……這下可糟糕。這些「白食」的地頭蛇勾結官府，極盡無賴誹謗之能事，無傷誣傷，小傷成大傷，輕傷變重傷。就此，他被鋃鐺入獄，身陷囹圄，吃了三個月的冤枉官司，嚐盡了苦澀的鐵窗生活；霉米飯、臭鹹菜、跳蚤、虱子……尤其在那不到四平方米的牢房中，一個窗洞，不，不是窗洞是出氣洞。房裏擺著乾裂而又發黑的鋪板，倒占去了二分之一，剩下的一塊空地亦潮濕得要命，牆腳下析出似霜一般的白硝，角裏一隻臭氣燻天的大糞桶，故吃喝拉撒睡及禮拜都在這「方寸」之中，因此他只得整天坐在板床上的被褥上。一個季度的獄中生活使他脫了一殼，消瘦不堪。所留給他的唯一紀念是那疊得四四方方的被褥正中從上到底一個大窟窿，破敗的棉絮飄飛。殊不知，這位談笑有鴻儒，往來多白丁的囚犯是席夢思上能躺，地板蘆蓆能滾；山珍海味能吃，鹹菜蘿蔔乾能嚥的角色倌，因此，這很難難倒他。特別在精神上獲得了以外的收穫：社會是要吃人的，甚而至於連骨頭都不吐。用古人旁徵博引的史料來敘述，那就是「苛政猛於虎也」。

他看了看夥計，又瞧了瞧票子，唉聲歎氣地搖著頭進了店堂，陪笑著說：「先生，敝店生意小，大票兌不開，請下次有便過來再──」

「馬老闆，你我初交。聽話聽音，鑼鼓聽聲。你是話中套話，語中有語，難道這票子是假的不成？!」高榮說。

「哪裏，哪裏，豈敢──」老闆克制著，從他的眼神可以斷定，他的忍讓已到達最大限度了。

伊卜拉西姆再也壓抑不住心頭的激憤，言簡意賅地對著東道主：「真的假不了，假的真不了，這裏我無可奉告，你心中自知，肚中自明。」

高榮當著眾人的面，受辱於一個堂倌怎下得了臺？於是便拍桌破口大罵：「他媽的，要找死，臭堂倌。若不是除夕年關，老子非收拾你這王八羔子。」

「你這個流氓無賴！」堂倌針鋒相對，一著不讓。

高榮怕真相被揭露，他一不做，二不休，把桌面一掀，碗盆杯壺全部傾翻在地：「老子不要你找了！」

砰啪之聲震驚了在門縫中窺視的娜英，她目睹了趙翻譯官從中調停：「高警士，何必如此，別跟他一般見識嘛。」他又向夥計瞟了一眼，「馬老闆，你把小夥計勸走吧。」

馬老闆用沮喪的語氣把伊卜拉西姆叫了出去。翻譯揀起那張紙幣，用指頭彈了彈，皺著雙眉送還給高榮，並慷慨解囊：「馬老闆，今一切由我承擔。」說著邊取出銀元十塊交於店主，結清帳款便各自離席而去。

老闆緊攥銀元，面臨此景深有感觸地歎息：「唉——在他門前過不得不低頭。好了，開晚飯吧。」

他邊說邊向廚房走去，繫上圍裙，動手配料烹飪，「英子，小英子——」

「給興泉送飯去了。」夥計應道。

「年三十了，怎麼還送飯？」

……

瑞雪越下越大，夾著烟靄和忙碌的氣氛，師徒們看著店堂外面柳絮似的大雪滿天飛舞，蕭瑟的寒風偶爾也帶進一些零星的雪花……

大雪如拽綿扯絮，亂舞梨花，下得大了，端的好雪。但見：初如梅花，漸似鵝毛。一派銀裝素裹的北國風光盡在堆砌間。

小英子挎著籃子在皚皚白雪中行走，歌妓們裹著狐裘在雨棚下兜攬生意，幾個躲債人依著牆角抖抖索索，垃圾箱旁滿臉眼淚鼻涕的菸鬼在吸著白粉，憲兵隊前的太陽旗懸掛著，崗哨在崗樓裏呵著熱氣取暖於手，裏面不時地傳來狼狗的吠聲。「五香茶葉蛋」的叫賣聲和賣元宵的竹梆聲時遠時近。

興泉坐在人力車的踏板上吃著晚飯，英子在路燈下為興泉縫補圍巾：「興泉哥，高榮升了警士，他請客不付錢，還摻臺子。」

「噢?! 這真是壞人得寵，好人受欺，天理不容……」他氣得噴出口腔中的飯菜，把碗摜於地，「我過去被迫而竊，乃是不得已而為之……他們，他們強取豪奪，一伙強盜——社會的寄生蟲。」他圍上圍巾，「走！恩公一定生氣了，去看看，上車！」

娜英忸怩著：「你辛苦一天，我怎麼——」

「你——」興泉把英子推上車，剛抓起車把，突然傳來雇車聲。

「喂，黃包車！」黑制服的警察攙扶著酩酊大醉的日野，「太君，天下大雪還是坐車回司令部吧。」

日野牽著狼狗瞇起醉眼，瞟著小英子，由模糊到清晰。他趨然掙脫警察手腕撲向她：「哈哈，花姑娘，大大地好，陪我過個年，黃金、鈔票大大地有。」

興泉預感不祥之兆的來臨，便情急智生急忙阻攔道：「太君，小姑娘小來細。」他邊說邊拉下英子。

日野一把揪住車夫：「你的把我和她一起拉到憲兵司令部，我的大大地有賞。」

「小姑娘小小的。」

「八格亞魯！」這位日本軍官用大皮靴對正興泉小腹一腳，狼狗見主人的動作，便倏地竄出撲上去咬。

興泉捧腹躲避著狼狗，猝不及防而滑倒在雪地苦苦哀求：「太君行行好，她是我的——」他又轉向警察，「先生行行好！」

「先生？」警士上去一把揪住興泉的頭髮，「真是冤家路窄，小賊，你上次罵得愜意，現在你該認識我高爺爺吧！隊長，」他挑撥著對日野說，「他是三隻手，小偷！」

日野「嗖」地亮出鬼頭牌指揮刀，向興泉腿部砍去。娜英見心上人遭此毒手，便亡命撲上去，用身子擋住兩條狗——一條狼狗；另一條走狗。他低聲吟著：「小英，」邊從內衫口袋中把帶有體溫的翡翠項鍊塞到自己的心上人手中，沒有脈脈含情，唯有苦痛的表情，「快，快走，你要保重！」

高榮順手扯下興泉的圍巾替日野抹去刀上的血跡，隨手一招，把日本軍官架上了車，唧唧咕咕一陣，惡狠狠地對車夫命令：「快點拉！別裝蒜！」

「嗨，快快！」矮軍官把狼犬抱在身旁以取暖，雙手按著刀把跺著腳。

車夫吃了一刀，哪能跑得起來，只有野蠻人種才能這樣幹，或是失去理智的人。他含淚瞧著娜英離去的背影，強忍疼痛舒了一口氣慢慢地托起車把，迎著凜冽刺骨的風雪，傷口像刀割一般。向前挪步……走著……拖著……幾乎是爬著……

鐘聲敲響，已是新春子夜時分，辭舊迎新就是這般過去的。遠處傳來幾響稀稀啦啦的爆竹聲，只是零零落落的。許是亡國歲月的兆頭，君不見那銀裝素裹的大地豈不成了「喪」的象徵嗎？一條血帶畫嵌在兩條車轍之間，白白的雪，深深的轍，殷紅殷紅的血……

年夜飯後是守歲，這是華夏民族的習俗，它並不因為太陽旗的到來而廢除破去。喝的是悶酒，抽的是劣菸，吃的是霉米飯，嚥的是無味菜，酸甜苦辣混雜一起。老闆看著空席上的筷子兩雙，這才侷促地想到英子和興泉，不安地問：「小英子和小泉子怎麼還不回來？」話音剛落，一個雪人手捧項鍊擠進了門，氣喘不息地喊：「師傅，不……不好了，興泉哥，他……他……他被鬼子砍……」話未盡人已昏厥倒地。

「英子，妹妹，你醒醒，他現在在哪裏？」眾人急切追問。可是只有問話，卻無答語。

火把在移動，光芒在搖曳，沿著白雪上的血跡搜尋著，呼喚著……

伊卜拉西姆和吉偉來到橋堍，雪地中腳印紊亂，一條血跡斑斑的圍巾半掛在欄杆上。火把照向河面，印有「興記」的黃包車墊子套浮在冰面上，興泉倒在河灘畔，那指揮刀戳在他的肩背上……

「三弟！我的兄弟！人說『浪子回頭金不換』，你卻剛回首就遭殃，好不叫人心碎！」拉西姆、吉偉抱頭痛哭。

兄弟沉默無言，伸手拔出指揮刀——屠刀——鬼頭牌的指揮刀，仰歎長嘯：「真主啊，天理何在？天理何在？! 為什麼他棄邪歸正還要逼於他死地？! 為什麼？今天我對著這帶血的屠刀立誓：我要報仇雪恨，我要殺人行凶！」

二兄長吉偉抹淚哽咽著上前抱住刀把，雙雙跪膝：「主啊，我的真主。災難不光落到穆斯林頭上，也同樣降臨到漢族同胞身上。那民族、民權、民生到哪兒去了？您賜給我們智慧和力量，來擺脫我們中華民族的厄運，不達目的誓不為人！」

小兄弟倆是怎樣想方設法復仇的？

欲知後事，請看續節。

三　一具武士道精神的屍體

伊卜拉西姆和吉偉倆雪夜徒步來到黑色的高牆前面，那牆足有四五米高，積雪把上面的電網覆蓋了一大半，牆內是一排排挺立的紫杉披著素衣，顯得分外秀頎。目測如此高度的「樹梯」是不可攀逾，再說有電網阻隔。從此翻牆那是往火裏跳，死裏鑽，不是十有八九，而十有十地被電住。他倆只得作罷，且繞過緊閉的大門，走到東首臨時搭的木角樓下。

角樓裏的瞭望哨已蜷曲在旮旯打盹，按平日的規矩還有個把流動哨兵吶。今天一來是大雪以後，天氣確實滴水成冰；二來又值逢大年三十，軍警們此刻團圓的團圓，賭博的賭博，狂飲的狂飲，睏盹的睏盹，玩女人的玩女人……似乎這一個通宵達旦竟能抵過一年的歡樂似的，故此，年關的戒備就僅此而已了。

吉偉甩出匕首刺入崗樓木柱，緊接著繩索套住匕首把。翻攀圍牆，剪斷電網，飄然進入園內。他們隱藏假山石後，透過怪石嶙峋的太湖石的疏漏空瘦處，一幢獨立的建築物——三層樓杏黃色的西班牙小洋房映入眼簾，邊上是一排很不協調的中國式平房。有的裏面還亮著燈，在麻將牌的聲響中，人頭在晃動……

「誰？不許動！口令？」

「親善。」

「哦，趙翻譯官。」

「隊長剛回，你準備雙份夜宵。」他用日語吩咐。

「什麼時候送上去？」侍從問。

「弄好就送。」

「是。」

話畢各自分頭離去。

「西姆哥，怎麼要兩份？還有誰？」吉偉繞著繩索問。

思考後的答卷是問號。他眼睛對著那洋房頂層明亮的玻璃鋼窗，然後把手一揮，兩人神速地竄到主樓下。伊卜拉西姆把住樓門，命吉偉登樓，可樓梯間燈火明亮，目標太大，又被拖了回來。吉偉猛省，通過繩子翻上三樓，手挾那指揮刀躡手躡腳地掩入少佐日野的臥室。

吉偉隻身入室，憑藉白雪的反射光，環顧室內陳設，挪近沙發。這時房門咿呀一聲被打開了，他躲閃不及，隨即將沙發上的浴衣罩在頭上，而後用指揮刀挑起作衣架，藉以蔽掩身子。

侍從馬弁擰開開關，托盤而入。當其放好夜宵退至門口，又撥動門邊的按鈕，然後熄燈閉門復出。

「你怎麼沒把浴衣拿來。」這是日野在洗澡間裏發出的日本話。

「唷，我忘在沙發上了。」聲音之後，一個半裸身軀的日本少婦——慰安婦拖著木屐從浴間出來，向沙發走去，狐疑一刻，想從木架上取下被挑起的藍白條毛巾浴衣，且見一人持刀而立，驚嚇而慘叫一聲倒在沙發上不省人事……

吉偉手持指揮刀趨步逕向浴間。

又是一陣暴躁的日語：「怎麼的啦，拿不來了！」

吉偉破門而入，濃密的蒸汽撲面而來，漸見隊長——這個武士道精神的典範，正跪在浴缸裏用毛巾擦著臉。他隨手把浴衣像撒網一般投了過去，衣服罩住了這日本軍人的頭部，咒罵聲連連。當其還未露面之際，仇恨已化作力量，吉偉狠命地抽出那把鬼頭牌指揮刀像平日裏玩匕首般地投擲過去，哪有不中之理？

一聲咿叫掙命，室內的燈光暗淡了，血濺在壁燈上……

叫聲傳及樓下，伊卜拉西姆不由自主地抬頭仰望，只見一股濃血射在窗玻璃上。不禁脫口而吟：「刀還原主，血祭三弟！幹得漂亮！」

吉偉乾淨利落地處決了矮日本軍官，一塊沉石，壓住胸口的沉石落地了。他返身原道走至門旁，只聞那婦女甦醒來的呼救聲。匆忙中觸動了門邊的警報發生器。

「嗚——」長久的警報聲伴著紅燈的閃爍，門已無法開啟。他是有生以來第一次幹這種事，又加之這樣的意外更是六神無主。最後他打開了落地門窗，跑到陽臺上順索而下。

警報長鳴而不絕。軍警憲們全副武裝傾巢出動，從四面圍堵而來，把西班牙式的官邸裏三層，外三層包圍得水洩不通。

伊卜拉西姆急不可待，只得由落水管道逼上二樓陽臺。巧逢吉偉則也由三樓通過繩子落到二樓陽臺上，小兄弟倆緊緊抓住對方肩膀以示慶賀。吉偉瞧著泰然自若的兄長，搔了搔頭負疚地說：「都怪我不慎碰上了電門，我真笨！西姆哥，上下受敵插翅難飛，怎麼辦？」

兩兄弟默默相望，鑒於這樣的後果他們是估計不到的，或者是根本沒有顧及。對於一般初上戰場的人勇於前進，而缺少對後路的考慮。就小兄弟決心而論，只要能為興泉報仇，死了也心安理得。一種一時的衝動，大凡均屬穆斯林秉性的範疇，忠義的象徵。

下面的包圍圈在緊縮，上面的人越來越多。躲藏無處，逃跑無路，唯一的路就是拚。這時，身背後的落地門窗微開，伸出一雙手分別擒住了他倆的肩頭：「不許出聲！」

如驚弓之鳥的兩兄弟被大手扯進房間，壁燈的弱光照著牆上吊掛的十二吋的主人相片，再看身後著睡衣的人，同聲喊：「趙翻譯官！」

「噓，小伙子太魯莽了！勇進的同時要考慮急退。」翻譯指著床上和衣架上的軍服，命令地說：「快穿，跟我走！」他脫去睡衣走出房門，見警長憲兵們衝向三樓，警士高榮排列其後留守在二樓樓梯口。

金庫翻譯官打著領帶問其故。

高警士見是翻譯便如喪考妣地說：「不好了，隊長被害了，有可能是新四軍的游擊隊。」

翻譯聽了，佯裝勃然大怒，厲聲斥責：「怎麼警戒的？司令和隊長三令五申地訓導，『節假日一定要謹慎，絕不可麻痹輕敵。』這麼偏在這節骨眼出如此大的亂子。你去三樓保持現場，這裏由我來。」

「是！」警士持槍跑步登樓。

已是凌晨時分，除舊迎新的鞭炮聲和槍聲混雜一起，很難分辨。伊卜拉西姆倆不失時機地跟隨迅速下樓，穿過人聲嘈雜的包圍區來到大門口，迎面湊巧又碰上了侍從馬弁。趙翻譯正想把那兩個偽軍打扮的小兄弟推往一邊，可已來不及了，便靈機一動，由護送轉為押送，進入門衛室。馬弁亦緊隨不捨。面對這局面，沉著應變是先決條件。他用槍口瞄準大聲呵斥：「你倆老實地站在這兒，不准亂動，否則這玩意兒不會饒命的。」又轉臉對馬弁說，「你來得正好，看往他們——這兩個『可疑份子』。聽我口令，立正，向後轉；閉眼，臉朝牆！記住，我可以隨時送你們回『老家』。」

兩個在押的「嫌疑犯」聽命而行，不敢違抗。

「我的錶停了，侍從，現在幾點了？」翻譯用槍指了指手腕上的錶面。

「凌晨四點——」正當侍從看錶報時的一剎那，翻譯早把槍擱在手腕上對準馬弁腦門就是一槍，無情的子彈擦過自己的皮肉，直穿這個日本兵的腦袋，鬼子一命嗚呼。他也迅速捂住傷口，示意站在旁邊不知所措的兩兄弟繳下馬弁的手槍說：「小兄弟，殺個把鬼子又能怎樣？只有全民族的抗日才能拯救我民族，還我中華。帶上它，切記，不能回店，快！」

吉偉遲疑了一下接過伊卜拉西姆手中的槍，「那上哪兒？」

翻譯官趙金庫從貼身衣兜裏取出一枚由皖西北蘇維埃政府發行的銅幣，錢幣面值五十元。他久久地端詳、遐想，似乎像遊子懷念故土一樣。隔了好大一陣子才說：「帶著這傢伙——手槍。」說著掰開食指和大拇指繼續講，「到那裏去，到錢幣發行的地方去，那裏大有作為。小兄弟，穆斯林小兄弟，後會有期。色倆目。」讓人大吃一驚，沒想到趙翻譯也是穆斯林，這一聲「色倆目」異常親切，倍感欣慰。

列位，這裏不得不提及這枚銅幣的歷史：該銅幣是一枚安徽省西北蘇維埃政府於一九三一年發行的貨幣之一。直徑38mm，厚度2mm，正面上款為皖西北蘇維埃造，下款50 CASH1931-10，中間是

20mm的同心圓，圓內為正五角星，星中央標有「伍拾」字樣；反面外環鐫刻的是隸書四號字——全世界無產階級聯合起來呵的字樣，正中也是20mm的同心圓，圓內是地球儀狀，在經緯線的交叉中，突出了粗線條的「鐮刀斧頭」。

此幣由於當時的軍事倥偬，物資匱乏，銅料不足，大多是廢舊的彈殼所熔而鑄。加之造幣技術欠精，設備簡陋等客觀條件限制，故所以一般略欠精製，重量與厚度亦參差不一。

之所以提及，與下文有何相關？

欲知後事，請看續節。

四　M・S——L的錢袋

高榮進入日野臥室，察看現場。日本婦女指著陽臺，發現下落的繩索扣在三樓陽臺上。他拉著繩索：「報告警長，凶手已落到二樓。」

「好啊，他娘的看你再往哪兒跑，搜，抓活的。」

高榮奉命持槍闖入趙翻譯官臥室，搜索四壁，未發現蹤跡。他呆呆地凝視牆上的相片，沉默半響，耳邊縈繞著影中人的聲響：「怎麼警戒的？司令和隊長三令五申地訓導，『節假日一定要謹慎，絕不可麻痹輕敵！』……你去三樓保持現場，這裏由我來，由我來……」

老古話「會做賊，會防賊」。豁然明瞭的警士先生衝出房門直奔樓梯，在平臺的窗洞裏隱約察覺了趙翻譯和兩個「軍士」在大門口分手的情景。秘密終於烙在他的腦海，自言自語道：「好啊，原來是腳踩兩頭船。好一個徐庶式的人物呀，身在曹營而心在漢。」

警長急得團團轉，似乎在斟酌詞語的份量。遲早要報，晚報不如早報，他擦去汗珠拿起電話：「是司令嗎？報——告——司令，日野隊長他——他，他不幸遇刺身亡……」

「什麼？你講清楚點。」

「日野隊長不幸遇刺身亡。」

阪川好像斷了手臂一般，心突然涼了半截，長久長久才發問：「凶手的拿下的沒有？」

「回司令，凶手，凶手——在追捕之中。」警長最怕觸及這問題，聲音發抖，再也無法匯報了，說實話他也只能匯報這點了。

「不！」高警士氣鼓鼓地跨進辦公室，果斷地高聲嚷嚷，「凶手已喬裝打扮後溜走了。」

阪川司令從電話裏聽到後，用舒緩的語氣忙問：「是誰發現的線索？」

警長答道：「高警士」。

「叫他聽電話。」

「是。」警長如釋重負把電話給了高榮，「司令要你聽話。」

高榮立即整了整軍風紀和軍帽，就是一個肅立，然後如迎聖旨一般接過話筒：「您好，司令。警士高榮聽候訓話。」

「高警士，你的好樣的。我現在破格委任你為憲兵隊代理隊長，十萬火速逮住凶手！」

不以物喜的高榮，竭力壓抑內心的激情，使其不外露於形，反之，則會遭致不測，尤其是原來的上司，為此他嚴肅地回答：「咳！我絕不辜負司令的信託。」

憲兵隊的水門汀場地上，憲兵和警察在代理隊長的集合哨下整裝待發。隊伍剛出門口，這位新頭兒就與趙翻譯碰了個照面。

翻譯眉頭一皺，眼珠一閃，心想：不對啊，整隊去哪？警長排在排首，當了排頭兵。怎麼由警士領隊？實感蹊蹺就隨口問：「高警士，去執行任務？」

警長帶有醋意地改正道：「是委任的隊長囉，司令的口諭。」

他趾高氣昂地搐動了一下嘴角上的肌肉，很不耐煩地答道：「為日野報仇，去捉拿那兩個不速之客。」並故意把「兩個」拖長了語調，加重了語氣，「你不會見怪吧！不過腳踩兩頭船是危險的買賣，連老本都保不了。你不會反對我的……」他得意地獰笑了，但不是高興得嬉笑，畢竟他還沒有拿到凶手。他收斂了，擺出新官上任三把火，盛氣凌人的架勢用命令的口吻說，「趙翻譯官，請留步了，不必勞您大駕，待會您能見到。凶手怎樣去就得怎樣回。兄弟們，夥計們，隊伍先佔領車站和碼頭，然後按計畫辦事。」

軍憲和警察分兩列而去……

「走！去室內弈一局棋吧，定定心神靜候佳音。」

看來活像個上司，連個名姓都不叫一聲，翻譯察顏觀色地跟了他進去。雙方在棋盤邊坐定，賓主的位置已交換。主綠賓紅，紅先綠後對弈起來。一個是為「凶手」逃跑後的情況而擔憂；一個是為「凶手」逮捕歸案後的晉級而喜悅。正是同下一盤棋，同對一件事，各有各打算。約莫一支菸的功夫，勝負未決。雙方不露聲色，彼此都在猜測、摸底。突然新頭兒得意地以「炮」將了一軍，趙翻譯官瞧了瞧老「帥」，信手飛「馬」吃了綠「炮」解了圍。他落手後悔不已，半開玩笑半當真地說：「趙翻譯官，我的趙翻譯，這匹馬駒子好厲害喲，堪稱『飛馬』了，啊——不過還會留下一些蛛絲馬蹟的唷。我現挺兵，小卒子過河了。」

翻譯明知他話中有音，聽而不聞，當作無事，隔了一會兒才泰然對答：「你老兄小卒子過河當車使，雖身價百倍，不過——你別介意，不過還是個馬前走卒而已。啊——是嗎？」

「哈……」兩人心裏都揣著一本帳，各自笑了起來。既然是比賽，看誰笑到最後……

這時候，警長進入辦公室報告：「高警士，不。」他知道自己言錯便一個向後轉走到外面重新入室，「報告，高隊長，下級奉命搜捕，不見凶手，故特派便衣偵探留守各隘口，伺機捉拿歸案。現遵命把她給帶來了。」

這位連升數級青雲入上的隊長棄棋而立，看看渾身帶孝的娜英，又偷眼瞧了瞧態度自若的翻譯官，上前捏著小英子的下巴頦：「好不容易把你給請來了，這披麻戴孝又為何人？」他明知故問陰陽怪氣地作弄，最後臉刹時一沉：「跑得了和尚，跑不了廟。按你們穆斯林的話來說，攆走了阿訇，攆不走清真寺。誰說攆不走？攆不走就燒！」他聲嘶力竭地嚎叫，「現在我問你，你哥和伊卜拉西姆到什麼地方去了？興許是你把他們給藏了起來吧？你得從實招來，否則你的孝服一身接一身都來不及穿！」

趙翻譯撫著自己受傷的手腕。娜英的出現他一愣，「興許是你把他們給藏了起來吧？」這句話分明向他而發，他以沉默表示回答。

娜英聽了隊長的發話，舊恨新仇湧上心際，使一個弱不禁風的小女子變成了個偉丈夫。她反詰道：「奶奶給你害了，伊瑪目給你弒了，寺院給你燒了，現在你又來到這裏借刀殺死我的愛人。蒼天雖無邊涯，仇恨終有盡頭……」

他急於求成，打斷了她的話。這個不學無術之徒哪知欲速則不達的處世哲學，把臉一沉：「你嘴硬總比不上我的刑具吧，來人！你這個小賤人。」

翻譯的心裏一陣紊亂。雖故作鎮靜以克對方，但畢竟有限。聞得動刑豈能坐視，便上去阻攔……

「慢！」這時門外傳來了生硬而不明亮的中國話，來者近於「知天命」之歲月，儀表堂堂，誠然是一位道貌岸然的長者，而內心陰沉凶猛。何以見得？從那心靈的窗戶——眼睛便可了然其心懷，壞也就壞在它的身上。它小而深陷於腦殼下，上下眼瞼夾動的幅度幾乎趨近於零，常帶笑盈盈的臉具始終像睡著似的，按他自己的說法是閉目養神。其實不然，你認為他閉目而不視，實際你的一舉一動均攝入他的無聲照相機的彩色膠卷——視網膜上。即使怒目你也會覺得他在笑。常言道「臉孔笑喜喜，肚中藏毒計」。前額天庭有粗大的青筋，生有一個扁小的鼻子，與一個極不相稱的大下巴。頭頂近乎光禿，還留有一些剛剛變白的稀薄而又柔軟的頭髮。兩鬢頭髮梳過每一邊的太陽穴，交疊在後腦勺上。從後面欣賞之，左右對稱到無可比擬的地步。他確乎沒有嗓音，只能低聲說話，或用手勢輔助表達。當他憤怒時，嗓門被迫放大，音量到極限時，那額上的青筋更加粗大，若是你留意地觀察一下，它還在收縮蠕動呢，那日本式的小鬍子和玄框圓形的水晶眼鏡也會跟著動彈。茶色水晶玻璃好似攝像機前的濾色鏡，保護著眼球的正常工作。他的親臨使人感到意外。因為他一般不輕易出動，就像「將帥」一樣不輕易挪動位置，除了害怕遇刺別無其他言語來搪塞。不過他對他手下的將士陣亡，或遇難，或病故都極為沉痛悲哀，非親臨現場賠上幾滴眼淚不可，不過這是鱷魚的眼淚。這種做給活人看的表演是無可非議，不容置喙的。此人名阪川，職務司令。此時他進得門來，忙用手勢橫加阻止，「姑娘，你的大大的好。皇軍的有禮，只要你講出凶手的誰，我的馬上車子送你回去。」

長時間地冷場、緘默。

「阪川司令問你，回答！」新上任的隊長發話。

「凶手的是誰？姑娘。」司令耐心地聽候回話。

「凶——手？是——誰？」娜英一字一頓地反問。

「對，對，誰？」

「凶手是日野，日野是凶手！」

「不，姑娘，我問的是暗殺日野的凶手。」

悲憤不已的娜英含淚訴說：「我親眼目睹日野殺死了我的心上

人！」她按住胸前的項鍊，化悲痛為仇恨，憤憤切齒地說，「我還沒有找他算帳，他即如此了卻殘生。帳總要算的，血債必須用血來還？」她真想鞭屍三百，方解姑娘之恨。

「住嘴！」隊長一把揪住她的小辮子，口中不清不爽地罵道：「他媽的，小賤貨，放肆！司令賞臉你不要，真不識抬舉的貨色，死丫頭。」

娜英轉過身：「放手！你這殺人不眨眼的劊子手，沾滿了我們同胞的鮮血。如今又賣身投靠東洋人，狼狽為奸，為虎作倀。這筆帳一定要清算，也一定會清算！因為穆斯林和漢民的血是不會白流的。」

阪川笑臉消失，殺機漸露。翻譯急急上前解圍，以穩住這老奸巨滑的元凶：「司令息怒，這弱女子焉能復仇？太不自量力，料定背後定有人操縱，受人指使。我們不妨可以——」他撫摸著包紮的傷口湊近阪川耳語了一陣。

阪川微微稱道，以中國通自詡，將食指一勾甩向前方——描摹著張志和的《漁歌子》詩中的釣叟神態，揣摩著中國的「放長線釣大魚」的格言說：「好的，放——」

新隊長預感這一著，語言的失利這對他是個隱患，此時不以之為由更待何日？!就借手勢和聲音上的判斷失誤：食指一「勾」誤作「勾扳機」；「放」錯聽為「放槍」。乘話音未畢，舉槍擊中娜英右眼：「司令命令我送你見你的真主去！」

「混蛋，你憑什麼？」趙翻譯對這事變勃然大怒，拍案厲聲斥責，「這樣是草菅人命，屠殺無辜……我的隊長，請原諒我的激動。愚蠢的舉動，野蠻的行徑大大有損皇軍的威望，須知『得民心者得天下，失民心者失天下啊！』」

「趙翻譯官，我問你，你得的誰的天下，失的又是誰的天下？!你瞎子吃餛飩肚裏有數目。何況你又是明人，更不必細說囉！」高隊長已抓住對方的手腕，半陰半陽地譏諷著，狡黠的眼神瞥向翻譯，略平靜了一下，「她是殺死日野少佐的同謀，無疑的，確鑿的。」

趙翻譯並沒示弱，用日語向阪川報告：「司令，高隊長竟然殺人滅口，其中必有詐。」

一句也聽不懂的高榮只能瞠目結舌，伸長頸子，豎起耳朵。

阪川那「一條縫」的眼睛，由「陰」轉「晴」，指著手下二人：「你們的不能，要和睦的相處。」他又配上搖頭擺手的方式告示雙方，並祝願。

小英子痛苦地揿住右眼窩，掙扎著，血外溢著。雙膝支持不住，慢慢轉向西南方向，屈膝而跪。她扯斷頸上的項鍊：「主呵，我的主！我是虔敬的穆斯林，世代信奉伊斯蘭，事事感恩安拉，為什麼，為什麼你就讓他的罪孽得逞呢？他殺人，他燒寺……我，我們——」她支持不住嚥下最後一口氣跌倒在血泊中，翡翠珠子在滾，布袋失落在地，錢幣拋出口袋，壓在袋上由她綉的M．S-L（穆斯林）的字母上……

憲兵司令部宴會廳裏，正中是巨幅的日野少佐手握那柄鬼頭牌指揮刀的肖像。像前安放著用日本國旗覆蓋的遺體。廳內莊嚴肅穆鴉雀無聲，環境布置得井然有條。司令用白絹擦勒那把明晃晃的指揮刀，稍然插入刀鞘。他拉大了嗓門，吐字與往日不一般，特別清楚，可能是真情實感的吐露，才賦予他字正腔圓。鑒於這一點他自己是體會不到的，因為他善於謊言和抵賴，故所以佛祖給他『少說為佳』的戒律。不過當他真摯情誼流露，或是謊話露餡了才說真話時，方給他正常的發音。此時，他聽到自己的音色感到高興時，喜上眉梢但又馬上掩飾了，場合——追悼會的氛圍又抑止住他難得的音色和喜悅的心緒，總不能同時而得，這是他生平的憾事。故悲哀地亮出嗓子喊：「諸位將士，這是日野少佐的遺物——天皇陛下的最高獎賞，又是致死他的凶器。自東亞聖戰以來，他為大日本帝國立下了汗馬之功，我提議為他的以身殉國致哀，默哀三分鐘。」

眾賓客脫帽致哀，肅靜……

「默畢。日野隊長為大東亞共榮圈捐軀是值得效法的，他忠於天皇的精神不死！」

眾人異口同誦：「武士道精神不死！」

隨後阪川打開卷宗宣讀：「我謹代表雲龍憲兵司令部委任高榮為警備旅中尉副官，接替日野軍務。」

「謝司令栽培，不勝感激。」

阪川取過那柄指揮刀，授於新任隊長。高榮單跪雙手舉過頭，接納軍刀，模仿著武士道精神誓言一番：「願為天皇效忠，為大東亞共榮圈效勞。」

阪川不解地瞧著翻譯問：「他的什麼？」

翻譯官不屑一顧地沉思片刻，笑著翻譯：「司令，他立志走日野的道路，用日野的指揮刀來結束自己的生命。」

司令聞之拍手，狂笑。

高榮也十分尷尬地掛齒一笑。

新隊長是如何輔佐司令？

欲知後事，請看續節。

五　三十年的老店毀於一旦

馬復興菜館是雲龍城中聞名遐邇的飯莊，它的名氣不是因大而出名，而是因為它是一片清真教門館，專以醬炙乾切牛肉著名於遠近城池。軍政要人白崇禧將軍、著名京劇藝術家馬連良先生和梅蘭芳先生也曾光顧該店。講起它的歷史已有三十年之久。該店的宗旨是商德第一，衛生第一，質量第一，服務第一。憑這些享譽豫、滬、蘇、皖，立足三十春秋。店樓為五開間樓房，蓋得還不賴，用的是白石材料，中間夾著青石跟三合土，二樓頂層上還有一個閣樓。大門口懸掛著金字招牌，上面是用伊斯蘭經文寫的店名，後背是一把湯瓶壺。店堂內排列了二十多張八仙桌，一色紅木家具。後面一大間分設廚房和庫房，上面吊著半成品的烤鴨、板鴨和糟鵝以及油雞坯類。最後面是一個大院，足有一畝地的大小，東首有一口井，並不深，供家畜飲用。院中只有樹木，沒有花卉，雞鴨鵝羊倒是成群，可見主人因終日忙於生意，沒有閒情逸致來培植奇花異草。最老的要數那棵桂花樹，它還是本店開帳營業時，由老闆娘在世時親手栽培的呢。如今老闆娘已先逝十多年了，它還像忠實的衛士，一直固守著院子，即使是戰火紛飛的年代。它是建店以來的歷史見證。

自興泉除夕罹難，初一伊卜拉西姆和吉偉被迫出走，初二娜英又遭槍殺，一系列的不幸使老店頓失光輝，店主頹唐萎靡，無精打采。而這廂高隊長仍不死心，升官後更不遺餘力地為日本軍國主義賣命，為消除心腹之患，繼續藉故搜捕伊卜拉西姆和吉偉。那麼從何處著手？找不到和尚便推敲廟門，豈不是錦囊妙計？!

新年伊始開帳的第一天，一隊人馬包圍了馬復興菜館，為首者乃新任隊長。他們用槍口威逼老闆交出伊卜拉西姆倆，並指揮軍憲們搗毀生財，搶劫財物，責令關閉店門停止營業，並加以查封。圍觀的人群對此暴力行徑憤慨不已，議論紛紛，你一言，我一語。

一個青年工人模樣的說：「一人做事一人當，天經地義，怎可這麼胡來？!」

「光天化日之下，真是肆無忌憚，哪還有王法？!」一位長者不平地叱責。

「有話坐下來談，這又何必呢？都是中國人，炎黃子孫。」一個挽孩子的中年婦人說。

「……」

沒想到陰溝裏翻起船來了。隊長摘下帽子，稍舒緩了一點氣。在民眾的指責下，微微理了理自己僅有的幾根稀髮，用以覆蓋病後遺留下來的症狀——後腦勺的疤痕，便偽裝出一副貓哭老鼠的假慈悲來蠱惑人心，掩人耳目：「我只是奉命交差，同胞總究是同胞，我也出於無奈……」

一個手抱娃娃的婦女插了一句說：「就是人犯罪，東西不犯法，何必抓人抄家又毀店？」

「別這麼絕，給自己留條後路，別把子孫的飯都吃盡了。」一個滿頭銀絲的老太太篤著拐杖詛咒道。

「……」

人言可畏，畏不可言。然高榮這傢伙卻適得其反，他明知不對但還想用手遮住臉，哪怕一個指頭也是好的。殊不知，談何易?! 至此他原形畢露，惡意誹謗中傷：「他私通八路，幕後操縱策劃來暗殺日野隊長，對這號人不加制裁，不以懲處，那對誰？帶走！」新官上任三把火，一把、二把都燒了，難道還缺第三把不成？

手下兵卒早已聞聲而動，銬住了馬老闆大聲嘶嚷：「閃開，閃開！」

人流堵塞了交通要道，適時一輛灰色轎車停了下來，喇叭聲和引擎聲都無法驅散人群。趙翻譯從車中下來，擠進人群站到高榮的面前，看了看倔強的店主人：「高隊長，你執行任務把司令的駕給擋了。」

高榮面對突然其來的翻譯官感到棘手，又擋了司令的路很不是滋味。立即命令警察用警棍驅散群眾，一面歉意地說：「趙兄，請海涵。前次是小弟魯莽而造成的誤會，在這給你賠個不是。請別介意，你是宰相額頭能跑馬。」說著攆著，攆著又嚷著，「快讓開！沒你們的事，散開！」他們這號人最怕聚眾鬧事，你想啊，在那亡國的非常歲月裏，聚眾必會鬧事，鬧事則是聚眾的必然結果。哪有不防之理?!

「嘟——嘟——」喇叭聲聲催動，叩擊著高榮的心靈。他本想借公圖私，以求一逞，不想碰上頂頭上司。為解此圍便厚顏無恥地討饒著：「上次冒犯老兄，一切務請先生迄罪。」

趙翻譯早預料對方要耍出這一絕招——向馬老闆要人。對於一會兒硬，一會兒軟；一會兒話凶，一會兒又求饒的手法令人咋舌。他勃然翻臉，言簡意賅地奚落了一場：「我料定你會這樣做。不過，高隊長，你也得有所收斂了，別如此缺德。你吃了他的菜，摔了他的碗，抄了他的家，毀了他的店。早該可以收場了事，而今又抓了他的人，這是何道理？難道他真欠你十八輩子閻王債不成?!」他抽出香菸遞給了對方，藉以舒緩氣氛。「老兄啊，再此滑下去，嘿嘿，我是為你著想，如果一意孤行恐怕要斷絕香火。這裏我還得再次警告你，須知皇軍也要民心的！」

隊長抑制內心的空虛，緘默不甘心，強辯不敢作，只是喃喃地嘀咕：「他是日野凶殺案的同謀，我可以斷定。」

「證據！」翻譯當然是一著不讓，尤其在這當口，更不能有所退縮和懦弱，他抓住要害慢條斯理地反駁，「姓高的，那人力車夫的死你不會不知道？誰參與了這件凶殺案？同謀者誰？你我心照不宣罷了。何況凶器鬼頭牌指揮刀就在你身上，要是它會訴說的話，它——」他睥睨著隊長佩帶的指揮刀，「鐵證如山，殺人償命。你卻不聞不問，居心何在?! 請別得意忘形了，我的隊長，你的升官晉級都是用人命換取的。不服嗎？見司令去！」

「怎麼的？」阪川從身後過來，把眼鏡架向上一頂。

「報告司令，」高榮作了立正，先聲奪人，「我們抓住了一個同謀犯！」他用請功求賞的媚態指著馬老闆。

「他的說的什麼的？」阪川操起生硬的中國話問。

趙翻譯以傲慢的神態瞥了一下高榮，走到忠順老闆身邊，從其上衣袋中取出良民證，出示給司令，然後用流利的日語咕嚕了一陣。阪川聽罷跺起皮靴大聲叱斥：「不行，大大的不行，良民的好。」並運用了習慣性動作翹起大拇指以補償他的音量不足。趙翻譯借機唬臉繃面說：「司令大發雷霆了，他是良民，不是刁民。什麼同謀，分明是誣陷好人，想表功，求升官。放！快放！」

高榮言堵語塞垂下了頭，如啞巴吃黃連——有苦說不出。他無可爭辯，吩咐左右鬆銬。趙翻譯把良民證送還老闆的口袋，話中有音地說：「馬老闆，這是你的良民證，太君要你放好，別丟失！」

一場浩劫，飛來的浩劫就這樣平息了，三十年的老店也由此落幕。老闆精疲力盡走回店門，撕下那墨跡未乾的封條，昏昏然，顫悠悠地走進店堂，上好門閂。目睹這副劫後的慘狀和狼藉滿地的生財器皿，綿綿地癱在藤椅裏，兩眼絕望地凝視著天花板上殘缺不全的吊燈，耳邊響起趙金庫翻譯的話，「馬老闆，這是你的良民證，太君要你放好，別丟失！」

反覆的聲響使他倏地震驚，掏出證件一看，內中夾著個小包兒，急遽打開，只見裏面是中央蘇區的紙幣和一張字條：

勢在必行，到通用錢幣的地方去！

J-K · Z

「砰砰砰」的急促門聲中，他恢復過來，迅速囊入袋中，由後院木樨樹旁的側門跑出……

天蒼蒼，地茫茫，拋棄了三十年的創業實跡，何處是馬老闆的路一條？

欲知後事，請看下章分述。

第六章

一　兩個奇怪的憲兵

晨霧像輕煙鋪蓋江面，港中帆檣林立，舳艫相接。向遠眺望，船來舟往，小火輪吐吐吐地冒白煙，鯨魚般的外國商船停泊港內，一艘挨著一艘，船沿和桅杆上「萬國旗」在招展，儘管語言不通，旗語替代了燈語，人們通過它來傳遞信息，出入這宛如國際的自由港。

汽笛一聲長鳴，內河航運的大客船「華廈」號靠岸了，兩位憲兵模樣的旅客，一前一後列隊跟隨乘客從大船的跳板上步下，爭先恐後地湧向出口處。

檢票員在依次驗票……

「喲，長官，怎辦？」衛兵模樣的憲兵焦慮地對著另一個憲兵頭兒問。那頭兒整了整軍衣、軍帽和武裝帶，遞了個眼色，從容不迫地命令：「主與我同在。進得來就出得去。勤務兵，照原樣。」說完把頭一偏，儼然如長官一般走在先。勤務兵心領神會收緊皮帶，揹好手槍緊緊跟上。邊走邊用掌心拍了下額頭，小聲自慰：「討個吉利，碰碰運氣。真主，託福了。」

瘦猴似的檢票員，望望這兩個大兵式人物，二話沒講便放行通過。兩人借著這身軍服大模大樣地走出出口處，安然無恙地走上大街。

寧海市中心街口，一輛馬車從這兩位奇怪的憲兵身旁擦過，在不遠的穆斯林飯店門口停下。一幢三層樓的洋房，伊斯坦布爾式的，集餐飲和旅館於一體的中型飯店，伊斯蘭飲食文化之代表。它翠綠磯石子的外表，彈簧玻璃門。穹頂的門頭裝潢中西合壁，別具匠心，富有一些中東地區的時代特色。正中是三葉的旋轉門，其中心裝有自發電機組，不時地發出紅、橙、黄、綠、青、藍、紫七色光，霎時好看。馭手尤素夫跳下駕駛臺打開車門，唐經理夫婦和李華姐妹下車步入店內。

尤素夫進門「色倆目」，後寒暄招呼：「楊老表，生意興隆，買賣不錯吧！」

「禱告主，托您老的福，今天星期五怎麼沒去禮拜寺？什麼風把您給吹來了？」發話的是吉爾吉斯族的老闆。

「怕是馬蹩腳了吧，哈哈哈。」他即是一位滿頭白髮的老人，靠近五十的人了，可還像孩子樣的風趣幽默，步履輕巧，逗得人合不攏嘴。那寬闊的腦門上依舊沒一道褶裥，臉盤上仍然沒一絲皺痕，用他自己的獨白講，那就是還沒「電車軌道」。他很清秀，精神矍鑠，平頂頭上戴一頂工人帽，繡花的禮拜帽到周五才換上。略瘦的臉上泛青黛色，那是剛刮過鬍子的緣故。他身穿時裝，背有些微駝，兩隻油光光的手，總喜歡插在褲袋裏。笑盈盈地接待顧客，促使他和氣生財。有時，他自己也笑得前傾後仰，咧著嘴巴一疊連聲的呵呵大笑，彷彿從笑聲中使他返老還童。人說「笑一笑少一少；愁一愁白了頭」，在他身上兼而有之。他少歸少，白歸白，一頭銀髮就是他的標記。人們給他起了個雅號——白頭翁老闆。

「這是我東家——唐經理」。尤素夫一一介紹後說，「今天是我家兩位小姐的生日，特地上回民館品嚐一下伊斯蘭飲食文化——清真菜，待會我家那位——錢先生還要來吶。」

「尤老表，你不該臨渴掘井，叫小弟好為難呀。您不會不知道今天是開齋節，廚師們都到寺裏去忙乎了。」老闆忙上前招呼貴賓，「請經理、太太多多包涵，恕小弟有失迎迓。貴賓光臨乃使本店蓬華生輝，請樓上1號雅座。」並親自引客登樓，張羅著，「來人沏茶——」

「咳，來了！」翠衣白帽的女招待托盤獻上龍井茶水。

「菜單在此，請隨意選點，要什麼請關照，我只得親自掌勺，獻醜了。」楊老闆安排好逕自下樓去廚房。

樓下堂口人聲鼎沸，喧鬧一片。

「堂倌，算帳！」一個歪戴軍帽、半敞胸脯的士官，四十上下，站在大圓桌前，衣服搭在胳膊上。侏儒般的個子是那麼矮小，外貌很是打眼，比起打虎武松的兄長來那要略勝一籌。戴上大蓋帽，從遠處瞧去，彷彿整個人是由帽子、軍衣和過膝的毡靴組成，體型不是華人之後裔，倒像日本人的典範人種，和那日野死鬼除頸椎短了一截，倒是天生的一對，地配的一雙。若是混在人叢中，嘿，那還不容易找吶。這時他用筷箸敲打盤子聒噪著，也許是酒後話多的常態，鑒於此筆者是沒有體會，只見他面對滿坐的狐朋狗友和交際花，拉起東道主的嗓門：「今兒你薛大爺請客，boy算帳囉。」

招待清點全桌碗碟，累計單價「一口清」後說：「共計一百五十元。」

「好，把老闆給我叫來。」他又呷完盅子的殘酒，夾了一筷剩菜佯笑說。

適時楊老闆正下樓便直奔桌前微微欠身問：「老總，有何吩咐？」

「白頭翁，抱歉得很，今朝手頭不湊，給記上帳，明兒到這——」他掏出警備司令部的硬「派司」，「來取錢，另加小帳二十元。」

老闆那喜悅歡樂的表情眨時煙消雲散，好似被一筆抹掉了。他陪笑著向各位抱拳作揖：「先生們，只因物價連日三漲，敝店月月虧損，手頭拮据很難周轉，務請各位照應。」

「他娘的，賞臉不要，難道我們薛爺會食言?!」

「別不識抬舉，穆斯林的白老闆。」

「別囉哩囉嗦了，明兒去司令部取就是了。」

「……」

滿桌的酒色之徒你一句，我一言地幫腔，不一而足。圍看的人們和鄰座的顧客也七嘴八舌地議論開了：「生意人也有難處，還是你們幾位湊湊吧！」

「仗一打生意更難做了，還是──」

「吃東西怎麼不付錢？真是『吃白食』傢伙！」

「……」

尤素夫抱著息事寧人的態度擠進人群，順時針地掃視了一下列位，從聲音出處才發現那位薛大爺：「這不是薛老總嗎？」

「啊！尤老頭，你怎麼也來了？」矮子士官如逢摯友拉開話匣子，藉以沖淡他的窘境。

「我是送東家就餐來的，等會兒錢少爺也要來。」尤素夫無意告之，卻驚得對方滿面是汗，倒抽了一口涼氣問：「真的，他也來？」

為何如此驚慌？在這裏賴帳是一；另則司令的少爺出車都是由他駕駛。這下怎不急死他！

「嗯。小姐、老爺和太太都在等他吶。」老人從招待手中接過帳單看了一下，解圍地說，「楊老表，薛老總是君子，他今不便。」說著慷慨解囊，從腰帶的皮夾內層取出鈔票如數交給店主。

正值此時，一隻強有力的大手抓住了老漢的手腕：「不，不行！」憲兵頭兒橫眉冷對白食者，緊接上去就是正反兩巴掌。喧嘩的店堂傾刻靜了下來，空氣異常緊張，像是欲要爆炸似的。李華姐妹聞得吵鬧聲嘎然而止從門簾中探頭一瞥，正巧與憲兵頭兒的視線相對，三方心中不由一震，紅暈爬上了雙頰……

尤老漢窘迫地望著兩位憲兵，拿著錢思忖地離開了。白頭翁老闆見事態擴大了，驚恐地瞧著頭兒，那幽默和樂觀的神情早已驅至九霄雲外，同顧客一樣默不作聲地站著。薛矮子士官猶如耗子見到了貓一般，乖乖地戴正軍帽，紐好衣扣，一動不動地正視前方。當頭兒目不轉睛地盯著對方的脖子時，士官才用發抖的手紮好軍風紀扣，靜待發落。

是頭兒響亮的聲音衝破了店堂的寂靜，厲聲命令：「你們聽好！凡參加筵席者，限你們在五分鐘內如數交出錢款，無錢者以物抵押，違者拘留懲處。」接著差遣衛兵，「勤務兵，你留在這執行命令，不得有誤。」

「是！長官。」

用啟口板隔起來的雅座一個挨一個，漆得油光閃亮，好排場，好舒適。在一號雅座內，舖著潔白桌布的圓檯面上，圍著經理一家子，中間是生日蛋糕、水果和用鮮花編成的小花籃，還有五只「油香」，以示開齋節的歡樂。四周是各色各樣果子露名酒，如：馳名中外的梅子果酒和橘子露酒，聞名世界的白葡萄酒和紅葡萄酒……

「他，他？他——」李華吃驚地思索，面對由門而入的憲兵長官，經理滿臉堆笑地站了起來，室內充滿了與雅座很不相稱的氣氛。老漢手壓著錢包端祥著來者想：他是誰？好臉熟。他來幹嘛，看來要敲竹槓了。

唐麗偏著頭理了理自己的鬈髮，春風盈臉，繼而暗思：他是誰？我在哪見過——

李華脈脈含情的眼神，剎那間變得嚴峻而冷漠。她遲疑地猜測：「他是伊卜拉西姆嗎？不，不可能！他怎麼會到這裏？又怎麼會披上這令人噁心的『虎皮』？不，絕不可能。他不會去充當……」她不敢再想下去了。

頭兒風度瀟灑，神態矜持地把手插進口袋，反覆辨認酷似的雙生子李華和唐麗。以他的文雅舉止很難探得他的心理活動，但仔細察看他的眉宇間就不難猜測到其心裏所想。即「誰是心中的她？竟酷似得難以分辨。」他眼花繚亂了，揉揉自己的眼瞼，默默怨道：「老天爺，你竟如此作弄人?!」

「他是誰？」

「誰是她？」

雅座內充滿了疑問。尤老漢拉開椅子：「請坐，長官。不知有何貴幹？」

「噢。」他如夢方醒接口說，「先生、太太，戰亂期間為安全請你們出示良民證。麻煩了，本人履行公事，望別責難。」尤老漢掏出良民證，他讀著「『尤素夫』」──這古蘭經中聖人的名字，無意地瞧了瞧老漢問，「你大概是──」他豎起右手食指，似乎發現了親人似的稱謂，「穆斯林吧。」

對方被這盤問感到意外，他老先生答非所問，習慣成自然地答話：「是的，我是馬車夫。」

他笑著遞還，又接過麗小姐的證件，看著上面的姓名，對著蓓蕾初開的笑臉，又瞧瞧李華那冷若冰霜的長臉，最後胡亂地翻了翻經理夫婦的，然後彬彬有禮地說：「謝謝，給諸位添麻煩了。」

「哎，還有我姐姐的。」麗小姐搶嘴說。

「不用了，她是良民，無須檢查了。」這位長官一語雙關地含笑而答。

「喔，你們認識？華小姐。」毓平困惑地問。

「姨媽，我在醫學院學習了四年之久，就是同學之間也很少交往，怎會跟這號人打交道呢？他們──」她撇嘴鄙視披著「虎皮」的憲兵，誠然又傷感地搖搖頭。

長官欣賞著相當於面盆大小的雙層生日蛋糕，忽兒指著李華：「小姐，如果我沒有看錯，今天大概是您的生日吧。」邊問邊把手插進褲袋，抓起那半爿犀龍杯，盤算著……

「不，還有我。」唐麗自薦地說。

「那你倆是孿生姐妹囉。雙喜臨門，慶賀，慶賀！現在我來辦個義務。」他掏出打火機點燃了蛋糕上面的十八支小蠟燭，又繼續說，「用這象徵光明的火，心靈的火，而不是戰火，來代表我由衷的祝福。」

唐麗滿斟了一杯還禮，他欣然接過高腳酒杯：「謝謝，我從不飲酒，但為了二位的生日氣氛，我恭敬不如從命，就此一遭，下不為例。敬祝生日愉快，幸福！」一口喝個乾淨。

李華負氣地把自己面前的酒推向他說：「長官先生，也為你的生日把它代勞包了吧！」

唐經理以責備的目光掃了一下李華，慌忙起身施禮：「長官，請原諒小女的失禮，她不善於辭令，多多冒犯，請別計較。」

「哪裏，哪裏。好，還是這樣好。要不『千錯萬錯馬屁不錯』怎會成為這個社會的公理呢？對那些什麼真善美和假惡醜都不過是愚弄百姓罷了。您說吶，兩位千金？」他舉杯侃侃而談。

衛兵舉手行禮闖入，報告了任務的完畢。楊老闆手拿錢幣喜笑顏開地跟了進來。上級用眼指示衛兵：「任務還沒結束，勤務兵，你得把這位小姐賞賜的酒飲下去。」

衛兵聽到這命令般的口吻，眼珠斜向兩千金，不覺一愣，舌頭好長時間才縮了回去說：「謝長官，謝小姐——」便一飲而盡。

白頭翁老闆感激地看著這兩位廉潔奉公的軍人，剛要開口道謝卻被招待叫住，咬了咬耳朵急匆匆地便跟著走了出去。

這兩個奇怪的憲兵是誰？楊老闆出去見到的又是誰？

欲知後事，請看續節。

二　君子報仇宜計長

楊老闆來到隔壁2號雅座，一個腋挎包裹的漢子站立在他的面前，似一個潦倒的書生，落泊的商賈，他驚中轉喜，一把摟住來人肩膀：「啊喲，忠順兄，真叫我傻眼了。我的老夥計，你怎麼來了？這副模樣。」他望著精神頹唐的大師兄和手中的包袱，急不可待地問，「出事了？」

師兄在師弟的催問下，沮喪地搖搖頭：「一言難盡啊，師弟。」

「你坐下歇息，我去沏茶，順便打水洗刷洗刷。」

此時此刻1號雅座內情況發生了劇變。

「本人因公務纏身恕不久留，再見了。」兩位憲兵正要轉身離去。

「站住，先生。就這樣匆匆離去未免太失禮了吧。」一位身穿西裝革履，蓄著髫髭，戴著大墨鏡的錢少爺站於門首，脫去白手套，攔住去路，他倆的去路。

薛矮子跟蹤而至，他摸著腮幫子，血氣便上湧，欲報兩記耳括子之仇，氣呼呼地叫嚷：「就是他倆！」說畢狐假虎威地揭開門簾，把手一撐堵住了門。

少爺唯唯領悟，接著很不客氣地劈頭忙問：「兩位來此有何貴幹？」並摘下眼鏡從上到下打量對方，從眼神裏似乎發現了什麼破綻似的，緊逼追問，「你們是哪一部分的？」

頭兒沉著應戰，從薛矮子的身份證上他找到了回答：「噢，原來是警備司令部的。」

「我問的是你們！」

他掂量著來者的頭銜，從容地答道：「雲龍警備司令部憲兵隊。」

「哦——雲龍城的。那司令是誰？」

「阪川大佐。」

「隊長？」

「日野。」

「你是幹什麼的？」

「大尉翻譯官趙金庫。」憲兵頭兒對答如流。

「他是──」

「我的勤務兵。」

擺出一副老資格的錢明遠此刻和緩下來，一轉語氣說：「是嘛，我一看你們就知道不是真正的憲兵，而是工具──翻譯。哪有這等檢查的？不過，你得交代你們的任務。」

「追捕凶手，殺人凶手！」

「既是追捕，請出示證件。」少爺知對方已進入圈套，狡猾地來了個剎手鐧。矮子也叫囂著：「拿不出跟我們走！」

別說是沒有，就是有了，在這種僵持的局面下也不會輕易出示讓對方檢查，它涉及到人的尊嚴。頭兒已知無法挽回局面，即向勤務兵使了個眼色。衛兵理會地拉出機頭，隨時準備事態的發展。雙方相持，在場之人均默不作聲。最後頭兒蔑視地對著矮子，衝著錢少爺大聲訓道：「是你檢查我，還是我檢查你？!」這從容的反詰，對於初次披著憲兵服的人來講，需要多大的膽量和勇氣呀。別看他外表很不示弱，但心中是空虛的。你瞧那帽沿下已滲出微汗；那衛兵雖是第一次抓到槍，功架倒像行伍出身。然而忍耐有一定限度。你細瞧，那槍口還在微微顫抖……況且強龍也奈何不得地頭蛇。

聲音傳到2號雅座，馬老闆愕然地問：「師弟，隔壁是何人？像是在審訊什麼。」

「是兩個憲兵。他們剛才幫了我的大忙，興許還想撈點『回扣』，這年頭又在這都市裏這是常事，沒法子。」楊老闆坦然地向師兄訴苦道，但又迅速停止，匆匆出去了。

師兄心裏頗不寧靜，他猜度著：聽聲音好耳熟，難道是——他？為了應驗自己的聽覺，便掇起長櫈躥到上面。穿過攔板上方的花格窗，不由一驚。果不其然真是兩徒兒喬裝打扮成憲兵被攔截在門口。他們的緊張神情使師父急忙跳下，怎麼辦？怎樣解救這危局？他隨手把桌上的茶杯坐入臉盆，端向隔壁雅座。

明遠少爺摜紗帽了，他將帽子一扔，呈現出『至高無上』的權力，嘲笑諷諭著：「這是我的地界，我有權檢查，甚至可以逮捕你，直至槍斃！你懂嗎？怎麼樣？我能先斬後奏吶！」

在這危如累卵的當口，馬老闆一腳踏了進去，熟練而自然地把毛巾遞給了錢少爺：「先生，請擦一把。」並以神秘的眼神投向憲兵倆，「二位長官用餐請到隔壁，這兒是包席，諸多不便。」他明請暗推送其出門。當錢少爺擦過臉還想說什麼，可我們的老把式早將茶水畢恭畢敬地端到面前，然後用抹布撣著凳子，「先生，息怒，請坐下點菜吧。」

明遠少爺眼望兩個憲兵的背影，以勝利者的姿態在自己的未婚妻和未來的岳父母面前大肆誇耀起來：「真是豈有此理，吃飽肚子沒事幹，竟到泰山頭上來動土了。嘿嘿，這一小撮吃著大米飯放著東洋屁的沒一個好東西。還不抬起骷髏頭看看，太陽旗在西墜，膏藥旗在下降，到那時，嘿！有你看的囉。」他還想發洩一通，然場合、對象使理智得到了控制。可滿腹的牢騷又剛剛開頭就要剎車，這談何容易，但又不得不到此為止，便只得張大他那薄嘴唇「呸——」的一聲一屁股坐到椅子上，歇了好大一陣子，才從各位驚訝的目光下清醒過來，猶如吃了敗仗自我安慰一樣，舉起酒杯：「我來遲了一步，叫大家受驚了。來來來，乾上一杯好壓驚。」

話說這一官一卒解圍後，壓抑不住內心的狂喜。就在這千鈞一髮之際，師父由天而降。一則解了圍；二則師父健在，乃不是天倫勝似天倫。他倆向著師父暗示的方向走去，直至房中。店主人感到拘謹，打著精神來接待：「兩位長官多蒙支持公道，伸張正義，敝人深表謝意。你等等……若需要什麼盡可開口，我一定……」

對於店主人的誤解，伊卜拉西姆倆手足無措，不知如何是好。此刻但見汗涔涔的師父奔來，他倆像孩兒見到久別的親人一般迎了上去，傷感地半跪於前。這時千言萬語，萬言千語並作一句：「師父，您受苦了，徒兒有罪，罪該萬死，死有餘辜。」

楊老闆站立一廂目瞪口呆，一個勁地搔著自己的銀髮，不知所措。如丈二和尚摸不著頭，百思不得其解：「這是哪回子事，大哥，把我搞糊塗了。」

「起來。」師父悲喜交集，雙手扶起徒弟，「快，快拜見你師叔。」

兩徒兒轉向楊老闆深深地鞠了三個躬：「師叔，徒弟給您老添麻煩了。」兩人卸下了武裝帶和手槍於桌上。敘說了找興泉，殺日野，遇翻譯，扮憲兵，離龍城，抵寧海的經過。如此這般地講述了一番。

「演得成功極了，像舞臺演員一樣。好樣的！」師叔為他倆的義氣和勇敢表彰。

「師叔，休誇獎，這是逼出來的，社會就是一所大學嘛。」對於這些兵痞和發國難財者以及白食者在雲龍城比比皆是，司空見慣。他們經常出沒在酒肆、茶坊、菜館、浴室等地，相互爾虞我詐。因此，作為跑堂的伊卜拉西姆目擊這些「黑吃黑」的社會弊端，不想於今天在這兒碰上並派上用場了。

在這裏，憑我們的主人公天賦的才能，竟表演得正是火候，就像彈琴和踢球一樣，力度運用得恰到好處。

馬老闆矚目桌上的左輪手槍，深情地撫摸著那饋贈的延安的鈔票。紙幣上的五角星閃閃發光，給人們帶來了美好的憧憬，師徒們相互傳閱著……

「延安是革命的聖地，那裏是共產黨八路軍的天下。」吉偉模仿趙金庫翻譯的聲調，神秘地掰開食指和大拇指，組成了一個「八」字。

「你這毛孩子怎麼也赤化了？小心『化』了，連師父也找不著！」師叔半開玩笑地囑告。

吉偉把趙翻譯官臨別時贈槍和囑咐又重述一遍。伊卜拉西姆重溫了『團結起來，靠這傢伙跟八路打天下』的教誨，心裏熱呼呼的。他隨即也拿出那枚蘇區銅幣，臉上泛現喜悅的神情，脫口而出：「趙翻譯官是好人，穆斯林，說不定是共產——」正想往下說，忽見師傅陰鬱的臉色，視丹如綠，痴痴地瞪著槍口，「您老怎麼啦？」

憂心忡忡的師父淒楚地說：「我思念家，思念店，思念我的家鄉。唉，更思念那活潑的興泉和可愛的小英子……」

「她怎麼啦？」伊卜拉西姆久久佇立著。

吉偉本一見師父就要問的是自己的妹妹，這是唯一的親人了，想念乃是人之常情，可一直插不上嘴。現見師兄問及，又不聞其回音，深知不祥之兆，故而迫不急待地打聽妹妹的下落。師父噙著老淚，悲天憫人地歎道：「她，她走了。過早地，花季少女，真主啊……」

這一噩耗如同炸彈一般，小兄弟倆的腦門「嗡」的一響，眼前是那五顏六色的火星直冒，泣不成聲地呼哀：「妹妹、小英子你在何方？你就這樣離開我們？遠遠的……你還要重建清真寺吶，怎麼——」喊聲宛如一曲哀樂迴盪在天宇，好不悲愴，怎不催人淚下！

「債有主，冤有頭，哥哥一定要為你報仇。」吉偉幾乎從牙縫裏吐著每一個字，以拳擊桌，「嚯」地站將起來，用衣袖抹去淚水，一把按捺住被震的手槍，「老天，你，你是多麼的不公啊！哈哈哈，天下為公……哈哈哈……天下為公！公在哪裏，公在何方?!」他發瘋似地衝出去，卻被目光犀利、態度冷靜的師父拖住了。

「幹什麼去？」

「我要店！我要人！我要家！我還要殺人，血債必須用同物來償還！」

「瞎扯蛋！難道死得還不夠？孩子！」

吉偉不吭聲，看得出那揚眉劍出鞘的神態，那咄咄逼人的雙眼充滿怒火，發著犟脾氣，就因為師父的在場，稍得收斂，否則他是話畢則動，立竿見影的鬥士。

「想報仇，圖報復，乃男子漢大丈夫的作為。傻小子切記，穆斯林性格別說是屬牛的，不是屬牛的，也都是吃牛肉長大的，復仇的心理遠不同於其他民族。不過──」師叔看透徒弟們的心思，疼愛地扶著吉偉的肩頭，「話得說回來，憑你單幹、蠻幹行嗎？不，不行的，我的好徒兒，要冷靜！牆倒靠眾人推啊──」

伊卜拉西姆聆聽師叔的啟迪，聯想起趙翻譯在解救時的一席話，「殺個把鬼子又能怎樣？只有全民族的抗日才能拯救我民族，還我中華。」不，他對「革命」一詞的含義上已引向廣義。自殺日野後，他吃一塹，長一智，凡遇事必冷靜，越是緊急則越要冷靜，這是他衝破天生牛脾氣的穆斯林性格的第一步。想到這裏他也穩住了，規勸著說：「好兄弟，聽師長的沒錯。」

師叔繼續開導疏通晚生說：「養精蓄銳待時機，君子報仇宜計長，十年不遲。小日本的好景跟兔子尾巴差不離──長不了啦。」此番言語說得伊卜拉西姆點頭稱是，他攥緊拳頭反覆默誦：「君子報仇，十年不遲！」吉偉緩緩放下槍枝，一頭撲到師叔懷中喃喃地問，「師叔，要等到什麼時機呢？」

他雙手一攤做了個滑稽動作：「時機？時機，時機，時不可失，機不再來。什麼時機？具體什麼時間那就不得而知，無可奉告。若一定要知，那只能從這玩意兒裏得知。」他順手打開落地的「皇冠」牌收音機，喇叭裏送來了播音員的聲音：

> 華盛頓消息：第一顆原子彈於八月六日在日本廣島爆炸，毀壞了該城的極大部分，炸死了大約八萬人，占其居民總數的四分之一，今日第二顆原子彈又落在長崎。
>
> 廣島投下原子彈的消息，是杜魯門總統從出席波茨坦會議乘船歸國途中獲悉的，他高興得大聲地說：「這是歷史上最大的事件……」

「聽見沒有？聽見沒有！」師叔像小孩子似的手舞足蹈起來，他關掉了無線電收音機，「孩子，這就是時機，強人自有強人收。聽北方過往客商說，蘇聯已向日本宣戰了，並全殲了它的王牌——關東軍，東洋人的末日已經來臨。這下你報仇的夙願一定能如願以償。」

弟子倆欣喜若狂，對著指日可待的日子，斷然摘去日本憲兵的帽子；師輩倆精神振奮，一把挽住兩個徒弟說：「主啊——萬能的主，大慈大悲的主，您真會安排，擺出了今天的大會師。」

「是啊，真主安排我們在這裏相會，那店主——我安排你們在這裏生活，對嗎？」楊師叔見大伙如此興奮，便用手比劃著，儼然是位才華出眾的導演在說戲並安排調度演員。

「師叔，您的盛情晚輩心領了。」徒弟共同答道，「還是師傅留下輔佐師叔，我倆再另找活兒自投門路。」

「哪有這般言語？叫我如何向人交代！到我這裏來就得聽我的差遣，服我的管束；再說，師兄的徒弟就是我的徒弟。既來之則安之，要走？」楊老闆斂起那滑稽的臉相，變得嚴肅起來，「走就分明看不起你師叔，我只要辭去個把『咖啡』，你們的立業成家娶親完備我全包了。師兄您看如何？」

伊卜拉西姆是斷然不會同意的。對於一個自尊心逞強的人，自力更生是他的宗旨，以自己的勞動來掙錢養活自己，這是做人的起碼標準。從前段經歷已不難看出，他有求於人非到萬般無奈不可，更何況要擠掉別人的飯碗來謀求生存，那對他是不可思議的。但出於對長者的禮貌，他瞧了瞧師父婉言謝絕：「師叔，那大可不必，這怎對得起別人？萬萬使不得，人家上有老，下有小，就靠⋯⋯徒兒心領。」

師叔被徒兒的義氣及處世待人的道理所打動。思忖片刻胸有成竹地說：「那也罷，先歇著待明兒再講，莫鬧你師叔囉嗦，有我在，一切放心，保險餓不著你們。」

「謝師叔的恩典！」

幾天以後，脫去軍裝的青年拉西姆已穿上「金記」車夫式樣的棉背心，套著草鞋，披簑戴笠，蹬著三輪車行駛在街首巷尾，迎著瀟瀟春雨馳騁著，車箍上雨水飛濺。諍友吉偉也身著法國電車公司的號衣，拖著長統靴子，手持橡膠水管和刷子，沖洗著France Co.（法國公司）的電車。水柱打在玻璃窗上時斷時續，他回頭向水龍頭查去，見伊卜拉西姆故意用前輪來回壓著皮管，並嗚哇嗚哇地捏著橡皮喇叭。吉偉見師兄的到來，隨手扔去管子，「嗖」地竄上三輪，翹腿而坐，並從號衣袋中取出隔天的《新民晚報》說：「上穆斯林飯店，該輪我們上座用餐了。」小兄弟倆一路歡笑一路行⋯⋯

吉偉瀏覽後在報紙上開了個「天窗」，把撕下的紙即用舌頭一舔，無聲地把它黏在師兄背心上。他通過「天窗」窺視拉西姆背心上貼的紙在微微飄動。車子飛也似地奔馳著，田野、廠房、商店、學校都向後退縮⋯⋯

拉西姆背心上貼的什麼紙條？

欲知後事，請看續節。

三　樂曲為何到此音斷意絕

「嘰——」的一聲，伊卜拉西姆在穆斯林飯店門口的三輪車群中停了下來，他被前面一輛後背的廣告吸引住了，上身幾乎全部趴在車把上，脖子伸得長長的，像是要把它吞噬似的……吉偉手拿那份《新民晚報》跳下車一把拖著他往裏邊走：「西姆哥，你倒好，我的——」說著用報紙拍著自己的肚子，「早唱空城計了，走，快走！」說著像押犯人一般地由旋轉門進入店堂。

「你倆成何體統！」師父責備著。

兩人傻呵呵地做了個鬼臉停住了。

「今天你倆先吃飯，吃完去幫運煤炭和木柴。」

「是，師父。」他倆笑著向店堂旮旯走去，這時師父偶爾發現伊卜拉西姆背上的紙條，便跟過來。吉偉忙用身子遮擋，連連擺手示意師兄別動彈。

師父困惑生疑，生硬地說：「走開，我瞧瞧。」

伊卜拉西姆被搞得暈頭轉向，不知按誰的辦才好。末了只得聽師父的話，轉過身子。師弟已知擺手不能，目標太大，故改用擠眉弄眼暗示對方。拉西姆理會地又轉過一百八十度，臉仍朝師父了。此刻師父有些惹火了，又好氣又好笑地再次要求，不，幾乎要動手把徒弟撥過身來。大徒兒就像一尊泥塑木雕的偶像，被擺弄著。師徒仨好似在做「老鷹抓小雞」的兒童遊戲。馬老闆自知在這場合這等做法是有失體面的，這不是師徒間的關係了，倒像是忘年之交的朋友在相互打趣似的，故此他索性下命令了：「伊卜拉西姆，你把背心給我脫下來！」師道尊嚴使倆收斂了，這時拉西姆尊命脫去背心給師父，吉偉低頭窺視師父把背心反攤於桌，上面貼著：

《招聘鋼琴教師壹名》

本公館需鋼琴教師一名，如有此項技藝者，敝館願高薪重金聘請。

致

禮！

匯來別墅　唐啟

×月×日

青年拉西姆喜上眉梢，揭下廣告，一把摟住小兄弟，用頭頂了一下師弟說：「搗蛋鬼，剛才我看的也是這廣告，只看了個標題。為什麼？為什麼不早告訴我？」他興奮地用拳擊案桌，隨即一溜煙地竄出店堂蹬上三輪。

吉偉追喊著：「你不吃飯了？吃飯！」

「你先用吧，別等我！」小兄長嬉笑地回頭招手，從他的表情來看，即令飢餓爬上脊背，他也顧及不了啦，滿有把握的心情使他忘乎一切。一路上三輪超出了車速，在快車道上疾馳。他穿地道，衝斜坡，爬高橋，插近路，不管三七二十一地闖紅燈。在巡捕哨子聲中，他又追過了一輛棕褐色的敞篷馬車。輪子在飛轉，腳在猛蹬，兩旁的建築物和樹木、商店一一往後猛退……一個急轉彎，車身傾倒一邊，兩個輪子著地，這時他才本能地急剎車，由於車子的慣性滑行了二三米，給光滑的柏油馬路平添了三道平行的黑線。他這一停卻苦了後面的那輛馬車，馭手驚呆了，在這千鈞一髮之際，即猛地跳下車臺，緊緊捋住繮繩，雙馬嘶叫一聲，擦過後輪在十米之遙停了下來。

「小伙子，有你這樣停車的嗎？別拿性命當兒戲！」老漢氣喘吁吁地埋怨著，責怪著。

「對不起，叫您老人家受驚了。我在，我在找——」他取下斗笠，不安地鞠了個半躬，「老大爺，我是來找匯來別墅的。」

虛驚一場的車夫尤素夫抹著汗珠，理著羊鬍子，注視這彬彬有禮的三輪車夫，氣頓時消了一半說：「小伙子，眼睛擱在腦門怕是吃素的吧，沒瞧見，那眼皮子底下的花園洋樓不就是嗎？哎——你好像不是幹這一行的。」

「啊，是你——」他已認出對方那趕車的老頭，怕對方認出自己來，故意把話扯開，「是你說的那幢洋樓？聽說這裏要僱教師。」

「僱教師？沒聽說。」

小伙子有些懊喪。

「不，不對，教師怎能僱？應該是聘請。」

「對呀，是聘請。」伊卜拉西姆做了個彈琴的手勢，懊喪的氣色頓時消退，喜出望外地加上一句，「就是鋼琴教師。」

尤素夫用深邃的目光再次打量這青年人：「你能？」

「咳，是的，不，不是，我是隨便問問。」

「那你能想方設法推薦這方面的人才嗎？我們太太有重賞的。」

小伙子遲疑了半響：「嗯，能，能。」他停了一下自言自語地，「難道竟是她們?!」

「太太的要求高，挑了佰十人一直沒物色到理想的。」老人抓了一把馬駒子的鬃毛，自思自歎，「這也難怪，這種外國的玩意兒，中國人精通的能有幾個?!」

這話似一瓢冰水澆心，伊卜拉西姆心涼了半截，懷揣僥倖心理向別墅走去。

「喂，小伙子你去請呀，怎麼——」

剛要跨進門檻的車夫拉西姆又縮了回來，心想：這樣貿貿然不行，她們會認出我——日本翻譯官，這如何是好？想到這裏，他返身跨上三輪，頭也不回地蹬踩著……

伊卜拉西姆垂頭喪氣地回到店中，吉偉見他滿肚子的不高興，便安慰說：「沒什麼了不起，別難過。來，快加『油』要緊，都涼了。」他端起果子酒，「來來來，飲酒能消愁解悶，喝點吧。」見師兄無動於衷地悶聲大發財，就清了清嗓子，模仿憲兵翻譯官的語調，「勤務兵，你得把這位小姐賞賜的酒飲下去。」伊卜拉西姆噗哧一笑，兩兄弟都樂了。

「吉偉，上次賞酒給你的是誰？」

「像是李華，不過沒那麼嚴肅；旁邊一個也倒蠻像，就是太摩登時髦了。」

「她倆是孿生姐妹，那招聘廣告就是她家登的。」

「真的？」吉偉驚愕了，執意地說，「大概闊了，又是大學生了，變心了，變得冷若冰霜。不去，她有金錢，咱有本領，何苦賣藝給她們。」一會兒他又變卦了，完全改變了主意，「看在孔方兄的面上，為重建清真寺添磚加瓦。去！」

「上哪兒去？剛回來又要去。」師父過來問。

徒弟倆恭敬地站起來讓座。「師父，聘請教師的就是那唐經理家。」伊卜拉西姆解釋著，「我怕他們認出我，所以——」

馬老闆撐著下巴頦，若有所思地問：「他家是幹什麼的？」

兩徒瞪眼搖首。

「吉偉，把你師叔請來。」

「甭請了，我不是來了嗎？不知又要切蹉商量什麼問題了。你們就可憐可憐我孤老頭的幾根白髮吧。」楊老闆風趣詼諧勁又上來了。

「師弟，上回包席的是哪家的經理？」

「喔，有兩個千金小姐的？喃——那是大名鼎鼎的匯來銀行經理，怎麼，有事？」

「他家要招聘鋼琴教師。」

「對對，有此事。他們的馬車夫尤老表還要我介紹呢，為此還鬧了個笑話。」師叔津津樂道地打開話匣子,「他要我介紹鋼琴教師,我卻以為要買鋼精吊子呢。真是頭紐搞到二紐去了。天哪,我們這號生意人哪會跟那些彈拉說唱的人交往吶,豈非咄咄怪哉。因此,我只是——」他用手做了個「右耳朵進,左耳朵出」的手勢動作,演得大伙都逗樂了。

眾人的笑,一則笑師叔的表演幽默;二則笑幽默動作的表演者——師叔本人。你瞧,吉偉在向伊卜拉西姆做鬼臉:「師叔,這回你說錯了,你不僅交往了,而且,而且收了徒弟。」

「小吉偉,你盡開玩笑,說什麼洋話。鋼琴——琴中之王,那不是切切、炒炒、爆爆、炸炸、燒燒,是一個不好對付的玩意兒,沒有十年的寒窗——甭想提!」

「師弟,今天伊卜拉西姆想去應試。」

這位白老翁師叔散布慣笑料,今天竟然也有張口結舌,直至噤若寒蟬的地步:「啊——什麼?什麼?他會彈琴?鋼琴!大大的,重重的——樂器之王。」他比劃著簡直不相信自己的耳朵反問著。

「師叔,」徒弟拉西姆像大姑娘似的耷拉著頭,「我只想試試,好久沒摸了,沒準。」

楊老闆這時才意識到自己的驚訝把徒兒弄得一副窘相,就上前抓住其柔軟的手,並合著:「我的主,你算會擺布了。竟叫這樣一個能彈『黃豆芽』(五線譜)的孩子去蹬三輪,去跑堂。罪過!罪孽!」他又很快轉用自豪的語調鼓勵說,「去,去應試!我的孩子拉西姆,讓他們也瞧瞧穆斯林不光是做油餅、油茶,燒牛肉、羊肉,還有第一流的鋼琴師。嘿嘿,如果應聘了,還要他們用大紅帖子來請吶!」他越說越有勁,可馬師兄卻與之相左,怕被認出喬裝的憲兵來。一陣冷場之後,「白頭翁」他托起徒兒拉西姆的下頦,左看右望,才果敢地說:「可以去應試,待一星期後。」

「為什麼？」

師叔搔了搔自己的白髮，五指像木梳一般向後理著，最後看了看指縫裏一本正經地說：「看，又掉了幾根，怪可惜的。但我想不至於白掉吧。」

「到底為何故？非要下週。」

「噓——」他用食指擋住嘴唇，顯得異常神秘，又像賣關子，「這是秘密，只有真主和我同知。請君免開尊口，因為我無可奉告。」

車輪在滾動，鐘擺在擺動。時鐘的分針時針在轉動，日曆牌上的日曆紙在翻動。一眨眼一週過去了。週末的午後，楊老闆家的客廳裏突然闖進一個人來，約莫而立之年，他不算魁梧，但很壯實，肩闊且腰圓，胸寬又脯厚，由此可見，他的肺活量異常，足有常人的兩倍。說他是青年，可鬍子一把；說他是老年，卻臉無一皺。四方的臉上濃眉和墨黑的絡腮鬍鬚中嵌著一對炯炯有神的棕褐色瞳仁，一口整齊潔白的牙齒在黑髯髭的包圍之中，黑白分明。高聳的鼻樑立居在白皙的臉龐中央，全然是阿拉伯民族的後裔——一個典型的美男子。他一身元色的西服，繫一條素色斜格子領帶，頭頂黑絲絨底繡花的穆斯林小帽。他不抽菸也不喝酒，他有一個被人忽視的嗜好——喜歡挖耳朵。這是他在接觸鋼琴後的第一天不知不覺地養成的，用他自己的說法是低音區的^{b}B調4，常與鼓膜共振，怪癢的，所以就——其實不然，這是為提高聽音能力而自發的本能，久而久之也便成了習慣，故而他的「音準」已達到了無人超越的地步。他謙恭、篤厚，富於感情和表演力，柔中有剛，以柔克剛，加上才貌出眾，因此他的一舉一動很是惹人注目。當人們的視線集中交織於他身上時，又會產生一種靦腆窘迫的神態。他是極為不滿，很是反感的。通常聽說的「拋頭露面」，他是不幹的，甚至厭惡透頂。當他坐下無聊的時候，總喜歡揉著自己細長的手指，藉以活動關節，此刻那無名指頭上的一克拉金鋼鑽戒指就會泛出斑爛的異彩，璀璨奪目，這大概就是他真善美心靈的寫照。

一個聲響從內房中傳來：「伊卜拉西姆，你來了？」

「師叔，您憑什麼知道我來了？」

老人穿戴好來到客廳：「守信講義是穆斯林的美德，人活在世上就要當精英，當楷模。另外，你自己不覺得，那雙鐵腳和那副柔手是何等地不相配啊，走起路來就像諸葛亮敲的行軍鼓似的，記記擊在中心，打老遠的就聽到了。」

「這是我在足球場後添的壞習慣，請原諒！」

「哪兒的話，這就叫腳踏實地——一個人的秉性所在，不，說得確切一點，是一個人的精神所在，好樣的，亦文亦武，文武皆備，不簡單……」師叔對於這樣的徒兒怎不引以自豪吶。

徒弟拉西姆不好意思地打斷了話語：「師叔，您瞧我可以了嗎？」

楊老闆樂呵呵地又托起他的下巴睜大眼睛說：「你用眼睛瞅著我，別眨眼！」

在師叔的黑色眼珠中，呈現出一個滿臉絡腮鬍子的英俊青年，氣質不凡，大有中世紀王子的氣概，配其裝束風度超人，與西方音樂家比毫無遜色之處。適逢吉偉和師父從門外進來，他面朝吉偉煞有介事地說：「勤務兵，他是不是你的長官？」

小吉偉先是一楞，後嘴角一抿：「師叔，你真是一位了不起的魔術大師——車夫變成了鋼琴家。」

「大哥，這是你的徒弟嗎？」他閉上左眼瞄著師兄，還沒等答話就說開了，「我看他是你的少東家吧。」話畢博得連連歡笑。

「立正！」師叔發出了口令，並摘下自己頭上的工人帽換下了伊卜拉西姆的穆斯林帽，「向後轉，目標匯來別墅，起步走！」

匯來別墅——唐公館的門房間，設在凱旋門式的大門右側，並不顯眼，非常普通。守門人是一個佝僂的花甲老頭兒，手搖蒲扇打著哈欠，他見來者便問：「來應試的？來得早不如來得巧，今天是最後一天了。」

「哦，是的，請多關照。」

「誰人介紹？」

青年拉西姆沒準備，他暗暗思忖後說：「那位趕馬車的老大爺。」

「先生，請別見怪，因為應試的人太多，太太很不耐煩。」老頭停頓了一下，「尤素夫居然也介紹起來了，這個老好人真是第一遭。那你就去吧，恭禧你中選。」說罷剛要指示方向……

「老大爺，不必了。謝謝您的美好祝願。我知道。」

「?!」門房疑惑之間……

這時傳來了悠揚的琴聲和花腔女高音……

「你聽，這就是最好的嚮導。」

老頭暗暗吃驚，笑著用蒲扇拍打後背，投以讚許的目光瞧著離去的「外國」應聘者的背影，心悅誠服地自言：「行家，在佰十人的應試者中這還是第一人。」

走過大廈前的花臺，轉過噴水池，繞過樹叢林，穿過長走廊……宛轉動聽的歌聲和很不協調的琴聲迴旋在耳旁，在它的引導下，應聘者拉西姆來到西樓琴房門口傾聽視唱練耳，心裏惴惴不安地念道：多美的音色，多寬的音域。可是琴彈得……她啥時學的？學得這樣糟糕，聲音梗嗆，連拍子都錯了……

「Come in, Please!（請進！）」歌聲和琴聲嘎然停止，傳來小姐的聲音。

應試者推門進入。

「您好，先生久等了。」她頭也不回地坐在三角鋼琴前翻閱著樂譜。

在伊卜拉西姆的思想中，一直當李華在練習，進門又見其背影，便違心地喊：「李——小姐，您怎知道我來了？我沒有放任何聲音呀。」他疑心參半地問。

「先生的心跳振動了我的琴弦，而且是劇烈的心跳，撥動了我的心弦。」

「哦？是有點緊張，不過還好，不是想像的那樣。」

當她轉過身來看著這位陌生男人，伊卜拉西姆從前額的月牙痕才分辨出是唐麗，急忙改口：「麗小姐，您好！」

「好！先生，您先練一下，照這個樂譜吧，不過它不全，缺第三樂章，真可惜……若不影響您的話，我可以先聽聽嗎？如果……當然要徵得你的同意囉。」

伊卜拉西姆邊聽邊環顧四壁，意外地被琴房的陳設吸引住了。他心不在焉地回答：「小姐，很抱歉。我是兩袖清風手一雙，而且很長時間沒摸鍵盤了，我想借寶琴先練習一下，請給我一點時間。可以嗎？」

「過謙了。我們這兒的房子結構——嗳，不牢固呀，要坍塌的。」她隨意地開著玩笑，爾後用銀鈴般的嗓音嬌滴滴地說，「那也好，等會兒和媽媽一齊來。bye bye！」

主人離去客自便。琴房裏只剩下一人，他自由地來回踱步，然後走近窗戶，面臨花園賞不盡的美景自言獨語：「她不是李華，為什麼我的心跳會振動她的琴弦，撥動她的心弦？!」當他轉身房內，注視著有條不紊的陳設和布局，他不禁自問：「這不是我的琴房，為什麼這裏的家具擺式和我家的如此酷似？!」習習涼風從窗外吹進，樂譜從琴蓋上吹拂而落。坐上琴櫈，金色的標牌：「謀得利」躍入他的眼簾，他撫琴發問：「這不是我的琴，為什麼和我的一模一樣？!而且都是謀得利牌子？」一連串的疑竇由誰來解呢？他俯身從地上撿起樂譜翻閱。《愛情三部曲》？他激動的雙手好似被什麼螫了一下，狠擊鍵盤，發出震耳的轟鳴，不解的疑團雲集到心底：「這不是我的樂譜，為什麼卻和我的相同?!」翻過扉頁就是目錄：

他死死地盯住了第三樂章，耳旁又響起了唐麗的銀鈴般的話音：「先生，您先練一下，照這個樂譜吧，不過它不全，缺第三樂章，真可惜……」「真可惜……真可惜……」這聲音已變調了，它從一個姑娘的高聲轉變成一個中年婦女的中音。他入神地對著三角琴上24"的五彩照片。自題影中人——毓平那個活潑艷麗的女郎。肖像慢慢地模糊了，被白守義的自畫像所取代，拉西姆苦苦追溯，往事的回憶油然而生：

「伊卜拉西姆，我把第三樂章——揮淚皆分離演奏一遍，你校對一下，注意每一個音符和節拍機的節奏。」白守義阿訇定了一下神，培養一下感情，撫摸鍵盤，樂曲緩緩而起。他臉部的肌肉隨著音樂的旋律時緊時鬆，時弛時張。表情由痛苦到悲憤，由悲憤到抗爭，由抗爭到絕望。少年拉西姆趴在三角琴旁，手隨琴聲在五線譜上注視著音符。旋律在低沉，節奏在緩慢，手指停滯了……白阿訇的淚水滴落在鍵盤上；伊卜拉西姆的眼睛漸漸濕潤，淚水灑在五線譜上。音樂的語言扣動了他的心扉。一曲告終，所代之的是泣咽聲。過了好一陣才聞聲：「師父，請原諒我的激動，我已無法克制，又流……」

「孩子，我的小知音，這怎求原諒？這是共鳴，我喜歡都來不及。因為我後繼有人。主啊，是你給我倆的緣分。」阿訇一把抱住這充滿希望的小天使。

「師父，這傾訴衷腸的作品真可和西歐的名著媲美。」

「是嗎？不，孩子。這是我的處女作，看來也是我最後的絕筆之作。我用它來寄託我的衷情和哀思，來回報大自然對我的恩賜和真主對我的慈憫和庇祐。」

「師父，去發表，準能獲獎！」

師徒倆面面相覷，接著又是長時間的緘默。

「孩子，你太天真無邪了。樂曲本是作曲者的語言，作曲者的心聲。《愛情三部曲》是我對不平社會的控訴，它是我嘔心瀝血用淚水和心血澆灌而成，上面每一個音符都帶著我的心跳，每一個節奏都有我的氣息，它是我生命和靈魂的結晶！我怎能出賣它來換取愚弄人們的金錢，傀儡木偶的名聲？!」他微微乾咳，用手不時地摩挲著樂譜，「伊卜拉西姆，你要牢記，我人在樂譜相隨，人去樂譜與琴共存。」

應者拉西姆昏沉沉地從沙發上睜開惺忪忪的眼睛，聚睛到空白的第三樂章上：「這本樂曲為什麼在此？為什麼就此停筆？到此音斷意絕？」

欲知後事，請看續節。

四　不是伉儷勝似伉儷

每每經理太太打開揚州漆器——雕花漆盒的梳妝箱，取出口紅之類化妝品時，總要拿出自己做姑娘時寫的日記，如痴似醉地翻閱吟誦。這本距今珍藏了二十年之久的日記本，是一幀裝潢十分精美，封面古色古香的冊子。冊中是潔白隱格的道林紙，雖幾經滄桑仍如新一般。她用纖手摩挲一陣，心靈的寂寞和往日的溫情又催促她打開了陳封多年純潔的史頁。

×月×日　　　周五　　　夜　　　晴

相識舞場非舞伴

我和胞姐應邀來到堂而皇之的大西洋飯店交誼大廳，參加×公司的開張志禧。步入大廳四周不見一盞電燈，紅橙黃綠青藍紫的霓虹燈，光從白色的坭木平頂壁槽裏反射出來，顯得份外柔和，配著閃光的柚木地板和樂池後背低垂的天鵝絨帷幔，給人一種迷離恍惚的感覺。在燈紅酒綠的舞場樂池裏，身穿隊服，胸佩隊徽的銅管樂隊的樂師們，在金光的閃爍中，輕鬆愉快地奏起「探戈」舞曲，舞伴們卻似情侶雙雙對對地步入舞池，伴隨樂曲旋律翩翩起舞。正是酣歌妙舞，香氣飄逸。一位俊帥青年穿著學生裝獨坐舞池邊，好似在寫什麼，其神情是那麼的專心，以至於使我和在旁的毓芬姐吃笑他那專一痴迷的程度，交頭接耳竊竊私語了好一陣。又是舞間，說來不怕人笑話，我腳是休息了，然我的眼睛不知怎的卻不知疲倦，老是圍繞著那陌生青年轉，是譏諷嘲弄這書獃子，還是少女之心有所好感？! 嗚呼，我自己也答不上來。總感到有一股強大的，但又是無形的磁力在吸引著我，而且預感到那磁力線將穿透我的心房。當局者迷，還是旁觀者清。芬姐用肘子捅了我腰背一下，我的臉頰霎時熱辣辣的，像是火撩似的。

是舞會主持人的巧安排，還是天公作美。偏在這個時候樂隊又奏起了《魂斷藍橋》，我不知從何而來的勇氣，許是影片主人公瑪拉與羅依的忠貞愛情激勵著我，使我步履輕盈上前向他做了個邀請手勢。要知道啊，在舞場女士主動邀請男士是罕見的。可他惘然驚訝地抬頭見我——一位陌生的、嬌生慣養的長髮女郎。是異性的關係，或許是沒準備，他——這個書呆子竟措手不及，連筆都沒擱下，站起來鞠了個九十度的躬，緊張地搖首擺腦說：「抱歉得很，小姐，我不會跳。

我是來——」他指了指那五線譜再也不吭聲了。我尷尬得要命，少個地洞鑽鑽。心想：不會跳舞到舞場來幹嗎？湊熱鬧？徒有其表，聽音樂也走錯了門，該到音樂廳，怎闖到舞廳來了……礙於面子，我只得以笑衝氣，緩和一下僵局：「不會？我來教你，可好？」

沒想到，他聽了頭搖得更急了。不，不是搖，而是晃了，牽動身子：「謝謝，老天沒給我這方面的才華。舞蹈，舞蹈，即手舞足蹈，可對我來講是手舞足不蹈；反之足蹈手不舞。遺憾！」說完又指了指五線譜夾子，再次表明他不是一個舞蹈愛好者，而是一個音樂愛好者。

我狠狠地白了他一眼，自言道：「笨蛋，蠢貨，世上真有愛好音樂而不會舞蹈的，騙誰？別假正經了。」此時芬姐趕來解圍，我亦乘勢切換語調，「讓我們認識一下吧，我叫毓平，學英語的。她是我姐姐毓芬，學醫的。你——」

「我？」他像是裝傻的，用那手中的「EVERSHARP」（愛佛塞）大包頭金筆指著自己的鼻子，靦腆地自我介紹，「我叫白守義，黑白的『白』，守信用的『守』，『義』麼——三民主義的『義』，就是義氣的『義』。」我和芬姐都笑了，可又不敢放出聲來。

我和他就是這樣邂逅於舞場之中，但絕非舞伴的關係而結識的。

×月×日　　周一　　上午　　少雲

重逢於校成同事

今天我興奮極了，因為是我踏上工作崗位的第一天。我像過節一樣穿上了我平素最喜愛的玫瑰色旗袍，一雙全透明的時髦的美國玻璃絲長統襪，外罩白色絞花羊絨衣，著一雙紅色牛皮高跟鞋，僱車前往東吳師範學校報到。老校長領我進辦公室向老師們——我的同事一一介紹說：「這是新派來的英語老師毓平小姐。」當時我的心怦怦直跳，倒不是為了同行們的注目禮，而是我偶爾發現了闖入我心坎並偷走少女之心的白痴——白守義。他不再是彩燈下的人物。他衣著大方樸素，人很清癯，正在伏案翻閱書籍，對校長的介紹置若罔聞，估計是又鑽到音樂符號裏去了。他的專注我已經領教過了。在我頻頻還禮之後姍步走向我的辦公桌——那冤家的對面，我故意發出聲響，可仍不見動靜，便禮貌地叫了一聲：「白老師，您好！」這書獃子才從書本中鑽出來：「啊，你好，歡迎，歡迎。我們好似見過，在哪兒？記不起來了。」

我這時又好氣，又好笑，沒有見過這樣書生氣十足的人，便俏皮地說了一聲悄悄話：「我們相識又重逢了，正是天賜——」後邊的「良緣」二字我吃掉了，怪不好意思地恢復了聲調，「以後還要依仗您——白老師的關照吶。」

「哪裏，哪裏。好說，客氣了……彼此彼此。」

這不是客氣，客氣倒是假的了，這委實是我的心聲。自舞場相識後，他闖入了我這個少女的心房，思念的情緒已到夢寐求之。心緒頗不靜寧，到處打聽他，不巧又在此相遇。我的筆，說實話無法描述一個姑娘的心，一顆戀人重逢的少女心。

×月×日　　禮拜　　晨　　陰

少女初戀之煩惱

今天是星期天，我比往日什麼時候都起得早。心裏總惦記著，好似還有什麼事沒做。我三步併足兩步，兩步湊足一步，拎著搪瓷飯盒從街上買了早點——南翔小籠肉包子直奔學校音樂室。悠揚的琴聲和悅耳的歌聲不時地從階梯教室中傳出，我順著臺階拾級而上，直至琴旁。他——那個闖進我生活的人還未發覺我的到來，我是多麼尷尬啊，想叫他，呼喊他，甚至推他。但我不忍心打斷他的琴聲，更不忍心使他受驚嚇，我只得最大限度地等候他的結束。上帝，要待到何時？樂曲一節一段一章地過去，頁數一頁一頁地翻著，最後終於停止了。餘音未絕，他倒先開了腔：「您早，毓平老師。」

我倒抽了一口涼氣奇怪地問：「你怎麼知道我的到來？音樂大師。」

他嘻笑著回答：「室內溫度增加了唄。」

我知道這傢伙在開玩笑，但又找不到原由，可惱。過了一會兒他笑咪咪地正視了我一眼說：「從這裏。」他指著漆得油光發亮，幾乎可以鑒人面目的琴蓋。

「噢，原來如此。」我醒悟道。

當我擺出早點準備共進早餐時，意外的事情發生了。他勃然大怒，把琴蓋猛地一碰，繃著臉二話沒說逕自而去。我被他的行為弄得莫名其妙，是什麼觸犯了他，竟叫他生如此大的氣？我真想大哭一場，不，這是懦弱的表現。我也不示弱，將器皿和包子一古腦兒地拋向窗外……

我高興而去，敗興而歸。是何原因得出這「昏散場」的？嗚呼！我只能捏住鼻子。

還是芬姐有心。她見我沮喪著臉回家，問我何故？

我傷心極了，一下子撲到她的懷裏，淚水再也忍不住了，撲簌簌地掛了下來。不知什麼時候我哭著睡著了，等我一覺醒來，一份英文版的《穆斯林》雜誌塞在我的枕邊。打開第一頁，醒目的標題吸引了我。我目睹了〈穆斯林的風俗習慣〉一文，疑團終於解開了。為防重蹈覆轍，故特摘抄翻譯如下：

> 作為一個真正的穆斯林有許多傳統的風俗和生活習慣。單飲食一項就有嚴格的禁食制度。除了戒食豬肉、自死禽畜、血液、

未誦安拉之名宰殺的禽畜以外，還忌食驢、騾、狗和一切凶猛禽獸的肉，以及外形醜惡和不潔之物等，還要禁菸戒酒。豬肉、自死禽畜及其血類之物都是不進口的，其原由則是衛生的緣故。戒食豬肉並非因「老祖宗」之故，此純屬荒誕離奇的無稽之談。豬吃的和睡的地方都是極骯髒不堪的；自死的家禽和家畜是由於病菌或死後不潔的緣由；那血類則是細菌繁衍的好東西，極不乾淨，故所以上述之物為穆斯林所禁忌的。至於菸酒，它們使人興奮，過度了則難以抑制，從生理衛生角度而言，它們對於人體是有百害無一利。綜上所及，豬肉和菸酒之類與穆斯林——伊斯蘭教徒是無緣分的……

讀此以後我才恍然大悟，自責的心理更加深了我對他的情感和依戀。

×月×日　　周六　　午　　雨

眷戀中的誓言

一場波折過去了，我方知道他是一位虔誠的伊斯蘭教徒，這一點我得感謝芬姐的慧眼，是她第一面見到時所留下的印象：白守義是少數民族，具有中東血統的民族後裔，真主是其唯一信仰。這一點給她應驗了。我後悔了，並主動賠了不是。在誤會消除後，我倆言歸於好，並肩閒逛在霞菲路上。屆值正午，我已肌腸轆轆，教訓使我「免開尊口」，靜待這位穆斯林的邀請。他也看出我的狼狽相了，不，與其說是我餓了，倒不如言他。瞧，他也四處搜索，最後用手指著斜對面的清真館，同桌共餐了。以前的傻事就算精衛啣石——徒勞無功吧。我只能這樣安慰自己了。

餐畢，我們冒著星星點點的細雨遊了東山風景區，在青山綠水環抱的湖濱路上，秋雨連綿，我連連打著寒噤。他偎著我，挽著我，同撐在一傘之下。我沉浸在幸福和愛情之中，我是世界上最慶幸的人，最幸福的人。

「曲徑通幽處」。我倆從幽處來到景色迷人的絕佳處——山頂寶塔上，鳥瞰全城風貌。此刻他那棕褐色的眼睛一往深情地對著我，我有些發抖，咬著嘴唇：「小白，你為什麼這樣看著我？你的眼神使我吃驚，使我心神恍惚。」

「你不看我，怎知我看你？!」他的反詰似乎鼓足了他的勇氣，居然向我撲來。我急忙往後退以逃避他的截擊，央求道：「別，別過來，這麼高，人們都在瞧著我們吶！」

我終於屈服了幸福地在他的懷抱中，陶醉在愛的海洋裏。先是輕吻，後把我緊摟懷中發瘋似地狂吻：「讓人們瞧吧，我要向他們宣布，你是我的，我要名正言順地娶你！」

「真心？不騙我？」

他聽到這試探的口吻，把我推向西南角，雙腳就地一跪，竟當著我的面對天發起誓來：「你給了我幸福，給了我溫暖，我愛你！如果我違背了自己的誓言，真主啊，我甘願受罰，將獨守一生，到清真寺為您誦讀一輩子《古蘭經》，一輩子，絕無反悔。穆斯林白守義。」

天哪，我是測他一下，可他竟然賭起咒來，我於心怎忍？我捂住了他的嘴，憐憫地說：「誰要你胡咒？這會玷污我們純潔的愛情。」

×月×日　　周二　　夜　　雨

鑽戒——定婚信物

雨夜，我們全家比平日早上床。忽聞「篤篤」的敲門聲，芬姐披上外衣開啟門來，只見一人上身濕到下身，「瀏海」貼在前額，像是水中撈上來的。

「大姐，我來晚了。」

「噓，別出聲。」她把他讓進屋子，指了指我的房間。

我迎了上去，一陣難過後方想到用乾毛巾為他拭去雨水，小聲埋怨：「這麼晚還來？難道沒有明天了！雨淋要病的，真不愛惜自己。」

「我是來——」他雖狼狽相，但心裏是一腔情意樂滋滋的，這是常態，可這次確乎超越往常，他抿著嘴，從內衣袋中取出一隻綠白鑲嵌的摩洛哥皮盒子給我。我感到突然，打開一看，一對白金襯底的鑽戒，足有一克拉，在黑絲絨的鋪墊下光彩奪目，耀眼非凡。

「你瘋啦！買這昂貴的鑽戒。」我心痛欲碎地責怪這舉目無親的孤兒，我深知他把所有的愛和情全部傾注在我的身上，我是他這個世界上唯一的親人，我還有什麼理由不接受這象徵著全部愛情和全部家產的禮物呢?! 因此，我的責怪和發洩都是責難於他。在既成事實面前，除了溫順的語調加以體貼備至還有什麼呢？「親愛的，把錢化在這上面多不值得。」

他和顏悅色地笑了，湊附我的耳邊喃喃地說：「這是信物——訂婚戒指。」說著取出一只給我戴在無名指，我把留下的一個也套在我心上人的無名指。一股暖流潛入我的心田，我緊緊地擁抱他，他狂歡地吻著我，以此來表示我們的無聲慶賀……

門被輕輕推開，而後才是幾聲敲門聲。我掙脫了他的懷抱，理了理青絲，滿臉紅暈走向芬姐，帶著留下的甜蜜笑意告訴她：「姐姐，祝福我們吧，我倆——」奇怪，她低頭沉吟而不接口，我便噘起我的菱角嘴繼續說，「你不高興？姐姐。」

芬姐用溫柔而憐憫的眼神對著我的心上人：「小白，你跟平妹的終身大事令尊令堂都同意嗎？」

「哎喲，芬姐，他是孤兒，未滿周歲父母雙親相繼去逝。」我也有些不高興了，忙為他解釋。

姐姐歎了一口氣，關注地詢問：「苦命人的命運是和社會息息相關的。可憐。你們能經受各方面的輿論嗎？」

我不知芬姐的話是有所指的，便坦率地亮出自己的見解：「誰人背後不說人，誰人背後不被人說？人生來世就是受苦的，在苦難中才能磨鍊自己的意志。姐姐，不管輿論來自何方，壓力多大，我倆都能超負荷地承受。以苦為樂，苦中作樂……」

×月×日　　周五　　夜　　大雨

一張賣血字據

連日的高燒至今方消退下去，守義已幾個夜晚昏昏沉沉，望著他疲憊的神態，我除了歉意之外還有什麼呢？

芬姐善良賢惠，平日博大的胸懷是我欽佩的，今天她以寒嗆而苦澀的語調告知了父親反對我和守義的結合，並決定把我和芬姐遠嫁他鄉。我聽得這撕肺裂腑的消息後，悲憤交加，向誰申訴衷腸？「爸爸，你為什麼這樣狠心？即使是『嫁出女兒潑出水』，你也不能如此呀。就因為我們是自由戀愛而落得傷風敗俗的罪名不成?!」

芬姐剛要作答，但又嚥了下去。她要說什麼呢？她也有滿肚子的苦水，只是無處傾吐。

小白這時像換了一個人，這晴天霹靂使他發愣發顫，他為不給我和姐姐難看，主動表白了自己的態度：「大姐，你直截了當地說吧，我們都是自家人了，我能克制，我能承受。」

「小白，恕我多言。」

「大姐，這怎能是多言？我就是不能與毓平結合，你還是我的姐姐，親姐姐，我永遠尊敬您，愛戴您。」

她在我和他的苦苦央求下，終於知告家庭的分歧：

父親和母親為了我倆姐妹的歸宿不知談論了多少次，總談不到一塊，尤其是父親，他對我和守義的親事，更是全力反對，沒有絲毫調和的餘地。今晨一清早，他又怒氣沖沖對媽發洩了一通，並出言不遜地吼著：「白守義這小子是個穆斯林中的窮回回，一個不開化民族的子孫，一無地位，二無錢財，又身患癆病，他，他用什麼來養活我的女兒？你說！」

「時代不同了，只要女兒同意就讓她自己去選擇。」媽是疼愛我的，她老人家不善辭令，不過當她確立了信念就會反來覆去地嘮叨不休。

父親被絮絮聲捆得碰臺踢櫈：「不行就是不行，你們這號人就是頭髮長，見識短！你倒說得輕巧，我的女兒不是殉葬品，是人，是受過高等教育的人，老太婆，你懂嗎？」

媽媽臉上緊張的肌肉在抽搐，她不知什麼地方來的勇氣，大概是母愛吧。她理直氣壯地回答：「正因為是人，她就有權力；正因為她受過高等教育，就更有選擇的自由，我想上帝也會同意的。」緊接著她默誦「上帝保祐」的口頭禪和手勢。

「上帝是不允許的，他會投反對票，一屬虎，一屬龍，龍蟠虎踞必相鬥，斷然不會白首偕老，何況他又是異教徒，上帝是不會饒恕的。」

「上帝和真主同在。基督．耶穌和穆罕默德都出自阿拉伯半島的麥加和耶路撒冷，五佰年前是一家。」

……

大雨籠罩的夜空。「毓芬，我親愛的姐姐，你為何噙著淚向窗外？」

「我感到沉悶異常。」停了良久，她又繼續了她的訴白，「妹妹，我也要離開這個家，嫁給一個北方的商人，據說是很遠的青銅縣城。」姐姐悲愴地搖首，後半句含糊得幾乎聽不清，末了她用手帕捂住眼睛，一錘定音說出了她不願說的話，「妹妹，你嫁給匯來銀行的經理。」

我從床上掙扎著起來，倔強地呼叫著，反抗著：「姐姐，我死不從命。姐姐，好姐姐，你答應了？」

「命來，運去；運來，命去。有什麼辦法來解脫紅顏薄命？! 父母之命，媒妁之言，豈能違拗。」晌午，父親問我要什麼陪嫁，我想了再三，想到小白在音樂上的才華和抱負，便脫口而出，「爸爸，您就給我和妹妹一人買一架三角鋼琴，作為姐妹琴吧，其他我一概不要。」

守義他突然轉身掃了我一眼，以不解的神態對著芬姐。她此時稍平靜了一點，慢條斯理地解惑：「平妹，如果你能頂穿『鵝頭板』，我倆各執一琴；若是命運不能如願以償的話，那麼我把我的一架三角琴贈送於小白弟弟，讓你倆能知己、知心、又知音，以聊表我做姐姐的心跡。」

「大姐，我親愛的。」守義走到芬姐面前痛苦地說，「您的心意我銘刻心田，來日圖報。」他手捧樂譜來到我的身邊，我多麼希望聽聽他的意見，多麼想得到他的支持和慰藉。然而他的語言和行為就在於一念之差，斷送了我們的愛情，毀了我，也坑了他。最後一幕的跋語：「平，親愛的，這是我寫的《愛情三部曲》的第一二兩章，它是我倆純潔無私的愛情寫照，你留作紀念吧！」說完他頭也不回地「砰」的一聲把門關上了。我從床上衝到門口，抓住焊鈎鎖的轉把，已無力開門，樂譜飄飄悠悠地失落於地，其中還夾帶著一張紅十字會的字條——一張賣血字據。

……

欲知後事，請看續節。

五　｜34 67｜3──｜──我夢中的恩人

展現在毓平眼前的彷彿不是日記本，而是一頁一頁的《愛情三部曲》的樂章，她流著淚抱著它思緒萬端，對著梳妝臺前的車邊大圓鏡，手持賣血字據，痛定思痛。這對於一位頗受命運擺布的人，不因時間的推移，地點的更遷，人物的變換而有所遺忘，『事過境遷』這專門為那些水性揚花、朝秦暮楚的人給予安慰之詞，搪塞一下門面吧了。至於我們的女主人卻是一個重感情的婦道人家……

唐麗自琴房直至東樓毓平臥室，躡手躡腳地掩進房中，見母親已起身忙問道：「中午沒休息好？」

毓平醒悟過來，她迅速斂起日記和字據，然後在大鏡前整容，隨意問話：「阿麗，今天怎結束得這麼早？」

「唉！」唐麗搥胸蹬足噘起嘴說：「練到高潮就沒了，好不叫人掃興，真是『嗚啦不出』。笑不是，哭不是，令人啼笑皆非。」她又像孩子一樣搖著母親的肩膀，「媽，小白舅舅的第三樂章還寄來不？」

母親對這由來以久的遺留問題感到棘手，她很不耐煩地答道：「我的小姐，別催我了，我也不知道。」

「噢，媽，是我不好，又叫您惱怒了。」女兒哭喪著臉，但又馬上噗哧一下破涕為笑地說，「媽，今天下午我剛練完一半，精神特別好，眼前浮現出一位綠衣人把第三樂章送來了，您說怪不怪？」

「傻丫頭，那是你朝思暮想的緣故，這是一種遐想，或是幻覺。」

「好媽媽，要是我能續寫的話，我一定要給《愛情三部曲》賦於一個悲劇性的結局，來一個現代版的《梁山伯與祝英台幻想音詩》，或《梁祝鋼琴組曲》，或歐羅巴版的《羅密歐與茱莉葉》，這才耐人尋味。您說呢，媽媽。」

此番言語觸動了毓平的心，她望著自己憔悴的容顏自白：「古往今來盡是紅顏多薄命。」頓時眼圈紅潤，雙眉緊蹙，銀牙擠咬。

阿麗後悔自己不該撩撥母親的傷逝，便見風使舵調轉話題親昵地：「媽，我倒忘了，又有個應聘來試的先生還在琴房等吶。」

她抹去淚痕撲著胭脂：「怎樣的人？」

「很有點風度，不像是華夏人種。」麗小姐為博得母親的歡心，以舞蹈的姿態用手勾勒著應試者——伊卜拉西姆的外貌：高個子，繫領帶，高鼻樑，大眼珠，絡腮鬍子……這一連串維妙維肖的動作，逗得母親嫣然一笑。

「你這調皮鬼，走，去看看。」

「媽，求求您，尺度放低一點吧，到今天最後一天已是壹佰零八個人了，你不能老拿小白舅舅作參照，他畢竟是洋教授傳授的。」

「是的，我和你父親商榷請法國鋼琴演奏家鮑路佛教授給你上課，可因為你是牆上蘆葦——根底淺，怕丟人，所以先請位教師進修一時，然後再出國鍍金。麗，我們先在外聽一聽，如果不行，就乾脆叫阿朱打發他走，免得煩煞人。」毓平連連打了幾個哈欠，顯出十分疲憊的樣子，「阿麗呀，媽覓名師為的是你這個『高徒』啊。」

人言道「名師出高徒」，不過當今也會有「高徒帶名師」的，而且大有人在，位數不低，反正不是所謂的鳳毛麟角……

「媽，您別歎苦經了，我一定好好學，將來成為中國著名的女鋼琴家，到那時——哎，你就是鋼琴家的偉大母親。」母女倆嘻笑著並肩齊驅進入花園。踏過由卵石舖砌的小徑，迂迴庭院的長廊轉到西樓。

「怎沒琴聲？」

「咳，怪啊，他剛才還對我說，他很長時間沒摸鍵盤了，要先練一下吶。」阿麗也覺得不可思議，向廊檐走去，卻被母親拖住。

「什麼？很長時間沒摸鍵盤了？是他自己說的？」

「嗯。」

「哪那行？『拳不離手，曲不離口』嘛。」夫人皺了一下眉問道，「是誰引薦的？別像前次的南郭先生，忙得不可開交。」

阿麗搖搖頭，隨手掐了一朵花，又瞅見在整枝理花的花匠：「尤素夫，今天有我的花嗎？」

「麗小姐，怎會少掉您呢？」他鑽出花叢捧著三束鮮花來到跟前，「今天像是有貴客盈門，花卉爭艷鬥異地開放。小姐，這是你的紅鬱金香。」

「真艷！」她雙手捧著花束聞著。

「這是華小姐的豆蔻，太太。」花匠又抽出一束黃色鬱金香給了毓平，「這是您要的。」

唐麗見母親不悅的表情說：「媽，您不喜歡？我的跟您換。」

「不，不許！我不願痛苦再降臨到我的下一代。」夫人鐵青了臉說。

唐麗沒有理會母親的意思，任性地執意要換：「媽，黃的高傲華麗，我歡喜。」做母親的沒有理睬，她不得不要求尤素夫說，「下次你也給我送一束黃色的鬱金香。」

「姑娘，您如果要，老漢馬上可以給您採擷，不過這鬱金香的顏色和其他花兒一樣都代表著絕然不同的含義、盛情和願望。」這位出自古董商的花匠諄諄勸誡。

「這裏還有學問？」她饒有興趣地追問。

尤素夫指著鬱金香的品種顏色簡單講述了「花語」的內涵：紅色

的鬱金香表示愛戀，一般在初戀和熱戀中用它來示意送花人的內心愛慕之情；而黃色的它含義迥然不同，它表示愛的絕望和痛苦……阿麗好奇地聽著，好似聽海外奇談。她看看自己手中的紅鬱金香、又瞧瞧母親手中的黃鬱金香，啞然無聲地垂下了頭。

老花匠打破這僵局歉意地說：「太太，請原諒我的直言不諱。」

「不，尤素夫，你真是行家。這是『花語』，公認的，不是私有財產。」太太掩飾了自己憂傷的感情，抿了抿嘴，泛起一絲苦笑，指著尤素夫手中的豆蔻，「這花它代表『別離』，是嗎？」

「不錯。這是華小姐要我今天在接她時給她捎帶去的。」

「噢，今天是週末了，真快。那好，你早一點把她接回來，去吧！」這位花匠兼車夫的老人剛要轉身向外走，卻又被夫人叫住，「對了，你去把阿朱叫來，問問今天是誰介紹來的鋼琴教師？」

老漢允諾而退……

母女倆沿著拾級而上，在琴房門外的風門廳前停住了腳。唐麗側耳傾聽，毫無聲響，便帶著疑慮俯身從門上的瞭望鏡反看過去。瞭望鏡一般是從裏向外看，了解來客是何人，通常是用在大門上的，這裏反過來用作裝飾了。不想近來它大派用場，應試著的第一面就是從這裏窺察的。外形通不過，就從這一關棄捨了。

通過鏡中的放大，應試者正伏琴疾書，淚水掛滿在腮幫的鬍鬚上：「媽媽，您瞧——」她意外地吃驚，脫口而喊。

毓平俯首看去，見來者痛楚地摘下工人帽抹去臉頰上的淚珠，仰天長歎。忙問：「阿麗，他帶樂譜來了嗎？」

「沒。他還打招呼說他兩袖清風手一雙呢，什麼也沒帶。」

「連手帕也沒帶？還是沒有？」太太猜測著、思索著：這會是什麼人？這樣不拘小節。他在寫什麼？竟寫得如此黯然神傷。在創作？多此一舉。他像是在嘆息自己不幸的命運似的。又像是代什麼人在傾訴衷腸，盡吐哀思……正是不可捉摸，無法思議……琴聲和女兒的喊聲打斷了毓平的沉思浮想。

琴鍵在跳動，伊卜拉西姆手指靈活，指法嫻熟。他眼盯琴架上的樂譜——愛情三部曲，隨著樂曲旋律的展開，音樂故事逐漸發展……

「揮淚皆分離」的音符飄出琴房，那主旋律振引了唐麗。她驚喜地全神貫注地傾聽著。

毓平臉上表情苦澀，眼神黯然，她抓住鎖把再也克制不住推門而進：「小白，你——」慘然自語之後，定睛一看，卻見一個陌生人兒在彈奏著，她顫巍巍地挪動步子，和女兒悄然無聲地坐上沙發。

鋼琴演奏者沉醉在音樂的悲憤之中，他不知有人闖進，更不知道由於感情的衝動而貿然進房的主人就是作曲者的知音和情侶。樂譜在一頁一頁地翻動，樂曲接近尾聲，他滿懷悲壯義憤之情，高吭「揮淚分離歌」。嘹亮的歌聲，充滿激情，叩動了女主人的心扉。夫人痴痴地望著伊卜拉西姆的側影：「先生，你是行家，行家。你的彈奏技巧和演唱水平都有很深的造詣，你的每一個音符都是一個文字，你的音樂已成了語言故事。」

「太太，您過於褒獎了。我只是借小姐的樂譜試彈試彈。」他不介意地用帽子擦了擦臉龐的汗液和淚水，虛懷若谷地說。

毓平遞給了手巾：「擦擦吧，別客氣！請問先生尊姓大名。」

他接過手帕不好意思地說：「謝謝，我匆忙而來忘帶了。」

唐麗在鋼琴旁翻著樂譜，聽到母親的問話不由得瞧著對方，靜候覆話。

「請問先生貴姓尊名。」太太又問。

「抱歉得很，免貴，我沒姓，我是個孤兒——社會的棄兒。姓名對我來講，這只是一個符號而已。太太，你就叫我拉西姆罷。」他起身恭恭敬敬地回答。

「你是少數民族吧？」她猜度著，試探著。心想又是一個孤兒。

「正是，我是個馬背上的不開化民族的子孫，請原諒，太太。」他簡潔直爽地回答。

「拉先生，請讓我這樣稱呼您吧。錯了，我絕非這個意思。」夫人剖白自己，「你大概是個穆斯林，對不？」

「您具有一副像聖母般的慧眼。」他邊誇耀夫人，邊自虛地想：啊喲，快點結束這盤問吧。老天，她不會已戳穿我這個假憲兵了。

「噢——」夫人拖長語調若有所思，還想發問可被唐麗中斷。她奔向母親，似發現了什麼秘密，流露出不可壓抑的興奮喊道：「媽，您看！第三樂章，第三樂章，它已飛來了！多美的旋律，和諧統一，真感人肺腑。這是我多年來夢寐以求的，難怪今天有綠衣人？難怪天這麼晴朗，花卉這樣艷麗。您看呀！媽媽。」

「傻孩子，」母親和顏悅色地用手指著樂譜，「適才拉先生所演奏的最後一部分就是它。曲子譜得好，彈奏和演唱也——」

麗小姐嬌聲細語道：「拉先生的創作風格與小白舅舅倒是一脈相承，如出一轍，前後呼應，首尾一致，好似出自一人之手的佳作。」她披露了自己的見解，天真幼稚的想法使她附耳竊竊私語道，「媽，他，他會不會是小——（白）」

毓平震驚之餘又一次地端睨這位應試者——拉西姆先生，心中萌生出一連串問號：我沒姓，我是一個孤兒——社會的棄兒……就叫我拉西姆吧……一個馬背上的不開化民族的子孫……穆斯林……他的演奏技巧和說話神態為什麼和小白如此相像？舉手投足又何等相似？!如果這一切都是我的錯覺，那他又為什麼能如此流利地默寫出第三樂章，而且聲情並茂？!這思念之情二十個春秋從未趕出她的心頭，而是與日俱增。甚至作夢也在呼喚著白守義的名字，為了抑制自己曾無數次地咬著嘴唇……今突然聞及知音，怎能不重新焚燃起心頭的情火，她雙眼咄咄緊逼對方。拉西姆怕認出自己，故意迴避女主人的視線，心想：大概她已看出了什麼破綻，怎麼辦？

「拉先生，你今多大了？」

他抖動了一下肩膀，放鬆一下，以掩蓋自己驚惶不安的神態：「太太，你問這幹嗎？難道應試還有年齡限制嗎？」

「沒，沒有。恕我冒昧，我只是隨口問問而已，我看你不是——（中年人）」

「啊——是的，我不是搞鋼琴的。」他捻著鬍鬚故意引開話題。

「你是——」夫人繼續追問。

「壞了，我是憲兵。怎麼辦？認出了！」

此刻說來也巧，尤素夫剛好走了進來回話：「太太，阿朱總管說今天沒人介紹來應試。」

「噢，那拉先生你是——」

他隨機應變指著尤素夫答道：「對，我是他介紹的，太太。」

尤老漢莫名其妙地搔著灰白頭髮，傻眼了：「先生，你大概認錯了吧。我在這個城市裏是舉目無親，哪來摯友親朋？一般朋友也是屈指可數的，我，我——」

「沒錯，老人家，你聽我說，」拉西姆有些急了，「上星期你，你不是向一個三輪車夫講的嗎？」

尤素夫捋著羊鬍子思索一下說：「有這檔事，就是——不過這不是我，我隨便講講的。」

他如釋重負，舒展了一口氣，插話說：「就是嘛，多虧了您老大爺。」

「好了，尤素夫你費心勞神了，請你陪同拉先生到帳房間去簽署合同，並領取薪金和你的賞金。」夫人高興地又補充了一句，「你傳我的話，按原規定加倍發放月薪。其次轉告下員，應試者至今日止，不，即刻止，概不接待。」

「謝太太和小姐的恩典。」倆人同聲謝道而去。

唐麗望著拉先生的背影，踱到母親身邊：「我的好媽媽，這該稱心如意了罷，我將成名成家囉。」

「何以見得？」

女兒頑皮地笑了：「有超群絕倫的老師，還怕出不了高徒？」說著翹起大拇指慶賀著。

「高徒出於名師，這固然不錯。但沒有勤奮也是枉然，要青出於藍勝於藍，就必須——」

大道理已聽夠了，再也沒法灌施孩子的頭腦，此時此刻這位新老師占有了她的思想：「對了，媽，他叫拉什麼？」

「拉西姆。」

「嘿，少數民族像外國人，連名字也洋化了。」

「洋化？」毓平有所觸動，她沉思片刻自言自語，「他會不會隱姓埋名，蓄鬚留髮來試探我?!不，想到哪兒去了，他不是這號人，白守義。」

唐小姐捧著如獲珍寶的樂譜嘮嘮叨叨：「拉西姆，拉——西——姆，這名字好耳熟，像在什麼地方聽過？此人又像在什麼地方見過？——記不起來了。」她如有心事一般坐到琴邊，偏著腦瓜思想著，嘴裏念念有詞地絮叨著，「拉西姆——拉——西——姆」手下意識地摸著鍵盤。673 673｜…… 673 673｜34 67｜3——｜34 67｜3——｜……「媽，」她突然欣喜地跳起來，「他是伊卜拉西姆，伊卜拉西姆是他，是他！」

「誰是他？」毓平對著阿麗，「你這孩子說什麼？他是誰？」

「他是伊卜拉西姆！」

夫人惑而不解地問：「哪個伊卜拉西姆？」

「就是捉剃頭鬼的伊卜拉西姆，就是他，他就是，恩人，恩人。」唐麗邊答邊向帳房間奔去，「那位拉先生呢？就是那個伊卜拉西姆。」她喘了口氣補充了一句，「新來的教師。」

「唔——他剛走沒多一會，和尤素夫一起。」帳房王先生答道。

她二話沒說，扭頭跑向別墅大門。凱旋門式的大門這會真成了凱旋門了，國父中山先生的「天下為公」題詞，古樸蒼勁而有力，此刻重上門頭，門里門外爆竹聲聲，鑼鼓喧天。當她衝出大門，馬路上散滿五彩繽紛的花紙屑。轔轔遠去的馬車已望塵莫及。她失意地折回別墅，大門口的太陽旗降落於地任人流的踩踏。青天白日旗又懸掛門庭，隨風招展，八年的亡國奴終於揚眉吐氣了。君不見報童們滿街亂竄，喊賣著：《號外》、《號外》、《號外》要哦，東洋人正式投降了，汪偽政府徹底破產了，同胞們，八年抗戰勝利了！《號外》、《號外》……八月十四日的《號外》……

欲知後事，請看下集分述。

第三集

第七章

一　災星——來自社會的罅隙

青天白日滿地紅的國旗又重新揚起在總統府的上空，野蠻的隆隆炮聲在華夏的大地上終於銷聲匿跡了，文明的鞭炮聲、鑼鼓聲喜暖了炎黃子孫的心坎。鮮血和熱淚是八年離亂的產物，精神和力量獲得了這天亮前後。面對這歷史的重大轉折關鍵，舉國上下欣喜若狂，非筆墨所能一一描述的。寧海市，這座擁有九百六十萬平方公里泱泱大國的海濱重鎮，沉浸在歡樂之中，全城的民眾都湧向大街，來慶祝這一激動人心的時刻，它標誌著痛苦的歲月已宣告結束，遺忘的日子還沒開始。

城廓四角的街口和中心廣場一樣，笑逐顏開的人流，奔走相告，彈冠相慶。年老的、年少的、男的、女的都手舞足蹈，整日徹夜地狂歡不休，鑼鼓鐃鈸、爆竹煙火縈繞耳際，閃爍眼底，呈現出一派不是春節勝似春節，不是大典賽過大典的壯觀景象。一夜之間，局勢趨變。路上交通變得份外擁擠不堪，汽車越來越多，街口叉道塞得水洩不通。到了午後，鐘樓上鐘聲齊鳴，鏗鏘之音在蔚藍的蒼穹中迴盪。金色的陽光普照大地，古樸幽靜的寺院裏，莊重肅穆的教堂內迴旋著綿綿的謝恩聲和祈禱聲，真主、玉皇、上帝的聖名交體呼喚著……飛機場上載來了第一批從大西南歸來的達官顯貴；火車站步出第一程由大後方返回的商賈學者；汽車站旁送回了一批批流離失所的城市居民；輪船碼頭上擠滿了一排排背井離鄉的窮苦農民。回歸，返回，返回，回歸，組成了來往的人流。商店的門口，焚燒的日本貨的濃煙已滅，灰燼仍依稀可見。代表奴役象徵的「良民證」被燃盡，像黑色蝴蝶的幽靈翩翩竄向東方，猶如送瘟神的錢紙一般。硫磺的、橡膠的、賽璐珞的，以及不知名的臭味兒污染了周圍的空氣。瞧！那光字牌的二十六寸自行車的殘骸如東洋人的橫屍一般躺在馬路中間；看！酒店、舞廳和咖啡館的老闆們也不顧以後如何營業，把最後剩下的一點酒和飲料全部獻給了顧客，櫃臺前還簇滿一群群情緒激昂的公民，他們觥籌交錯，痛飲暢杯。間或還可看到一些男女青年在眾目睽睽之下，毫無顧忌地摟抱著、親吻著……叫喊聲、歡呼聲、狂笑聲交織一起，通宵達旦。

匯來銀行是金融界的巨頭，紙幣的更換，金條、銀元的通兌，借貸業務的擴展等等，使整幢大樓包孕在人的海洋裏。與此相反的倒是它的黃金貯存地——匯來別墅，卻是一個世外桃源，除了門庭上的旗幟更換外，還是那麼幽雅寂靜，像一泓清澈透明的水，平靜異常。

唐麗蹣跚地返還花園，「嘟——」一輛黑色的奧斯汀轎車的喇叭響聲驚飛了小憩在大樹之巔的兩對喜鵲，直頂她的身後。

「麗麗，你怎麼一個人在花園？」從車上跳下一個人來，他手提一個盒子，一身淡色西裝革履，顯得很有生氣，他就是司令的獨生子錢明遠。他挽著未婚妻的手臂，偎依著步行在綠草如茵的草坪上。

轎車中除司機薛矮子之外，還有一位身佩國軍上校軍服的中年軍官，玳瑁架的墨鏡戴在他那微微發胖的臉上，一見便知是軍界要人。他嘮動嘴唇，掩蓋住吃驚的口吻問：「她是誰？如此標緻。」

「唐經理的女兒，公子的——」司機言止而意未絕。

「情婦，還是未婚妻！」

司機——現代轎夫，正是矮子肚裏一團經。他以狡黠的目光盯住對方，笑了笑反問道：「趙局長，您看呢？」說完故意踩足油門，引擎發出了巨大的聲響。明遠聞聲回頭陪笑著：「Sorry（對不起），請先把客人帶到大客廳，我隨後就到。」車夫接受指令，排上檔，轉向主樓的後背……

「麗，怎麼啦，又跟什麼人嘔氣了？」

唐麗小姐置若惘聞。

「為什麼不理我？你這人——難道又在懷疑我不成？醋意太濃會變醋精。」

她才如夢初醒：「不，不，我在追溯四年前生日前夜的事。」

「又是那剃頭鬼？」這時他才如釋重負把話引了下去，「我就為此事而來，現在我得先聽聽你的高見，說吧，我洗耳恭聽。」

「適才我偶爾見到那位救命恩人，就是和剃頭鬼拚搏的那個人。」她的興奮狀態又很快低沉下去，「剛才來應試的拉先生，倒挺像恩公，可仔細察看卻又不怎麼像，所以我——」

「受恩必報，理所應當，然而當務之急迫在眉睫的是捉『鬼』。你那早前住的房間很不吉利，好似有狐仙鬼怪出沒。真有點像清代蒲松齡筆下的《聊齋誌異》中的場景。神鬼莫測，不可不信，但又不可全信啊！你被迷了，這不算，可連華姐也給感染了。肯定是什麼鬼怪顯靈，以前我不相信，這下也使我變得疑心生暗鬼了。」他滔滔不絕地議論了一番後又表了下心跡，「因此，為了你，順表我的赤心，同時，為我倆的情誼和事業的興旺發達，今天我特地請來了一位——」

唐麗如發連珠炮似的回答：「得了，得了，甭費口舌了，我的大少爺，又是什麼壓邪驅鬼的破東西，對不？」

「哪裏，非也！」他像塾師般地搖首否認。

「要不又是哪位巫婆，或是哪個巫公……好了言歸正傳，說正經的，告訴你今天我獲得了一份珍貴的禮品，你猜！」

「猜出來有何獎賞？」他調皮地說。

「要什麼獎什麼，賞什麼，只要你開得出口。」

「說話算數不？我的女流之輩，頭髮長，見識短。」

「呸！君子無嬉言。獅子大開口的要太陽、月亮什麼的，那不行！條件是要買得到的。」

「行。獎麼——無功，論賞嗎——無須去買。」

「啥東西！」

明遠神秘地說：「你過來我說。」她把耳朵湊過去，便乘其不備，一把摟住在她臉頰上深吻了一下，「打一個唇印作標記，你就是我的了，名花今有主啦。誰叫你的身價百倍？!」

她一陣驚喜，驚的是他公開的「偷襲」，以至使少女的心無從戒備，心跳異常；喜的是她——這個處女第一次接受異性吻的快感，但又要掩遮自己的這種感覺，故只得借助於「小動作」——用拳推打自己的未婚夫：「你真壞，真壞，你是一個壞東西！壞東西！」

「別罵了，別打了，我懂得你的這一招：罵是親，打是愛呀。」於是剛住手的她又重現一齣之後緊偎著他，「壞不？不壞那你怎麼會是我的呢？寶貝，親愛的，切記，它——唇印——信物，這是最好的佐證。」

「嗨！我問你，你是愛我的人，還是愛我父親的錢或金庫？」

他調滑地在她胸前動手動腳，一邊調情地答道：「我是愛屋及烏。不信，你可摸著我的心對天發誓。邊說邊捉住她的手按在自己胸口上。」

她搶了他一個白眼，索性不動：「別狗對糞坑發咒了。現在我要你閉上眼跟我走！」小姐裝出一本正經的樣子，發出命令並攙扶他向琴房走去。

和煦的陽光穿透五彩繽紛的花玻璃窗，灑在琴房的三角琴上、家具上、地毯上，泛出不同強弱的光彩，顯得協調和潤色。阿麗把少爺引進後安排在琴凳上，自己也挨著坐下說：「好了，我的大少爺啊，委屈你了，請打開『快門』，把我的愛物攝入『鏡頭』。」

「第三樂章——揮淚皆分離！誰作的？」他自充行家翻閱起來，並哼著節奏。

「就是那位先生譜寫的，它跟前兩章竟出自一人之手。儘管結局同《梁山伯與祝英台》相仿，我還是喜愛的。心甘情願用熱淚伴隨音樂情節的發展，為主人翁的分離而惋惜，而悲歎，這種絕妙的尾聲乃是故事發展的必然結果，是我翹首以待的珍寶。」

「不，麗，你的珍寶在這。」他提起盒子，摟著她苗條的柳腰，親熱地向外走去。

「上哪？」

「哈哈，該輪我了，以禮還禮。閉上雙眼跟我走。」

他倆來到唐麗的臥室，這是她以前的臥室，一色老紅木家具，豪華富貴，很有氣派，三聯式大衣櫥的落地大鏡子，分別從左中右三面照耀著她。少爺取出盒中的裙服披在戀人的前胸：「不准偷看，嚴守規矩。」

「好了吧，大公子。」她催促著。

「親愛的，請抬起眼皮。」

「喲，怎麼又是一套素色dress（連衫裙）。」唐麗很不愉快地對著鏡子旋轉一周，其影入鏡，鏡耀其身；眼觀其服，服入其眼。反反覆覆，覆覆反反。她臉色頓時慘白。

「怎麼啦，親愛的。」他立刻轉喜為憂，眼望自己心上人的一陣陣難過，痛惜呼喚，「你不喜歡？這是爸爸特意從巴黎捎來的。」

唐麗如臨大敵，渾身戰慄，囁嚅後而語：「親愛的，你，你忘卻了，生日前一天我也是這身裝束，也是在這遇上那剃頭鬼的。我忌諱，我害怕。」她掙扎著衝向房門，可心有餘悸，最終撲倒在明遠的懷中。女人有男人的保護就有了安全感，尤其是自己的親愛者。

「麗，別怕。今日我專程陪同號稱『遠東福爾摩斯』來主持偵破剃頭鬼一案的。此人精明幹練，善於偵察、分析、推理，原被日本憲兵司令部錄用，破了許多要案、大案以及無頭案，後來在抗日愛國思想的感召下，深明大義，在戰場上反戈一擊，舉槍立誓，當眾擊斃了日本憲兵司令，起義歸順國軍立下了一大功。現在父親帳下任警察局長。」經他一番言語的安慰，小姐的心稍微平靜了許多。

話說那轎車中的軍政人物，他到底是何許人也？所謂的遠東福爾摩斯就是他。這位前身的民團團長，日偽的警察、警士，到憲兵隊長高榮。這條日軍的忠實走狗是名副其實的漢奸，可他又是怎樣打入國軍的呢？說來有一段經歷：

在抗日的最後階段，他眼看小日本大勢已去，就像兔子的尾巴——長不了了，便施展了錢明遠所講述的那一幕。但他為消除其擢發難數的罪行，以及惡貫滿盈的罪責，繼續榮升，耍出隱姓埋名的故技，竟竊取地下工作者趙金庫之名，乘國軍接管寧海市之際，搖身一變成了功臣，擢升為警察局長。此刻他久候大客廳中，菸後自覺無聊，步入花園內，以借景驅愁。與其說他無聊或憂愁，倒不如話他空虛。因為賊不做心不虛，賊一做心必虛，這包含哲理的話一點兒不錯。他一進匯來別墅就把唐麗誤認為李華，又在此時此地狹路相逢，豈不驚乎？怎能不考慮後一步的對策呢？正思而待止之際，忽聞少爺的聲音：「說到曹操，曹操就到，趙局長，勞駕你來一趟。可好？」

一聽「曹操」這一代梟雄，趙局長當然極不自在，尤其在這個時間，這個場合，怎不使人犯疑？他盤算著踏進臥房間：「少東家，有何指教？」

「介紹一下吧，阿麗，這是我特意請來的偵探家趙金庫局長。」明遠又指向阿麗，「局座，這是我的——」

話還沒斷，趙局長來了個先聲奪人，以壓倒對方說：「我們是老相識了。」

「你們認識？」他遲疑了，看看這個，又望望那位。

「那還是以前的事嘞。」局長用奸詐的目光，直勾勾地逼著阿麗假腥腥地，「幸會李小姐，見到你很高興，過去之事就讓它像東流水一般，別往心裏……」

她聽到「李小姐」三字便知誤認了，沉默中迴避那警犬似的眼光，躊躇地想：好臉熟，可記不起來了。

「哈哈，你正是貴人多忘事呀。不，忘了好，好。」

「局長，我們坐下談。阿麗，你去準備些飲料解解暑。」

唐麗應諾邊思索而下。

「夠悶熱的，看來要下雷陣雨了。」客人脫去大蓋帽坐了下來。

明遠開啟電扇說：「趙局長，我和你談的就是這房間，經常鬧鬼，很不安寧。許是大仙顯靈，可高香也燒了，錢紙也化了，道場也做了，仍不奏效，無奈。」

「那就是剃頭鬼在作祟罷。」

「望局長明察而斷其案。」

墨似的烏雲推了上來，天空昏暗一片。一陣狂飆把窗格吹了開來，布簾飄動，吊燈搖晃。房門自動打開，唐麗端著飲料盤進入。

「喔唷，怎敢有勞李小姐親自動手。」局長站起來瞅著阿麗獰笑。局座是不常笑的，「臉帶三分笑」這是違背了他的天職的，故此長臉是他的職業病。據述任何的笑將會使罪犯從眼皮下溜走，即使笑的形狀是醜陋的、猙獰的，或是使人可怕的。當面部的肌肉牽動兩片薄嘴唇時，不但露出了他的牙，連牙床也顯出。在他微聳的鼻子四周也會橫起一種像猛獸的嘴一樣的扁圓粗野的皺紋。總括言之，鄭重時的局長似獵犬，雖不會豎耳，可靈敏度頗高；發笑時的局長像老虎，威嚇性極大，他的頭蓋骨適中，稀疏的幾根頭髮遮不了前額，斑禿的後腦勺，像一枚枚銅元，光亮刺眼。在深沉的目光配合下，令人望而生畏。一言概之，一副凌駕於上的氣勢不亞於當年，而且是大有過之而無不及。

適逢面目的猙獰和光頭的斑禿在她瞳仁上一閃，猶如雷電閃爍一般，使她不寒而慄，抽搐著大叫一聲，餐具全打落在地：「鬼，有鬼，剃頭——鬼——」繼而昏厥在地，以至使明遠都措手不及。

毓平領孫媽等聞風趕來：「怎麼又到這倒霉的房間裏來了？」太太怒氣沖沖地命令，「孫媽，你把麗小姐安置到隔壁去，難怪今天我的右眼跳得厲害。」

小姐臥在豪華的席夢思上，雙目緊閉，神思恍惚，像是著了魔似的喃喃不迭：「鬼，剃——頭——鬼，伊——卜——拉——西——姆——」

夫人憂心忡忡地守護一旁，心神不寧，就像吊桶撞擊井面，焉能平靜？

總管阿朱俯身對主人建議：「太太，請李克洛大夫吧！」

孫媽嘖著插嘴：「還是用金器壓邪。」

「金器，金器！你的那一套早已失靈了。沒見耳環、項鍊、手鐲不全在她身上嗎？哪一件不是金的？」夫人已不耐煩地咄咄斥責，爾後轉向阿朱同意請醫生。

阿朱正欲挪步，電話鈴響了，女主人隨手接過電話，一陣短促的話語，使她兩股戰戰癱倒在沙發上……

誰的電話使她驚恐如此？

欲知後事，請看續節。

二　孿生子的思維感染

誰搖來的電話把我們的女主人驚倒？

是馬車夫尤素夫的緊急報告：「回稟太太，五分鐘前我趕車接華小姐回來，剛出醫學院大門，只聽得車斗篷中尖叫一聲：「鬼，鬼——剃頭——鬼，過後便不省人事……」

「什麼？也是剃頭鬼！真是活見鬼，難道真有災星降臨？現在人呢？」她掐了一把右眼皮自言而語，「我的眼皮跳得更厲害了！」

「人在學校搶救，李克洛大夫要太太馬上來一趟。」

「好，我就來。」「來」字還沒吐出口，唾液趨然劇增，「哇」地一聲黃水泛出，苦中帶酸，酸中有苦。此時此刻夫人心中惡亂至極，猶如十五個吊桶汲水——七上八下。緘默了好一會兒，她才轉向明遠交代事宜，「你在這照顧阿麗，我去一趟。哦，至於那位客人，等經理回來再登門回訪吧。阿朱，備車。我順便把李克洛大夫接來。」

李克洛是美籍醫學教授，「孿生子」研究的學術權威，也是一位操手術刀的強者。他體型高大魁梧，頗顯肥胖，兩肩寬闊，已是五十「知天命」的人了，戴一副銀絲眼鏡，周身上下穿著舒適的時裝，一望可知是位知識淵博的外籍學者。那白色人種的面孔很是愉快，高凸的顴骨中聳立的鼻樑骨上懸掛著鷹嘴似的鼻子，線條清晰，富有立體感。淡黃色的鬈髮中夾雜著絲絲銀髮，還算豐滿。連鬢的絡腮大鬍鬚比頭髮還稠密。在長方臉型的中軸線兩側，深凹眼眶中藍色的瞳仁含著一種冷靜的、嚴峻的、有所思慮的神色，特別深邃，下邊是朱紅的雙唇總處於緊張狀態，好似處在無影燈下手術一般。「九一八」事變後，他因研究「孿生子的思維感染」這個課題，隻身由美國經英國劍橋大學至非洲，最後轉達北平協和醫學院的。就這新興課題，他耗盡了四分之一世紀。為證實他的理論，邊行醫，邊講學，邊研究，邊撰文。橫跨了四大洲，行程數萬公里。從白色人種到有色人種，從純血人種到混血人種，他搜集了大量涉及孿生子的資料，發現了雙胞胎之謎：他們的特點之一，記憶力超群。譬如美國的喬治可以不加思索地準確說出一九三〇年五月十六日是星期幾，而他孿生兄弟甚至能回答出六千年以後的某一天是星期幾呢；其二，雙胞胎身上所謂的「生物鐘」可以同時發生作用。例如喬思和阿瑟倆兄弟都是英國空軍飛行員，他們雖然死在兩個城市的兩家醫院裏，但卻死於同一天，同一小時，因同一原因——心跳過速而猝死；其三，至於語言交流。在他的研究項目中得出在大約有百分之四十的雙胞胎能創造出他們自己的獨特語言；其四，關於心理信息。黑人瑪莎她的雙生姐姐在一千公里以外遇難時，她也經受了劇烈的肉體痛苦。胸部和腹部一陣刺痛，不堪忍受，就像全身要被撕碎了一樣；其五，驚人的相似。四十七歲的奧斯卡·斯托赫和傑克·尤費是混血人種的一對雙胞胎。父親是猶太人，母親是日耳曼人，生下不久就分開了。然而當他倆第一次在機場相遇時，相似之處卻是很明顯：都留著小鬍子，都穿著帶有肩章形飾物的兩個衣袋的襯衫，戴著金絲邊眼鏡。他倆共同的癖性，喜歡吃加有香料的食品，喝味濃性烈的酒；心不在焉，邊看電影邊接著聊；把在陌生人群中打噴嚏當成樂趣；大小便前沖抽水馬桶；把橡皮筋套在手腕上；看雜誌從後面翻到前面；把塗黃油的烤麵包浸在咖啡裏……雖文化教育不同，但他們的氣質、動作速度、辦事方式很相似。這種孿生子的心理聯繫——思維感染便是他研究的成就。

此次中國之行是從黃色人種中找到立論依據，他踏遍擁有四億五千萬人口的中國，學得了一口流利的華語。五載的時光，他自北國風光迄南國天地，由豪紳顯貴至下層庶民，覓得了數十對孿生兄弟姊妹，當然包括龍鳳胎，獲得了許多可喜的第一手資料，目前他正在繼續撰寫專著。你瞧，他擱筆沉思了。每每到此，他總習慣地拿起他的菸斗——一只象牙的大菸斗，足有鴨蛋那麼大，斗兩側是兩個浮雕的黑人頭像，神態維妙維肖，這是兩個來自馬達加斯加的黑人雕塑家的傑作。菸斗是兩爿生的，它是用象牙海岸的白象牙尖製成。教授為試探這對孿生雕刻家思維的內在聯繫，特買下一對象牙尖，把它們分別寄給在兩地的兄弟。一星期後，教授收到了這兩爿拼合起來的菸斗，真是天衣無縫，精美絕倫，使人驚歎不已。斗上的肖像便是作者自己的頭像，更酷似極了。教授正欲去採訪了解，可這對孿生子卻在寄出菸斗的幾天失蹤了，因此使他非常懊惱。二十多年的研究，最大的收穫莫過於這個象牙菸斗，一則是它精湛的工藝令人誇耀，更則是它標誌著他科研的成就。因此，每遇困難之際，它給他鼓舞和力量。目前，他手頭的第一性資料足有一皮箱之多，這是無可非議的。可是耳聽為虛，眼見為實。對於嚴謹治學、一絲不苟的學者，道聽途說下筆自然手軟，至此只得收訖筆記作罷。煙鍋裏已斷光亮，白色的煙霧裊裊纏繞。他磕著菸斗，理了理齊耳的鬈髮。可藍眼珠的目光始終落在《論孿生子的思維感染》的標題上，約莫有好大一陣子，才下意識地投向手腕那塊22K白金殼的漢米爾登方錶上，時針分針重疊在十二點上，他皺著眉尖匆匆拿起白上衣就走……

阿四駕駛著米色轎車經繁華大街，駛出市區行向郊外。公路兩旁那高高的，象徵著北方農民的白楊樹，一株接一株飛快地向後閃去，光禿禿的樹冠已能依稀透出淡薄的綠色，田野上一碧千里。在立有「慢行」路標牌的三岔口，車子慢慢行進在沆沆窪窪的公路上，車身顛簸不停。毓平晃動著，伴著一陣陣無節奏的牽引聲，加深了她內心的焦慮和煩躁。將到校門口一個緊急停車，毓平下車揀起道路中的一束鮮花——豆蔻，尤素夫給李華準備的鮮花，輕輕吻了一下，深情地祝福：「上帝，保祐孩子平安無事吧。」

少頃，轎車長驅直入醫學院。當毓平披著白大褂，手持花束直挺挺地站在病床前，凝視著像注入嗎啡後深酣的李華的時候，李克洛大夫已經輕步來到病房說：「太太，您的慈母之心令人欽佩不已。誰說東方人的母愛是含蓄的？我看不盡然。」

「不，不，教授，累及您了。教授，實不相瞞，她是『掌上珍』，萬一有三長兩短，我怎擔當得起？一切得依仗您的妙手回春。」

「過獎了，夫人，她臉色已轉，嘔吐停息，按理該清醒了，然還處休克狀態，我擔心——」他怕長期地昏迷不醒而帶來病人、醫生、家屬都不願看到的後果，因此他話說了一半，又把這倒霉的預計吞了下去。他拍打著聽診器，嘖嘖思慮片刻問道，「她受刺激沒有？」

搖首以示對方。

大夫坐上床沿俯首理著李華修長的「瀏海」問：「小姐以前腦挫傷過？」他敏銳的目光射向李華飽滿前額的疤痕，正確地判斷，「這不像是最近的傷痕。」

「是的，大概很久了。不，不過我也不清楚。」毓平支支吾吾半響把手一攤。

「我太疏忽了，上次竟未發現這月牙形疤痕。」

「上次？」夫人先是一愣，後噗哧一笑說，「教授，您的眼看偏了，她，她是我姐姐的，上次是我的孩子。」

「哦？——」教授恍然大悟，自己也吃吃地笑。他摘下銀絲眼鏡，孜孜地端詳著他的學生，他的病人，情不自禁地讚歎說，「竟是一個模子裏脫穎而出。」

夫人望了望大夫，紅暈浮泛。那不育症的罪名對於金絲籠中金絲鳥的貴婦人來講和罪狀沒有兩樣，早已壓抑得她喘不過氣來。面臨此情此景，不講又不可能，故考慮再三強顏歡笑地說：「你們搞醫的，挺能察顏觀色。她倆是一個模子裏的親姐妹呀。」

與其說他聽到對方的陳述，倒不如說科研《孿生子的思維感染》在他大腦皮層的反覆刺激，「孿生子」在大腦中佔有絕對主導地位，無怪乎思維的信號如通電一般反映到他的筆頭和口頭。不是嗎：「她們是雙胞姐妹，難怪她倆的病情如此相仿。太太，她是姐姐囉。」

夫人頻頻點頭，欲言於解釋，但又被打斷。

「那妹妹現在也病著！」他憑藉自己的經驗武斷地下了結論。

「是的，跟以前一樣，又在那房間裏。真是活見鬼，她驚叫一聲倒下了。此刻我正要請您去診斷。」

教授回憶了馬車夫的一段自述：「半小時前我把一束豆蔻遞給小姐，她欣然接過吻了一下隨即登上馬車，策鞭催馬。哪知剛行至學院門口，車廂內突然一聲驚叱，小姐倒下了，花束失落於車下。我就……」

毓平捧著花束，無聲無息地瞧著從迷糊中醒來的李華，她睜開惺忪的杏眼，怠倦而無神，嘴角微微抽動，像是在呼喊什麼。姨媽把花束遞了過去，親切而溫和地問：「孩子，好點了？」

她微頷之，又轉向教授——自己的指導老師點頭致意。

「李華，你自我感覺怎樣？」教授不等學生的回答，翻著她的眼皮，「你的眼睛告訴我，恐懼籠罩了你的心靈，是嗎？你能否告知我是什麼原因？」

李華眼眶裏噙著淚水，絮絮而語：「老師，我心有餘悸，仿彿又碰上了『剃頭鬼』……」

電話鈴聲中斷了她的自訴，教授接過電話。毓平心神不定注視教授講話的神態和語調，心裏惦記著唐麗，會不會阿麗又不好了，來催促我回府，或是……

「是啊，太太在這，有什麼事？」教授說。

不聽倒罷，一聽則壞。太太一陣緊張，心臟似乎要跳出胸膛，四肢癱然無力。當得知是錢明遠的來電報告了麗小姐已甦醒，這才舒了長長的一口氣，一切如煙消雲散了。

李克洛大夫抓住送話器不放，尋根求源地詢問：「麗小姐能不能講話？」

「能。」麗小姐回答。

「能。」李華說。

這時教授幾乎是同時聽到來自耳機和病房的回答。他以和煦的眼光投向正掙扎著坐起來的學生，又向電話裏送話：「你是miss唐嗎？我是湯姆・李克洛。」

「大夫，您好！」唐麗從席夢司上坐起來，右手拿話筒，左手搖著花束。

「你已經坐起來了，可對？」

「您怎知曉？我的教授先生。」唐麗感到突兀反問。

「聽您的聲音，憑我的猜測，不，說得確切的，是您的影子。」教授看著坐起的李華，左手拿著豆蔻便問唐麗：「小姐能告訴我你現在感覺怎樣？」

「我心有餘悸，彷彿又碰上了剃頭鬼。」

「什麼？什麼？你再重複一遍。」當唐麗受命重述之後，教授的血液傾刻沸騰起來，這意外的收穫，一個不小的收益。不過他還是將信將疑，語調有些發抖，聲音低得像是對自己講的：「真的。」這許是成功者在失敗與成功之間一剎那的表露。

教授邊追問唐麗，邊把眼睛著落點放在靠在床上的李華：「唐麗小姐，你現在在幹什麼？」

「我現在靠在床上，什麼也沒做呀。」

「No，不，我是問你……譬如手裏拿著或弄著點什麼？」

唐麗漠然回答:「我右手是話筒，左手是一束花。」

「請你等一等。」教授捂住話筒轉向李華，像導演向啞劇演員說戲那樣，打著手勢要他的病人放下手中花，另選一件最心愛的東西。眼觀這齣即興表演，眾人都無法理解教授葫蘆裏賣的什麼藥。尤其是剛回過神來的太太，更是瞠目以待，耳目一新。李華從命地放下花卉，慎思了一下，自藍色玻璃皮包的拉鍊環扣上取下半爿犀角杯，一往痴情地凝望著那「心印」兩字。

教授便問:「你能告訴我此時此刻你在想什麼?」

李華靦腆地用手指著犀角杯說:「老師，睹物思情，我在想這東西的原主。」

李克洛即舉起話筒:「麗小姐，你在幹什麼?現在。」

唐麗不加思索驕傲地回答:「現在我正再一次拜讀我夢寐以求的作品《揮淚皆分離》。」

「你能坦率地告知我此時此刻你在想什麼?行嗎?」

「我——我在想這作品的原主。」

大夫脫口而問:「誰?」

「伊卜拉西姆。」姐妹倆在不同地點異口同聲回答。

教授從兩處同時聽到了李華和唐麗的異口同聲的回答。他由驚詫轉入欣喜。如愛迪生發現大自然中的電的存在那樣喜出望外地呼喊:「夫人，我很幸運。」他高興得扔下電話，「今天耳聽一席，眼見一幕使我大功告成。我耳聞目睹，身歷其境得到新的收穫，終於解決了我二十多年來懸而未決的難題。我已診斷了她倆的病由。」教授摘下眼鏡，二話沒說，飛也似地向辦公室奔去……

毓平接踵跟了進去:「真的?那太好了。」

教授習慣地摸了摸口袋，最後從菸缸邊取出象牙菸斗，吧嗞吧嗞地抽起來。他翻閱起病例報告，一邊說:「不過，目前我只能證實她倆的病源來自一人，而另一人只是受思維的牽連出現相類似的動作、思想、語言，以至幻想、幻覺。這是雙生子的一種不可違拗的生理本能。目前還只是推測。」

「可能嗎？」

菸斗一亮一亮的，濃重的菸草味中透著陣陣奶油香。他撳了撳菸絲，像參加國際學術研究一樣高談闊論：「因為在孿生子之間外形、習性、語言、行動、神態、服飾和愛好很是相似，這是顯而易見的，稍稍注意便不難看出。然內在的聯繫——心靈的溝通還是一個謎，一個尚未解讀的謎。不過，今天我又一次地證實了在孿生子中間有著相近的『生命之鐘』——思維、幻覺是共通的，她們普遍存在著患病與死亡的『共時性』，所以……」

毓平對這海外奇談似信非信地問：「哦——有這等奇事！癥結何在？」

大夫翻弄著病歷卡說：「為什麼？我只能作一種不科學的猜測，那就是因為她倆是孿生姐妹吧，生來就有這種本能——『內含天性』的聯繫。」

「那『剃頭鬼』又從何解釋起？」

「鑒於這個麼，不難解釋。」他慢條斯理地推斷道，「顯然她倆中定有一個被什麼東西糾纏不休，而引起精神上的恍惚及頹唐，當然，這東西來自生活中所遇到的強人、歹徒，也不排斥文學作品中的妖魔鬼怪。」

一談這，我們的夫人渾身雞皮疙瘩，如過敏反應一般，緊張地瞪著雙眼：「那定是阿麗遇到了強人什麼的，或是電影中的蒙面大盜之類。」

「不，思維感染是相互的，故此亦不能排除李華的可能性。至於什麼『鬼怪』，那純屬無稽之談，荒謬絕倫，是愚昧的象徵。在科學的辭海裏永遠也沒有它的墨跡。」

「哈哈哈，夫人，你想人死後肉體和靈魂被一齊埋葬，那哪兒來的鬼？故所以真鬼是不附存在，而假鬼卻比比皆是。」

「假鬼？」

「對，That's right. 假鬼！那就是吃人肉，喝人血的——」

欲知後事，請看續節。

三 「剃頭鬼」的發跡史

趙局長心懷鬼胎，顯露一副沮喪的臉色，時而倒臥在沙發上，時而又站立起來，在屋內踱來踱去，好似熱鍋上的螞蟻。他捫心自虛地嘀咕：「她是李華，沒錯。她已認出我，怎麼辦？怎麼辦？這樣不攻自破，前功盡棄，就這樣甘心罷休？! 不，絕不能，絕不能毀在一個女人的嘴皮子上，使我的前程在功虧一簣之下慘遭覆滅。」想到這他歇斯底里地發作一通，最後無力地躺倒在三人沙發之上，乾瞪雙眼，昔日的往事像走馬燈似的一幕一幕地浮現：

足球場。

一只足球落在高榮的頭頂，他甩下手中的理髮工具，破口大罵：「他媽的，惹到老子的頭上來了。」

劉宅席子臥室。

高榮從門後閃出，把手帕塞進李華嘴中，並解下其褲帶將其纏住抱入內房……

高榮被擊敗倒地，偷偷地從靴中抽出匕首，向伊卜拉西姆刺去……

清真寺大門口。

高榮指揮爪牙用繩索將奶奶勒索於門檻下，繩在收縮，她在掙扎……

他退入旮旯，用劍戳入伊瑪目左胸後而忿忿然地倒下……

李宅。

高榮抓住算盤甩向李佩，擊中頭部因站立不穩帶翻錢箱跌倒在地……

他拔起砍入錢箱的劍，對準李宗腹部刺去，劍頭入腹腔，穿過門板，血順著劍頭滴落……

馬路上。

高榮抓起興泉的圍巾遞給日野，日野用它擦去指揮刀上的血迹……

憲兵隊。

高榮舉槍命中娜英，她跪地撲倒在血泊中……

在這些無辜者的肩頭上，他堆砌了自生的道路。至於這，那還是開頭，猶如一齣歷史長劇的序幕，在它的後面正劇將隨著時間的變換，場景的更遷，道路的伸展。你瞧！在受獎儀式上，高榮的上尉軍服上、領章「星花」上，中校的軍銜已取而換之。他就地跪拜，雙手接納日野的遺物——日本鬼頭牌指揮刀——屠刀。

趙翻譯官手捧兩只酒杯，來到受獎者面前：「高榮，高榮，高升而光榮；美哉，美哉，升官必碰杯！」這調子乍聽是幽默風趣的賀詞，可細細品味後是點入骨髓的言語。尤其是身為中國人列入異國軍隊，服從別國統治，用他們的屠刀來誅戮自己的同胞，這怎麼不是一件令人髮指的事呢？可這位新上任的貴人卻隨手接過杯子，不以為恥，反以為榮，樂得雙眼瞇成一條縫，真不知天下還有羞恥事。他扯了扯軍衣，傲然像一位將軍，舉杯笑曰：「同喜，同喜。敝人有此造化，全仗您老兄的保薦和愛護，要不是您在阪川司令前的苦口婆心，我高某早已是『階下囚』，換來的也只能是一坵黃土幾根白骨，怎不叫我感激涕零?!」他也寸步不讓，話中套話。

酒酣之餘，他倆平步出了大廳，來到風雨榭對著池塘繼續侃侃而談：「趙翻釋，您不是挺喜歡釣魚嗎？——那是神仙過的日子。明天我奉陪，一切由我作東，怎麼樣？這是愚弟的一番心意，你得賞臉呀。嘻嘻——」這笑聲好不自然，它絕非發自肺腑，而內貯殺機：不搞掉他，我是一天也不能安身！

「甭了，抱歉。」翻譯官感到蹊蹺，停了一下婉言謝絕說，「明兒休息，我準備處理一下個人事務，改日吧！」他邊說邊做著理髮和洗浴的動作。

「明天是九月十八日我們去釣魚、游泳，來一頓野餐，順便給您理個髮，跳進湖裏洗個澡，豈不是兩全其美嗎？」

「哈哈哈。」

赤日炎炎的盛夏，人間一派生機盎然。班駁的法國梧桐樹生機一派。溝渠裏經過雨淋的敗葉正在腐爛，潮濕的草叢地裏到處可以嗅到一種腐迂發酵似的氣味，嫩綠的幼芽從黑色的沃土中鑽出來，翠得逼你的眼。

晴天下旱雨，湖面上煙波浩緲，水浪悠悠。湖底坦蕩如砥，百米之外僅及胸口。湖岸的微波下鵝卵石清澈見底，游魚成群，自在逍遙，忽東忽西，時南時北，竄上竄下，魚影印石，在遠山的掩映下，這湖光水色叫你心曠神怡，令你拍手叫絕。湖畔的土岸全被草茵覆蓋，挺拔的蘆葦微微擺動，好似一個個衛士守著這一泓碧水，有它的滋潤裝扮更顯得勃勃生機。

這是一個垂釣的好時節。俗話道：「早釣太陽紅，晚釣雞歇籠。烈日當頭照，魚兒不吃釣。」他倆選擇了一個「彎頭」灘地。翻譯穩坐三腳的釣魚凳上，取出漁具並接竿垂釣。高榮將圍布給翻譯圍上，並取下自己項上的浴巾披在趙金庫的肩頭，熟練地操起舊業——理髮。

「你什麼時候學了這門手藝？」

「我家本是開理髮店的，後因父母都染上鴉片，弄得傾家蕩產。」

「那以後怎麼樣了呢？」

「以後，以後閻王把二老喚去了，我也被小鬼纏住了。」高榮面帶慍色地說。

「胡謅！哪來的鬼，我不信。」

「你不信，我信。」他摘下帽子，露出滿頭的斑禿，「你看，這是閻王爺的慈悲心腸，它以『鬼剃頭』來免除我的死罪。這剃頭鬼……」

「剃頭鬼尚能發慈悲，那高隊長也應從中有所啟示囉。」

他心懷叵測地轉過話題：「聽話音，你對我——」話到嘴邊又嚥了回去，「談這些幹嗎？」他走向摩托艇取出兩瓶啤酒和燒雞，「來，今天是『九一八』紀念日。」他舉起酒瓶……

「紀念日？」翻譯將魚竿往水中一擲，扯掉浴巾，拿著酒瓶站了起來，「嘿，今天是國恥日！國恥日！！說實話我是來避難的。因為我是東北人，中國的東北人。」隨後他引吭高歌〈在松花江上〉，我的家在東北松花江上……他咬著牙，把手中的酒瓶使勁向艇尖上的『膏藥旗』投擲過去，日本旗隨之而擊落。

「你醉了！」瞬息間這位新上任的隊長把臉一沉，上去就是一個「勃克興」，「你在發酒瘋！」

趙翻譯冷不猝防挨了一拳，冷冷一笑：「我瘋？嘿嘿，你才瘋了！你助紂為虐，瘋狂地草菅人命，屠殺無辜。」他指著對方鼻子，「你枉為一個中國人。」

「哈哈！不出我所料，你竟然身在曹營心在漢。」

「給你說準了，我是個抗日軍人。」翻譯義正辭嚴地答辯，「你滿可以去告密，去請功，去行賞，去受封……」

高榮跨上摩托艇發動了引擎，得意揚揚地握住離合器。翻譯撲上去爭奪著，最後一把搶住了鑰匙，關閉了電門。隨著引擎的停息，緊接的就是一陣急劇的毆鬥撕打，雙方圍著摩托艇持槍對峙著。

「來吧，對準這兒。」這位文弱書生的軍人，大義凜然指著胸膛，一字一句地吐著，「我可以束手就擒，坐以待斃。但為了抗日救國，為了國共兩黨的重託，我趙某在所不惜。」

面對此景，聆聽此言，高榮尋思片刻，也著眼窺測對方變換語氣說：「報國之心人皆有之。」

「愛國不分先後，歡迎你，我們攜手和好。」翻譯克制著以和緩一下氣氛，「別再鷸蚌相爭，讓漁翁獲利了。古人訓道『兄弟鬩於牆而同侮於外敵』，多麼好的警句啊。」說完把槍扔入艇內伸出手來，「我們言歸於好。」

高榮緩緩卸下槍枝於艇內，施展了欲揚先抑的計謀：「好吧。」他揀起掉在地上的軍帽給對方，「讓我給你理完髮，作為我們友誼的新起點。」兩人又重新回到湖邊繼續修髮。他看著圍在翻譯脖子上的毛巾，耳邊交錯響起了：「為了抗日救國，為了國共兩黨的重託……為天皇效忠，為大東亞共榮圈效勞……面臨自己所處的地位和所受到的恩寵，要變更對方頑固立場絕非一件輕而易舉的事。」思前想後，個人的恩仇驟然上升，殺機頓起，撂下手中的剪子和梳子，猛力揪住毛巾兩端，亡命地勒絞不放……

翻譯官拚命反抗，可對於這「催命」的老手無法抗衡。他怒目而視，顫抖的雙唇吐著最後幾個字：「無──恥──之──徒」，瞠目窒息而亡，軍帽從膝蓋上拋滾下來，一張國民黨青天白日封皮的軍官身份證從帽頂夾層裏拋落而出。

高榮眼見嗚呼哀哉的同僚，打開身份證，一枚紅五星從中飄入湖面，泛起漣漪波紋。證上印有：

趙金庫（照片）　東北軍　少校副官

讓我們回到唐公館大客廳內。局長眼前浮現出死不瞑目的趙屍，在漂浮，像鬼魂一般遊蕩……

「啊——」夢魘驚呼，這位冒名的局長就像鬼魂附體，似觸電一般從沙發上跳了起來，用手竭力捂住上衣袋口，略微振作一下，取出軍官身份證，面對上面的標準像。或許是由於視覺的「殘留」，或許是心神的內恐。視線漸漸模糊，相片處又復視原影：趙翻譯官。耳邊似乎又迴響起他的話語：「高榮，你這無恥漢奸！我身為一個堂堂軍人，未犧牲在敵人的槍口，而斷送在你這亡命之徒的手中。我的屍體又為你晉級舖砌了臺階，現今又冒名頂替我的身份，招搖撞騙，發財致富。你的卑劣行徑已到令人髮指的地步。我堅信總有一天，那沾滿中國人民鮮血的日本指揮刀將結束你罪孽的一生……」

他本能地捂住雙耳，垂下頭，額頭冷汗直冒，虛脫的眼神又觸到被自己取而代之的相片上，歇斯底里地大發作：「我討厭你這副尊容，這乞求的尊容。你的底牌已暴露無遺了，怎麼辦？怎麼辦？……」他沮喪著臉把身份證一甩，雙手抱住後腦殼，前額擱到膝蓋上，好似身陷囹圄一籌莫展。

秘書躡手躡腳走進室內，見狀止步，蹲下揀起證件送到趙局長面前。呼喊聲使他略略抬起眼皮，見風塵僕僕的秘書便打起精神說：「噢——你回來了，可好？」說罷接過證件。

「局座，按您的指示，除主犯拉西姆和吉偉外，其餘四人均已捉拿歸案，聽候發落。」

汝不知，他的意圖主要是除掉伊卜拉西姆倆，鏟除後顧之憂，今卻不能如願以償，而且又碰上了李華，其心如火撩。他以最大限度地克制自己的心情說：「老弟啊，他倆是主犯，難道會遁地，會飛天不成?!」

秘書為補救自己的不足，以求得上司的諒解和允諾說：「卑職已輾轉多處，幾經詢問線索中斷，沒奈何，之所以再請局座寬容幾天。」

局長見部下已盡職責，無言可訓，沉思少頃後說：「也好，先解決這四個再講。另外，你去錢少爺回稟一下，說我因公務纏身先走一步，至於剃頭鬼一案待日後再敘。」他邊下指示，邊戴好軍帽走了出來。

一輛黑色轎車停息在別墅的門口，趙局長叼著菸蒂親自驅車：「我的秘書啊，伊卜拉西姆和吉偉是敵偽時期的殺人犯，長期畏罪潛逃於外，組成團夥倒是一個禍根，為防患於未然，務必要想方設法捉拿歸案。事成後，我一定再給你請功行賞。」他採用過去成功的手腕，從口袋中摸出一疊鈔票遞給了秘書，「老弟，此行勞苦功高，這是一點小意思。」

「承蒙局座的栽培，這區區小事理應盡責，何足掛齒，受禮？」秘書推讓一番後收下，並從公文包內取出宗卷，「這是名單和照片，請過目。」

生意成交了，他接過照片隨意瀏覽：大胖子的警官、交際花商花、結巴羅小子、老態龍鍾的老大爺。

「好，先審了再講，也許能供點線索。」

一個特殊的審判廳內，法官的審判席臺前黑色帷幕下垂，幕前被捕者一一排列在被告席上。自右迄左第一位是穿警官制服的王胖子，像老綿鴨一樣立停著，嘴裏呼哧呼哧地吹氣。帳後傳來陰陽怪氣的提問，拖調之聲似乎有些煩人：「王警長是你嗎？你認識高榮？」

「法官，是卑人，我因交辦某件案子親自審訊過他。」

「別亂扯蛋！」

「不，絕非謊言，我可賭咒。他為縱火凶殺案還給我叩過頭呢！」

幕內突然驚堂木一拍，「法官」抓住一點不及其餘厲聲叱問：「你姑息養奸該當何罪？」

「不，這不是小人的過錯。是看守不嚴給他溜跑掉的。」王胖子警長答辯說。

「溜跑？在你的眼皮下，對嗎？我的美人——商花你說呢？」「法官」又轉入下一位女性。

頸套珍珠項鍊的中年婦人——妓女商花傲慢地抽著菸，那撣著菸蒂灰的指甲上蔻丹紅得刺眼。她漫不經心地回答，但心裏老犯疑，為什麼他知道得瞭如指掌？過了一刻，她不由分辯地說：「老爺明知故問，好不知曉，高榮是我的常客，所以——放生。」

「啪！」又是驚木之聲，過後內傳反詰話語：「別放肆撒野，這兒不是什麼逍遙宮，是『法庭』！別嘀咕那些隔夜的混帳話。下一個是羅小子吧，你是高榮縱火行凶的同夥！」

第三者便是一個滿口金牙的男子，幕後的聲響早嚇得他魂不附體，冷汗像黄豆一般從額頭滲出。回話中摻雜著無數顫音，從假牙中噴出來：「這……這件事……和我……不……不搭界，高榮……他是我們……自……自衛……團……團長。」語音還未絕，膝蓋抖抖索索地幾乎碰到地面，尿液已從胯下流了出來。

「勿搭界？那火燒清真寺你這小子又躲在哪裏呢？」

「我？我在——」他已經無法抵賴，只得低首作辯，「那是……我幹的……不，不……是，不是……是高榮的……主——意，因……因為他……恨穆——斯——林——」

「嘿——」一聲冷笑使廳內驟然恢復了原來的平靜。

第四者該是輪到誰呢？那是一位兩鬢蒼蒼的老丈，拄著拐棍顫顫巍巍。他是個矮且瘦的老頭兒。所以矮小，那是由於經受了別人的踐踏，使他矮小，以至成了駝背、瘸腿，行動起來一跛一跛，猶如小朋友們玩弄的牽線木偶。柔軟而稀疏的頭髮已是古稀之年的標誌，稀零零的蓋不沒「天平蓋」，其前額尤為寬大，和面部的大小有失比例，就拿臉盤的輪廓線條而論，也很古怪離奇。牙齒蕩然無存，臉形成了倒三角，加之垂肩的雙耳大而不起作用，藉以高大的嗓門來表達自己的意思，似乎把旁人也當作聾子一般。

「沈老四，你對高榮廝熟，是嗎？」

老態龍鍾的耄耋老人早已等待著訊問，重聽以後，他用拐杖戳動地面，大嗓門地由答話變問話：「什麼？我耳背。」

黑幕後重複了剛才的問話。老叟肝火極旺，用沙啞的聲音答道：「高榮過去是我的鄰居，我看他長大。」沈老四打開話匣子一一娓娓道來，「高榮來高家只十歲冒頭光景，據說是從一個少數民族古董商綁票而轉賣高氏的，在「改漢歸流」的歷史潮流中改名為高榮。當時高宅府上開了個理髮店，起初生意興隆，得田蓋屋頗有氣色。但以後高氏夫婦倆都染上鴉片，菸癮與日俱增，吸毒量令人咋舌。最後導致傾家蕩產的結局，塞進了貧民窟。就在這年肅殺的隆冬，大雪紛紛揚揚壓塌了高宅。老夫妻相繼過世，他繼承父業而重操舊行，以剃頭為名而挑擔營生。後來，後來不知怎的，吃飯的家當——一副擔子和工具統統進入當舖。從這以後他變了，經常與流氓小偷廝混，出沒在人群之中……」

「啪！」拍案聲阻斷了老人的介紹。與其說是怕露醜，倒不如說言語觸動了幕後預審者的心靈。他瞧著自己通紅的手掌，撫摸著長短等齊的食指和中指陷入沉思：

二老歸天之後，我成了無家可歸的流浪兒，食宿在樓梯間，賊頭兒見我和幾個瘦小孩童，每日以乞討為生。早晨，雞啼破曉時分，我們在夢中被揍醒，不准洗刷，不可解大小便，跪地練早功，即伸直食指和中指對著方磚地皮猛力戳鑿，日久天長食指伸長，中指壓縮，左右交錯相練。開始怕疼，不敢使勁，但工夫也不算小了，那潮濕的方磚地上爆出的水珠竟蒸發乾。久而久之指甲剝離，再生又剝離；地面乾了又凹，凹了又乾，也找不到一方平正的。血流殷地的磚墁上染紅了一層釉彩的東西，日積月累，豆腐乾大小的屋子，血腥汗臭合二為一體，難聞至極，附加那些贓物，一時無法脫手成了庫存的呆滯物資，誘發出陣陣霉爛味兒，令人作嘔。

待及夜闌人靜，眾徒兒從困頓中醒來，團團圍繞一盆火炭盤膝而坐練晚功。所謂的晚功其實曰「火功」，這不是好玩的。頭兒——大師兄叉開大腿，手執竹鞭，腳下是一只宜興精製的釉彩陶器盆，足有面盆那麼大小。盆中木炭燒得正旺，純藍色的焰舌舔著盆沿。捱近它，眼睛壓力甚大，乾澀的眼球頓時火辣辣的，須用手掌擋住從指縫裏窺視。仰視大師兄的一舉一動，當他的嘴唇一牽，我們幾個就得輪流用鮮血未乾的受傷雙指，左右開工，把那高達幾百度的火炭從盆中箝出。為減少肉體的苦痛，我們只得以驚人之速把滿盆火炭一根根地箝出。十指連心啊，火撩之傷那才鑽心地疼痛，欲坐不住，欲站又不允，只得拉耳朵，開始可緩解點，到後來失效了，即使把耳朵拉下來亦無濟於事了。唯大汗淋漓，熱淚滾滾，在此刻似乎能解除一絲痛苦，據此，讓它歡暢地流淌倒也感到愜意。如若想不淌汗，不流血，不拋淚而平安渡過一日三餐，那只能是白日作夢，因為大師兄不是素餐的和尚，更不是省油的燈。他手拿竹鞭或藤條，有時也執皮鞭，用河馬皮製成的，用剩下的唯一的獨眼，眈眈監察著。口裏又像是叱斥，又像是鼓動：「不怕燙，不怕烙，才能箝住別人口袋的東西轉變成自己的……」口頭禪像鼓槌一般敲擊耳中小小的鼓膜，「去偷，去搶，去擁抱，去狂吻，衝破禁區一切便都是你的，高榮。」

嗡嗡的餘音中還夾串了老叟的歎息聲：「以後他索性扔掉了剃頭的招牌，結黨營私經常扒竊搶劫，選擇了這三百六十行以外的職業——賊——什麼都要，就是臉皮不要。」

「住口！」吆喝聲和撫尺聲同時發出，「你等都是他的同僚、同黨、同夥，假若現在他在場，試問你們敢如此地囂張？如此地作踐糟蹋人?! 話得又說回來，就是你們踏在他的肩頭，踩在他的骷髏亦無法高升，更何況如今你們也不一定認出他。」

四人被意外的發問面面相覷，摸不著頭而稍然沉吟。

繼而王胖子用戴著戒指的手指著腦袋瓜：「他頭上有鬼剃頭的癩疤。」

羅小子急得更說不出，只撩開手臂：「他的上面……刺青……有青色的『雙——龍——戲——珠』圖案。」

花子忿忿然地說：「這個短命的、沒良心的，燒成灰我也認得出來。」

「金鄉鄰，銀親眷嘛，總還能認得的。」沈老四平和地回答。

「好了，天色已不早了，先委屈你們一宿。」幕後的話音剛落，鈴聲即起，秘書從邊門進來，「過秘書，今夜『好好』款待他們，明兒一個個送他們——『回家』。」聲音拖長而又詭秘。

「是，送他們——『回家』。」秘書心領神會地回應。

四人魚貫而出。

黑色帷幕拉開了，預審官拾級而下靠在審判席上，彷彿如鬥敗的公雞一般，他就是局長，臉上的橫肉抽搐，猙獰的面孔上的眼神落到秘書身上，遲疑了半晌才問：「怎麼送？你打算——」

「按老辦法。」秘書胸有成竹地應道。

聞得灌耳之言的局長，正迎合其心意，狂笑著給他的幫手就是一拳，表彰似地讚道：「你傢伙真是心有靈犀一點通啊，那我聽聽你的高見。」

「照搬日軍方法，在晚餐中用醚將他們一一扳倒，然後把『死豬』火化取其骨灰成磚，舖砌地下室。」

「好，不愧為我的好助手，真能深得要領，謹守規程，到底是搖筆桿子的人物——辦事得心應手。也是我的洪福廣，老天的恩賜。」

「過獎了，局座，我只是奉命依葫蘆畫瓢——照本罷了。」

「少絮絮叨叨了，那就受權於你了。」

「是，遵命。」秘書為表示對主子的忠貞不渝，一個肅立然後退出門去。可心裏意見不相投，嘴裏嘟嘟囔囔，「好一個先殺鄉鄰，慢殺親，如此草菅無辜夠厲害的，太歹毒了！」

「厲害？站住！」上司像是聽到了下級內心的不服之言，眼一眨一眨的神情全聚在部下的臉上。

秘書臉煞白，右手本能地按住胸口，從頭一直冰到腳後跟，即使他平時很會遣字措辭，為文人之獨占鰲頭，而這時竟沒法自圓其說。為了掩飾其恐懼的心理，贏得一息時刻，他把右手上升到口袋處摸住鋼筆——這職業的習慣性動作。儘管外表被抑制住了，尚有一息坦然，可內心仍惶恐不安。二十年的經驗積累告訴了他，一時的緘默將轉敗為勝，逢凶化吉，你看這不是嗎？

「厲害一點好，無毒不丈夫嘛，你還得注意——」該上級雖輾轉社會，執掌人們的生活和財產於手的『混世魔王』，鑒於部下的絲毫思想波動全都能瞭如指掌。可眼下的這場虛驚，他卻未能捕捉住。一則許是財迷心竅求成心切；二則是部下平時的閃爍其辭掩蓋了瞬間的慌張，從而化險為夷，轉憂為喜，演出如下的一段雙簧：

局長用手指著口袋。

秘書曰：「他們的票子。」

他指脖子。

秘書曰：「花子的鍊子。」

他指向手指。

秘書曰：「王胖子的戒指。」

他又用手指點著口腔。

過秘書停頓片刻，眼珠一轉，黑色的瞳眸幾乎藏進眼瞼，閃出一道白光，狡黠地回音：「從骨灰中扒出羅小子的金牙齒。」

票子、鍊子、戒指、金牙齒……

下級對上級的反應如此靈敏，指揮和被指揮如此默契，真可謂天衣無縫，絕非偶然。由此可鑒，其人不是庸庸碌碌的平凡人。

「棒極了。願我倆精誠合作，前途無量。」

秘書如釋重負，好半天才冒出一句話：「因為這些財富將是我們白手起家的基礎。」對話中的「我們」是加重了語氣的雙關語，像是試探，又像是在賣弄參謀者的睿智。主僕倆沆瀣一氣，站在法庭被告席旁發出嘶啞的奸笑。笑聲、回聲混雜交織，在空無一人的法庭大廳內，空氣在共鳴……

局長辦公室內顯得異常沉寂，偶爾可聽到細細切切的聲響。趙局長一會兒理紙幣，一會兒玩弄鍊條、戒指和金牙齒，一隻刻有青龍的手在分理桌面的財產。以阿諛奉承著稱的秘書，目睹辦公桌上的鈔票和實物，又望望主子的歡顏，炫鬻這一良機是絕不坐失的，他欣然匯報起來：「局座，按您的指示。他們已勾銷於朱砂筆下，骨灰在待處理中，這是奉命取來的，請過目，局長。」

計數完畢的局長瞟了一下失去主顧——易主的金器財物而舉棋不定。最後，他揀起了那幾顆失去光澤的、黃豆般大小的金牙作為賞賜說：「老弟，這是你的一份。」說完用另一隻手將檯面上的往抽屜裏一擄。

秘書雙目凸出，脖頸伸長，剛才那副自炫其能的神氣勁，在他的臉龐上已不復存在。為不露聲色，當即隨機應變說：「為局長效勞，何須酬勞?! 還是局座留下為妥，以備不時之需。」

趙局長坐在安樂椅上仰著、搖著、笑著：「你們這些讀書人，切莫書卷氣十足了，一錢逼死英雄漢呀。」是訓話，弗也；是戲謔，非也。即使是雅謔或貶謫，可對於長於攻心的讀書人來看，咬文嚼字是常事，尤其對於上司的言語。他怕上級的胡亂猜疑，靈機一動上前俯耳私語一陣。這位局長本想獨吞，出於常理，苦於無法，才忍痛割愛。這回可好，出手的貨物又安然無恙地歸附，哪有不收之理?! 聞得一番耳語，他眉飛色舞鼓起勁地說:「您怎麼不早講。」當即站起身子，「走！」

轎車在大廈前停止了前進，抬頭望見四個醒目大字:「西湖公寓」。名稱公寓，實際居住的全是社會的中下層，有小職員、小律師，有窮教書的，有臭賣唱的，有背藥箱的江湖郎中，有買空賣空的掮客，也有現代化咖啡館的舞女，嚮導社的妓女，以及靠賭博營生的賭頭，可說是集社會之一角。最為突出者要數八樓頂層。公開身份是棧房，其實是一家半公開半隱蔽的賭場。老闆租賃整個樓面，僱用招待並進行營業，從中抽頭獲利。要是警方來查，他們能拋則拋，把損失轉嫁到賭徒頭上，讓警察撒網獲利；若是不拋，則自己挖點錢財，承受警方的「竹槓」，破費點，吃點小虧，為了占得大便宜。局長親率秘書和司機直奔公寓八〇八室。一陣急促的碰門聲驚起室內一夥的騷動。銀幣砸碎了燈泡，黑暗中你爭我奪檯面上的賭注，手腳之快勝似「吹火搶銅鈿」。儘管速度之異常，可賭徒們還來不及脫手，司機矮子將一張挺括的金圓圈褶疊後塞進彈子鎖鎖頭，一個猛勁的配合早把門開啟，一束手電光柱停留在桌面的撲克牌上：

紅桃K、方角K、金花K——三張老K。

「別動！把手放回原處，第四張在這裏。」秘書用手電筒照向局長上校的領章，繼續訓斥，「還是乖乖地放回去！政府三令五申地禁賭，通告接二連三地張貼，你們好不知曉，充耳不聞。」他用警棍頂了頂大蓋帽，依次用手電筒照著賭徒的臉孔，挖苦地，又像是提醒地指著三張老K說，「猶豫就是負隅頑抗！」

「黑桃老K在此。」主子摜出王牌——軍官身份證，狠命地大聲喊，「統吃！把手裏的放下，袖管裏的拿出來，口袋裏的倒出來，屁股下的掏上來，鞋底下的挖出來，別磨磨蹭蹭，要爽快，像竹筒倒豆子。」

眾賭徒一夜未眠的面孔更如土色，慢吞吞地拖著，對付著，以求僥倖的心理在萌生，在等待。矮子薛司機也狐假虎威地吹鬍子瞪眼睛地呵叱：「別像擠牙膏似的，交者離現場，違者坐板房。」其邊搜索，邊推搡，把囊括一空的賭徒們全打發走了。燈復明的時刻，三人六隻眼睛一齊投向賭臺。金圓圈、美鈔、銀元、金條和首飾以及手錶、鋼筆等在主子的授意下，矮子席卷檯面納於提包中。

「茶房。」局長順手取出一疊票子喊道。

「局長有什麼吩咐？」

「轉告你家老闆，私設賭場該當何罪？我先掛起來再說，等以後——」他無言表情達意，喉頭像是飛進小蟲似的，他好不容易地嚥下了一口唾沫才找到了詞兒，「這是定洋，房間我包了，接著——」他看了一下「飛來財」，依戀不捨地拋出手。

「這——」茶房定睛一看這小費般的定洋，只是「橫點頭」，然又不敢放一個屁，露一個「不」字，恭敬不如從命，交出了鑰匙。

矮子士官拎著提包首當其衝地下樓，這齣滿載而歸的、明搶暗劫的事件到此結束，前後不足一支菸的工夫，無本萬利的收入超達六萬之巨，驚人！嚇人！！吃人！！！

局座用「飛來財」包下這西湖公寓八〇八室其用意何在？!

欲知後事，請看下章分述。

第八章

一　信物——鑽戒依在人已逝

晨曦中，天空比原先更高，太陽剛從鬱鬱蒼蒼的山巔後面露出來，大如車蓋。它那最初幾道光芒的溫暖跟即將消失的黑夜的清涼交匯在一起，感到一種恬美的大自然氣息。一輛褐色斗篷馬車在公路橋上馳騁而下，馭手尤素夫老漢穩坐車臺，揮動長鞭駕馭雙馬。

透過馬車的側窗，病癒的李華用手帕捂著臉頰抽泣，家父兄長雙亡的噩耗又偏在病中獲悉，更增添了病中吟和痛楚情，一夜的悲愴她老了許多。

「孩子，別難過，要節哀，人死不能復生。我想媽會有主見的，這對生活的強者來講。」毓平看完電文已淒然淚下，但還是竭力安慰著自己的外甥女，「估計媽媽正在處理一些財物，然後她一定會帶回那台『謀得利』三角鋼琴返回故里，葉落歸根吧。孩子，我想跟姨夫商量把你母女倆安置在這裏……華兒，自己身子重要，你的健康是媽媽的唯一安慰。目前她苦於找不到小白舅舅的養子，才——」

「伊卜拉西姆？他已——」李華在心頭呼喊著，像死灰中爆出熱火星，抬起腥紅的眼瞼瞧著姨媽。

「她曾幾經奔波，遺憾得很，仍杳無音信，因此只得作罷，隻身南下。你應該高興，可享天倫之樂了。」

李華嘴咬濕手帕，愁容仍悄然潛入眉間。

「阿華。」姨媽同母親一般偎摟著自己的外甥女，細聲細氣地道，「想什麼？有心事盡可對姨媽講。」

「姨媽，媽是多麼可憐，從小把我拉扯大，又培養我讀大學，為我操碎了心，我實在對不起她老人家，現在由她扶持起的好端端的一個家就此毀於一夜，唉──」她想明誓有朝一日重振家業，可是懺悔的心理蓋住了她的誓言。她拉住長者的手按到自己的胸膛，「姨媽，我的心在劇烈地跳動，妹妹已在噴水池前等了許久了。」

匯來別墅的花園內十分幽靜，載途是春草，落下來的橡樹葉和風吹來的柳絮。果不其然唐麗在花園中央的噴水池旁徘徊。拉西姆因出任第一天而來得特別早。他哼著曲調由小徑而來，並向唐麗道了早安。

「您早，先生。是步行來的？」

「是的，順便散散步，呼吸一下新鮮空氣。」

「以後派馬車來接您。喏，就是這輛。」她指著正從大門進入花園的車子。

馬車在噴水池邊停下了，毓平和李華從車廂內下。唐麗飛奔過去挽住同胞姐姐。面對孿生姐妹熱烈的擁抱和親吻，驚訝的毓平心中暗忖思量：她怎麼預知妹妹在噴水池邊等她呢？她倆怎麼在同一時間都會暈蹶而不省人事？奇怪的又在同一時間痊癒。難道真像李克洛教授所講述的「因為孿生子生來就有這種『內含天性』的聯繫？」難怪她能先知先覺唐麗在此恭候已久。她倆的心思果真相通，她倆的靈魂果真相依，正因如此，雙方的思維和行動竟如此默契、協調，達到了令人難以置信的地步……

新老師的彬然施禮截斷了她的遐想，這男中音的音色使她愕然了，是耳熟，是圓潤，良久才明白過來答禮：「拉先生，你早！勞你的大駕了，一切拜託、拜託，望不吝賜教。阿麗啊。」她用眼神授意女兒。

「哎喲，我光顧說話了，來。」唐麗牽著胞姐走到鋼琴教師前面，「這是我的姐姐李華，醫學院的高材生，未來的『操刀者』。」她發現自己的詼諧語句使人不能接受又補充兩句，「不是屠夫的屠刀，是救死扶傷的手術刀，哈哈哈……以後有什麼盡可找她，譬如生病囉，有什麼不舒服啦……」

「你這烏鴉嘴，真是無話多三聲。胡謅什麼呀，好不晦氣，跟醫生打交道就是跟魔鬼打交道，好端端地，何苦呢？！怎麼說不吉利的話，掃興。」夫人勸阻並訓斥。

阿麗受窘地調轉頭勾住阿姊脖子：「姐姐，這位是新聘的鋼琴教師，多麼像歐羅巴人種。」最後一句是姑娘家的悄悄話，神秘而好奇。

被介紹者瞥了李華一眼，沒想到從青梅竹馬到初戀眷戀的情人還需第三者來作介紹，叫他如何解釋是好呢，還是順水推舟為是。於是泰然自若地伸出左手握住對方的左手問好：「請華小姐多加關照。」這是一句違心之論的客套話。

李華目不轉睛地對著拉西姆，不見面時想見面，見到面時又如陌路人一般相著面。他的打扮確實蒙住了她，故隨後才答：「客氣了。」兩人四目同時落在對方手指上的白金鑽戒上，產生同感。心想：他的怎麼跟我手上的一模一樣，難道……她不覺動情地問：「請問先生貴姓？」

「免貴，敝姓拉。」

太太打斷了他們的對話：「先生，你先跟麗小姐去琴房，待會我們再敘。」

唐麗陪同老師步入琴房，她開始彈奏鋼琴練習曲。一曲未終，拉西姆不耐煩地從沙發上站起來，樂曲的不和諧旋律使他靠近琴旁，目睹那紊亂無章的指法即雙眉皺蹙，最後壓住她的手說：「別彈了！」他斂起那不悅的臉容，惋惜地說，「麗小姐，請原諒我的直言不諱。

你的彈奏華而不實，指法隨意，用力不勻，感情亦就無法處理。必須放棄以前的指法，從頭學起，這是很難辦的，要改掉已形成的習慣彈奏法，學習新的，則要憑毅力和決心，否則——」他搖首坐下做了個示範動作，分解講述：「人坐端正，手腕平放，肌肉放鬆，手握成空心球形狀，用指尖觸動鍵盤，兩臂的力要直接傳遞到指尖，雙手十指要同時協調配合。」他停住了，目光觸及唐麗的右手紅指甲上，用命令的口吻說，「彈鋼琴是不允許留指甲的，這是最起碼的常識和基本要點，得全部剪去。為了藝術只能忍痛割愛，或許是一輩子呢。」

唐麗養尊處優慣了，有生以來第一次聽到這種很不客氣的語調，委屈地喃喃申辯：「先生，我懂得藝術，熱愛藝術。這右手的指甲，只因我左手不會使剪，所以——」

此時，李華手挽皮包從園內來到廊檐下，從窗口朝裏望，但見拉先生坐在琴凳上替唐麗修指甲。「啊，伊卜拉西姆！」她突然從側影捕捉住原型，收住喊聲，無言地倚著窗欄，屏住呼吸，心跳幾乎到達喉嚨。她已發覺自己的意中人，這只是過去的，不代表現在，更代表不了將來。社會的孤兒一躍為時代的寵兒。這位鑽時代空子的幸運兒，當初作憲兵時是如此地顯赫，不可一世。現在時來運不轉，搖身則不變，政治上失意了，又為什麼偏要鑽到這裏來擾亂我的心？! 戰亂、戰亂，使人心不可捉摸！她多麼希望自己的想法不是現實。

「拉先生，您手上的戒指和媽給姐姐的一模一樣。」

「噢，不會吧。」他隨意作答。

依在窗戶外的李華撫摸著指頭上的白金鑽戒，思緒萬端……

唐麗在好奇心的驅使下，注意力被這顆璀璨的寶石所吸引，像孩子一樣發問讚美：「燦爛極了，是新添置的吧。」

「不。」他被學生的嬌生慣養而死死纏住了，苦笑著回答，「這是養父的遺物，比我年紀還大。今日正是養父的難日，藉此來寄託自己的哀思，以示悼念之情。」

她懷藏溫柔的憐憫，同情地問：「那您的令尊和令堂大人呢？」

回答是無聲的——搖頭，臉上浮起一層陰霾。

「對不起，我不該翻老皇曆，勾起您昔日的苦楚。不過——不知為什麼我很想知道。」教師的往昔像磁石一般吸引住她。即便她按住了嘴唇，可仍然捺不住心。是好感的誘惑，或是天賦的性格所致，你瞧她又發問了，「就你一個，沒有同胞親人？他們為什麼這樣忍心把你拋棄？一個棄兒，一個可憐的人。」到末了唐麗就像自己身處此境而向社會提出責問似的。這些天真無邪的追問，對出生名門望族的金融家小姐來講，是一種自然的流露，她對「貧窮」、「困苦」、「賣兒賣女」等諸如此類的詞彙無法理解，缺之感性認識，為此屢屢追問不休。

「不，有一個兄長，據說很早就被土匪綁票去了，那時我還在襁褓中。哦——」他萬分感慨地接著說，「是天災加人禍剝奪了我的天倫之樂——偉大的母愛和天賦的父情。我……」

李華親聞知音如雷貫耳，振蕩心扉。她心血來潮闖了進去，打斷了拉西姆的追述。短暫的寧靜只聽得開門聲在鋼琴上共振的餘音，三人面面相覷。六目三對交錯相視。片刻，李華的眼中現出的是滿臉鬍鬚的憲兵，而不是自己的西姆哥，又見到妹妹的驚慌，剛才的那股激情已化為烏有。她負疚地深表歉意：「請原諒我的冒味，我不該……」

伊卜拉西姆望著摯友、情人、愛人，放下唐麗的手便遲疑一會克制著，心想：她是大學生，總經理的閨女，地位變了，人也變了，心也變了，何苦自找煩惱，還是像路人一般的好。

唐麗察覺胞姐不悅的神色，困惑不解地問：「華姐，你怎麼啦？」

「沒，沒什麼，我想——」

「你臉色好蒼白，不舒服？」

「許是睡眠不足的緣故。我想回校溫習功課，準備撰寫畢業論文。」這位即將離校的女優等生——醫學院的校花，以畢業答辯作為幌子，來掩飾內心的矛盾心理。

至於唐麗她是哪裏知曉站在面前的一對，竟是山盟海誓過的伉儷，現今彼此冷目相對，好不是滋味：「你剛來就走？不禮貌。來，我們到園中坐下來透透新鮮空氣，聽拉先生講述他的苦難身世和不幸遭遇，真夠淒苦的，催人淚下。唉，華組，聽他的家史，這裏還帶有傳奇色彩吶。」

姐姐出於舊情的追憶，妹妹來自好感的驅使，這種少女的青春戀情是最純潔、最美麗的，它沒有絲毫欺騙和奸詐。

列位客官，前面已交代了噴水池是座落在匯來別墅的中心，堪稱園中之園。它集姑蘇園林之精華，緊湊別致，不落俗套，無論踞於哪一角度都是一幅完美的圖畫，令你大飽眼福，美不勝收。鮮嫩碧眼的草坪，兩旁花卉和苗圃艷麗多姿。瞧，這兒用各式花朵組成的圖案、動物及裝飾，那兒是條條用卵石舖砌的小道，又恰似嵌在它們中間的滾著五彩花邊的棕色飾帶。瘦、漏、奇、空、怪的太湖石的藝術造型堪稱蓋世無雙的了。沿石路一棵棵冬青修剪得整整齊齊，活像穿戴打扮停當準備接受檢閱的小學生。假山後邊是一排排像山西晉詞中的蒼松古柏，葱鬱而高大。這裏除噴泉外，還有小橋、流水、假山、涼亭、水榭、素謦和玫瑰架、葡萄棚……身居其中，盡享淳樸的田園風光，恬靜幽雅。五月的鮮花帶來了青年們的愛戀，又送來了鳥啼蟲鳴。環圍的大廈，構成了一隻人造大盆景——大自然的縮影——五彩繽紛的畫卷，該有多大的誘惑力啊！他們仨喝著克寧奶粉公司的牛奶飲料，吃著水果西點，入神地悉聽這位穆斯林鋼琴教師的自述……

欲知後事，請看續節。

二　御杯——犀龍杯的來歷

那是二十年前的事了，拉西姆翹首仰望從那對安詳靜謐的和平神童的塑像中噴出的銀柱，在萬頭思緒中尋覓故事的發端，進入家史的回憶。他聲音平和，略帶一絲辛澀。

我的養父就是我的老師，在他臨終的前一天晚上，他把我的身世告知了我。父親是一位古董商人，為人篤厚質樸，廣結友朋，是個「有朋自遠方來不亦樂乎」之人。他珍藏一些稀世古玩珍寶，店前兩旁安置著由櫸樹樹樁精製成的花盆架，姿態奇異。店堂內是一個挨一個排列的玻璃紅木櫃櫥。櫃中的擺件、掛件、首飾及字畫，件件皆精品：紅得耀眼的翡，綠得逼眼的翠，白得淨眼的玉，亮得閃眼的鑽，燦得喜眼的金，還有閃光的珍珠，透明的瑪瑙，粉紅的珊瑚，玄色的犀角，栗色的貓兒眼以及田黃石、雞血石和壽山石……凡所應有，無所不有，名聲之大，在鄰近數縣中首屈一指，冠以其他同行之上。

深夜，朦朧的月色被雲層吞噬，點點的星辰暗淡無光。更夫的梆柝聲已敲三更，萬籟俱寂。我們全家在一天勞碌之後酣然入睡。鼾聲中門被撬開，一條黑影閃將進來，穿過堂內，進入後宅。影子——這蒙面大盜像有隱身術似的，從窗縫中擠進了內房，躡手躡腳地掀起帳簾，從床上抱了什麼，一溜煙地消失在夜霧中……

公雞報曉，媽發現大兒子丟失，急遽推醒爸爸。他慌忙下床急與兩名夥計屋裏屋外、堂前堂後四處搜尋，一無蹤影。他如痴如呆地一屁股坐在帳臺前，於絕望唉歎聲中發現桌上的書鎮下一紙片，上面書著幾行草書，從字裏行間可以推斷書寫人的倉促之感。

尤老闆：

穆斯林是重情疏財的，汝若要子，欲速備銀元陸佰塊，於三日之內隻身來龜壽廟後松竹林處交割，過期票撕！切切此言！

忠義救國軍

民國×年×月×日

父親凝視那帶點的幾個字，心如刀絞。為寬慰肝膽俱裂的女流之輩——生下我坐月子的母親，強顏歡笑地嚥下苦澀辛酸的淚。即令夥計卸下排門板，挑起足有五尺見方的彩簾，上裱「大拍賣」三字。未到天黑，兩盞汽油燈把店堂照得如同白晝。櫃中的文物珠寶一件件、一幀幀被取走。白花花的大頭袁世凱的銀元一個個利索地落入盆中。顧客盈門，常是生意興隆和財源廣進的徵候。可這時恰恰相反，堂內擠滿了紳士模樣的人，他們喜氣洋洋，好似早就預料了這一天的來臨，竄裏走外順手取兩件便宜貨，也順便湊湊熱鬧，何樂不為呢。他們帶著隨身「武器」——水菸筒、旱菸斗、捲菸嘴、鼻菸壺，把整個屋子燒得像個佛堂，嗆得難受，菸臭一直持續到第二天黃昏；那開價、討價、還價、再還價的餘音，也彷彿一直縈繞在樑間棟上，久經不息。兩天——整正四十八小時的拍賣，幾乎洗滌一清，珍藏的物品與其說是賣空，倒不如說是送掉；與其說是送掉物品，毋寧說是抽掉了他的心血。為什麼是「幾乎」而沒全部呢？難道還留一手不成？!不錯，他還留有一件御品——犀龍杯，又稱犀角杯，為清朝康熙皇帝所用珍品。

講到這兒，他摸了摸腰帶，欲取給唐麗鑒賞，可回過頭一想沒必要顯露。而李華也聽得不自覺地把手伸進皮包，摸著那半爿犀杯，默默無言地等待故事的延續。說起犀龍杯為什麼捨不得脫手？這裏面還有一段歷史沿革呢。

追朔三十二年前的一個隆冬的傍晚，大雪載途。一個老和尚敲著木魚，撥動佛珠，蹬著軟底長靴走進店堂抖著架裟上的雪花。一望便知是一位四海為家的雲遊和尚。他在父母的熱情款待下飽餐了一頓，臨別前，他抹了一下嘴角，笑呵呵地從袈衣的銅如意鈎上摘下犀龍杯饋贈父親。父親好奇信手掂來全神貫注地鑒賞。此刻頓覺一股涼氣打手心而入，襲向面門。不覺脫口叫絕：「高件！精品！！」

「請收鑒，你是行家。」

父親原以為是作鑒定談生意的，沒想竟是慷慨饋贈。他站了起來推諉著死命不肯接納：「叫一聲大師父，我倆今生有緣，三生有幸，在此相識。你我信仰雖然不同，但與人為善，給人方便的宗旨相同。何況招待過路客家乃是穆斯林的好客所在，秉性所致，何足掛齒！」

「店東家，別客氣。我掐指一數，十二春秋之中必得兩子，兩位令郎的生肖都屬龍，一龍降地，一龍騰雲，故此麼——」

好說歹說主人家才勉強接納。又一陣寒氣襲人，他翻身一瞧，眼目一閃，頓時瞠目結舌，杯底是雙龍戲珠的浮雕，中間的那夜明珠是一顆閃光的珍珠，個兒雖不大，可圓度宛如滿月一般。精雕細刻的工藝水準堪稱登峰造極之作，還有何物可以倫比？他雙手奉還，半晌才開口說：「師父啊，師父，實不相瞞，此乃無價之寶，價值連城啊，小弟豈敢領受?!」

「為何？」

「這一只犀龍杯，聽前輩言傳此為皇帝過藥用的御杯，它能鑒別毒物，勝似象牙，是傾城之瑰寶。它是清朝康熙大帝特令宮廷匠人用亞洲犀牛巨角雕鑿而成，此杯內壁光滑透亮，外壁滿是祥雲，杯底乃是雙龍戲珠，委實玲瓏剔透，是罕見的稀世珍寶。

「善哉。識寶者得寶也，阿彌陀佛，念佛一聲福增無量，見佛三拜罪滅河沙。出家人四大皆空，阿彌陀佛。」雲遊僧雙手合十敲著木魚笑然逕自而去。

「師父，大師父！請留下寶號。」

「苦行僧——惠靈。」

父親雙手捧住犀杯望著遠去的苦行僧背影……木魚聲聲漸在風雪夜黃昏中消逝……

周而復始，冬去春至，正好是十二個年頭，母親生下了我，印證了苦行僧的口喚，父親更愛犀龍杯，他如親獲帝皇御賜，愛不釋手地欣賞杯底的游龍和明珠，並取刀鐫刻「民國八年八月二十八日伊卜拉西姆」的字樣留作紀念。媽媽摟著襁褓之嬰——我哺乳，看身後的大兒子邁哈德說：「龍是他倆的生肖，給了伊卜拉西姆那邁哈德呢？」

「小寶貝。」父親在哥哥的前額上長長地親吻了一下，「當然不能偏袒，像世俗所言『大冤家，小心肝』。同時真主繁衍的子孫為什麼有不同的待遇呢？」他是多麼熱切地企望雙子成龍啊。

「爸爸，好爸爸。我要，我要龍！」邁哈德一手扳櫃臺沿，一手指點著犀龍杯。

「好，好，爸爸一定給你。」他沉思了好大一陣子，喜形於色將杯底的「雙龍戲珠」印在邁哈德的小手臂上，「它要咬人！你可哭？」

兄長破涕為笑：「不哭，爸，哭是孬種。」

父親從刻刀盒裏取出針具刺著手臂上的龍。孩子攥緊小拳頭，咬著嘴唇忍受著……

當活潑可愛的孩子落入虎口怎不叫人心痛?! 父親橫拚豎湊還是短缺，最後無可奈何地從犀龍杯底座中取出那顆明珠，才湊足了六百塊銀元。款子著落了，可巨款又如何帶出城廓？又怎樣帶進土匪窠穴：忠義救國軍的龜壽山呢？他們有否信義，能否恪守諾言歸還兒子？……這一道道難題須一個個解決，況且期限緊迫，三日已逾二天，剩下的僅是最後一個二十四小時。

「船到橋頭自會直，事至臨近必生智。」他辭掉了店內僅有的兩個夥計，別了母親，僱了一個挑擔腳夫。晌午來到城門口，軍士為防備匪徒的侵擾，依次對過往行人抄身搜身，爸爸無可奈何依次排著……

軍士眼盯著腳夫擔中盤子裏的饅頭、方糕，更是飢腸轆轆，正欲伸手取之，可點心上那偌大的剪字──「奠」，手又縮了回去。父親這才鬆了一口氣，摘去灰色禮帽，抹掉額角冷汗，悻悻地走出關隘，頭也不回地趕路。他們涉過小溪，翻過土崗，穿過墳塋，頂風冒雨來到湖邊，已近黃昏，渡口柵欄關閉。對著遠去的末班渡船和對岸模糊不清的龜壽山興歎不已，懊喪至極。為了哥哥──我的長兄，父親變賣家產，力盡艱辛。

此刻卻被一水阻隔，是多麼失望歎息啊。巡視湖面則無一葉扁舟，他恨不得一步跨過萬頃浪濤贖還自己的親骨肉，沒想到天時地勢竟把他擱在渡津。他清付了力資後懶散地進入客棧，為了換取在這突發事件中的「人質」，父親耗精折銳，連日來的操勞和憤懣，思維的弦卻始終緊繃而無鬆弛，兩鬢斑白了許多。現又遇此境，好似老天故意作對，心中苦不堪言。他扳起三個指頭，一天、二天、三天……一二三……單調刺激帶來了絕望的深酣。日思必有夜夢，夜夢來自日思。鼾深導入夢幻：

父親目睹兒子刺著小青龍的手被反綁著，孤獨兀坐在破廟旮旯裏哭泣。兩隻野獸似的彪形大漢手揪腳踢，耳光當屁股打，嘴裏像吃了火藥似的不清不爽地豪叫著：「小雜種，哭什麼？就是哭乾了眼淚，叫啞了嗓子，也沒人來這荒山野島救你！明天，明天你老頭子再不來贖，休怪我們『撕票』，『撕票』！」吼聲在空間迴盪……

爸從睡夢中嚇醒，連連擺動雙手，乞求地叫喊：「別撕！別──撕──，錢，錢在這兒，在這兒！」他神經地一骨碌翻身而起，衝到糕點前掰開一只只饅頭、方糕，從中露出一塊塊銀元，叮叮噹噹地落下來……

翌日，東方欲曉，爸爸打早前腳跨出店門，後腳已踩上渡船甲板向龜壽山駛去，兩邊屹立著青山的湖面上，船安然如游魚一般，分開水道向彼岸靠攏，即便是隨流順風全速航行可還是嫌慢，正是可憐天下父母心。碧綠的豆麥田地漸漸隱去，而豆麥的清香隨著潺潺的船頭激水聲被湖底的藻草味和腥氣所取代。這時旭日頂出湖面，實像和虛影互相掩映襯托，霞光萬道，磅礴而升，預示著美好的天兆。大自然的晨景吸引他，思索的弦稍稍鬆弛。當太陽到一竹竿高度，波濤洶湧的區域通過了，船身平穩多了。落篷之際，渡船彎進了叉港，已是風平浪靜了，於是龜壽山——一個坐在龜背上的巫婆——由西北向東南傾側的湖中山島展現眼前。繫纜之後，父親挎著包裹，未等船停穩就急急忙忙跳上岸。

龜壽山又稱龜山，是一片從未開發過的處女地。沿迤邐的山間羊腸小道南行，坡上有個荒蕪的小村落，山麓頂處除一個小廡殿頂的廟宇外沒有幾間茅舍。屋頂雜草叢生，似乎承受不了這等重壓而彎曲變形。圍牆是就地取材的岩石所壘，從營建至今日像是從未修葺過，裂縫條條，使常青藤得以在上面依附攀掛。山陰為蒼松翠柏簇擁著，林中鷓鴣、山雀、喜鵲、斑鳩、白鷺及其不知名的飛禽，鳴叫聲不絕於耳，是鳥類棲生繁衍的世界。爸沿著山道來到廟殿右方的一間屋前，正待舉手叩門，忽見門咿呀開出，門後閃出兩個漢子，穿著黃綠軍裝，歪戴軍帽，拉出機頭。他大吃一驚，疑在夢中。其生人與夢魘中的人影相差無幾，他們就是受忠義救國軍的差遣在此專候「財神爺」的。照例應撤了，因為已是第四天了，可是左思右想這巨額大款還是寬容一天。這裏我們無須提及這兩個無名小卒了，他們那仗勢壓人的氣焰，土匪作惡的腔調和強取豪奪的拙劣行徑，更沒有必要花筆墨以及詞語一一描摹。

就在爸爸向四周搜索孩子蹤影的當刻，兩漢子早已奪去包袱，面對白花花的大頭銀元哪有不喜笑顏開的?! 他們照單擄入柳條藤提箱，並從箱蓋袋中抽出預先準備的信箋交於父親，便即刻挾箱而走。父親哪裏肯放，別說是交付了錢款，就是沒有付錢向其索人則亦是理所當然，父子之緣乃人之常情。

「人？人在信裏！」錢到手了還哄騙已沒有必要了，於是鐵青面皮翻臉不認帳，冷笑幾聲拔腿溜之大吉。

父親方知受騙上當，拆開信件以求一線希望。可事實是殘酷的。他周身發麻，從頭直到腳底，信箋從手中飄落在草舖上，驚動了一對地殺星——蟋蟀。

「信上怎講？」唐麗被拉西姆設置的懸念所牽制，她再也憋不住了，急切地發問道。

拉西姆一口氣把飲料呷光，略微鎮靜一會繼續講了下去。信中大意：尤老闆，休怪我部無情，為爾姍姍來遲，我軍部因軍餉之緣故，將令郎賣與高氏，餘者事宜均與本部無關。多謝了！

瞬時，父親他的失望悲哀已到絕望無奈的地步。他默默地叨念著：「我真傻，我真傻，我不該把錢⋯⋯」他瘋也似地奪門而出。風把信箋帶出門去。六百元價值就輕如一張紙條，飄在空中，忽高忽低，忽起忽伏，忽快忽慢，他追撲著就像追著孩子似的，嘴裏叫喊不停：「邁哈德——你回來，回來！我的孩子，你不能『改漢歸流』——改姓『咖啡』的姓，你是中亞穆斯林的後代⋯⋯」奔著，呼著，他已經失去了正常人的理智，信箋隨陣陣湖風飄飄悠悠。在他眼前彷彿出現一夥陰鷙之徒強拉硬扯小邁哈德；彷彿聽到孩子的嘶啞叫喊聲：「爸爸，爸——爸——我要爸爸！」然而這一切幻影虛聲都被風呼浪激聲所淹沒，所吞噬⋯⋯

他老人家像中了妖魔似的，從龜山的東南經廟宇直抵西北的山崖上——全島的制高點，面向西南振臂高呼：「真主，我的主，您在哪裏？您在何方？為什麼真善美的心靈總被扭曲，假惡醜的靈魂到處遊蕩？您回答我！回答我！我是一個虔誠的穆斯林，就因為我沒有朝聖，而把災難降臨我的頭上？主啊！」

黑色的岩崖活像巫婆的上身，盤膝坐於湖泊中央。頭部略大，和軀幹比例失調，它是由重重疊疊的黑色花岡岩堆砌而成，顯得搖搖欲墜的姿態。從力學角度上看，造型很不平衡，卻還能互相支撐攀附。島座的底盤暗礁布列，一股洶湧湍流在奔騰，漩渦一個套著一個，一個連接一個。大船小舟順流行經此處，沒有不船沉人亡的，活則生還的是寥寥無幾。剿匪部隊在此全軍覆沒的也屢見不鮮，故取名為巫婆崖，這大自然的鬼斧神工給匪窠設下了一道天然屏障。若是你站在崖頂俯視，如墜入無底深淵，令人膽顫心驚；反過來，若是你蹲於灘畔仰望天穹，巫婆崖峭拔絕壁，叫人望而生畏。

信箋像勾魂的蝴蝶撲撲下飛，忽兒又像風箏般地扶搖直上。居高臨下瞰著浩瀚無垠的湖水和那萬頃波濤，耳聞呼呼風聲和驚濤駭浪的拍岸聲，這一切的一切在父親的眼裏和耳裏都已銷聲匿跡。只覺得天際茫茫，前途空空，絕望地向前跨上一步——走完人生的最後一步。

「啊，他自尋短見了？就這樣含恨死去！竟無絕處逢生的希望？唉，世道太不公平了！」姊妹倆受思維感染而同聲發出驚呼。

一個小康家庭組合，到事件的釀成、發展、結局的悲慘情景，世態炎涼，怎不叫人憤世嫉俗。你想啊，一戶普普通通的人家，一個奉公守法的商人，為了保全骨肉的性命，不惜拋棄一切身外之物，乃止生命。竟要超越雷池一步遭此滅頂之災，葬身魚腹之中，好不慘然。

筆者對此暫擱一筆，下轉龜壽山的靈魂——宗廟。獨山之中唯廟宇尚有一息生機。穿過林蔭小道，迎面就是一座小小的山門，門額橫頭鐫刻「龜壽廟」三個蒼勁雄健的大字。進山門就可見到坐北朝南的羅漢殿。殿內正面佛壇蓮花寶座上端塑了三尊主佛。中間為釋迦牟尼佛；左為東方「琉璃世界」藥師傅；右為西方「極樂世界」阿彌陀佛。這就是號稱「釋迦三世」。整個寺院並不寬暢，超不過北京城的四合院。傳說開拓創建是一群流亡無產者——江湖大盜。他們這些人逼於生活，或是逃避官府衙們的捕捉而聚集於這人煙稀少的荒島，開創了「獨立王國」。他們憑藉天塹阻擊船隻，打家劫舍，把小小的龜壽山作為安樂窩兒、安全倉庫和自由港灣。回首全盛時期，團伙足有百十人之眾，為保祐自己的營生財源昌盛和長壽平安；二則祈禱上蒼在日後歸陰的懺悔，故在山脊的正中破土奠基修建這座寺院，命名「龜壽廟」。一來藉此龜壽山之名；二來假託龜壽來喻以自己和他們的「事業」。由此可想昔日香火之旺盛，燭光之徹夜，鐘鼓之不斷，頌佛之虔誠，毋需筆墨所描述。如今盜賊強人離去，庭院雜草叢生，殿內冷落非凡，「釋迦三世」的金裝漸已斑駁，三尊泥人守著孤廟，多麼鮮明的寫照，多麼大的不幸啊，真可謂此一時，彼一時。那牌位，大概是開山鼻祖的牌位，孤零零地馱在神龜背脊上，獨立在神龕裏，黃色帷幔只剩下一角。牆壁上還掛著一些破匾額，隱隱約約地能認出些如「有求必應」、「龜壽鶴歲」之類的墨跡。當然囉，鐘鼓聲、琴瑟音那得追朔到很遠很遠的年月了，供桌就是一個憑證，只有三條腿。注有乾隆×月×日監製的字樣，約莫巴斗大小的鑄鐵香爐裏還燃起三炷香，這就是我所說的唯一的生氣。沒有燭台兒，也沒有籤子兒，取代它們的是兩個紅薯，上面插了一雙燃過的蠟燭棍兒。一個矮胖的釉瓷瓶子裏插入了一枝剛採擷來的野山茶花，安穩地供在桌子中央。它的下方蒲墊上盤膝坐著一位長者——廟宇生機的製造者。他雙目若閉若張，嘴唇跟著手中撥動的佛珠一張一合。老者是一位年近八旬的方丈，白眉白髯鬚，肩披黃衣架裟，除去頭頂清淨黑僧帽，剃得青旋旋的頭兒，香洞歷歷可數。他生得偉岸魁悟，沿口豚腮活像彌勒佛再世。笑貌體態自然親切，可親和藹，一股福相。其福來自四海為家，天地是鄉——一個雲遊和尚——自由神靈的化身。早功之後打掃殿庭，以代告別之禮節。忽聞，通過倒塌的斷壁處，瞧見兩個兵痞模樣的人挾箱路經寺院。爾後便聞揪心裂腑的絕望哀鳴。他撩開袈裟塞進腰帶，踩著草屐靴，如飛馳在水面，他跟蹤追隨哪家瘋人院逃出的「病號」——父親。

這位以跳崖了卻一生的老人，站立崖巔望對茫茫湖面，環視人生的終點。雲霧賽似仙境，湖風勝過仙樂，浪潮好似渡船，這幻覺具有多大的誘惑力啊，它們彷彿在召喚：「來吧，快來吧！這是人生的必由之路。看仙境，聽仙樂，乘渡船……閉上眼，憋住氣，把腳丫子抬起來，向前移一步，一切都是你的，你的了……」酷似魔鬼的言語蠱惑人心，稍稍跨上一步，世間就又少了一個無辜的人，而泉臺則又增添了一個冤孽之鬼。此時此刻，他想想那平安的家庭，還有什麼面目返回；他想想那溫柔賢淑的妻子，有何臉面見她；他想想那被「撕票」的兒子，又怎盡到家長的責任；他想想那呱呱墜地的嬰兒，自己枉為一個父親。眼前冷冷的魚鱗波光躍入他的眼簾，閃閃爍爍，爍爍閃閃，像一枚枚銀元丟在水中，於是縱身跳了下去……

一聲吶喊與那一撲竟發生在同一瞬間。這對一位出家人來講，目睹一個生靈的毀滅而見死不救，或是見死晚救，則都是罪過的。即便你巧立理由，推向客觀都是無濟於後補。老師祖一個箭步穿向崖頭，俯視山崖下，心象被繩索揪住，大腿交叉點——會陰部分像被什麼捉住似的往上提。憑他一對善目遠照，除驚濤駭浪之外，餘及一無所覽。他倒抽了一口涼氣把目光收縮，突然間發現近在咫尺的腳底下隱有山松一棵。枝粗葉蔓，茂盛蒼勁，從山石的罅隙裏横向而生，簡直是半個爬出洞的螃蟹。估計它是鳥雀糞便中所排出的種籽而應運於生，至少也有百年風雨。樹主幹足有碗口那麼粗，叉支成扁平形，如揸開的手掌剛勁有力，細細瞧，還在上下擺動，針葉兒還抖動吶。無論是擺動也罷，抖動也罷，都不是湖風的方向。就在繁枝茂葉下，一個人影橫臥在揸開的蟹腳形的樹叉上，面下背上。

「好懸呀！」這位四海為家的僧行人，被意外的一絲希望驚訝得後退數步，考量著：呼喊，則希望破滅；不呼不喊那該咋辦？他點拍著腦袋苦苦尋思。常言道「善人多智」，確乎如此。你沒瞧見吶，他捋起袖臂，解下腰帶，袒露胸懷，來一手看家的絕招。他取下架裟上的如意鈎繫在一丈開外的腰帶頭上，然後慢慢垂直下墜。鈎子落在跳崖人身背，幾經敲點仍毫無反應。「許是昏迷了？阿彌陀佛。」合掌之後，迅速扯掉袈裟，騰空翻了幾個筋斗，把氣運了上來，使出祖師爺的拿手絕招——探蓮鈎。

「什麼『探蓮鈎』？」兩小姐同時發問。

話說此一招法曾博得龍恩吶。不過到了他的手裏已是絕後之術了。你可知道「探蓮鈎」還有它一段不平凡的經歷呢。

那是一年的金秋之末，皇帝在娘娘嬪妃的陪伴下，駕至御花園。隔牆即是一池荷花，彌望的是蓮葉荷田田。葉子出水甚高，像亭亭玉立的舞女的裙。層層的捲邊葉子中間，密密匝匝地點綴著白色和粉色的荷花。有裊娜地綻開著的，有羞澀地打著蕾兒的，正如一顆顆明珠，煞是美不勝收。微風過處即送來縷縷清香。可好景不長，宮女們呈上的湯藥沖去了幽香。侍從太監眼見龍顏不悅而惴惴不安，便提議何不宣惠靈老和尚來宮表演「探蓮鈎」，以博皇上一樂。眾嬪妃都點頭應和而以飽眼福。皇上允諾，命小太監宣旨並引進入宮，且布置就緒故不在話下。

要說惠靈法師是何許人也？此人出自四川峨眉，現京都相國寺中的持家和尚，人稱紅衣法師。其人使得一手「探蓮鈎」。何為「探蓮鈎」？它是任取一條繩索，繩端繫一物，便可隔牆取物，百發百中。人稱空前絕後的招法。

不多時辰，惠靈接旨來到御花園叩見皇上，並當上作了精湛的表演。三次投繩於牆外的荷花塘，次次命取。但見他旋轉繩索，眨時軟繩成鋼鞭，一個九十度的轉身，繩頭似蛇頭直竄牆頭外，待到收繩，只見繩頭緊折荷葉一張並完整無缺。第二次以同樣的方式索得蓓蕾初開的粉色荷花一朵。第三次間歇時間較長，運氣之後兜了個滿場。皇上龍眼死死盯著，忘卻了口中的苦藥，連手中拿著漱口的杯中之水都倒掉了，連連拍案叫絕。當繩子「叭」地一收，但見在牆頭左右拽動數下，然後猛力一拉，啪地一聲落在大王面前。俯首視之，一段全藕皆同藕節中的一枝蓮蓬無損地顯現眼前。惠靈法師跪拜於地，皇上見此非凡之舉喜得讚口不絕，親自上前扶將起，當場把過藥的犀龍杯賞賜給師祖惠靈。事經兩代又輾轉於這位高徒——無名雲遊僧之手——惠靈三世。

現這一手非露不可。為拯救一個萬物之靈，他毅然決然舞起腰帶，綾帛的綢帶經他之手已成硬鞭，在空中「叭叭」作響，迨到數圈之後，垂直探下，帶子即如蟒之首一般無二地迅速竄過樹叉枝間，又如蛇盤一樣纏住遇難者的腰間。兩圈之後繩頭上的如意鉤又偏轉方向，不緊不鬆攀住了綢帶即自鎖而止，正可謂「四兩撥千斤也」，恰到好處，萬無一失。此刻帶子又恢復了原來的柔綿之態。老師祖這才舒緩一下，深深吸了一口氣，緊揪腰帶把跳崖未墜者拉了上來。

解脫之餘，父親漸漸甦醒，但還未全部恢復知覺，嘴裏含糊不清地囔囔：「這在哪裏？你是何人？」惺忪的雙眼直發愣，面對蒼穹好半天又接著問，「老師祖，這到底在什麼地方？是麥加聖地？天房在哪兒？我要去朝聖，朝覲。」說完他激動地坐將起來。

「老哥啊，這兒既不是你的麥加、麥地那、耶路撒冷，也不是我的西天極樂世界。」惠靈剛才的緊張神態已煙消雲散，換來的是活佛般的慈笑，「這兒是人間天堂——龜壽山巫婆峰福地。」

一聽「龜壽山」，他的理智全然正常，未乾的眼眶又重新充滿淚水，號啕痛哭以解心頭的鬱結：「還我孩子！還我錢財！還我孩子……」

「老哥，你休悲啼。為何緣故到此？請慢慢講來。」

「大師祖，唉——千頭萬緒從何而講，苦啊——你何苦慈悲為懷救我殘生？還是讓我『回去』的好。」當其說到「回去」兩字已很難辯清，只能憑嘴唇動彈的口型來推斷。

這位紅塵看破著——高僧，不虧為宗教職業者，他像醫師對待病人那樣耐心寬慰，排憂解愁，一腔菩薩心腸。佛教主的虔誠感動了伊斯蘭教友，穆斯林巧逢摯友把自己的不幸遭遇一五一十地訴於對方。正可謂山窮水盡疑無路，柳暗花明又一邨。這雙不同信仰的人兒，居然又不期而遇於地角天涯，彼此信賴無疑。大概是佛經和古蘭經的教化結果，倫理天性所在。

「我還有甚面目見人呀？我破了產，賠了錢，落得人財兩空。你是一位漂泊四海的出家人，靠施捨普渡終生。唉啊——」說著眼苦盈盈，好一會兒才轉過話題，懇求似地說，「大師祖，我的恩人，現相求二事，萬望休推宕。」

「話說當面，凡能做到的，別說兩件，就是兩百件，老僧也不餘遺力，竭誠而為。」

他沉思半晌，話在舌邊滾來滾去好大一陣子才從嘴邊吐出：「一事請代為轉告家小；第二件事——」他看著救命恩公在理腰帶，便取出犀龍杯套在帶端的如意鈎上，衷懇地說，「這是我唯一的財產，它是一位高僧贈給我的稀世珍寶，無論如何請笑納。」

這位雲遊僧，浪跡漂遊生涯五十年的惠靈三世見物頓時眼前一亮，睹物如見人，猶如見到師父、師祖一般，雙手合十，就地跪拜之……

欲知後事，請看續節。

三　一塊18K ROLEX紀念錶

遠眺匯來銀行二十四層大廈，馬賽克的黃紅瓷磚面。它座北朝南，位於廣場「法圈」——街心花園的東端，在於經二路和緯四路的交叉口子上。大樓門前另有一個小花園，供客戶休憩的場所，馬車、汽車均可長驅直入，是一個很好的停車場。

一輛黑色轎車自西湖公寓始發，在經二路上奔馳，路過大廈。局長指著那巍峨聳立的壯觀建築，興歎不已：「好氣派，好排場。唉——像我們這樣，」他指指身邊的包，若有感觸地發洩道，「靠賭場老闆的暗賜，偷雞摸狗撈外快，也只夠租個把房間，連付女人的胭脂錢都不夠，還敢想造高樓大廈？正是頭頂太陽睡覺——白日做夢。」他長吁短歎羨慕地說，「到什麼時候，我們也有這等福分就好了。」

薛矮子把著方向盤，半真半假地說：「局座八年抗戰勞苦功高，官運亨通，獨缺財路，要是——」

「你這矮子肚裏疙瘩多。」趙局長已猜到七八分，故意湊上去問個明白，「要是，要是什麼？你說下去，我倒要聽聽你這臭皮囊中有何錦囊妙計？」

爪牙聞得主子的抬舉總顯得很得意，如同狗被主人撫摸而搖著尾巴一樣興奮，矮子靈機一動心想：局長要是有位太太，多一個賢內助，那財路必通。「月下佬」本是成人之美，可眼下沒有門當戶對的女士，又如何了差呢？思前想後還是不說為佳。

「你說呀，命你回話。」局長再三催促。

他只得推向秘書，或許在接觸的上層中能物色到，便說：「此計還須與過秘書撮合一下。」說完用眼神傳遞對方。

「用眼睛說話了，看來你倆早已生此鬼點子了。」

「小的豈敢?!」

「敲他一筆!是不?」局長試問。

「不,那是痛快一時,須一勞永逸才是。」

「紅燈!」秘書先生突然驚呼,在此之前,他早已盤算猜度過這個謎底,只礙於一個文職官員的風範,不可與一介武夫一般見識,更毋庸爭長論短有失身份和容顏,因此自始至終保持三緘其口。「嘰!」一個緊急剎車,一輛米色轎車從橫向的緯四路擦車而過。一場虛驚以後,這位秘書先生才冷冷地說:「老兄,你所要說的大概跟這輛車有關吧!」

矮子停頓了好一陣,愣頭愣腦地瞧著秘書惑而不解其意,剛想動問,忽兒神經接通似的放聲大笑,笑得傻里傻氣,這種笑分明是笑自己的愚笨:「過先生,我算服了你了。到底是喝墨水長大,搖筆桿成才的。高見,高見!」他手屈大拇指讚歎不絕。

「我的參謀,今天怎麼啦,在演一齣『雙簧』?」局長出自需要的迫切,擺出一副上司的神氣開始逼問,「你們到底玩的什麼把式?請直言而談,捉弄即是不恭。」

兩位屬員面面相覷,可誰都不願先開口,處於引而不發之勢。主子看看這個,瞧瞧那個,索性奪過駕駛盤說:「我來開,讓你倆先撮合一下,今天我倒想聽聽你倆的鬼點子吶。」他腳踩油門驅車繞過「法圈」變更了方向,沿緯四路跟蹤米色轎車的尾後駛去。

透過駕駛窗的玻璃向裏看,局長的一雙銅鈴眼瞇成一條縫,然後視線移向車內的長形反光鏡上,只見鏡中兩位下屬打著手勢揭示謎底。他倆配合異常默契,矮子用左右手的大拇指頭相對彎曲著,露齒大笑;頎長的秘書卻伸出左右手做著吹喇叭的姿勢,抿嘴而笑,堪稱一對「活寶」。雖是「下里巴人」的動作,但見者明白無誤。

「怎麼啦,你倆竟成了一對吹鼓手啦。」上司也咧嘴而笑。

「吹鼓手！是的，我們為局座娶一房太太吹號擂鼓，搖旗吶喊。」薛矮子為取得主子的歡心而獻媚。

「不，我們為局長甘當月下佬。」秘書措辭文雅地暗示說。

「此話怎講？我的秘書先生。」局長明知故問，改變語調欲把話誆出來，這種手法據說對於整人、懾人的高手或劊子手而論，純屬自衛的本能，很明顯地揭示：要抓住別人先要學會保護自己。

矮子對這類好事——錦上添花，來得起勁，更何況為了自己的上司。就其願望而言，最好一個夜裏就變成事實呢。他興緻勃勃搶著頭功說：「這門親事成功了，我的局長大人不再要花脂粉錢了，而且，而且一個晚上就成了百萬富翁，真正的財神菩薩了。咳，到那個時候，我們——」

那位有識志士也不甘落後，中途剎住對方的語言，把話引到自己路裏：「此舉若成，真是紫氣東來，我們尊敬的局長就官運加財運，名利兼收，權利同存。」

「何以見得？」局長自謙道。

秘書擺出傲慢的神態，不緊不慢用手點著前面的那輛車說：「局座，您選擇的這條路很對，要緊追不捨。」

油門在加大，離合器在換檔，機械聲在提高……

「倘使娶得唐氏千金，那真是千金萬兩，半噸之重呀。到那時，局座就是當然的經理繼承人，我們——我們弟兄們也可沾光了，哈哈哈。」

一個是弄堂裏拔木頭——直來直去；一個是峭壁上耍鋼絲——故弄玄虛。擺布得這位財迷心竅的上司或癢或痛，想入非非。心裏想的可盡善盡美，一手如意，一手算盤。因為思想是自由的，天皇老子也無法禁忌。然化作現實倒不是易如反掌的事喃。談笑間，他感到最棘手的是司令和少爺這一關。怎麼個通法？畢竟雙方的關係已明朗化了，要解除婚約恐怕——再說又是門當戶對，我要插上一腳……而且又是上司的兒子，談何容易。說白了權上加利，何尚不想呢？除了死人或還未生出來的。這些遐想他不敢再往深處，也確實無法再想下去了。

秘書先生雖不是問柳尋花的遊手好閒者，但有一手略高一籌，也就狠在這一手。他善於察言觀色，迎合上司的心理，運用得確到妙處，要不他憑什麼提得如此神速？此時此刻局長的心理狀態他已瞭如指掌：想吃又怕燙嘴。他吟忖一會兒寬慰道：「這步棋該你走了。少爺是個花花公子，喜新厭舊。聽說今又跟陳部長的三小姐搭上了。」說到這他就像調停人一般侃侃而談，分析起唐錢兩家貌合神離的僵局，「司令唯獨一犬子，又是老來子，焉肯入贅？經理吶，膝下無子，定要招婿。一家要娶，一家要招，兩家各不相讓，均有退婚之念，惟礙於情面不便啟口罷了。今局座休舉棋不定，一子下去便全盤皆活，豈不兩全其美，左右逢源?! 正是天賜良緣……」這情報的確鑿，這邏輯的推理，這讚美的辭藻，說到局長的心坎裏，節節骨骨都給說活了。

「妙哉！哈哈。那時銀行將由我指揮了，我可以隨心所欲。十萬、二十萬……五十萬……一百萬……『小黃魚』、『大黃魚』……金磚……一夜之間我就成了百萬富翁。哈哈哈……」他得意忘形地喊叫著數字和金條，拍打著方向盤上的喇叭即全速追行。

奧斯汀的米色轎車的紅色尾燈一亮，車在匯來別墅門前停了下來，按理可直接駛入，然而我們的經理先生到此就停車，步行進入別墅，即使有刻不容緩的公事也不例外，這對他已成了家法、家規，據述匯來先生在世時就已約定俗成的。沿用這個習慣，以此效法來深表對先驅的緬懷之情。上上下下百十口，唯他一人由衷如一。前車一停，後車猝不防備地來了個緊急剎車，險些兒撞到前車後檔。阿朱，這位忠於職責的總管家早已佇立門口，恭候主人和未邀而來的客。

笑容可掬的唐經理走出車門看到自來客微微一笑：「啊，局長，今兒是什麼東西把您給吸引來的？」

「哦，想不到經理也會開玩笑。」他琢磨著想從大腦皮層中搜索出恰當的詞句，支吾半日才說，「咳，就是原來那──」他邊說邊用手勢作著剃頭的動作。

秘書見機解圍表明來意：「就是為那個剃頭鬼，二來嘛向您經理先生請安。」

話說匯來先生的養子唐星一副貴族豪華風采：敞開的鋼花呢的西裝裏，白得耀眼的襯衫硬領上繫一條玫瑰紅的領帶，一顆價值不菲的三克拉非洲大鑽石別綴在帶上，閃爍著奪目的異彩。緊身的背心馬夾貼在前胸，合身的米黃褲子兩條縫筆挺，直抵那雙黃白相間的紋皮老人頭響底皮鞋。五十知天命的面容上端莊而正氣，天庭飽滿，兩頰略微瘦削，髫鬚剛刮過，給人以明亮的感覺。明淨的眼睛上套上一副平光的金絲眼鏡。淨白的手指上戴著一只鑲嵌著「貓兒眼」的18K金戒指，戒面竟有蠶豆瓣那麼大，與胸前的鑽石相互輝映著。由此便可知主人的身價了。

唐先生對寒暄的一番話從不認真辨析，落落大方地按常禮應酬客人。細心的阿朱不然，聞得來者的稱呼眉間打皺，心裏犯疑。只聽到耳邊響起主人的謙詞：「哪裏，哪裏，有勞局長親臨。請書齋就座，阿朱，帶路。」

書齋顯得超凡的安靜。牆壁是湖綠色的，上面滾著精細的紅花和鳳尾草圖案，壁爐前放置著八駿馬屏風。中間是三人沙發，兩旁是兩套單人沙發，全是墨綠色的牛皮面。紫檀木的古玩櫃，車邊玻璃後面放滿了各種各樣的小古玩意兒。書架上藏滿了先秦文學和唐詩、宋詞、元曲以及明清的小說。占有顯致地位的要數是韓愈、王安石、柳宗元、曾鞏、歐陽修、蘇洵、蘇軾、蘇澈等唐宋八大家的文學著作，免不了也有一些文人墨客的野史及其他作品。精緻的寫字枱上，左邊是迎客似的枱燈，右邊是一個小巧的書架，上面有《辭海》、《康熙字典》、《英漢大字典》和各國金融等工具書籍。中間是一只鎏金的大玻璃盤，盤中是一個大理石的墨水盒，一個小巧玲瓏的臺曆。一張匯來銀行全景著色相片鑲嵌在牆上白銅鏡框裏。這裝飾、布局和格調顯出書齋溫文爾雅的主人對於生活的情趣和追求。

經理和局長坐於沙發，秘書和總管分立一旁，侍者獻過茶，阿朱為賓主點菸。

「阿朱，太太和小姐呢？」經理問。

「太太正為李夫人的到來收拾房間吶，麗小姐和華小姐在那兒。」總管指了指窗外說。

局長感興趣地望去，唐麗睡臥在綠茵茵的草坪上，紅酥手托著下顎，姿態嫵媚可愛，李華背坐著聚精會神地聆聽著拉西姆的故事。他控制自己欣喜若狂的神態，走向窗口，孜孜地瞧著，心裏被她的絕色而傾倒：好一個西方畫報上的睡美人——絕代佳人。你輾轉千里還是在我手裏，就像孫悟空逃不出如來佛手心一樣。不想今天你將成為我的搖錢樹，真是天賜良緣……

「朱總管，請你去看一下銀行年會的董事長和理事們都到齊了沒有？」經理差遣總管後示意局長坐下。可他未聽見卻貪婪地張望著，像是被磁石所吸引。經秘書提示邀請方才入座。

瞬間，局長眼珠一轉便問：「唐經理，聽說唐錢兩家聯姻喜事一樁，可喜可賀啊。不知令嫒的喜酒該什麼時候喝？」他邊說邊用那警察慣用的鷹眼注視對方；用警犬特有的聽覺等待對方的回答。

經理胸有成竹地接受反問答道：「我不是老頑固，隨潮流，講自由，成功與否，得看他倆的囉。到時候——瓜熟蒂落，我唐某絕不會揀佛燒香，到時怕只怕請不動你這位『佛爺』。」

「哪裏的話。不過，據我所知錢少爺跟千金近來不那麼情投意合呀，是嗎？」他單刀直入。

唐經理被這意外的發問感到突兀，臉一下子沉了下去：「那是孩子們的事，船頭上吵嘴，船梢上講話，無須過慮多操這份心。」

「不，此話差矣。經理先生，恕我多言，令媛是掌上珍，入贅也有半子之靠，況且對於半截入土的人來講須亟待抉擇。得三思啊。」他停了一下深吸一口菸，想毛遂自薦但又難以啟齒，故接下去說，「外面言語不堪入耳，有損經理大人名聲。」連「大人」也給露出來了。

「什麼言語？風言風語。她竟到如此傷風敗俗？好了，該結束這不愉快的談話了，我沒有時間聽你說三道四。」唐先生火冒地站起來，把菸蒂狠狠地撳入菸缸。

「請息怒，恕小弟直言不諱，當然這都是一些閒言碎語斷不足聽取。」他瞧了瞧對方額頭已滲汗珠，憑著自己十數年來審訊犯人的經驗之總結，只要罪犯開口就能取得如期效果，就怕碰上沉默如金的傢伙。現用之於經理身上又何尚不可呢？於是他運用激將法，火上加油奪破對方禁錮的思想防線繼續挑逗，「人言可畏的說法也不是沒有道道兒，俗言道『舌頭根下壓死人』。據悉千金同那新來的教師關係曖昧，已超越師生之交了。不知可有此事？」

「住口！請你注意自己的身份，放尊重一點，此類兒女之事何須警察局長越俎代疱呢？有一點可以告訴你的，任何的造謠、污蔑，下場是可悲的。他們純屬師生情誼，不容置喙。」經理是位金融巨頭，與人周旋的能力極差。他微停一會，感到蹊蹺。一股無名業火頓時升到腦門，毫不客氣地說，「我得再次提醒你，這兒是唐公館。怕又是錢少爺叫你來充當說客的吧。他這個公子哥兒一直在舞場中鬼混倒隻字不提，反而倒打一耙，惡意中傷，百般誹謗，真不知人間還有羞恥事。」

「瞧，多靈驗，不是上鈎進網了嗎？」這位金融界的頭面人物哪是軍警府——鐵腕人物的對手。他推一句背一句，既像勸，又像表露心跡，「經理，別惱火，我是想——」

「想什麼？盡可開誠布公地談，何必東一鎯頭西一錘。」經理克制著激動的情緒，舒緩一下氣氛，「鑒於這門親事，實不相瞞，我唐某拾到不高興，失掉不懊惱。我的宗旨是女兒所愛的人能同樣地愛她，不計門當戶對，我可倒陪妝奩。倘若同意的話，可以入贅，但絕不強人所難。」

「一石激起千層浪。」這浪已引申為經理內含思想的外流，既可以說無意，也可以說有意。局長將計就計，何不借說客之嘴傳他之意呢？誠然，唐經理竟沒料到來客並非為他人作說客，而是為自己充當說客。說來也怪，某些事，尤其是婚事，自己倒難啟口，萬一不允，雙方都難落場，討個沒趣；假如通過媒人傳言，雙方都有「緩衝」餘地，好事就快辦。局長已摸到底牌，便向秘書遞了個眼神。信息反饋良好的過秘書，他心領神會地試探著：「經理先生，如您所述，不知局座有沒有這份福氣？」

經秘書一問，經理雖軋出苗頭，他面對求婚者竟然無辭搭理。

局長為掩飾自己侷促不安的表情，居然以玩笑一言蔽之：「怕是高攀不上吧。」

大媒老爺見經理餘怒未息，略顯尷尬，便靈機一動補充說：「經理，我是話到嘴邊隨便說說的，何必認真呢，局座，可對？」

對方點頭附和。

經理聽罷稍稍平了平氣，慢慢坐到原位。秘書以守為攻，對剛才的「蜻蜓點水」已足夠女方家屬思考，便切換話題說：「這回登門叩見唐先生為破剃頭鬼一案而來。根據我們的推斷和中外案情剖析，那鬼純屬子虛烏有縹緲的幻覺，為小姐『癔病』所致。癔病——」他有意重複拖調，加重語氣引起對方注意，「不過，結了婚就會好的。」

「此話怎講？」經理有感而反問其由。

過秘書猶如心理專家，善觀氣色，猜測內心。故其口若懸河滔滔不絕地講述，就像一個醫生對病人那樣耐心的程度，他說：「癔病乃是一種病態，這由於對某個異性的好感和追求，朝思暮想而遂不能如願以償。一旦異性影子的出現，卻又驚恐萬狀，呼叫不迭，嚴重的還要昏厥。其症與美尼爾氏綜合症相仿。為證實病情我們想當面跟小姐談一談，了解其犯病時的心理狀態……」

總管從門外進來稟報：「經理，客人們都到齊了，專候您了。」

「好。阿朱你安排他們一下吧，」經理扔掉菸頭即從沙發上起來，「因年會關係，我失陪了。」

總管送走主人，陪同客人來到陽臺上。

「朱老兄，」趙局長挪了一下嘴說，「那位絡腮鬍子大概就是新來的教師吧。」

「正是。」

話音剛落，局長他瞅了下秘書。過秘書心領神會搶先一步，一只金錶早套在朱總管手腕上。一切就署完畢，他抽著菸在屋內欣賞著古玩擺件和掛件以及名人字畫。

面對的是一只身份的標誌，財產的佐證——18K玫瑰金的ROLEX紀念錶。它經過英國格林威治天文臺校對的世界第一流名錶，戴在手上直逼你的眼。不信？那皇冠商標、金凸字就足以代表它的昂貴身價了。布紋的金表盤上三針在不停地旋轉。設計者在金燦燦的時分針上配上黑色秒針，醒目的苦心不難理會。它雖沒金外衣，可推動著金色的分針和時針，不辭辛勞地作勻速圓周運動，每秒、每分、每刻、每時公正不渝。它是多麼像我們的朱總管啊。這塊錶的來歷當然是不會特意去買囉，也沒必要去偷，去搶。為的是偷有賊子，搶有盜人，不僱不聘自有來者，何苦親自動手掛一個知法犯法的罪名呢。從何獲取？美其名曰「充公」，其實是贓物，從賭棍的手腕上勒下的，當然這種過門關節收受者是一點兒不知不曉的。阿朱看著看著好不平靜，激動地說：「局長，小人受之有愧，不敢無功受祿。」

「哪裏，哪裏，這是見面禮，何足掛齒？」局長見魚上鈎，心情得意而泰然，撣去菸灰補充一句，「『祿』在其後呢，不過——」

秘書趁熱打鐵湊向阿朱俯首耳語，如此這般交代一番……

如此神秘，到底交代了什麼？

欲知後事，請看續節。

四　八〇八房間的「雪茄」

米色奧斯汀停息在西湖公寓前的停車場，左鄰的黑色轎車中，一隻粗手在連續按捺方向盤上的開關，發出有節奏的呼號。八樓的鋼窗中顯露出主僕倆——趙局長和過秘書聞聲俯視停車場。

阿朱打開車門，下得車來的是唐麗小姐。

「上鈎了！你把她接引上來。」局長心頭一陣喜悅吩咐秘書道。

「不，不，局座。」秘書以矜持的態度慢條斯理地說，「得見機行事，甩脫那『尾巴』吶。」這裏的尾巴是指護送小姐來的朱總管，「這人是匯來的支柱，精明能幹，爐火純青者。在待人接物上頗具功力，遠在其主子之上，雖有『勞力士』賄之，但未必能合作到底。」他亦明知有變動，對方的立場是一件非同小可的事，因此，他怎不思忖對策呢？!

「唏！還猶豫什麼呢？」局長咕咕嚕嚕地念起護身口頭禪，「以不變應萬變，乃是天意。」

文人有自己的獨到見解，一經形成很難扭轉，一經執行絕不懈怠，秘書是歸屬這類。他無心聽及上司的「佛經」，意念一轉拔腿疾馳向電梯。不到兩分鐘，當其跨出電梯門正與唐麗撞個滿懷：「miss唐，您好！您的準時赴約真是令人欽佩，不勝敬意。少爺即刻就到，請先到八○八室稍候片刻。」說完故意插到小姐和當差之間，攔住身後的阿四說，「阿四啊，今天我的東道主，和薛兄一齊去暢飲滿杯，怎麼樣？」

「那感情好呀。」阿四不知調虎離山計隨口應和。

「朱總管你能賞臉嗎？」

「哦——我？」阿朱看了看站在電梯裏的小主人，以詢問的眼光徵詢答覆。

「老大啊，還磨蹭什麼？送來的喜——」薛矮子自知失言，即自圓其說，「今日有酒今日醉，咱哥們正三缺一，來一個一醉方休。」這個酒徒和阿四倒是天生一對，地配一雙。他不只打斷小姐的回覆，而且上去就是一把揪住總管的胳膊往外拉。這號角色在這時倒是大派用場。你想，如果秘書自己去拉扯，那多不像話，反而露出蛛絲馬蹟；如果光拉住阿四也不頂用，只有拖住頭兒才能帶動尾兒。

「阿朱，盛情難卻嘛，你就去吧。過兩小時派車來接我。莫貪杯！過量傷身。」小姐像是一個學生對啟蒙老師的關照。

穿過鐵柵欄望著「罐籠」中的小主人正拿了小鏡，像赴宴似的在給自己補妝，整理容貌呢，冉冉而升的電梯雖只幾十米之遙，可小姐從小是他由青銅縣抱來，而且看著她長大的，並給與啟迪的阿朱，好似心中要失掉什麼似的，但又無法捉摸，只惴惴不安地目送。唐麗挽著紅皮包走向八○八房間，侍者早就恭候已久。別忘了幾天之前還是風靡一時的賭場，轉眼之間已成豪華的臥室。麻雀牌、撲克牌的嘈雜聲早被無線電的爵士樂所取代；空氣中的汗酸臭早被巴黎香水所驅趕。人們不禁要問，瞬息萬變為何如此之巨？如此之快？巨變在於「金錢」；快變在於「權勢」，兩者短一不可。就臥室的布局而論，便可知曉「金錢」的厲害。大凡經濟優裕者布置豪華，反之，貧困者陳設簡單。越是寸金之地的大城市尤為明顯，這是無可非議的。當然囉，跟房主的性格和胸臆亦息息相關，層層相連。八〇八室與公寓其他朝南大間沒什麼不同，皆成長方形大間。客廳與臥室之間由屏風攔腰阻隔，整個房間客廳曉亮，臥室陰鬱且富有肉彩與神秘。一盞白玉藍燈半明不亮地灑下銀輝，室內是一派冒充奢華的排場。客廳家具上的靠墊則用棉織平絨充當絲絨；石膏的小人像充做翡翠的銅雕塑；靠椅和沙發同席夢司一樣表面並不像簇新的那般平整、挺括；地毯裏夾著大量的棉紗，連肉眼都能看見，足以說明它為什麼價錢便宜；輕飄的天鵝絨窗簾色差斑斑，剛掛上已顯得陳舊一半。諸如此類的東西在外行人的眼裏覺得富貴不俗，而在行家的眼前除了「寒酸」別無他詞可以描述，好似站在國際飯店門口穿著襤褸衣衫的乞丐。

「小姐，要點什麼？」穿著Boy服裝的侍者問。

「一客西點，來瓶香檳。」她丟下皮包，脫掉摩登的高跟鞋，倒在三人沙發上瞑目養神。

不多時侍者托盤復入：「小姐，請用！」

「擱那兒吧。」她從沙發上坐起來看了看腕上的坤錶，在房中彳亍一會問，「快七點多了，他什麼時候來？」並隨手端起酒杯呷了一口懶懶地放回不銹鋼餐盤。

「他沒講，小姐。」侍者帶上門退下。

哈欠又把她擺平在沙發上……

黃昏時分，曠野裏的最後一絲霞光被烏雲吞噬，彷彿天地融合一體，風沙瀰漫且什麼也看不清，大地似乎已昏昏入睡了。然而，雷卻在重鎮的西北隆隆滾動，好像被那密密層層的濃雲緊緊包圍掙扎不出來似的，聲音沉悶而又渾沌；閃電固定在海城的西北天際中，像破棉絮似的黑雲上，呼啦呼啦地燃燒著。悶熱，使柳上蟬、池邊蛙竟在半夜裏知知……哇哇……鬧個不休。空氣中的水氣已達到飽和狀態，眼見一場大雷雨不可避免。

「咯咯咯……」有節奏的敲門聲，斯文而又老練。

「Come in, Please!（請進！）」

來者他手捧一束血色玫瑰進來。

「你姍姍來遲該罰。」唐麗頭也沒抬扭捏作態地說，「怕是給那部長的女兒纏住了，要不又是那個下賤的賣身舞女。該死的美女蛇的舌頭！」

他——這位先生停了一會支吾半響才說：「封住醋壇吧，何苦吶。」

小姐賭氣地把頭扭向裏。

他放下鮮花，脫去派拉蒙雨衣，躡手躡腳地走到沙發前，貪婪女色的眼神，放縱發洩的行徑，像餓虎惡狼一般死盯住如花似玉的唐麗。他從頭打量到腳，又從下看到上：那高聳隆起的胸脯，跟著呼吸上下起伏著；那豐滿柔美的大腿，從玫瑰色的旗袍叉縫裏露白，在黑平絨的襯托下顯得份外潔白、細膩、柔嫩；那纖細的柳葉腰更襯托出了「S」體型的嫵媚可愛。此時那股早已潛在的欲望，像原子核裂變被釋放一樣，鏈鎖反應地湧上心頭，捅動心扉。婀娜多姿的少女，爛漫天真，真如希臘神話中的睡美人。此刻耳際彷彿響起大師兄的慫恿聲：「去偷，去搶，去擁抱，去狂吻，衝破禁區一切便都是你的，高榮。」

當他正欲施於無禮之際，又立刻捺住，怦怦直跳的心臟被迫恢復正常的心動。他想：不，不能，以往的失敗告訴自己，欲速則不達。他如同一頭發情的公羊，出於異性的本能和情慾的需要，像蜒蚰緊貼著美人兒，溫柔而斯文地用手撫摸著，撥弄著她的腿部和臀部：「吃醋了？我的寶貝蛋。」

人們常言，男人談戀愛用嘴巴；女人談戀愛用耳朵。這是極精闢的詮釋。

甜言蜜語使她如馴服的小綿羊沉醉在溫情脈脈中，他乘勢貼了過去竊竊而語：「人說『痴漢等婆娘，婆娘在床上』。」

小姐聞之蜷曲身子難為情地用雙手捂住耳朵，扭動苗條的柳腰。這時他倒好比吃了定心丸似的，篤定泰山，泰悠悠地獰笑著，從衣兜中取出一支特殊的雪茄菸，不緊不慢地點燃……

在距公寓不到兩華里的熱鬧街面上，擠著一家小酒店。說其小只是相比而言，兩間雙層舖面，門面足有三丈。建築材料尚算考究，單大門上面的橫樑——獨根花旗松就有尺把見方，開兩根紫金城宮門的門閂也綽綽有餘。它的格局和堂中陳設不像魯迅筆下的魯鎮「咸亨酒店」，頗俱虞縣翁同龢故里的「王四酒家」的風格，就是略增一些西歐酒巴的風韻。樓梯右側餐桌上，玻璃檯面白桌布四方滿座。薛矮子掏出帶打火機的菸盒，呵笑敬菸：「今天是過老兄的酒，我的菸，來來來，朱老大來一支。」

「謝謝，我不會抽。」阿朱婉言謝絕。

「不抽？那就吹！吹吹玩玩也怪有意思的，你吹吹試試嘛。」秘書邊示範，邊請嘗試。

「老兄，別尋開心了，痴人說夢。世間唯有吸菸哪來的吹菸？古今中外從所未聞，真可謂天外奇談！」這位仁兄素來非常節儉，身居總管，薪俸不菲，然而，每月另用開支少得使你難以相信，充其量不出一條「哈德門」紙菸錢。他不抽菸，不用菸來搞外交，就憑他的忠厚贏得四方的人際，前面已提及了他的為人。因為他不吸菸，故此也談不出吸菸的妙處。至於吹菸那更不可思議。他窘迫地斜視著酗酒的阿四，神情感到很不愉悅。

「唉，老兄啊，何必這樣愁眉苦臉，對酒當歌，人生幾何？! 此乃神仙過的日子啊。」為吸引對方的注意力，先來了個表彰肯定的語氣，「你太老實了，不過——請原諒，『老實』就是『愚蠢』的代號，我想您不理會吧。來，那讓我告訴你吹菸的來歷。」秘書大人一本正經地介紹起來，「此事並非海外奇談，它來自一個罪犯的自供。據述它是用一種紅色粉末摻入酒中，酒液不僅不混濁，反變得更純，更艷麗無比。可一旦進入腸胃就會致生命於死地，擇用此法害命圖財。」講到此刻他連連呷了幾口白酒，如提神醒腦般地繼續往下講，「倘若這把『粉末』捲入菸卷，吸入肺部將同樣送命。若是被此煙燻著——」他故弄玄虛賣起關子來了，停了良久以拖沓時間配合八〇八室的行動。面對發呆的三位仁兄，他抓起酒瓶倒酒。隨著時間的流逝，空氣沾滿了酒瓶，一連幾個「手榴彈」，最後剩下酒盅一個底兒……

兩場大雨過後，應該是酒乾菜盡飯絕的殘局，許多顧客趁雨間都陸續離店。閃光緊接雷鳴，又是一場陣雨，把最後一批客人留住了。

「告辭了，諸位仁兄容小弟日後回敬酬謝。」阿朱看錶抖然吃了一嚇，已是九點過五分了，他急匆匆地退席，卻又給擋了回來，幾經折騰搞得他精疲力盡，坐不好，站也不是。

「下雨天留客天，哎喲，這麼大的雨，老兄，你也太認真了。你不玩，也該讓主人多玩一會，你說對不？」過秘書說。

矮子大著舌頭幫腔道：「喝完這杯酒，你，你可知這杯酒的份量？是，是一百度的燒酒，什麼樣的愁都能澆，什麼樣的喜——不，是喜酒！朱老大，哥們是菸酒不分家，可你卻像個穆斯林了，菸酒不沾。如此見外，清規戒律，條條框框真不夠朋友。敬菸不抽，賞酒不飲，如此煞風景。唉——真跟我們分家不成？」

「哪裏的話，別誤會。天下沒有不散的宴席，小弟只因重任在身，失禮了。」他恭歉地解釋，表露了他的涵養。

「重任？無非是接你家小姐，可對？晚已晚了，五分和一小時之差不都一樣，小姐不會計較的，而且還會感謝你呢。再說你又是第一次，就是責怪又奈何得了你什麼。別胡思亂想。」秘書根據原來的設想是能多拖一分鐘好一分。眼前酒席將散，再挽留又怎出口。他斜眼看著身旁酩酊大醉的阿四引來話題，「兄兄啊，你瞧就他這樣子能開車嗎？除非車來開他。就算能駕車，也是酒後，別拿生命開玩笑，何況我們是幹這行的，豈能知法犯法呢？您不會反對我的說法吧。若是出了事，你我一起牽連。須知他上有霜髮老母，下有乳齒小子。好了，嘿嘿，還是打開天窗說亮話吧，你家的小姐，今夜就成了我們的——」

「太太。」矮子司機就在秘書拖調之際補充完句尾。

這位堂而皇之的匯來別墅總管，猶如挨了一個巴掌愕然不已。思維使他從清醒的理智中發現自己的失誤，上當受騙，追悔莫及，強命阿四開車。

「老大，這，這……這是喜酒，一醉方休，哪有中途離席的？」一席睡覺喉嚨的聲音令人惱怒，可偏要講下去，「咱們已是合二為一——一家人啦，來……為趙氏唐氏兩家什麼……什麼……」他抹著嘴角的唾沫星，瞪著秘書。

「聯姻。」

「喔，對。為趙唐聯姻而乾上一杯！」阿四不僅不聽差使，反而站到了對方的陣線高舉空杯祝賀。

在呵呵大笑聲中阿朱倏地站了起來，怒視眾人。秘書先生無計可施擱下那殘剩的一點酒說：「朱老兄啊，木已成舟，米已成飯，龍鳳早呈祥了。」

怒發衝冠的阿朱信手抓起酒瓶，像手持手雷的英雄步步緊逼。東道主見狀寸寸後退：「你，你要怎麼樣？你……」動武能解怨消恨嗎？即使把對方剁成肉泥也難解心頭之恨。主人失利，僕人有責；主人受辱，僕人有罪，這便是他的懊喪心理。他妄命地將酒瓶摔在地上，但又不能解恨。他一把抓住秘書的衣襟正欲揍而未動，搖首唉歎地衝出酒店，頂風冒雨在雷電閃光下狂奔……

話說西湖公寓一頭。進入八〇八室房間的是它的新主人，此刻他就在使用那特殊的「雪茄」，鼻子吸氣，嘴巴吹氣，所謂的吹菸大概就是這玩意兒了。沒瞧見他在鼓起腮幫子一個勁地對著來客的面門猛吹不休嗎。菸頭在一亮一亮，煙如同雲霧一般從雪茄菸中噴出。反應果真來勢凶猛，她先是喉頭發癢，接著咳嗽，到後來是條件反射——用手捂住嘴鼻不斷地喘氣。接連不斷地咳嗽使之本能地坐了起來，用絹頭擦去眼淚。一雙水汪汪的麗人眼突然在一亮之後失去了魅力，神色驟變，由驚恐——羞辱——憤慨。她噙合銀牙忿忿地說：「你？你——你怎敢闖到這裏?!」

「小姐，我的房間。」

「流氓，來人哪！」

「你不是來了嗎，親愛的。」

「你給我滾！」

「我就滾，美人兒。」

「我要報警了。」她踉踉蹌蹌地走到電話機旁抓起話筒。

「報警？那我就不走了。警察就在此，我就是警察，而且是頭。我的小姐您有什麼吩咐？」他已知扁擔麻袋到手了，口氣是何等的自信狂妄，彷彿法律就是他擬定的，他擁有法律，代表法律，一句話我就是法律。我可以隨意顛倒受害者與罪犯，好人與壞人，隨心所欲地歪曲原告與被告的關係。

「？！……」這番亂人賊子的謬論，這種赤裸裸的強盜邏輯，氣得她血都噴得出。她疲憊地坐回原處。

「親愛的李小姐，請息怒。我是特意邀請您來的。你如期赴約，我豈能失禮。俗話道，『有緣千里來相會，無緣照面不相識。』今夜真是良辰美景，豈可蹉跎？！」高榮錯把唐麗當李華，厚顏無恥地說。

「無恥，流氓！你——」她站起身來抓住酒杯對準局長以此下「逐主令」。

「我有情，你有意，情投意合。回首往昔的舊情，今日總算夙願以償。」他反覆了幾句，看樣子無法打動對方，照舊吹著菸。藥物效用提高了，反應速度加劇了……

唐麗此刻已無法挪步，對方活像癩皮狗一般賴著不走。她狠狠地把酒瓶、杯子全擲向局長，大聲罵道：「你給我滾，滾！滾——你這死不要臉的『黑狗』，社會的『大偷』，罪犯的祖師爺……撒尿警察……」

面臨咒罵，尤其是女人的罵聲，他總是付之一笑。今天要得到這樣一個弱女子，就像是摘擷一朵花兒一樣的容易。他無須發火，完完全全可穩坐釣魚臺。最後他扔掉被酒潑滅的菸頭，唯唯諾諾地退出房間：「好，滾，我走，親愛的，我這就走。回頭見！」

須知剛才的一頓臭罵便是在中毒後理智失控的跡象，她雙腿不聽使喚。幾次閃電眼前只覺白茫茫一片，瞳孔失去了照相機光圈的調節；幾陣雷鳴，耳中只覺轟轟隆隆地潛響，鼓膜振動不止產生了共鳴，腿乏、眼花，繼之喉頭好似被什麼咔住的，只有出氣，無有進氣……列位，務需指出上述症狀均是吹「雪茄」菸所帶來的後果。到此，我們的唐麗小姐無論你有多大的能力，再想邁出房間半步欲比登天還難。

趙局長得意地出得房間，在走廊裏做了幾個深呼吸動作，不到一支菸的工夫又復入房內。見「獵物」已躺倒在沙發旁的地毯上，「獵手」展示出勝利者的姿態迅速打開門窗，迫不及待地摟抱起唐麗，放上了席夢司。

……

夜籟人靜，唐麗從迷朦中甦醒。那困惑的一對眸子，發覺自己一絲不掛地睡在異處而驚詫，而戰慄。厭倦的鼾聲使她偏轉臉去，一個閃電，熾光從黑暗迸發而出，一切都顯示它的原形。就在那短短的霎那間，她見到自己赤裸裸的身子卻被刺著雙龍的手臂纏住了。斑禿著的腦瓜像一個剃頭鬼模樣的人，竟與自己同床共枕。她怒不可遏，憤然下床，拖著顫抖的身軀跌跌撞撞撲向窗口。

狂飆驟雨震撼著寧海市，沖刷著西湖公寓。閃電跟著雷鳴，雷鳴夾著閃電。瞬間，正負雲層的交錯，照得如同白晝一般。灼眼的電光威脅著神州大地，轟鳴的雷聲撼動了人們的心靈。一個霹靂帶來了瓢潑的雨水，打在玻璃上，迸射在地板上，嘩啦嘩啦的雨點聲吞沒了一切……

她慢慢地跪了下來，仰面朝天，在祈禱什麼似的。妙齡青春的少女美貌陡然一下子變得淒慘無光，好像被一股凶殘的魔力緊緊掐住了咽喉，而又好似在奮力抗爭。

「天哪，我還有什麼面目見人？為什麼罪孽偏偏降臨在我的頭上？偏要我無顏偷生在人間。為什麼，為什麼？天啊，老天啊……我只能以一死來了卻我的一生，來表示我的無辜，表白我的純潔心靈……」她披頭散髮猛地雙手箝住鋼窗，攀上窗臺，雨水澆淋她的全身，就在告別人生當刻，一個迅雷她驚恐墜地。許是雷公的慈悲，神靈的庇祐，才使其免遭厄運，扳還了一條生靈。求生的欲望就在一念之差的較量中萌生，終於擺脫了死神的魔爪。心想：自尋短見？!不，太荒唐了，哪能這麼便宜，我要報仇……我要雪恨……牙關緊咬一綹黑髮，掃視四周，她雙手拖出茶盤，「砰」的一聲，盤中器皿餐具及鮮花嘩然摜地。聲響驚了她，動了他，局長翻了個身夢囈著轉向裏床又像死豬一般昏昏入睡。她舉起不銹鋼刀逼近床邊，屏住氣奮力刺去……

「篤篤篤」一陣急促但又聲輕的叫門使她驚顫。她操刀拉開門，只見渾身濕漉漉的朱總管狼狽不堪地僵立在門口。外形宛如一隻鬥敗的落湯雞，內涵若比忐忑不安的遲到小學生。她一生服務於匯來數十個年頭，事事處處謹小慎微，人呼未卜先知的諸葛孔明，廣博主子賞賚。唯獨此事落得個事後孟德。歎，歎，歎！

他好不容易地甩脫羈絆衝出酒店。叫車？無車代步。險惡的天氣試問誰來出車？更不必說汽車，就是連三輪車、人力車也難覓蹤影。有道是這場大雨，不，暴雨，在寧海市的歷史上難以查閱，就在東南沿海城市中也屬罕見的，到何處去覓車?!

這位忠於職守，勤奮著稱的總管家，只能以拚命的速度來挽回這場敗局，哪怕是下刀子也得盡早趕到，以彌補自己的過失。他穿小巷，奔小街，抄近路，走捷徑以贏得時間。可一走卻迷路了，平時車來車往不覺得，可今雨夜兩華里的路比二十里的路還長。他氣上加急，急上加氣。耳邊反覆響起過秘書的話語：「木已成舟，米已成飯了。木已成舟……米已成飯……龍鳳早呈祥了……」一陣急汗夾著一陣冷汗，可憐呵可憐，這位老管家深一腳，淺一腳地在高低不平的路面上，從快步到迅跑，到狂奔……一會兒又竄出狼狽為奸的秘書和矮子的嘲弄叫喊聲：「你家的小姐今夜就是我們的太太……我們已是一家人啦！哈哈哈……」觸心境的聲音使汗腺閉塞，渾身雞皮疙瘩。雨下得更大，如水注一般朝他而瀉，洗刷他衣服上的汗液，兩華里的地他竟折騰一小時之久，由此可望他的作功等於「零」，到達公寓已是十一點報刻了，電梯已停止使用。為奪得時間，發揮最後衝刺，企望能有所轉機便直登八樓。當他身影落在八〇八室房門前，門戶的緊閉就正式宣告他的失敗，因為這齣長劇的序幕已結束了。

唐麗開門見是阿朱，一股業火頓升，她將刀向門上刺去，用此發洩內憤，「呸！」她吐出一縷青絲衝了下去……

總管默默無言地望著小主人的背影，用手腕抹去額頭的汗水、雨水，那金錶——端士一類名錶觸及他的前額，後悔莫及而又無法補償的心理驅使，他煞然捋下熠熠生輝的18K玫瑰金勞力士錶踉踉蹌蹌向後挪了幾步。回首見得那門板上的刀具和那被擠壓在門縫中的一束鮮花。眼淚簌簌落落地拋下，他拭去縱橫的老淚，擦去額上的汗液，擠抹褲管的雨水。昂起頭，一對深邃的目光猶如兩條白熾的光帶落在門上，欲刺穿之。他咬緊牙齦，用盡最後的力氣，把這身份標記，財產佐證的勞力士毅然砸向「808」……

總管阿朱如何向經理交代？

欲知後事，請看下章分述。

第九章

一　一張面值千元的支票

貢獻於匯來的元老，論資排輩當之無愧的是朱總管，其次的要數帳房間的王先生了。他倆都是匯來先生來華投資開設銀行的第一批見習生，硬是從工作實踐中刻苦學習，奮發向上，憑自己聰穎的智慧和橫溢的才華逐級提升的，故此小兄弟時就志同道合，致力於匯來的發展。數十年如一日，堪稱莫逆之交。青春的年華已蕩然無存，歲月流逝催人老。不是麼，王先生頎長的身材已瘦多了，略有些佝僂，穿著的服飾肥大而不太合身。案桌左方平放著紫檀木算盤一把，長度足有桌面的三分之一，靈活的手指撥動著珠子，就像評彈女演員彈撥琴弦一樣自如。每逢月底年關，他可左右開弓，同時算兩筆帳目。平時裏他左手撥珠，右手記帳，經他手指撥弄過的珠子，沒有一個是無用的；由他繪製的帳冊，帳面從未有半分的誤差。案頭搪瓷流水牌上的警示語錄：「差之毫釐，失之萬億」，就是為自己立的座右銘。手指撥著算盤，過早謝頂的腦袋也就跟著晃蕩，嘴皮子會鏈鎖反應地抽動，二一添作五，三一三十一，四一二十二，五一倍作二……像信佛的老太似的默誦著口訣。每當遇難撞壁時，他總喜歡把老花鏡架到腦門額頭上，右手停在帳單上思考，左手卻還是一個勁地撥弄算盤珠。無怪那珠子光得幾乎可以鑒人。從上述的特定造型中，我們不難想像到他是多麼忠於本職啊。為了匯來的權益，哪怕是一個銀元或是一個銀毫，甚至一個銅板，都不會從他的指縫中、算盤下流失。由此可見，筆者在此提到這位「鐵算盤」和阿朱的關係了。匯來的興旺發達當然離不開天時、地利、人和，但物色到這兩位掌錢管財的人也是事業成功的秘訣。

「仁兄，我的老夥計，這是你三個月的薪水，共計四百五十元。」王先生悲愴地指了指算盤的數字把錢送給阿朱。管財人理解掌錢人的苦心，伸手接錢。

「請等一等。」經理從門外進來，用深思熟慮的目光對著兩位，最後停留在那二十六位的算盤上，慎重地用大拇指在四百五十元的前一位添上一個珠子，鄭重地吩咐說：「王先生，就照這個數字開張支票，讓阿朱先到行裏去取。」

「是，唐經理。」

「阿朱，待會你請大伙到客廳來一下，我有話要講。」

「嗯。」他知道這是最後的差遣，心裏內疚地應道。

「喔，別忘了拉先生。」經理補充了一句便悻悻離去。

「咳，我這就去。」

老總管帶著滿腹的委屈，又無法告以別人，好如吃了黃連的啞巴。主人的意圖已昭然若揭，自己的處境無須分辯。想著想著已到琴房外：「拉先生在嗎？」

「在。誰啊？」拉西姆從三角琴琴蓋下鑽出來，手捏校音鋼絲板頭無意敲著手心，「噢，朱總管，有什麼事吩咐？」

「經理叫你去一趟。」

「叫我？」他指著自己的鼻子以為聽錯似的，因為他進公館半年，除了琴房、門房，還是門房、琴房，兩點一直線很少去別處，更不用說經理處了。

「對——」聲調雖然並不順耳，但不包含嫉妒的語氣。

「哦，我馬上就去。」他忙歸理工具和校音器，用回絲擦了下手，從低音到高音試彈一遍，「對了，總管，我等一等去可以嗎？因為……因為麗小姐今天要練習第三樂章，昨天她特地關照我把琴校正一下，她──」

阿朱冷冰冰地回答：「她？她今天不一定會來了吧。」

他漠然處之地問：「怎麼啦，為什麼？」

阿朱像喝了苦酒，摘了苦果一般，很不愉快地擺擺手走開了……

開飯前的一小時，大客廳內的氣氛跟往常大不相同。就環境布置而論，以前正中的那幅懸掛了多年的巨型石膏浮雕──丹鳳朝陽已請了出去。提及它還有阿朱的功勞呢。國民黨首府──南京陷落後，汪偽政府一唯討好日本人，竭力提倡效法東洋，講日語，寫日文，穿和服，留一字小鬍子等等，一副奴才相，亡國奴的奴才相。連廳堂上也得掛太陽旗，貼那些日語漢字的宣傳標語。當然在日偽管轄之內的匯來亦不例外。唐經理雖幾經以外資為由悍然拒絕在廳內懸掛帶政治性的圖畫、旗幟及標語之類。日偽軍是不會放過門的，稽查隊、特高課三天兩頭來搗亂鬧事，弄得朱總管就像風箱中的耗子──兩頭受氣。為雙方都不失體面，來一個折中的落場，銀行方面特邀工藝美術的名家高手用石膏製作了這幅「丹鳳朝陽」。丹鳳為中華象徵，朝陽為日本代表，牽強附會地併成一個所謂的「東亞共榮」，總算搪塞了當局，免掛太陽旗。

壽終正寢的日子終究來臨。八月十四日，一九四五年的八月十四日，日本天皇宣布無條件投降，以東條英機為首的日本戰犯末日已到。當天晚上唐經理集會眾人於廳，他正襟危坐地令總管把那應付時局的象徵性的作品撤下來，還其原來面貌：乃是國父孫逸仙──中山先生的肖像和遺訓。兩旁配有「革命尚未成功，同志仍須努力」的楹聯，中間的橫匾是「天下為公」四個大字。落地報時報刻大鐘仍安居在大廳中央，嘀嗒嘀嗒……奏出輕巧而有力的節奏，準點無誤地報知時刻，除此之外無聲可尋。

今天經理有苦難言，情緒欠佳，只在廳中踱著方步。面對悄然無聲的上上下下百十號人，抑制著內心的不寧，思索鬥爭，考慮再三才從牙縫裏道出一席話：「由於某種原因，我決定辭去阿朱的總管職務。」這舉足輕重的一步是慎之又慎啊。他的宣布以「某種」兩字掩蓋了真相，搪塞了既成的事實。眾僕聽之從肅穆的氣氛中冒出聲響，相互觀望猶豫，爾後議論開了，猜測紛紛……

「為什麼？老大。」

「是什麼緣故？」

「誰人來接替呢？」

……

眾曰紛云，圍繞在一連串的問號之中。他從侍者手中接過茶盅飲了一口繼續說：「請靜一下，鑒於其職務由拉西姆接管，以後諸位有事均由拉先生裁定。希協力同心，一如既往。好了，拉先生，勞駕你給大家講幾句，歡迎！」

注目禮潛藏在掌聲之中。拉西姆受寵若驚地走上前去說：「經理先生，朋友們。」他邊說邊想著下面的話兒，拘束得雙手不知放在何處是好，要是唱歌他是絕不會這樣。俄而，抬頭拘謹地環顧四角天花板，好大一會才繼續說了下去，「承蒙經理先生的器重，在此深表謝意，本人才疏學淺恐難勝任，有失眾望。」

「哪裏，哪裏，甭客氣。人們常道『頭難頭難』那是開頭難，以後我完全相信你能勝任的。至於業務上由阿朱在移交過程中拖帶一陣，我想有一週時間差不多了。」他放下茶盅，侍人上去點菸。

「經理，我有一事不明，請不吝賜教。」

「請便。」

拉西姆渾身肌肉似乎輕鬆了許多，提出自己百思不解的疑問：「朱總管自匯來先生創辦以來，一直勤勉服務於匯來，忠誠於主人，可算元老，信得過的元老，他的功績是大家有目共睹的。不知如今為何無過辭退，令人難以折服。」

「這一點嘛，阿朱他自己明白，我無須在這答覆。」他不耐煩地回答，怕話多反失，毀了名聲，污了清白。

「經理，古人諄諄告誡我們，『前車覆，後車誡』，故此執意請問。」

唐星一驚，沒想到這位年輕人好不識抬舉，怎一點都不懂世故人情。不要問的，就不要問；不要弄懂的，就不要弄懂。何必在眾人面前一反常態如此擺弄嘴舌，好不體面。有修養的主人不露聲色地吸了一口菸，用手指揮去灰燼，贏得思考的餘地：「你既要打破砂鍋問到底，這精神可佳。那我簡單地告訴你，他鑄成了一個大錯，不可挽回的大錯，毀掉了我全部家產的一半。」他敲著紅木沙發扶手，忘卻了自己的身份，衝破了自我修養的境界，悲憤懣膺地站了起來，「試問，難道還能繼續任用嗎？話得說回來，我已通知發放『養老金』，這一點你盡可放心就是。」

拉西姆還是難以置信，儘管主人這樣講。便問：「老大，真有這麼嚴重？」

眾僕亦多愕然無聲，眼光齊投向總管。在眾目睽逼之下，其微微頷之。唐經理為盡快解決這難看的場面，瞅了一下帳房說：「王先生，支票！」

老王先生把經理授意的支票遞給了阿朱，依依不捨地說：「仁兄，請你加蓋印章後自取吧。」

他失望地，不，竟是絕望地凝望著自己的夥伴，然後翼翼小心接過支票，取出清澈透明的水晶圖章，皺著白眉，摸著尚未謝頂的灰髮而沮喪地歎息著。

飽嚐生離死別痛苦的尤素夫老人也含著同情的淚水上前規勸道：

「阿朱老弟啊，你對主人的耿耿忠心從你的座右銘──『忠誠是我的天職，匯來的騰飛是我的努力』就可不言而喻。這是我們值得仿傚的。離別總不是滋味，你若有什麼苦衷也可訴訴吆，千萬，千萬別憋在心裏想不開呀。」

「老哥，說是這麼，可到自己身上就沒法解脫……唉──」他長吁短歎後毅然轉過臉向經理說，「東家，那是我的過錯，我絕不推諉。」矛盾的心理在他腦海裏翻滾，想和盤托出說明前因後果，又怕影響經理的威望和小姐的名聲；不說吧，眾人面前怎能交代？左右為難。他嚥了一口唾沫，為保全主人忍痛地打掉牙齒往肚裏嚥。可昔日的往事蘊藏並不深，此刻像山泉般地湧出聲帶，「我阿朱跟隨東家整整二十個春秋，回顧漫長的歲月，在匯來中我沒有絲毫的蹉跎，大事小情我都得管，大錯小誤我不沾邊。而今才是第一遭，第一遭啊！」重複的語調激動得哽住了喉頭，略喘息片刻又繼續往下講，「竟成了最後一遭，東家，叫一聲東家。」強忍的淚終於湧了出來，如訴如泣地，「為了您，我輾轉南北，歷盡滄桑，身陷囹圄也在所不辭。錦上添花的事可以不計，而雪中送炭的事都是以您先生的名義辦理，樹立了您的絕對權威。匯來哪裏有困難，哪裏就有我朱金榮。這一切的一切不作功勞也算苦勞啊……」

「住口！我想你應喝點水了吧。」經理已感觸犯了自己的威嚴，又怕家醜被敗露，打斷了下屬的訴說，「阿朱啊，你那支票上的那筆可觀數字該拿得出手了吧！這是為什麼？還不念你過去的苦心和忠心？還不是為你的汗馬功勞？應知足了，蓋章吧！」

阿朱仰視苦笑，以掩飾內心的痛楚，對著印鑒自言獨白：「章，我的章，我的水晶圖章。」他撫摸著自己的私章，愛不釋手地端睨著，抒發了肺腑的深情，「你的晶瑩無瑕，伴隨了我數十年，你的純潔無疵是我心靈的寫照。匯來的家財和匯來銀行一筆筆數以百萬計的巨額款項都是由你一一驗收入庫的。你是匯來的權威，你是匯來的見證。多少工廠的生命，多少商店的生計都掌握在你的手中。到今天你的命運卻和我一樣，可悲可泣。命來運轉，現在最後一次用你給我領取一筆退職的養老金——養老的喪葬費。」說完一手托著支票，一手加蓋印章。然後狠狠地將它摔在地上，拋落到正從外面進來的趙局長腳邊。其彎腰揀起圖章，向同行的秘書和司機瞅了一眼，用聯珠頂真的修辭手法，逢場作戲地念白：「水晶作私章，章上鐫姓名，名字即生命，命拋孰可忍?!哈哈哈……」

眾人默不作聲，向來者投以注目禮。

「唐經理，沒人通報私自闖了進來，您不會怪罪吧！失禮了。」在冷淡的接待中他還是厚著臉皮尋找話題，打開局面。不必擔心，這是他們這號人的必修課題。哄、嚇、拐、騙、哭、笑、跪、誓樣樣全能，並做齣像齣，絕不含糊。

「豈敢。常言道『籬笆扎得緊，野狗鑽不進』，而對套著皮圈的狼狗是不起作用的。尊敬的警察局長先生，你不會反對我的見解吧。不過還是自由出入的好，我的聽差將塞高枕頭睡覺，就算門檻踩掉又算得了什麼呢？」經理本無處出氣，見其來得正是時候，擁擠在心頭的怒火頓時上衝。回頭一思，「家醜不可外揚」像一張傷膏藥貼在嘴巴上封住了口，故此「氣胸」又好似息了氣的皮球軟了下來。他收斂了嘲諷的口吻，顯出量大福大的派頭說，「來，阿朱，上門客是不允得罪的，款待來客。」

「不必了。讓他消消氣。」趙局長假作關注，搭著受害人的肩膀寬慰著說，「怎麼，想告老還鄉？嘿——我看為時太早了點吧。」他掂了掂圖章，「你看它身受『打擊』不損皮毛，還是完整無缺，乃是天意，不可違抗。唐經理，您說可對？」說著把印章塞給原主。

主人不語，他瞟了來客一眼，瞧著阿朱手中的支票和圖章，心裏納悶。他們之間到底搞的什麼名堂？難道還要繼續捉弄我？不，絕不能就此罷休，我定要旁敲側擊摸個底兒。於是他恢復了常態說：「好吧，既是局長說情，這點面子我唐某總要給的。大家各自忙乎去吧。」揮手之間眾僕紛退，「噢，阿朱，拉先生你倆留下來。」他牽著拉西姆的手向局長介紹，「這位是拉西姆先生。這位是堂堂的寧海市警察局長趙金庫先生。」

局長以特有的靈感，一種類似警犬的嗅覺和聽覺，無聲地上下打量對方，最後他伸出右手擋住自己視線的下半部分，遮住拉西姆的絡腮鬍子，從高鼻樑兩則的眼窩裏，那雙帶著仇恨的眼睛還可捕捉住臉熟的影子。

拉西姆在他進門從帽沿下的那張黃皮臉就一眼認出對方，以眼對眼，心裏盤算一會。他怎是趙金庫？他分明是高榮！是什麼法道敦促他變得如此利索？難道趙翻譯官被他「墊」了不成？想著想著面前呈現出一幅幅走馬燈似的圖片。

高榮戴著西瓜帽，穿著黑香雲紗馬掛，手執一把特大的黑扇……

高榮手抓一條長長的皮鞭將老嫗鞭撻於地……

高榮手持一張大大的假鈔票硬要老叟兌換現鈔……

高榮跪在日本軍官前接受一柄帶血的鬼頭牌指揮刀……

高榮頭頂一隻特大號國軍大蓋帽，口呼狂言：「老子抗戰八年了……」

馬燈快速旋轉，燈框中只見黑扇、長鞭、假票、指揮刀、大蓋帽……在眼前輪番顯現。

「拉先生，恭喜你高升了。」局長皮笑肉不笑地道喜。

「豈敢。局長先生，我們這些『下里巴人』怎能接受這樣的慶賀。愧不敢當。」拉西姆也顯得老練多了，話中含刺，不露鋒芒，似笑非笑，「還是局長的威力大。」

無論哪裏，豢養的狗對主人總是搖尾乞憐的，我們的秘書亦不例外。為討好主子殷勤獻媚，學著老夫子的之乎者也說：「咳，此話差矣。孟子說『君為輕，民為貴也』，何況一個不起眼的小局長乎？局長只是受總裁的派遣，黨國的委任，替黎民百姓辦事而已，局座，您說可對也？」

一介武夫的局長倒被鎮住了，他根本不理解其意，兩眼直發愣，半晌才吐出個「是啊」，「對呀」。其實他毋須這樣，完全信賴自己的參謀的習慣用語——正面答話。他用手搔著頭皮，驟然面向經理說：「昨天，我們就為經理辦了一件事。」他從公文包中取出案卷宣讀：

> 鑒於唐麗女士申述的剃頭鬼一案，經多方檢驗查實，則純屬幻覺。此乃一種生理病態，醫學上稱之為「癔病」，這是由於對異性的追求未遂所致。特此奉告。
>
> 寧海市警察局
>
> 民國×年×月×日

經理聽完宣讀後疑心參半地說：「偏勞各位了。該付多少酬勞才可答謝？」

「酬金？哪裏！這區區雞毛蒜皮之事則理應效勞，怎啟齒以錢？而且，而且，而且我們是……是一家人了嘛。」局長恬不之恥地奢談侈言。

唐先生聞得後半句，怒火頓升：「什麼一家人？我姓唐，你姓趙；我在金融界，你在軍警界；我經融，你營槍；我們以施捨為本，你們是殺人為榮，是兩股道上跑的車，永不相交，怎挨得上呀。」他譏諷地斥責著，「講這種話應該懂得人間還有羞恥事。我的局長先生，冒犯了。」

一頓尖言銳語像匕首一般直刺客人的骨髓，如一盆冰水澆在脊背上，縱使來者們啞然失色。為使客人不至於過分難看，主人家找了一句下臺詞給其落落場：「還是開門見山吧，該多少大洋可以填滿胃口？盡可開口，我絕不會叫你們白跑一趟的。」

並非等閒之輩的他——秘書在一廂旁聽。從朱總管的撤職罷免便曉昨夜之事，由昨夜之事推斷經理內心的惡亂和沉痛。故暗暗作喜淡然而語：「經理先生，我們理解您的心情和處境，本了結此案略表局座孝敬之心。既先生不肯領情，那來日方長，以後再說吧。」他俯首貼耳過去與局長講了一番，又低低唆使著，「走，別理睬他，我要他自己找上門來。到那時我們是坐客，他是行客了。」語音未絕就催著起身告退。

「慢！」唐經理託人辦事向來與金錢掛鈎，皇帝也不差餓兵，他從不剋扣，更不食言。實屬銀行家風度，之所以博得人們的青睞稱頌。據傳是一脈相承於匯來先生的風格。此間他已走到拉西姆邊說，「拉先生，勞您大駕去帳房間支付一千元給這幾位先生。」

鋼琴教師躊躇不前睥睨著來客們。一則自己並未正式授職，另則總管就在身旁何須自己去呢？突然，他瞧著阿朱手上的支票，便走了過去緊握其手說：「朱總管，你是這兒的元老，我只是你的幫手。現請你把支票給我……」

阿朱懵然，一席暖人心的話使長滿老繭的雙手捧住了拉西姆的雙肩，長久地抖動著嘴唇一言不發。拉西姆徐徐掙脫，拿著支票走向客人們就地一扔，顯露出主戶的架子，學著主人的腔調：「按唐經理的吩咐，請找回四百五十元！」

「他媽的×，拿什麼臭架子，還沒當上總管就這等放肆。」局長臉一沉，如訓斥犯人的口氣以勢壓住對方。

經理悄然回轉頭喝住：「有這等對待客人的嗎？算了，不必找了。」

巴望以久的薛矮子即高興地彎腰去取，卻被黑皮靴踩住：「今天非叫這小子拾不可！」

僵持之下，經理打著圓場顧及雙方都不失面子：「阿朱，請你為我把它揀起來。」

總管奉命取之，然被拉西姆擋住。經理覺得有失尊嚴，拍案厲聲叱斥：「放肆，狂妄，無理透頂！」

「經理，休怒。您聽聽那歌聲吧！」拉先生指向琴房。

如訴如泣的歌聲淒淒切切，音調時而悲哀，時而憤恨。悲則動人情，憤則拔拳助。音色越來越嘶啞，好像亢奮狀態的人在嗷叫。悲憤填膺，仇恨滿懷，一古腦兒地傾注在她的歌聲中……經理側耳細聽愛女的哭訴，歌聲漸漸地把他帶入幻境：

麗小姐一頭撲到父親懷抱，泣不成聲地哽咽著：「爸爸，爸爸，你好糊塗啊，他哪裏為這而來？他用卑鄙的手段強占了你的女兒，以達到他不可告人的野心——霸占這數以千百萬計的家產，成為你的法定繼承人。爸，親愛的爸爸，女兒有口難言……」

「鼻子上掛鯽魚——休想。」經理激越的聲響打破了大廳的寧靜，人們以受驚的神態目睹這位尊敬的銀行經理右手按著太陽穴倒進沙發，口吐白沫，眼珠向上，手腳不停地痙攣……

「不好，經理中風了，快！」阿朱急忙奔過去連喊帶攙，眾人聞訊趕來把東家扶正。

「送醫院，還是請大夫？」拉西姆焦慮地徵詢著，顯現出十分尷尬的神情。

一袋菸的工夫，經理神志漸漸清醒，微微搖首。

局長乘此用腳尖把支票踢給秘書，過秘書用眼示意薛矮子，司機看了看支票，又瞧了瞧兩位上司……唐先生恢復了知覺，眼球在轉動，嘴唇在顫抖，似乎想說什麼，但又無言奉告。他用那未癱瘓的右手緩慢地從茶几上取下菸缸上的火柴盒，打開盒子取出一根火柴，用食指頂著火柴棍尾部。薛矮子蹲下身子正欲去取……經理猛彈中指，火柴頭在盒壁上摩擦，騰起一束火，像流星一般直飛那支票上，燃起一團火焰……

唐星經理為何要自燃支票？

欲知後事，請看續節。

二　骨灰磚鋪砌的地下室

寧海市西南二十華里的青龍山中，有一個不大的山塢，名永安塢。塢內蒼松翠竹簇擁著一樹高聳雲霄的烟囱，不時地冒著濃煙。黑煙夾帶著難聞的氣味長久地凝聚一起，沿著山坡的褶皺之處滾滾向上，直抵山脊才慢慢散去。和平環境這兒是創業者的歸宿處，非常平靜安逸像山北的宗廟一般。到了戰爭年月就顯得畸形發展。好了，介紹到此處，我們便可知曉這是火葬場，是本城獨此一家別無分號的殯儀館，命名永安，顧名思義而定。一來借山取名，二來歸天去極樂世界之意。

自重鎮陷於倭寇鐵蹄之後，清靜的殯葬場所一下子變得哭聲震天。道不盡人間之恨，話不絕黎民之苦。成批成批的屍體絡繹不絕地送來，業務在增加，範圍在擴大。因為，因為土葬或棺木成殮都沒有它來得安全可靠，「勇敢者」在增加，在急增！日本飛機的炸彈是不長眼的，隨時隨地都有可能翻屍倒骨，「入土為安」不一定靈驗，還是骨灰為好。由於無名屍的劇增，骨灰的處理便是刻不容緩之事。大風颳後，骨灰瀰漫半空，黑灰遮天蔽日。單日軍從前線運下的屍具位數也日益增多，就要在這裏加工成「骨灰罐」運住本國。作為為國捐軀的「英雄」交於天皇，轉手於家屬，做一個天皇陛下的鬼雄。至於大有過之的中國難民的屍體和為抗日浴血奮戰而英勇犧牲的志士仁人又將怎樣安排呢？日偽軍為了一掩其罪行——一手拿屠刀，一手搖橄欖枝。把堆積成丘的骨灰壓成磚，然後通過山中隧道秘密運往山南的石灰岩溶洞。日積月累容積漸小，形成了一個用骨灰磚鋪砌的地下室，成為刑訊逼供的公堂和秘密處決的刑場。與其說是工作的緣故，毋寧說是殺人的需要。特在南麓向陽坡上的繆公館裏挖了一個後門。山南的繆公館，山北的大埋場合為一體，久而久之前門為後門，後門成前門。綿延百里的盤山公路在九曲十八彎的第一曲，第一彎頭上，我們下車爬上雜草叢生的山坧，趟過水流潺潺的山澗，就見順著山勢起伏的高高圍牆。穿過鐵柵大門是綠草如茵的草坪和百花吐艷的坡坂，路徑五顏六色的卵石所鋪的小徑，成對的老雪松像衛士一樣直立在乳白色的石階前，翹首前望就是一幢四間體的清水磚牆結構的洋房，三樓帶擱挑陽臺，這就是路人皆之的繆公館。

堡壘似的公館左廂百十步內有一拱門，這便是地下室的入口處，門前有一塊半個平方米的異色瓷板。當一人進門，踏板即鈴響，便有人開門放行；若是兩人進去，一齊踏上異色瓷板門即自動慢慢向兩邊移開。霧氣迷濛，陰寒襲人，一股難聞的氣味撲面而來，是菸味還是焦味？是霉氣還是腥氣？筆者姑且不談，由讀者自辨而決。

「內部裝修尚未大工告竣」，過秘書舉著點燃的紙照著局長拾級而下，一面查看，一面了解改建工程進展情況，「局座，地下刑訊室業已竣工，唯刑具器械還未曾到達，我已多次去中美合作所催促，美方代表史迪遜上校屈指預計最早也需兩月後方可抵華，一些電子儀器和機械設備，如測謊儀、分析儀、自動記錄器、監測器、圖像分析機械等均在加里福尼亞州組裝。我再三交涉，要求閣下給予優惠照顧，按合同能通融一下提前些日子交貨。但上校先生聳聳肩膀而顯出無可奈何的樣子。思忖一會兒才言出由衷地說，『自珍珠港事件以後，盟國損失慘重，大批的物資軍火要調運，罹難的軍士要處理，不幸的家屬要撫恤，兵員要整頓補充。據我方情報局透露，在這次偷襲中，擊沉主力艦四艘、重創一艘、炸傷三艘，此外還炸沉、炸傷巡洋艦、驅逐艦等各類輔助艦艇十多艘，擊毀飛機一百八十八架。唉，這是自美國建國以來最大的不幸和災難，一切的一切都在忙碌之列。希貴國政府諒鑒。不過，拖些日子會得到補償的，朋友，放心好了！』」

「這話怎麼理解？」局長將信將疑地問。

「我先前也納悶，以為是經濟補償吶。後經多次盤問方知。他說，現代化的刑具一到，審訊記錄完全自動化，能幫助你們撬開『金口』，戰勝最頑固的敵人，得到你們想得而得不到的東西，並能去偽存真，這不是補回來了嗎？」

「夠朋友，比日本人更信賴可靠。不。」局長轉過話題，「我所擔心的倒是骨灰磚。噢，對了，那些共產黨的政治犯呢？」

「回稟局座，按委座『寧可錯殺一千，絕不漏過一人』的指令辦案。您腳下踩的骨灰磚就是他們的「遺物」給我們鋪砌的。」秘書得意地拉著頭兒，「當心！這裏還少一個臺階，有待填補。」火焰燎到手指，他將紙扔到那暫缺的臺階處。曳曳欲滅的火光照著主僕陰沉的面部，忽明忽暗。一陣彷彿來自陰曹地府的陰風使火苗又跳動幾下滅掉了，騰起縷縷青烟裊裊上升。煙形霧狀中現出了翻譯官趙金庫的身影，似乎又聽到其話語：「我身為一個革命軍人，未犧牲在敵人的槍口之下，竟葬送你這個無恥小人之手。我的聲譽給了你軍銜和官職，我的骨灰為你升官晉級鋪墊了臺階！臺——階——」

局座在這恐怖氣氛的籠罩下，心臟劇烈地收縮，瘋瘋癲顛地歇斯底里地大發作，像狼狗一樣狂吠：「臺階！臺階！臺階……」聲音此起彼伏交替輪番，從骨灰磚的牆上飄返過來，好似發自千百塊骨灰磚主人的聲音。「何止臺階?! 我還要金錢！美女！美女！金錢！」他與白痴無二，狂妄地向四面吼叫，腦門的青筋條條綻出，脖頸子似乎粗了許多，眼前猛地金星直冒，搖搖欲墜，失去自我控制，最後身不由己摔倒在那暫缺的最後一個臺階前。著了慌的秘書伸手攙扶起主子，見其痙攣地掙扎不休，承受對方的埋怨，「你為什麼不把最底層鋪砌好？」說完一屁股坐在缺失處，沉思片刻若有省悟地自言自語，「不，對了，這兒該是伊卜拉西姆的歸宿之地。」

「伊卜拉西姆？下落還不明。」

「下落已明，就在我們的眼皮底下！匯來的新總管拉西姆就是殺人縱火犯伊卜拉西姆的化名，正是冤家路窄……任憑他施計喬裝打扮，狐狸總逃不脫獵人的眼睛，等待他的只能是槍口。」

「此人厲害，敢於在鼻子下跟你周旋。」

「他貌不驚人，能彈一手好琴，玩一腳好球，腿功過得硬，性格怪僻，大有君子受刑不受辱的氣概。十年前，從殺死了我的師弟，又焚燒寺院，後來畏罪潛逃至淪陷區，哪知殺心未絕又連誅日本憲兵隊長。不——我要報仇！」他自己覺察話已露餡，故意跺了跺腳以示憤慨。腳下的灰燼揚起，宛如黑色蝴蝶翩翩起舞……

秘書不是等閒鼠輩，聞得語言之漏洞便隨口補足一句以窺察真偽。因為他已摸到上司的脾性：像戈培爾的門徒，謠言重複幾遍就會變成真理，只有說錯了的話才是真話。他不動聲色地問：「局長，殺弟焚寺姑且不談，誅戮皇軍應是有功之臣，愛國之士嘛，何罪之有？」

這一問把趙某給問住了，臉唰地紅到耳根。雖說他靠自己的反戈一擊從皇軍的背上投入國軍的懷抱，然瞬息萬變的時局他一時還轉不過彎來，思前想後才找到一句話語：「怎麼你也袒護起他來？難道手臂軸朝外拐？」每當他苦思冥想出的最後一句話，常用以聲壓人的手法制勝別人而扳回局勢，此為他常用的手法。

秘書稱此為「殺手鐧」。它的出現暗示下級必轉風駛舵，來一個一百八十度的大轉彎。故他勢必迎合著說：「好就好在殺你師弟是有罪的，應按法律處於極刑，置他於死地，殺人抵命，天經地義，這完全有理由。」

「理由?! 哈哈哈，何為理由？在我權力管轄之內，反手即理，復手為由，還需要什麼？十多年的戎馬生涯告訴我一條真理——量小非君子，無毒不丈夫也！說錯的話反覆多說幾遍就能變成正確的話，做錯的事多做幾遍就能變成好事。」照此推理，謬論反覆渲染幾次就能變成真理。他誇誇其談自己的處世哲學，是內心的自我表白，看來略勝戈培爾一籌。

「您的教誨我銘記不忘，把它寫成條幅作為警句，時刻提醒自己。不過總得有個說法才是，這樣就名正言順了。」過秘書出於自己的本職，固執己見。在沒奈何之際他引出《伊索寓言》中的一則話，「局座，不知您聽過〈狼和小羊〉的故事嗎？這倒是一個發人深思並給予啟迪的寓言故事。」

「沒。你說說。」局長恭謙地說。

在局長的需求下，他就講述了這則膾炙人口的寓言故事：

有一天，狼和小羊碰巧同時到一條小溪邊喝水。那條小溪是從山上流下來的。狼非常想吃小羊，可是既然當著面總得找個藉口才好。就氣勢洶洶地說：「你怎麼敢到我的溪邊來喝水，把水弄髒，害得我不能喝，你安的什麼心?!」

可憐的小羊申辯道：「我不明白，我怎麼會把水弄髒？水是從您那兒流到我這兒的，不是從我這兒流到您那兒的。」

「就算這樣吧！」狼無理可答便惡狠狠地說，「聽說去年你在背後說我的壞話！」

「啊——親愛的狼先生，」小羊顫抖著喊道，「那是不會有的事，去年?! 去年我還沒出世吶。」

狼無話可言，步步緊逼小羊說：「說我壞話的不是你，就是你爸爸，反正都一樣。」說著呲著牙咆哮著逼近小羊，把它吃掉了……

局長對於這娓娓動聽的故事喟然感慨，議論聲中斷了故事：「狼先生有法道。道高一尺，魔高一丈。可敬可親。搜腸索肚要想出這些歪門邪道的厥詞可也用盡一番心計啊。哈哈哈……」

秘書瞧著上司那七色光的臉譜，紅裏帶橙，橙裏蘊黃，黃裏透綠，綠裏導青，青裏出藍，藍裏變紫。善觀氣色的行家，若有七色光臉譜，大可作為保護色，偽裝得使人不易發現，甚至面目全非。筆者在此使人聯想起俄國作家契柯夫筆下的變色龍──奧斯米洛夫警官。然在局長臉腮上卻該變不變，不變亂變，故此成事不足，敗事有餘。偶爾亦有因禍得福的，這是罕見的，機率趨近於「零」。為挽回敗局，得出他以上的哲學邏輯。要他省悟乃是難上難，常言的「不見棺材不掉淚」倒是極好極切的寫照。為希望從中收到教益，秘書用朗誦的語調揭示寓言故事的主旨所在──「人們存心要幹凶惡殘酷的壞事情，那是很容易找到藉口的。」

主旨教育了局長，他也鸚鵡學舌地模仿著：「人們存心要幹凶惡殘酷的壞事情，那是很容易找到藉口的。對，對，對！」

寓意反覆著，笑聲伴隨著，他倆一前一後地踏著骨灰磚堆砌的臺階步出地下室。

不多一刻工夫汽車已駛入戒備森嚴的警察局。當並肩走到機要室門口，局長先生眼球又是那麼一兜，一念頓生。用肩頭把隨員從外往裏一撞，秘書冷不防地推進室門，咧著嘴學著狼的腔調說：「你怎麼敢到我的地方來……來盜竊國家機密？哈哈哈，我的智多星啊，此刻你的靈感被妖魔鬼怪叼去不成？」

「?!」

「還不明白？我們就來一齣林沖誤入白虎節堂，定他一個盜竊國家機密罪。然後再——」主子汲取了寓言故事的經驗，現批現販，做了一個刀勒咽喉的手勢。

秘書愕然而驚詫，心裏納悶：怪不得人說局長的腦瓜像一只潘朵拉的盒子，依我看豈止是像，簡直就是潘朵拉盒子——一切災難罪惡的集合體。「哎呦，我的局長先生使不得呀，這是莫須有的，就是秦檜誣害岳飛的莫須有的罪名。」秘書惴惴不安地舉例勸說。

「『莫須有』就是有嘛，只要有就行，不管多少，不管大小，哪怕是一丁點兒，也便是罪證。」

秘書這下真弄得啼笑皆非，自找沒趣地嘀咕：「秀才碰到兵，有理說不清。」他搖晃著腦袋瓜無計可施。一剎那，他又嘎然阻止，一層危險的陰影蒙住自己，直接關乎到自己的命運和前途，迫使其重申此等做法的利害和得失，「局座，不是我不服從您的命令，只因洩露機密乃是秘書玩忽職守之過啊，到那時，無疑我將提著腦袋上軍事法庭，兀立被告席上。」他哭喪著臉坐到辦公桌前，以求得寬容和諒解。

「左難右難，左右為難。你得助我一臂之力，拔掉眼中釘，肉中刺。那時你我都能平步青雲。反之，則後患無窮，懂嗎？後患無窮！」他攥緊拳頭，狠命地擊著檯面，震落了電話機。

秘書拾起話筒欲掛，這時候眉頭一皺計上心來。他矜持地操起電話：「匯來別墅嗎？」

局長先生竚立一旁深感唐突。

「你是朱總管吧！」

「敝人就是。」

「『總管桂冠』保住了，多虧我們的局長及時趕到。」

「謝謝。」阿朱一陣難過，像心絞痛一樣難過。心想：放火是他們，救火又是他們，什麼世道？回頭再思量，最終畢竟救了火，恨也消了，其感激涕零之情驟然上升，報恩心之切亦是理所當然。不想這位老總管揀了芝麻，卻丟了西瓜，背叛了主人竟入夥上了賊船。你聽他的電話談話，「小弟終身難忘，局長如同再生父母。以後有用得到我的地方盡可吩咐，小弟喚之即來，來之即幹，務請過秘書轉告並代為致謝。」

「甭謝了，我們是風雨同舟，患難與共。昨天有你的一功，應論功行賞。這會局長特地指示，為確保總管的職務唯只有一條——」他故弄玄虛收藏了話尾。

局長聽得樂滋滋地不知說什麼好，他伸長脖頸聆聽手下人的錦囊妙計。

「過秘書，不知哪一條，望不吝賜教。」

「幹掉競——爭——者！」他一板一眼地下達命令。

「拉西姆？……」驚慌中阿朱突然捂住話筒，帶著餘悸向四周探望，好大一會兒才平息下來。自拉西姆任教以來，一直與人和睦相處。「近日無怨，往日無仇」怎能平白——他愧疚地從舌尖齒根下吐出三個字，「不，不能。」

秘書向局長投了一瞥，顯得無奈深憾的神態。可對方尚未察覺，翹起了大拇指一味地誇耀褒獎：「妙哉，妙極了。」

上司讚彰之計下員不實施，徒然枉哉。急煞了這位智囊人物。為贏得時間而爭取主動，加重語氣要挾地說：「阿朱啊，你這人好不識抬舉，局長為了你仗義疏財，那張千元支票的結局你是目擊的，怎麼可反目無情呢?!」

「局長的一番苦心，小弟日後必圖報，你——」

「你，你別說空話了。」他一句緊頂一句，一句高似一句想以聲奪人，「局長送佛送到西天，擺渡擺到江邊，使你保持了總管的頭銜不至大權旁落，為此——咳，遺憾得很。你卻拒人千里之外，好不可惱！」

阿朱被挾住了，他沉思片刻欣然地作答：「既是局長瞧得起我朱某，小弟只得遵命。」

「好——這才對嘍。」秘書馬上用宛轉的語調發話，並向局長點頭微笑以示彙報。

「怎麼個搞法？請指示。」

他如快刀斬亂麻般地下達命令，直截了當地，也不等回覆，「啪」地掛上了電話。

秘書當著局長的面下達了什麼任務？朱總管又如何完成？

欲知後事，請看續節。

三　心臟在右的「亡人」

轎車在華燈初上的大街上緩慢地向前行駛，司機祝阿四把眼光投向兩側的人行道，似乎在搜尋著什麼。適時拉西姆穿過人行橫道線拐向人行道。車停，阿四跳下車主動迎上去說：「拉先生。阿朱，喔，還有麗小姐命我開車送你回去，請吧！」

先生感到意外，踟躕一會說：「不用了，謝謝您的盛情，祝大哥。我從小就習慣步行，既能鍛鍊，又能調劑一下精神。」

「天色已晚，又要下雨了。」兩人翹首西望，天際濃墨似的烏雲滾滾而來，勢必暴雨降臨。阿四半拉半拖，像出租汽車拉生意似地把他塞進了車。盛情難卻，他很不自在地坐進駕駛室。

大自然的必由規律是人們憑經驗可以預測的，但絕不會跟隨人們的意願所轉變。風後必帶雨點而來，打在地上的雨滴四濺，形成無數小水珠，地面的熱量使水珠氣化成霧狀騰起，還有些薰人吶。汽車冒雨在公路上風馳電掣，尾後的排氣管中吐出朵朵白煙，和雨霧交聚一起，似在霧中行。

阿四油光滿臉，緊張的臉部橫肉抽動。是天氣的惡劣，還是道路的泥濘使他如此緊張？不，都不是。單憑二十多年的駕齡，什麼樣的天氣沒遇到？什麼樣的路考沒經歷？! 瞧，他寬厚的嘴唇上叼起菸捲流露出少有的平靜，而腦海翻騰卻無法靜止。臉譜一具一具地呈現、更迭——趙局長猙獰的臉，過秘書狡獪的臉，朱總管憔悴的臉……耳旁是一道連一道的命令：「幹掉他……幹掉他！一切看你的了。幹掉他，你就是當然的副總管。」一陣劇烈的心跳，促使他盤算許久。

拉西姆望著駕駛窗上來回擺動的雨刷，思緒萬端。楊老闆詼諧的臉，唐麗風韵的臉，馬老闆倔強的臉……時隱時現，不時地傳來忠告：「害人之心不可有，防人之心不可無，當頭不易啊！」

阿四扔掉菸蒂即抱怨地咒道：「倒霉的鬼天氣，拉先生到穆斯林飯店？」

「好。我們隨意小酌，順便避避雨。」

「不了，沒時間了，回頭我還要上車站接李夫人吶。」阿四求事心切，便加大油門駛往郊外。

「咳，哪位李夫人？」拉西姆信口問。

「太太的姐姐呀，從青銅縣來啊。」

「她？毓芬醫師——大姑媽。」拉西姆聞得意外消息，翩然站了起來，「她在——唷喲！」他不慎撞到車頂上，撫摸著自己的頭蓋骨。

「看你激動得，你認識李夫人？」

「她，她是我的恩人，救命恩人。那好，我們先去接李夫人。」

司機好似被馬蜂螫到似的，冷眼瞅了一下拉西姆，犯疑的心裏當時得出結論：無怪乎他鴻運高照，紫氣東來，沒幾個滿月就坐上了總管家的席位，原來還有這張王牌，「朝中無人莫作官」在這兒又應驗了。一股怒氣在孕育，一種社會的弊端，即使是廣泛普遍性的「公害」往往也會發洩於某個人的頭上。不是嚒，他看了一下腳邊的發動機搖手柄，做了個急轉彎。輪子在坑坑窪窪的道路上顛簸著，車身像初出泥潭的癩蛤蟆，不時地濺起團團泥漿。經過一段路程的晃動，來到三岔口的「Y」形路標牌旁，發動機突然熄火。阿四連續作了數次的發動都無濟於事。

「拋錨了？」

「算你走運。看來要幫它一把了。」司機彎腰取出搖手柄，仰天指地罵道：「真晦氣，碰上這鬼天氣，又在這鬼地方，引擎也跟著湊熱鬧。」他滿腹牢騷地詛咒著推開車門。

這麼大的雨拉西姆怎能忍心叫司機下車？便攥住手柄說：「祝大哥，讓我去，老大的雨怎叫我過意得去？」說著便搶著下了車。

阿四正求之不得，他關掉油門點燃了一支菸，開啟車頭燈喊：「順時針搖，順時針！」

兩束平行光柱下的拉西姆，兩腿叉開，雙手執柄，深深吸了一口氣，接二連三地搖動數十下，未發動之聲。雨水汗水交融一起，很快成了一個雨人，除了皮帶盤轉動幾下外，輪子仍原地不動。他氣喘吁吁地扒去外套遞給阿四又繼續搖轉。須知他是一個一不做二不休的人，非成功而不罷休的漢子——真正的穆斯林。

包藏殺機的矮子從車中探頭張望，四下裏黑洞洞的一片漆黑。他仍掉菸頭隨手撥動了鑰匙，引擎即刻發動。精疲力竭的拉先生在興奮中抹去臉上的水珠，泛露出勝利者的愉悅笑容，笑聲未出白熾燈滅了，伸手不見五指。阿四敏捷地借機排上離合器，腳踩油門，車飛也似地衝出。一聲慘叫之後，汽車在尾後竄出的煙霧中像盜賊一般溜之大吉，繼而又是萬籟俱寂。

大雨滂沱，鄧綠普輪胎的轍印上重蹈著馬車的輪箍印跡。一輛馬車在泥濘的道路上轔轔而來，昏暗的馬燈在車上搖晃不定。雷響後的閃電把天地照得如同白晝，在這一瞬間，車夫大老遠就發現一個人影橫臥在叉道口，他眼明手快急忙勒住繮繩，車速急降。他拎著馬燈沒等車停穩就躍然而下。車斗篷中的華小姐憑藉搖曳的黃暈的光，展現的是那血肉模糊的人影，吃驚地叫起來：「啊！他——拉先生！」

「是他，果真是他！安拉，這是怎麼回事？誰把他拋落在這個地方？」

李華按了下他的胸口，果斷地說：「尤素夫大爺，快扶上車，加速返回！」

醫學院的急救室內，拉西姆靜躺在手術枱上，無影燈下李華還在拚命搶救。李克洛大夫脫去橡皮手套負疚地走向辦公桌伏案而書……

「李華，好了，我們已做到仁至義盡了，再忙乎也是徒勞的了。」教授說著邊把病歷夾遞給她。

法官的判決，即使是終身裁定可隨著社會的變更，事過境遷，原判尚有平反或昭雪之可能。然而醫生的宣判卻是定音於一錘，無可還價。李華望著拉西姆蒼白而又蠟黃的臉一愁莫展。她接過夾子痛苦地抬起頭來，用哀求的口吻對老師：「教授，他是妹妹的老師，您能否再作一次努力，進行手術切開氣管！」

學者李克洛從事醫務工作數十年，足跡遍布幾大洲。對於他來講，救死扶傷是他的天職，竭力搶救是他的本分，不管是仇人，也不管是敵人，只要是人，都是一視同仁。任何人都不能阻攔，也無法阻攔。但當病人生命無可挽救時，他突然沉默寡言，不，說得貼切一點是沉默無言。一方面以默哀寄託自己的哀思，另一方面譴責自己，鞭策自己。此刻面對學生的請求，他不言不語，雙手把白被單蓋沒了死者的臉，算作最後盡的人事。

她無可奈何地瞧著老師的背影，去下口罩，理了理前額的「瀏海」，垂頭喪氣地看著手中的紙夾：

死亡報告

死者拉西姆因車禍左肋1-5骨折，其骨戳入心肺。頸椎變型，氣管堵塞，心跳呼吸俱停……

她再也看不下去了，眼睛模糊了，淚水如泉而湧。耳廂只聽到教授命護士長叫工友抬走的聲音。都完了，一切完了！活著不相識，不傾訴，死了怎相識，怎傾訴？她終於無力地倒在電話機旁的藤椅上。

「叮鈴……」急促的鈴聲使她恢復了理智，拿起電話。

「華姐嗎？我是麗妹。告訴你，姨媽已經到寧海了，正等你呢。怎麼到現在？她老人家望眼欲穿了……」

「麗妹，我等一會才能回來，代為轉告媽媽。並致歉意，沒上車站親自接她老人家，求她寬恕。」

「怎麼啦？不來日思夜想，來了又不思不想了。你不舒服了？」

李華萬分傷感地望著電話，矛盾在大腦司令部反覆。把噩耗告訴麗妹，她受得了嗎？不講吧，又覺得非講不可。最後後者占了上風，哽哽咽咽地說：「麗妹，拉先生——他——出事了。」後面的三個字想咬住可已來不及了。

「啊——」唐麗聽罷倒抽了一口涼氣，電話從手中失落。

「麗妹，麗妹！」華小姐在電話裏呼叫著，安慰著，「別難過，我們，我們還在想——想辦法。」

電話懸空吊在電線上，旋轉……

大都市的鬧區一隅，一間公用電話間裏，一隻粗手抓起電話，手指發抖地摳進撥號圈。其屏著氣息向送話器放聲，聲響低到簡直難以聽見：「趙局長嗎？一切還順當，人已進太平間了。」

「……」一連串的褒獎之後通話終止。

醫院的太平間是人跡罕至的地方，尤其是醫學院的太平間更是僻靜。一個聽之毛骨悚然，見之望而生畏的房子，對於死者倒是一死百了，太平無事了，可親者卻飽嚐生離死別的痛楚，悲痛欲絕而不能，故傾注在淚水和悲號之中。一時寧靜的太平間頃刻為號啕大哭所破除。蛛絲連連的網絡，天長日久已占據了空間，足有蟬兒大小的蜘蛛，靜候在幾乎不被發現的八角絲網邊，藏跡在絲網的上角陰暗處，便於俯衝虜殺黏住的來犯者——蚊子、蒼蠅、飛飛、螟蛾……故常處一級戰備狀態，以示威防禦或守絲待蟲，誘捕可憐的小生靈。每當一具屍體的靈魂歸天時，太平間中人影晃動，擔架出入，多日編織的網絡就毀於此刻。別著急，不多日，不，也許不消一個傍晚，大肚子的蜘蛛兒又會像紡織姑娘一般編織新的玻璃絲網——死亡陷阱。

夜闌人靜，昏暗的燈光穿過絲網射入太平間，兩個戴著墨鏡的人，一高一矮，一胖一瘦，在門外隔水天井裏交頭接耳，鬼鬼祟祟。仲秋的涼風送來聲聲蟲鳴，周圍的空氣顯得死一樣沉寂。兩個傢伙透過玻璃窗窺視室內，兩具屍體僵直地躺在石櫈上。李華揭開被單用電筒檢查著第一個屍體的眼球。燈光一閃一爍，從明亮聰慧的眼神中，像似發現了什麼疑跡。她捋起袖管看錶，掐指計數：已一個小時了，呼吸心跳停止了，但瞳孔為什麼未散？是否是一種「猝死」現象？老天，但願如此。

帶著疑慮的她，多麼希望自己的假設成立。於是快手拉開被單想做擠壓胸腔的動作，無意發覺死者在褲帶上的半爿犀龍杯，她不能自已，雙手捧起信物怎不疾首痛心？兒時的往事躍然浮現在前：

小李華在古墳塋旁用角杯舀水替小西姆沖洗傷口，並為其包紮……

「你真像大姑媽，好一個小大夫。」

「將來我成了大大夫，你就是我第一個病人——01號。」

小西姆端著斟滿羊奶的角杯給李華……

「你喝了它就不會打嗝了。」

吉偉左右手各執半爿犀杯放在身後……

「我要右手那爿，因為西姆哥的心臟在右邊，在右邊……」

空空的太平間回聲四起，振動著蛛網……她突然放下犀杯，懷著僥倖的心理衝出太平間……

未幾，李華復入。急急套上聽診器，進門一見愣住了，全然失色，手中的血壓器失於地，水銀四散。兩眼直勾勾地盯著空空如也的室內四壁，自言自語地說：「伊卜拉西姆，你，你難道——」可再睨向旁邊，另一具亦不翼而飛。難道車向火葬場了，她奪門而去……

醫學院後門圍牆旁邊，一輛黑色轎車停著，矮子背持那白布包說：「我的秘書大人，後事不必擔憂，全由我一人包了。不過死人很沉，你得幫我上車。」

高個子滿臉堆笑地說：「行，讓那小妮子去找吧……」

就在醫學院的正門，尤素夫雙手抱起白布包放到車中：「不用找了，他在這兒！我送他進院，也接他出院。安息吧，我的主。」他瞥了一下亡人，然後驅動了馬車。是穆斯林的緣由吧，教民定要為亡人舉行殯禮——者那則——為死者祈禱。他仰天長嘯，「真主啊，多好的小兄弟啊，他們為什麼要陷害這位先生？而且連屍體都不放過，難道還要毀屍滅跡不成？」

夜來的露珠把地面潤得濕漉漉的，清洗了空氣中的塵埃。還不到日出時分，天剛濛濛亮，那是一種美妙蒼茫的時辰。深穹微白的天空還散著幾顆明星。地上帶黑，天上煞白，各種野草和不知名的野花在微微抖動。田野、鄉鎮、農舍、山川、池塘……全籠罩在神秘的薄霧中。公雞的報曉彷彿和星斗會合在一起，對唱著「天際晨曲」。寥廓的蒼穹好像也在屏息靜聽這小生命報導著一天的開始。東方蜿蜒的青龍山坳映著吐露青銅色的天邊，顯示出它的黑影；耀眼閃目的太白星正懸在山崗之頂的天幕上，好似一顆從這黑暗山谷中飛來的靈魂，預示著一天的誕生。

東方呈現魚肚白，池畔林中霧氣繚繞，鳥歡雀躍。晨曦透過枝葉縫隙灑下點點光斑。就在醫學院的值班室內，李華斜倚床欄杆上。徹夜未眠的眼光停留在手中的半爿犀杯上，睹物思情情更切，一幕幕、一樁樁舊情故景一一從她的大腦中湧現，簡直是昨夜之事，記憶猶新，鮮活可人。她緬懷著親人，思潮四起：他——伊卜拉西姆，為了尋找我跋山涉水千里迢迢，而我卻——她把犀龍杯輕輕放到唇邊深吻……

叩門聲打斷了她的沉吟。尤素夫戴著白色穆斯林帽走了進來，腋下挾著一捆白布，就像哮喘病人一般吐著氣。他內含憂鬱的語調深表歉意：「姑娘，我來遲了，叫您和老夫人久等了。」

她——這位未來的大夫，還沒跨出醫師的搖籃——醫學院，就遇到這等棘手的事兒，而且是自己心上人的生命交付在自己的手中。哪有不悲哀的？更傷心的還是剛抬進太平間屍骨未寒的亡人被竊。到哪兒去找？向誰人去要？鹹相魚尚能看只蒲包，而作為一個醫師不能醫生尚且不談，卻連死人都看不牢。她收拾了犀龍杯，拄撐著怠倦的身軀回答：「沒什麼，尤素夫大爺，媽會原諒我的，為了伊卜拉西姆……」

「伊卜拉西姆？」車夫意外地聽到這耳熟的名字，如雷灌耳。他在嘴邊喃喃地重複地呼喊著，爾後情不自禁地問，「他是誰？」

小姐唉聲歎氣地擺擺手無心作答。眼光掃在老人右腋下的白坯布問：「這麼多白布您派何用？」

「小姐，請原諒我把它帶來了。這是為拉先生行葬用的。」他拘束地去下禮拜帽，聲音很是淒然。

李華的靈魂像是被什麼觸動似的，軟綿綿的身軀「嚯」地站起來急忙問：「人現在哪？就是那個伊卜拉西姆！」她又拿起聽診器急切地把老漢擁出門。

「清真寺。」當他弄清原委早已上了馬車……

伊斯蘭教和佛教、基督教並稱為世界三大宗教，它誕辰於公元七世紀，發源於亞洲西部的阿拉伯半島，創始人為麥加城古第西部的商人穆罕默德。而清真寺則是伊斯蘭教舉行宗教儀式的場所。安拉是真主，穆罕默德是真主的化身——穆斯林的至聖。教民的信仰是伊斯蘭，歸信伊斯蘭的是穆斯林。安拉是獨立的、原有的、永生的、萬能的。祂是造化萬能的、調養萬物的、執掌萬有的、操持生死的、是普慈的、公道的、能知的。總括言之，一切凡有生靈的地方，安拉這個權威無所不在。祂於各個時代差遣諸位聖賢下得凡間秉主辦事。這些聖人都是人格高尚的，知識完備的，本著安拉降諭他的經典，傳布精深的真理，以領導世人。我們的貴聖穆罕默德乃是最後降生的為萬物的領袖，安拉降諭他的經典——《古蘭經》，包羅前聖一切法則及真理，教民都依此為依歸。伊斯蘭教的最終目標——世界和平，人類幸福。

……

寧海的北大寺原於青龍山腳西南端百許步，元代乙未年遷至控江門東側，佔地八千平方米。以禮拜殿為主體建築的中軸，包括影壁、麥加樓、望海樓、沐浴室、講經堂、教長室、拱門等等，這龐大的建築群既具有伊斯蘭教的特色，又含阿拉伯的風貌和中國古園林建築的風格。這座歷史的見證，在時代的長河裏久經風雨，隨著時間的流逝，社稷的變遷，朝代的更迭，歷盡滄桑。對於研究阿拉伯建築藝術和中國園林建築都具有極其重要的價值。

清真寺的沐浴室俗稱水房，是寺院的重要組成部分。一日的五時拜——晨禮、晌禮、晡禮、昏禮、宵禮，其大淨小淨離不開水房；亡人亦必須經過者那則——殯葬，方可入土。殯禮的第一步就是將亡人洗淨，放於面前，伊瑪目對亡人立定，眾人隨後站在後立意，招手，抄手，入禮，誦四次大贊後向左右道「色倆目」，經祈禱後即放置「金盒子」(臨時放亡人的盒子)。

水房中，拉西姆赤裸裸地仰臥在長長的矮櫈上，浴巾蓋著他的下部。阿訇急忙阻攔說：「姑娘，你不能進來，這時亡人是不能見生人的。」

「不，阿訇老人家，我求求您，求求您了。他不是亡人，他沒有死，他還有救，有救！」李華不顧三七二十一往裏擠了進去，這時時間就是生命。她強忍著自己的悲傷和哀思，一夜的疲勞也頃刻消失。她席地而跪，速操起聽筒在他的胸腔部位不停地移動，尋覓著一絲心肌的收縮聲。一隻顫抖的細手……一張緊閉的小嘴……一對緊鎖的柳眉……一雙含淚的大眼……一副戴著聽筒的耳朵，一切器官都處於緊張狀態，努力發掘，全神貫注。甚而至於連細微的滴水聲都感到是一種噪聲，一種騷擾。

淋洗的冷水侵襲肌膚，刺激了神經末梢，使中樞神經又恢復了知覺。當聽診器停在胸腔右側時，微弱的，幾乎難以捉摸到的，時續時斷的心跳聲振動了聽診器薄膜。多次的試聽，多次的求證。手停止了顫抖……嘴角掛起了……雙眉施展了……眼淚從眼角中滴落了……她嫣然一笑，似乎她看到了生命的火花。不由得撲向拉西姆，毫不遲疑地用「口對口」進行人工呼吸，一二三……十廿卅……百千次的呼，百千次吸。汗水、淚水滴灑在戀人的臉上：「他還活著，真主……他活了……他回來了，我的，我的伊卜拉西姆。」望著微微起伏的胸廓她再也無法壓抑自己的情感，一頭栽倒親人懷，「請原諒我，親愛的！」

「拉先生，拉先生……」車夫尤素夫看著復生的亡人，興奮激動的淚花掛滿那飽經風霜的臉上，他扔下白布，不由自主跪到他的衣堆上，「主啊，萬能的主，您的慈憫和寬容更堅定了穆斯林對您的信念和忠貞，主啊。」說完納頭便拜。無巧不成書，前額正抵在褲堆上的半升犀龍杯上。老人順手揀起，看傻了眼……

欲知後事，請看續節。

四　血淚交融憶舊情

局長的辦公室座落在寶塔松林中的一幢別墅式的小洋樓裏，周圍是小橋流水，假山涼亭，外面放著崗哨。走進大門即穿過打字間、文印室便是秘書室。最東是一個大廳，廳內陳設一應俱全。入廳向右拐局長辦公室就在眼前。它是一個小間，占地僅十五平方米。別小看它，這是屋中屋，房中房——防彈房間，怎見得？不妨讓我們參觀一下以飽眼福。從建築結構看，整幢洋樓全是進口磚木砌作，貌不獨樹一幟，而防彈房卻與眾不雷同。四壁是單獨砌出的，全用水泥黃沙砌抹，外粉黛青色水泥，內壁是杉木槽板鑲嵌。尤為突出者是它的上部，為了防避炸彈或炮彈，它採用整體獨塊的鋼筋水泥封頂，足有《辭海》那麼厚，再上面才是泥木平頂和地板——已屬二樓的領地了。如果防禦TNT黑火藥研製而成的炸彈則是萬無一失的了。南窗北門的室內布局與一般無二，除一張特大的寫字臺和旋轉的靠椅之外，引人矚目的要算是那德國蓋世大保送給日本軍國主義份子的一把安樂椅了。

濃得像人血似的水柱夾帶一股香而澀的味兒，從紫砂壺中注入玻璃杯內，顯得不倫不類很不協調。薛矮子比平時更識相，像闖了大禍的孩子，難捱極了。他把剛沏好的紅茶端給局長，不想所換來的是令人生畏的臉具。局長判若君王一般穩坐在高背轉椅上，吹鬍子瞪眼睛地訓斥起來。秘書和司機已早知免不了一頓臭罵。一會兒風，一會兒就雨了，果不其然劈頭蓋腦地來了：「窩囊廢，膿色！連個死人都看不住，竟然魚目混珠，拿個女屍來交差，壞了我的事，還有面目見我？統統給我滾！」邊罵邊伸手像掃地般的把辦公桌上的文房四寶往地上一推，「哐啷！」還不過癮，不解恨，又連用了幾個「滾」作添頭，「滾！滾!!滾!!!」

憤恨的氣息如浪潮直衝過、薛倆面門而來。爪牙被罵得狗血噴頭，不像人樣，耷拉腦瓜自認晦氣。走，不敢；不走，也不能。矮子司機厚著臉皮暗笑道：「局座，請息怒，我混蛋，我該死，我……」他說著朝自己頭上猛錘。爾後又重整自己的姿勢便來了個立正，自說自話，「他媽的，給哪個王八羔子串換了，害老子獎賞不著反受罪。局座，請寬容三日，我一定找回來燒屍壓磚。」求恕畢，他用膝蓋頂了一下高個子的腿彎，秘書因疑惑不解於思索中，猝不防同夥的襲擊，身子往下一屈，他埋怨地瞟了一下矮子，嘻啦著嘴附和著：「對，對。」

翹首以待的事泡湯了，餘怒未息的局長光火說：「對？對個屁！我問你們，屍體現在在哪?!」

這一對庸才——以殺人為職業的可憐蟲，萬萬沒有想到一個馬車夫會走在前頭，就在他們點菸之際揹屍而去，聆聽上司的問話彼此相望，愕然而困惑不已，心房怦跳勝過綁赴刑場的囚犯。到何處去找死人？

「一對活寶，搜遍地球，挖地三尺也無法找得伊卜拉西姆的屍體！」

「？」

「拉西姆的心還在跳，血還在流，人還活著。」他一句勝過一句地排比著，並狠狠地指著電話機說，「就在你們來之前，阿朱已來報告。」

「啊?!」兩人不覺大吃一驚。秘書用懷疑的眼神瞧著司機，只見矮子的舌頭伸出來而縮不回。過了好大一會兒才搖著頭固執地申辯著：「不，不！這不可能，絕對不可能！我們看著抬進太平間的。」

「他媽的，還嘴犟！」局長狠狠地對桌面一拳，與桌面等同的玻璃板頃刻碎裂，「伊卜拉西姆就在唐公館！」

匯來別墅的西樓是專供賓客膳宿的地方。拉西姆經過這場摧殘卻死裏逃生。雙頰滿是蓬亂的髫鬚，像是蓄鬚明志似的，眼窩凹得驚人，額上的傷痕像刀劃過似的縱橫交錯。他張嘴呼氣時，微翹的下巴頦兒就像快要掉下來的；當他抿嘴歙氣時，卻又讓人彷彿覺得全人類的善良和憂患都集中在他那張不幸的臉上似的。他斜倚床欄，頸部和胸部纏絡著繃帶，像是從前線撤回的傷兵，使人目不忍睹。

「先生，您受苦了。」唐麗帶著水果糕點前來探望。

他微微頷之。

李華身披白大褂，手拿針筒從裏屋出來：「妹妹，你可來了媽呢？」

唐麗指著門外：「瞧！不是來了。」

「女兒，我不請自來。」聲音剛停，一位精神矍爍的婦人笑容可掬地推進房門。來者非別人，乃是孿生姐妹的生母——毓芬醫生，雖多年未見，除了早生的華髮從雙鬢延伸到額頭，餘者變化不大，還是那樣的慈祥溫柔，平易近人，她手裏拿著一根白蠟木質的拐杖來到床前，用慈母般的神情凝望著久別重逢的孩子，「伊卜拉西姆，我的孩兒，你還認得我嗎？」

失去語言表達能力的人往往是用細膩的動作、手勢來表達自己的思想和感情，這是很自然的。當失聲者見到毓芬的到達便喜出望外，憨態可掬，他積攢了渾身的力量想硬撐著坐起來，可被華小姐按捺住了。他帶著欣欣然而又深含苦澀的思緒，用手指頭點著自己顎下的喉結，乾裂的嘴唇無聲地抽搐，發出撕嘶的聲音：「大——姑——媽」這聲音來自氣管，而不是聲帶，故所以這只是從口型上推斷而得此稱呼。

毓芬和唐麗驚訝地瞧著拉西姆，又轉過臉望著當大夫的李華，企待醫生的解釋。她眨了眨眼，把體溫表插入病人的口腔，便彎下身子進行針劑注射，以此迴避病人回答她們的疑問。

值時正趕上吉偉送飯，小伙子手拎標有「穆斯林飯店」的提盒，身套電車駕駛員的號衣，爽朗而渾厚的樂呵聲打破這冷場的局面：「西姆哥——你好點了吧！噢，伯母！」他回頭見毓芬忙呼喚，「您老人家身子骨可硬實？什麼時候到的？」他高興地抓住長輩的手腕眉飛色舞。

青年醫生像稽查員似的盯著提盒內的飯菜，嚴肅地直呼其名：「吉偉，菜要淡，飯要軟，湯要涼，禁忌酸辣刺激物……」

「按你的囑咐辦事。」他用手指了指咽喉打斷對方的話語，「總而言之要清淡一些，對嗎？我的醫生小姐這是你的第一個病人，你就一百個、一千個放心好了，我一定奉告師傅遵照醫囑。說實在的，我家師傅的手藝是拿得住的，其特點就是甜而不膩，鹹而不俗，清而可口。」他用揩布擦著碗碟，垂首對著自己的號衣，「咳——可惜，我已改行了，再也學不到這手藝了……看又扯到哪兒去了。」他不好意思地補上一句，「請相信，我一定轉告，為的是讓拉西姆早日康復。」

這位剛邁出醫學院校門的姑娘暗忖不語，看看坤錶，取出病人口中的體溫表。唐麗操起勾子，坐上床沿一勺一勺地舀著湯飯餵起自己的老師。表上的水銀柱無情地上陞至39℃，李華憂心忡忡地走向半圓形的玻璃曬臺，向尾隨而來的母親剖白內心的痛楚：「媽，我心裏很亂，內疚羞愧。媽，親愛的媽媽，我和伊卜拉西姆倆雖沒山盟海誓，但心心相印。他為了尋找我迢迢千里南下，可就近在咫尺天涯竟互不相認，還一味地怪罪於他，在我倆之間作了高牆，挖了鴻溝，我是多麼糊塗，多麼愚蠢呀。為什麼，為什麼要到這個地步才省悟？如若他真的與世長辭，我的苦衷向誰告？我的哀思向誰訴？有誰能理解我的心跡和衷情？我必將是遺恨終身。」女兒在母親懷中訴說衷腸還需強忍淚水？還需強壓情感？不，不然。她深深地吸了一口氣繼續說，「如今他雖憂患餘生，然我卻憂心如焚。我用什麼還他聲音？! 整整一週三袋血輸了下去，麗妹的，我的，還有尤素夫大爺的，都是O型，你看。」她把口腔表舉到母親眼前，「體溫還是不退，炎症還是不消。媽，我是多麼無能啊。」她緊咬嘴唇，憤恨之餘折斷了體溫表。

小兄弟吉偉見此便安慰著：「華小姐，切莫操之過急，常言道『病來似箭去如抽絲』。我相信西姆哥的體魄和毅力，一定會戰勝病魔。」

「對，孩子侍候病人一是有信心，二是有耐心。何況你已把他從死亡線上奪回來，須知不簡單啊，這是與死神打交道，談何易！你想到沒有？媽感到自豪，為有你這樣的女兒。」母親疼愛地理著女兒蓬鬆的鬈髮，「小華，不過媽有一點想不通，為什麼不送醫院治療？要在——」

吉偉連忙搶先解釋道：「伯母，你新來乍到，暫且有所不知。此事真相尚未大白，乍一看是車禍。但據我和師傅、師叔們的猜測，或許說得貼切一些是判斷，這是一起蓄謀已久的陷害，是有計畫、有組織、有步驟的暗殺……」

「哦，你也這麼認為？」華小姐有所同感，「難怪有人對他的屍體還不放過，果真想毀屍滅跡。用心何其毒也！真多虧了他老人家，要不是他——」她指著正在園中興花的尤素夫老人，以感恩的片言隻語向家母介紹，「他是姨媽家的園丁，兼馬車夫，是一位有教養的虔誠的穆斯林，信仰伊斯蘭的老表，真是一個善良厚道的老人。四年來就是他風裏來雨裏往地接我送我，使我平安度過這不平凡的四年大學生活。尤其在我病倒的時候，他像父親般的無微不至地守護著我。」

「在你的來信中，我對他已留下深刻的印象，多虧他的照料。」

「也正是他發現了被車輾壓而暈厥的伊卜拉西姆，又是他在太平間用女屍換下了伊卜拉西姆，並用自己的『O』型的血換來了西姆哥的性命。」

「卻又是他揭露並粉碎了這不可告人的罪惡陰謀。」吉偉向老人投以欽佩的目光，帶著讚彰的口吻補充說。

「他們這些歹徒為什麼要殘害我的伊卜拉西姆？而且是欲致死地而後快。難道他們之間有什麼糾葛或世仇宿怨不成？」毓芬回想起右心童的童年，想起守義的培養所傾注的心血，想起他和李華的純真的感情和真摯的友誼，她能不把他當作自己的孩子？! 正因為這樣，她要尋根求底並消除隱患，以保護自己孩子的正當權益。沉吟片刻之後，她似乎是提醒大家，「『項莊舞劍意在沛公』，我想說不定這一小撮人還蘊藏著什麼更大的陰謀呢！」

「伯母，您言之有理。不是說不定，而是肯定，絕對的肯定。您老的話一言道破了天機。外面流言蜚語說那局長想霸占——」這位有軌電車司機壓低了嗓門，眼神射向房內正餵著拉西姆的麗小姐，「想霸占她為妻，甩掉錢公子那個情敵，成為唐經理的法定繼承人，這才是這夥人的目的所在。」

毓芬聽罷後退兩步，倒抽了一口氣。阿麗雖說嗣給了唐家，可畢竟是自己身上掉下的肉，這親生女兒的血緣關係孰能無情？! 她鬱憤不已地說：「好一手鐵算盤，焉不知羞恥！那這和伊卜拉西姆是風馬牛不相及的，又何故要把他牽扯進去？」

吉偉噴了一口唾沫回答：「當然是西姆哥的出現有礙於他們計畫的實施，所以嘛——」

「華姐，快來呀。」唐麗不迭的呼叫中斷了答話。

拉西姆哽咽住了，氣道阻塞，滿臉通紅，冷汗直冒，兩眼直瞪瞪地泡在熱淚中，氣只出而不進。怎麼辦？唯氣管切開方能解救；切開，須進醫院手術方行；進院，時間不允許。在這岌岌可危之際，毓芬一個箭步搶了上去放平了拉西姆的頭頸，在急劇的心跳中，但聞一絲尖利的吸氣聲，空氣從喉頭線香那麼大小的孔中注入肺部，回過了這口氣。眾人悄舒泰。毓芬像指導老師般地講授說：「小華，剛才的反應症狀應該引起重視。它由於在吞嚥食物中，因疼痛促使咽喉肌肉的痙攣所致。只有把頭放低，讓咽喉放鬆、敞開，呼吸才能自如。同時要飲用流質，減少咽喉擦傷，除此要消除患者的緊張心理。倘若仍然無效，那麼只得迅速作氣管切開手術，不能有一點拖沓，因為時間就是生命。」

李華如護士遵循醫囑一樣，耐心聆命母親的教誨。她抽掉枕頭詢問：「媽，假如要手術治療，您看要不要進醫院？」她身處得天獨厚的條件，抱著熱切的希望懇求自己的啟蒙老師。

由上述情況來看，那些人是不會死心的，他們就像黃鼠狼躲在雞箱棚上伺機而動。無可非議他們將捲土重來，變本加厲。為了防止意外，故此住院斷然不能。就車禍事件到毀屍滅跡，可見凶手心狠手辣。母親理解女兒的苦衷，她用筷子代替壓舌板，查看伊卜拉西姆的喉嚨，半晌說不出話來，怨憤地視向窗外……

「媽，他咽喉變型，聲帶破裂。」女兒低語著。

「炎症不能控制，體溫不能壓住，據我估計，純屬外傷感染的原由。看來非手術不可。」毓芬仔細地察看拉西姆的臉，果敢地命令，「把鬍子刮掉，對傷口進行再消毒，以減少細菌感染的機會。在此同時加大針劑的劑量，最好再配用一些清涼解毒的中藥，輔助治療。」

信賴的女兒急切地追問：「什麼靈丹妙藥？媽。」

「這藥倒是迫在眉睫──」母親停頓了一下為難地道，「恐怕一時難以覓得。」

「您說啊，媽，我的好媽媽，也許能。不，」女兒重複表態，「媽，不是孩兒枉下狂言，只要能治好他，我一定想方設法，就是靈芝我也要像白素貞一樣把它盜回來。」

吉偉也在一旁催問：「對，伯母，不妨試試。」

「犀角。」

「犀牛的角？」眾人異口同聲地說。

「道地藥材。我叫孫媽去買，看要多少劑量？」麗小姐問。

「少則幾分，多則錢把。」毓芬恐難買又改口道，「若是有幾分也足矣了。」

「犀角？那是貴重的藥材。犀──角──」吉偉敲著腦門重複著，猛抬頭見麗小姐竄了出去，大喊，「回來！噢──對不起，麗小姐。請原諒我的粗魯。」他急步到床前，彷彿已找到了什麼寶貝似的。他從拉西姆的褲帶上取下那半爿犀龍杯。「看！」他托在手心裏，如獲珠寶一般地讚美，「它能鑒別毒物，而且，而且還是起死還生的寶呢！」

唐麗喜形於色地接過去孜孜地欣賞起來：「這是半個杯子，多精湛的工藝品，可惜只一半。另一半我好像──好像在什麼地方見過。」她做了一個思考動作，然後含憾地搖搖頭。

李華和吉偉望著拉西姆，兩人會意地一笑，為了取得藥到病除的效果，時間是一個重要因素。華小姐手抓犀角杯研磨著……手持匙羹餵著犀角墨藥……

「我們走吧，讓他好好休息。」毓芬拿起掛在床欄杆上的手杖，叮嚀女兒：「這是我特意給他買的，別忘了鍛鍊，生命在於靜養與運動啊，這是醫和道對立的統一。預祝你成功。我的好孩子。」然後吻別了自己的女兒。

……

拉先生刮掉絡腮鬍鬚，還其白皙的臉龐，沒幾天氣色大有好轉，躺在床上用雙手揪住繫在對面欄杆上的繩子，咬著牙齒忍著劇烈的疼痛，費力地坐起來，躺下去；躺下去，坐起來……

不日，他坐在床沿上，雙臂拄著兩支拐杖，咬住嘴唇，支撐著試圖站立起來……開始挪步……一、二、三、四……李華在曬臺上替他擦拭著額上滲出的汗珠，疼愛地說：「歇一歇吧，別過分了，要適可而止。」

一個祖先是馬背上的遊牧民族，況且吃牛羊肉長大的，拉西姆搖了搖頭，那種穆斯林的拚勁休想勸阻住。他喘了一口氣，用衣角抹了一把汗。為了復仇，忍痛繼續往前走……李華拿著手杖指揮著：「一二、一二、一二一……」那挪動的影子越走越高大，一支拐杖啪地落地，影子搖晃幾下又慢慢穩住了……接著又是一支，啪地一聲，只見這位活著就要與社會上形形色色以平民為敵的對立面作鬥爭的偉漢子，在與病魔的鬥爭中，歷經一百二十個日日夜夜地苦苦掙扎，終於勇敢地站了起來，撲開雙臂的身影在繼續向前蠕動……

「一二一、一二一……」

李華辛勤耕耘的成果奇蹟般地展現眼前，那一根又一根落地的拐杖，那一滴連一滴下掛的汗水，她驚呆了，忘卻了口令。繼而她激動地衝上去，緊緊地抱住了自己的病人。不，是親人，是愛人。滾滾下拋的淚花足以表達她的衷腸，還有什麼能勝過這無聲的語言 ?! 她憋了半晌才說：「西姆哥，親愛的，請寬恕我吧，我的伊卜拉西姆，鷹終於又展翅了。您真偉大！我的穆斯林。」

益壽醫院是市內首屈一指的大醫院，設備完善，測試手段現代化。診療室裏李華用器械為拉西姆檢查之後，放下手中的反射鏡走向窗戶，遠眺陰沉的天空，確乎有難言之隱。他來到她的身旁，一往情深地緘默著。一陣低低的咳嗽聲使她條件反射地掏出手帕遞給拉西姆。他拒絕了把手一推，白裏泛黃的手帕落在臺上，陳舊的血跡雖無艷色，可隨即跳入眼簾，往事的回憶躍然頓生，昔日的情感歷歷在目：這塊白手帕曾捂過自己前額流血的傷口；這塊白手帕曾擦過被打西姆不止的鼻血；這殷紅的鮮血凝鑄了他倆的真摯愛情……

拉西姆困難地做著吞咽動作，一口帶著血腥鹹味的瘀血沿食道而下。他不願增加麻煩，尤其在心上人的面前。他因失去語言而苦痛，無法剖白自己的心聲。他時而指指李華的心口，時而點點自己的心頭，但又無法完整表達自己的心願。他索性把手帕攤於枱中，取筆蘸墨在血跡四周勾勒成一顆紅雞心和淚滴，並潑墨揮毫書出工整的隸書「血淚交融」四個字。

李華入神地面對蒼勁有力的隸體字和鮮血勾勒的圖畫——鮮紅的雞心中擠出點滴的淚水。少女純真的心在怦然跳動，那一汪秋波的眼睛在閃爍其意。她無聲地捧起白手絹，脈脈含情地緊緊貼在心窩上：「親愛的，這是你無聲的語言，有意義的答案，是你永恆心靈的寫照，它勝似那千言萬語，萬語千言……」

「嘟，嘟，嘟——」汽車連續的喇叭聲打斷了她美好的感受。醫院大院內的老槐樹下，頭套法蘭西帽子的青年，一身洋裝，足蹬鋥亮的大英底的雙色紋皮鞋。手伸進轎車窗門死命地撳著。

唐麗聞聲繫著圍巾從室內走出責問：「怎麼啦？」

撳者扭身見是唐麗，便嬉皮笑臉地迎上去：「啊，小姐，親愛的，原來是你親自駕車，我還當阿四呢。」他輕佻地將手搭在她的肩頭，口吹泡泡糖，「行個方便吧，借用一下，您不會不同意吧！」說完伸手討鑰匙。

麗小姐反感地用纖手撂去肩頭上勾搭的手臂，怒容滿臉：「放尊重點，錢少爺！」

對這拈花惹草的老手，「害臊」從所未聞，「收斂」更是無稽之談。玩弄女性是他榮耀之所在——天性。他油腔滑調地死纏不放，揶揄地說：「麗小姐，何必這樣一本正經，念往日之情，借我跑一趟。」

唐麗雙手叉腰傲慢地問：「派何用場？錢大少爺。」

「嗯——」他支支吾吾半天考慮答辭，「送個——朋友，也可說病人。」

「朋友？病人？」

「由你稱呼。」

「女的？」

「……」

「我看是情婦吧！」

「你又出言不遜了。」他假裝板起臉。

「豈止不遜。今天又碰巧了，怕又是接打胎的孕婦吧！」她熱諷冷嘲地奚落這位公子哥兒。

須知唐麗她是一個活潑浪漫的裙叉，一個不可駕馭的女人。這一點錢明遠是領教夠了的。你聽聽他怨天尤人的內心：「天下唯小人和女人為再難纏，呸！算我倒霉。」他吐掉口中的泡泡糖，恨之入骨地罵道，「破草鞋！」然後搖著身子像鬥敗的公雞一樣溜走。

「呸！」她也不會就此罷休，以牙還牙，以眼還眼，針鋒相對。朝著他的後影罵道，「偽——君——子！」

「誰？」李華這時正攙扶拉西姆走了出來。

「還有誰！」妹妹挪了一下嘴，對著遠去的錢明遠。

「咄，這種王孫公子、紈袴子弟就憑自己前輩的大樹和煊赫地位放蕩成性，他們的父輩遺傳給他的不是愛情，是罪孽！」她感到自己過於衝動，突然收住了口，抱歉地打招呼，「麗味，對不起，我干涉了你的私生活，請原諒我的一時感情失控。」她話題一轉「噢——拉西姆的情況有好轉，為加速痊癒康復，你可陪他去遊覽一下山明水秀，秀遍江南的太湖風光。」

「真的？什麼時候？」

「由你定奪。」

「我們一起去！」

「不，麗妹，我不能同去。請見諒。我想翻閱一些資料，等你們旅遊返回，我有一個設想：準備做一個聲帶移植的試驗。這是一個冒險的美好願望。乞求真主和上帝能恩賜智慧，讓他重放聲音。喔！」她壓低音量說，「這是我的個人想法，沒把握，嘗試一下。保密哦，拜託費心了。」

話別後，唐麗上車用手放到嘴邊示意吻別，爾後載著先生上路……

此次南下旅遊療效如何？

欲知後事，請看下集分述。

第四集

第十章

一　山明水秀育戀情

米色轎車幾經輾轉，由陸上到水運，好不容易地甩掉了黑色奧司汀轎車的追蹤，借道京杭大運河旁東方威尼斯的姑蘇城和具有小上海之稱的無錫，直奔目的地——太湖之濱蠡園、錦園、黿頭渚。

一路飛馳，窗外古剎林立，寶塔高聳，鐘聲悠揚，香煙裊裊，眼簾間一座古樸的石拱橋橫臥兩岸。在這條長達一千七百九十四公里的大運河上，從北京迄杭州橫跨著不計其數的大小橋樑，其中歷史悠久的首推此座座落在無錫南門外的清名橋。

刻下值得提及的是它的建築和歷史。師生倆慕名而至，只見唐麗扶著老師緩緩踏上橋面，拾級而上，古樸雄偉的橋身全長三十多米，橋頂平面足有十五平方米。正橋和引橋，橋上與拱下渾然一體，清一色的花崗岩石砌成，大者數噸，小的也有數百公斤。橋的設計完全合乎科學原理，施工技術更是精巧絕倫。全橋僅一個高大的石拱，猶如一張滿月之弓。石拱由兩道同心弧形的拱圈組成，當一道受損，另一道仍能獨立承受橋面壓力。橋中央的四角各豎著一米多高的正方形石柱，好似護橋的衛士，夜以繼日地堅守大橋，迎送來往行人。兩邊的橋柵欄則根據橋坡的斜度，由平行四邊形的石板排列組合而成，竟可謂匠心獨運，令人歎為觀之。階梯式的橋面是由三尺長一尺寬的條石堆砌，時代的變遷，幾乎每一塊上都有裂痕。橋底座的基石與基石間的隙罅裏，早已竄出幾簇不知名的小樹和無名小草，生機勃勃地鑲嵌在兩側，顯得份外古雅而富有詩意，更表達了它的滄桑和久遠的意境。

不錯。相傳它建於明末清初，由兩位出身商賈的兄弟出資建造，這對兄弟雖是同父異母，可比一母所生還親咧。他倆自幼奮發刻苦，在名師的教誨下，藐視功名權貴，輕視金銀錢財，然為民修路架橋的公益事業乃是兩兄弟的宗旨。後人讚頌這對潔身自好的兄弟一不爭權，二不奪利，全心全意造福於後人，故民意將此橋命名為「清名橋」，讓他倆美名留芳百世。正是不求聞達卻留芳千古也。

一輪金色的太陽劃破雲層，清名橋壯麗古樸的雄姿倒映在水中，那橋下的師生倩影在碧波中晃漾抖動呢。

透過那半圓拱型的橋洞，還可以看到「橋中套橋」之景點，一座清名橋的姐妹橋——伯瀆橋就架在它不遠的支流上。遙相呼應美不可言，妙不可傳，彷彿在竊竊私語女兒的終身，又好像在仄聽古運河的波濤，顧盼水面的漪漣……

兩小時的行程，類似紹興烏篷船的一葉扁舟劈波斬浪地由五里湖經過七十二孔的寶界橋直馳太湖。

唐麗陪同拉西姆站在鹿頂山巔，太湖盡收眼底：正是山落湖，湖映山；山增壽，水添樂。極目四望那浩瀚無垠的湖水碧波蕩漾，亘古連綿的群山峰巒疊嶂，遠山近水令人心曠神怡。在朝陽晨霧之中，千變萬化，奧妙無窮。此時此景，「春來江水綠如藍，能不憶江南？」的絕妙詞句的景色就在腳下。其實湖水也是藍的，在這藍色的湖面與天幕融合處，幾縷輕霧飄逸，夾泛著點點白帆，可謂「水天一色」，渾然一體。

「啊，美，美極了，美不勝收！這神聖的大自然多麼叫人陶醉，使人神往。我多想把它看個夠，不，我多麼想一口把它吞下。咳——」唐麗飽覽湖光山色後，思索有了新的突破，好像發現了新的奧妙似地說：「先生，這真山真水的大自然絕佳美景要是能在鍵盤上表達那該有多美，多富有詩意、韻律。它可遠遠超出於《維也納森林曲》的意境和氣勢。」

他放眼遠眺並報以一笑。點頭取下唐麗背上的手風琴拉開了。手指在鍵盤上滑動，發出歡躍而活潑的曲調。其聲似湖風呼呼，流水潺潺，時而似鳥鳴雀躍，蟬詠蟲叫一般。彷彿專為倒楊垂柳的飄拂、小溪清流的蜿蜒、鳥雀雁鷹的翱翔而伴奏……短短的休止調門轉入低吟深沉，其音如纖夫的吭嗚，漁家的詠嘆，好像在為岸邊彎腰的纖夫和湖中撒網的漁夫傾吐著生活的艱辛……一個八度的悶音，活像浪擊岩石之聲，猶如波濤澎湃之音，若像大浪淘沙，濁浪翻騰……

這時遠處飄來了〈漁家女〉的詠歎：

天上旭日初升，
湖面好風和順。
搖蕩著漁船，
做我們的營生。
手把網兒張，
眼把魚兒等，
漁家的溫飽就靠這早晨。
男的不洗臉，
女的不擦粉，
大家各自找前程。
不管是夏是冬，
不管是秋是春。
搖蕩著漁船，
做我們的營生。
……

跟隨「樂曲」的起伏和漁家女感情的變化，唐麗時而輕鬆，時而愉悅，時而低沉，時而激越。在「樂曲」由高潮趨於尾聲時，她豁然開朗介紹了這大自然的語言組成的音樂：「這是一首多麼優美的大自然幻想曲，領唱的是『漁家女』，演奏者即是團團數萬頃的湖水，合奏的是那層層巒峰中的松濤聲。此起彼伏，忽高忽低，漸強漸弱，時近時遠，可謂大自然之傑作也。」

拉西姆面對烟波浩渺的湖水，用手示意著「三」和「六」的手勢，撳捺著鍵盤上的｜3－6－｜。

唐麗用手指比劃著，猛然省悟對方的回答：「團團三萬六千頃！那演奏者呢？該是那環抱的這幾十個高峰囉。」

他指點著層層起伏的巒峰，撥著指頭指示著「七」和「二」，彈奏起｜7－2－｜的音符。

精靈的唐麗脫口而出：「層層七十二高峰。」

這音樂的數字，數字的音樂，手勢的語言，語言的手勢，使學生感到欣慰，倍感親密無間。

在此由景生情，不管怎講，先生的博學多才使她五體投地，她以羨慕敬佩的，不！說得確切一點是敬愛的目光注視著先生。兩年來少女的好感已轉入了戀情，她面帶羞色而心跳異常。相識時他風度翩翩，體態瀟灑，才華出眾，技藝橫溢，是個卓爾不群之人，無處不是，無處不有，一個標準的立地書櫥。然而迄今卻成了一個無聲之人，好不叫人痛斷肝腸……那些歹徒為什麼到如此地步還不放過他？為什麼對我的這位可敬可親的啟迪者如此地凶殘，滅絕人性？為什麼非斃命而不可？為什麼……無數的問號促使她對老師的崇敬和愛戴。在琴房默默無語的情愫和情絲，這時好似已撇掉了羈絆，一古腦兒地釋放出來。

他倆漫步在幽靜的林間小徑，枝葉覆蓋中的相思鳥為他們引道伴唱，桃紅柳綠的湖岸好似天然地毯，穿過怪石嶙峋的山洞，奇異的太湖石在她眼中宛如一尊尊菩薩，活像「紅娘」分列兩廂……

倩影雙雙走在迂迴曲折的長廊裏，那變幻無窮的窗花，如萬花筒中的圖案，繽紛五彩，似乎在預示他倆的錦綉前程……

侶影偎依步入巧奪天工的亭臺樓閣，遮雨用的手帕不知怎的漸大漸重，擋住了自己的臉面，彷彿成了「紅頭蓋」，走進了拜堂成親的大廳……似夢非夢，似幻非幻，連她自己也笑了起來。不是嗎？從拉西姆踏進唐公館的第一天，愛情的種子就如雨後春筍萌發開來，真可謂一見鍾情，也許你要提出責疑，這很自然的。須知唐麗和李華這對孿生子的思維感染——即心靈是相通的。如果不信的話，那麼你聽聽她的一段獨白：

我和他邂逅於琴房，他是應聘而含情來到琴旁，他的一出現就闖入我的心房，他的笑貌雖是初見，但並不陌生；他的舉止談吐雖說拘束，但挺大方；他語言口齒雖不幹練，但很是耳熟；他的服裝打扮雖不出眾，但好似見過……一切的一切像是上帝恩賜給我的意中人——完美到無可挑剔，理想到無與倫比。

我懂得種子的發芽需要陽光，愛情的萌發需要勇氣。迄今在我的身上愛神為我點燃了火，生發了強烈的求愛欲望，但願不是奢望。說實在的，這種願望在我那個人——錢明遠的身上從來都沒有滋生過，就是做夢也未曾有過。

看著他彈奏，聽著他歌唱，都是一種高尚的藝術享受。當我彈錯唱錯給我糾正，或是手把手地教我，我也是一種享受，一種歡愉，我珍惜充滿幸福的時刻，像似世上人間一切美滿的事都在我手掌之中。霎時，我成了熊掌魚翅全得的富有者，富裕到幾乎要盈溢出來了。

當他給我修剪指甲的時候，我可以聽到他的氣息，感覺到他的心跳。那隻有力細長的大手卡住了我的手腕，脈搏收縮在共振，我的臉唰地熱辣辣的，起初產生一種不大舒服的感覺，可後來，手掌的體溫傳導到我的手背上，須臾，我的全身甜蜜地顫動，一股暖流湧向心田，一陣快感傳遍周身。我多麼想一頭扎到他的懷裏，期待他的熱烈擁抱，在他面前我醉倒、傾倒，幾乎失控。因為從他的外貌到靈魂，從他的頭上到腳下沒有一處不值得我愛慕欽佩。在我這個豪門小姐的心目中，簡直是個偉丈夫——天下第一偉人。除了崇拜之外，我還能說什麼呢？若是他能擁抱我，我將是莫大的慶幸；獲得他的熱吻，將是我終身的幸福。我會大膽地說：「老師，親愛的，我愛你，我沒有想到會這樣愛你，我的——」

「喳喳喳」高大的古樸樹上，喜鵲的叫聲終止了她的思維和遐想……

不多一會兒，他倆來到長春橋引橋邊。被圍的池中鯉魚追游，鴛鴦戲水。唐麗挽著手拄司的克的拉西姆即來到橋頭，見駁岸下拴著一葉孤舟，在湖邊輕漾。他即景生興，攀躍欄杆準備下去解纜取舟。可是駁岸和橋墩既陡且直，無踩蹬之處。唐麗一把揪住死命不放地說：「先生，不能。您的傷勢還沒全好怎可這樣胡來？不能啊。」他臉帶笑容試著自己的臂力，一個轉體騎跨在欄杆上。瞧著蒼白臉色的學生，晃了晃腦袋，傻笑著又繼續往下爬，可還差一截不得下落。唐麗見勸阻無效，幫助不得，就在這緊急關頭便情急智生，把手中的手杖迅速遞給了他。他乘勢把彎頭勾住欄杆，抓起端頭像盪鞦韆一樣落下了舟。

「上帝保祐，安然無恙。」唐麗祈禱著轉憂為喜。她也鑽進欄杆躍躍欲試。拉西姆無聲的叫喊和快速的擺手都已無效，但見她已抓住手杖模仿著下落。因臂力不足而落下去，扁舟搖晃起來，兩人一齊跌倒艙內。唐麗嘎然終止了笑聲，「先生，不要緊吧。沒摔疼吧？要不我回去不能向華姐交帳呀。」猛抬頭，見欄杆上的手杖在擺動，含意深長地說，「瞧，先生，它憑著欄杆勾得多牢啊。」

拉西姆微微牽動了一下嘴角，這笑貌似印鑒深深地烙在姑娘的心坎上，挑撥著少女但又不是少女的心扉。這位情竇初開的她正欲撲上去把她的整個交給他的時候。「破草鞋！」的辱罵聲如雷灌耳地佔有了她的大腦興奮點。即刻像觸電一般恢復了理智，悵惘地似隔了一條不可逾越的鴻溝一樣張望著她愛戀的人。一陣自責油然增生：他是一個病人，我不能太自私。幫助他恢復健康是我責無旁貸的義務。更何況作為一個學生的我，怎能再增添老師的苦惱呢？我以我的赤心，衷心希望一切災難再也不要降臨到我親愛的老師的身上，一切不堪入耳的流言蜚語理當由我來承受。她以她的理智毅然挽起先生的胳膊同坐於小舟上，蕩起雙槳向相傳吳越春秋中范蠡與西施泛舟之地——蠡園駛去……

師生的情誼會超越雷池一步嗎？

欲知後事，請看續節。

二　喜事→喪事

夏日已逝，轉眼時值仲秋。皎潔的圓月在白蓮般的雲朵裏穿行，朦朧的月光下唐公館的主樓巍峨聳立，樹林、草坪、溪流、噴水池、藤架……都灑滿了銀白色，如同牛乳中洗過的，別有一番情趣。

鑼鼓齊鳴的開場白，引來嗩吶大作，鞭炮聲聲，一派熱鬧非凡之盛況。屋檐椽子下，雨棚毛竹上懸掛著標著「唐氏」和「喜」的大紅燈籠，在蕭瑟的秋風中一閃一閃，燈穗隨風飄拂。大廳正中血紅色的絲絨幛子上貼著個偌大的金字——喜。噴水池中央的那對可愛的和平神沐浴在水柱中，四周紅綠電燈高挑。古老的大榕樹的拱形枝蔓宛如一個個窟窿門，藉以消暑納涼的寶地擺開圓桌，滿設酒宴，宴請至愛親朋。下人們斟酒灑露、鋪碟置箸忙得不亦樂乎。公館前門庭若市，車來人往絡繹不絕。阿朱和新郎官錢明遠在熙熙攘攘的人群中接待著來賓貴客，收訖著禮單和禮品。

新婚燕爾，伉儷交結乃是人生一大轉折——成人的標誌，其幸福實是難以描摹。經一番整容打扮的新嫁娘肯定是如花似玉，小伙子們只要瞧上她一眼，要偷偷的，神秘的，你就會嚐到人生的甜美，像荔枝蜜一樣的醇美、香甜。分享著新婚良辰，從而掉進愛情的深淵——墳墓。可我們的女主人唐小姐卻不然，使你大失所望。瞧，她正在房內捶胸頓足嚎啕大哭，和大廳內的情景若然相違。這哪裏像辦喜事？毓平毓芬老姐妹倆也縮手無策，只是在旁一味地勸說安慰著：「阿麗，今天正是花好月圓的大喜日子，怎能這樣淚濕面頰？好不惹人笑話？」

「孩子，要聽媽媽的話，否則姨媽心裏也不好受啊。」這位生而未養的母親見女兒標致的面容弄得如此情狀，偷偷地拂袖拭淚。

唐麗略有收斂，翹唇噘嘴任性地發怒訴說：「這玩弄女性的公子哥兒，他明知我已失身受辱，他不僅不毀其約，卻又入起贅來，其居心何在？」

「別胡謅！」毓平帶著指責的語調說。

「不，我要說，我要講，失身究其實這不是我的過錯，是他，是他自己，這位堂堂大官人自己引狼入室。由此可見，他要的不是我的人，更不是我的心。」唐麗在兩位母親——生母和養母的面前別說面子，連夾裏都不顧了。她越說越激越，站了起來用充滿悲憤而抗爭的目光橫掃周圍，「這匯來銀行的筆筆家財才是他野心所在。」話畢她悲痛欲絕地撲倒在床上，咬住那綉著鴛鴦的枕頭，嗚嗚地哭起來。

喇叭、嗩吶的吹奏聲由遠飄來……

「孩子，男大當婚，女大當嫁，自古人倫大事。來，起來梳洗妝扮吧，聽話！否則叫媽裏外難做人啊。」太太哽咽地拉起女兒。女兒的痛楚做大人的何尚不理解？二十年前的舊景又如戲劇重新導演，只不過是角色變更罷了。想想曾眷戀的白守義，看看自己身旁的霜色染髮的老大姐，她是多麼想講上兩句寬寬孩子的心，可孩子的聲音壓住了她。

「媽媽呀，我的好媽媽啊。你們真願叫女兒訂這終身？錢明遠，錢明遠哪，他要才沒才，要德缺德，舞場、賭場、婦產科是他遍布足跡的地方，他遠——」

「住口！」經理，這位嚴父叱斥著從門外進來，「你亦太不近人情了。這女婿是你自己挑選而定的，你豈能一反常態出爾反爾，叫我們做上人的怎向外人交代？」他摘下金絲眼鏡擦了又擦，可看上去總沒稜沒角，模糊不清。這不是水晶鏡片的毛病，是因內火直衝，血壓升高，人體眼球內的晶狀體模糊所致。他深知老病復發的危險，立刻又平靜下來。心平氣和地表白：「阿麗，時代不同了，適應潮流是無可非議的。爸有言在先，主張自由戀愛，竭力反對包辦婚姻，這是對你最大的愛護，今天當著你生母的面，我要講一句，十八年來我們一直把你當作親生女兒一樣，用等同的心血來養育你，為你拜師立業直至成家，這是有目共睹的，無須一一表白。然而，唉——就在你大喜臨門的當兒，居然變卦了，我的聲譽何存?! 匯豐的信譽……三思而後行，唉——」他啞然無聲地把手一攤，絕望地盯著偎縮在牆角的女兒。

毓芬恭聆妹夫的一席心語，沉思起來，內心充滿矛盾，尷尬地瞧著妹妹小聲地徵詢著：「妹妹，你瞧咋辦？」

太太搖頭不語。

「請寬恕我的直言，我倒有些於心不忍。」說到「於心不忍」時，鼻子陡然一酸，撲簌簌的淚水掛了下來。

毓平唉聲歎氣，此為同感的表現和反應。接著就揭示變卦的原因和自己的觀點：「是拉西姆先生的出現，闖進了她的生活，占有了她的心靈，這一切似乎上帝早已安排部署好了的，簡直是前世的姻緣，富有傳奇性的師生戀。姐組，當然我不會，也絕不會強她所難，絕不讓我們這一代人的悲劇在她們身上重演！」

「拉西姆先生？他——伊卜拉西姆！」毓芬一聽「拉西姆」，再聽「伊卜拉西姆」，不禁一顫，身體連晃了幾下。

「姐姐，你怎麼啦？」

「沒，沒什麼，妹妹。」

毓平不知其內情，接著繼續講述自己的見解：「我想拉先生貧窮倒無妨，其人品好，知書達理真可謂一表人才。可啞巴——這怎行吶？匯來的將來就由他執掌，所以我——」

「好妹妹，我求求你別再講了。小華和小麗都是我的親骨肉，左手是肉，右手也是肉，你我都該一視同仁。按理我應支持小麗去愛拉先生，他確實是外表美和內在美完整統一的模特兒，一個標準的男子漢。不管他如今傷殘與否，我都要滿足她，答應她，只要小麗所愛。因為她自落地便離開我，我還有什麼理由阻止她的愛？可是，拉先生，不，伊卜拉西姆他得例外。」

「為什麼？」

「他就是小白——白守義的養子啊，從小與小華青梅竹馬，兩小無猜……」大姐欲言而又不能自已。

毓平一聽「白守義」三個字，好似心被剜卻似的。少頃，她轉驚為憂，自語叨叨：「小白？啊！小白的養子……難怪他的一舉一動竟如此相像，像套模中出來的，世間真有這般巧事！」

底牌攤開了，房中突然鴉雀無聲下來，眾人彼此相望，久久無語。

門「咿呀」一聲推開了，李華手裏提著一個禮盒興沖沖地進入房間，見狀大窘，善觀氣色的大夫總是從臉上開始的，她一個挨一個地瞧著，得知爭執發生了，而且是很不愉快的事。她輕步向唐麗靠近，半開玩笑半正經地說：「怎麼？做大人了還哭鼻子？多難為情啊。尤其在你新婚燕爾之際成何體統？!」

「姐姐，」妹妹一把摟住李華，熱淚借著舊淚痕往下淌，「請你原諒我的自私，我不該——」

李華忙上去捂住了妹妹的嘴，替代了對方的思維把話講了下去：「嘻嘻，拉先生——伊卜拉西姆，可對？」並有意迴避，說得貼切一點兒是有意扯開話題說，「妹妹，至於他得謝謝你的幫助，這趟太湖之行，我的病人得益匪淺，恢復比預計快得多。根據外國文獻資料的記載，我有信心，有希望還其音色。至於我的妹夫那兒，」她做了個鬼臉——破天荒第一次在大人們面前放肆，「我和朱總管以及尤素夫大爺一齊和他談了多次，他頗有悔改之意，並要我轉言，請求你的饒恕。這不能說『藥到病除，妙手回春』，然還其本來面目倒還是確切的。」說完連拖帶拉地把妹妹按到梳妝臺前。

毓平向丈夫使了個眼色，經理面帶慍色惴惴不悅而去。

異型的梳妝大鏡中，花枝招展的唐麗任孫媽隨意擺布，像雕塑家對待自己將問世的作品一樣精雕細刻擺弄者，錦上添花的裝扮著自己的小主人。李華伸手取出盒中的白色禮服。老姐妹倆也微微露出笑容，為新嫁娘——兩人共同的女兒忙乎起來。一切均有頭緒，新娘緩緩向著衣大鏡走去，鏡面上反射出一代新人。與其把她描摹成天上的仙女，毋寧說她是一代電影名伶。唐麗見到鏡中的「我」不覺破涕為笑。

「麗妹，你喜歡嗎？」

唐麗點頭應諾。

「這是我們共同的禮物。」這神秘的「我們」兩字帶著姑娘的本色——含羞。

「我們？誰？」惑而不解的新娘問。

「嘿，我的新娘子，除了我，你，」李華百媚於一笑，用手指了指對面的樓，「還有誰？」

沿指引方向望去，只見拉西姆孤獨一人拄著司的克徘徊在玻璃曬臺上，一副滄滄涼涼的情景，他彷徨，他惆悵，他時而舉頭望月興歎，時而俯首冥思苦想。

「砰——啪！」一個震天動地的爆竹之聲像信號一樣，打斷了他的沉思。他俯視主樓下燈火輝煌的大廳和園中的大榕樹下。霎時，華燈全熄，喧嘩和埋怨聲一片。人說暗中使鬼，這話不無道理。一條黑影似幽靈出現在榕樹下，鬼鬼祟祟地繞著正中一席兜了個圈兒，然後賊頭賊腦地穩入樹叢中……幽靈遁去燈即復明，樂隊又奏起了華爾滋舞曲，成對併雙的舞伴們圍著噴水池又滑起步來……

「整舊如新」的新郎官容貌煥然，舞姿輕盈地摟著新娘。白裏帶紫的淡雅婚禮服，多褶廣襉的裙裾拖在藍色的磨凡石地面上，如一朵雲彩落在湖面，五顏六色的紙片灑滿全身，與服飾上的電光片相互輝映，體態姿色勝似白雪公主。新人翩翩起舞，從舞池中央轉到邊沿……

「親愛的，銀色的月光下，你竟是一位絕代佳人。」

「去你的，假惺惺。」

「真的，我真想一口把你吞掉，美就有這麼大的魅力，常言道『美可食』……」

「別口是心非了，留著點詩興吧。」

「親愛的，難道你還不能原諒我？我已革心洗面了，難道非要我掏心不可？華姐的忠告，我銘記心田；華姐的行動，我永作楷模。我悔恨，我懺悔，要是有『懊悔藥』買該多好啊。親愛的，你的美會杜絕我的邪惡之念，你的美會寬恕我淫蕩墮落的過去，指示展望我的現在和未來。」

「過去？」新娘把撩起的絲綢裙服往地上一甩，痛心疾首說，「過去不堪回首，讓它死去吧，永遠永遠地死去！」

錢明遠像被宣判釋放的囚犯一樣如釋重負，繼而激動且斯文地吻著新娘子的手背。頓時冰融雪化，煙消雲散。感恩的話語湧向唇邊：「你真寬宏大度，親愛的。」

「你看錯了人，我是自私的，非常的非常。且愛得越深越自私，人嘛本來就是自私的，尤其在這方面。究其實，寬恕、大度又能怎樣呢？」接著唐麗感慨萬千地表示，「人可以一千一萬次地欺瞞他人，但沒有一次能欺瞞過自己。要是他不承認這一點，那他就是一個昧著良心說話的人嘍。」

「麗，親愛的，我知道這席話是衝我而講，因為華姐也同樣跟我講過這句格言，非常有哲理性，千句話併一句，萬望能再次寬恕我，親愛的。」

新娘子面對新官人的聲聲乞求，肺腑產生了共鳴：「冤家啊，唉——諒解，甚而至於寬恕都是相互的，雙方的。」

明遠高興地一把摟抱著妻子，熱烈的吻，甜蜜的話：「你真好，今天用熱血一腔融化了我冰冷的心。人說『江山好改秉性難移』，我的愛妻我將用自己的雙手開闢新的天地，以雄辯的事實給予否定。」

溫柔的言語感化了妻子，內心一陣溫暖親切勝似初戀。她俯首低問：「失足的遺恨是千古的，但它會隨時間的流逝而淡忘。明遠，你說你自己已洗心革面了，不知是什麼動力促使你這樣的？」

「是華姐和拉先生的深摯情誼感動了我的心；是他倆的一顆金子般的心——潔白無瑕的真善美心靈，使我這塊頑石終於點了頭⋯⋯」

樂曲告停，新婚夫婦笑容可掬地招呼賀喜的來賓。

「先生們，太太們，小姐們，請諸位入席，宴席開始啦！」司儀宣布。

高朋親友魚貫而入，仰俯之間座無虛席。

「今天是小女大喜之日，又適逢中秋佳節，蒙各位朋友同仁光臨，不勝榮幸。」經理端起兩杯滿酒，對「堂上客」與千金說，「明遠、阿麗，你倆舉杯飲完這盅酒，以表謝意。」

恭敬不如從命，愛婿接過酒，令媛遲疑一下，不好意思地看看端起的高腳酒盅，正欲舉杯對飲……

「慢，經理。」一個渾身上下警察制服的人站起身來，機械地行了個軍禮說，「這第一杯酒應該是為你倆——翁婿的合作而飲，那二杯酒才是新人的答謝。對不？」

「對，趙局長說得是。」眾人紛紛附議贊和。

「言之有理。」經理為有自己的接班人而欣慰。這種勢在必行的合作，乃是無可非議的。作為女婿來講已知浪子回頭的價值和銀行經理合法繼承人的重要。兩人心照不宣，默契配合。碰杯而一口盡，杯底相對以示心跡。

話說西樓的病人——伊卜拉西姆拄著拐杖來回踱步，在思想，在用手勢比示：幽靈開啟酒瓶……把瓶顛倒一下……突然間像發了瘋似地衝出房間來到曬臺上聲嘶力竭地叫喊著……

此刻正值二杯酒之際，新人舉杯還禮答謝。唐經理酒興即起，瀟灑而文雅，端莊而大方地又捧起酒杯：「諸位，為在座的先生們、女士們的健康發財，為匯來的興旺發達，乾杯！痛飲！」唐氏家族、李氏家族、司令及夫人同坐居中首桌，步向鄰桌舉杯示意……

一隻手仗凌空飛向百桌之中心——新人家長之桌，不偏不斜正戳圓臺中心。聚宴者驚詫，騷動非同小可。有的手持酒杯面如土色，有的呆若木雞對著似劍的拐杖不敢抬頭，更有甚者連杯子也驚墜地上，喜酒狼藉一地。偶爾亦有幾位膽大的客人，在短時間的驚駭之後，便又昂首尋找手杖的來向。

陣陣揪心的嘶啞聲傳來，眾人的目光一齊投向西樓曬臺上的拉西姆。可憐的人啊，他雖未死，但已半爿焦了。要不是太湖之濱的療養，你竟不敢相認，他叫無語，喊無聲，只有嘶咧的喘氣聲，即肺氣衝擊氣管的聲音。大大的嘴巴，圓瞪瞪的眼珠，一個勁地打著手勢，比劃著，叫喊著……最後死蹬著腳。從他的跡象看來似乎要發生什麼天塌下來的大事。就在這個當口，燈燭輝煌的大廳內外，一切聲響俱寂。

經理見是拉西姆才恍然大悟。他解開西裝外套的鈕扣，藉以散發體內的熱量，驅趕心裏從來沒有過的不安和暴躁，以很不客氣的語言責備下人：「怎麼把拉先生都給忘了？學生的喜酒哪少得了老師？! 天地君親師，師者之大坐於下手還失禮吶，豈可不恭。來，來，來，尤素夫。」

尤素夫這位馬車夫兼花匠，或是花匠兼馬車夫，是位虔誠的穆斯林教門，雖沒阿朱總管的銜頭，也沒有司機阿四的風頭，可匯來別墅——唐公館裏裏外外倒也少不了他啊。他受真主的教誨既不會吹牛拍馬，也不肯阿諛奉承。他不求聞達，就憑他的一手好把式和他的「爛忠厚」而博得了主子的青睞，人稱他不是管家的管家。然他的真本領還沒有一個人知曉。列位，大概你們不會忘卻吧，他是一個古董商，一個地地道道的文物鑒別的「專家」。若經理像伯樂一樣發現這就在咫尺的千里馬，那匯來的插翅騰飛指日可待。就匯來收藏的錢幣、鐘錶、字畫、玉器、銅器、瓷器或是擺件、掛件、紅木家具等文物古董，就此項的轉讓或收進就可達到一個接近房產的數值，不至於被掮客們亂斬「洋參」。當然這一切都成了憾事。不過趙局長倒也識人，他對尤素夫可不一般，這是後事了。

再說尤素夫聽得主人的問話便遵命而前解釋道：「回稟經理，因先生腿腳不靈便，傷勢未痊癒，故所以沒邀請。」

「這倒也是。」經理見回答有理便親自滿盞酒杯命尤素夫，「那就勞駕你一趟，代為我把這杯喜酒送上去，就說主人欠禮了，請別見外。」

局長瞧著拉西姆咄咄逼人的眼光，不禁打了一陣寒戰。心想；他果真倖存。從青銅逃雲龍，從雲龍潛寧海；從大後方到最前方；從敵占區到接管區。一次一次地都沒踩住他，反而給他從眼皮下溜走。而今車禍未死，毀屍又不成，死而復活，難道真有神靈庇護不成？恩賜不成？! 咳——千怪萬怪還得怪這群廢物，命令他們在旅遊中幹掉他，可是連汽車都沒堵住，船也沒截牢，還談什麼人影……今天我要親自收拾他，靠這個「手榴彈」一併收屍……

尤素夫奉命獻酒，趙局長上去捂住他手中的杯子口，陪笑著說：「還是讓新娘子去吧，師生的交情總可以——」他以戲謔的神情瞟了唐麗一眼，嫉妒中埋藏了切齒的深恨，這狡獪的臉孔，諂媚而奸詐的語腔，像磁石一般引起李華——新娘儐相的注視。她一眼不眨地盯著這個披著黑狼皮——警察服的劊子手。對這號敲榨勒索的魑魅魍魎，本是反感不已，不屑一顧，有恐壞了眼睛，而現死盯不放，清澄專情的眼睛頓時生恨，火光直冒，自言自語地：「這人好生臉熟，是局長，警察局長？! ……他哪裏是什麼局長？他是高榮，高榮！這人面獸心的傢伙竟又踩著人家的骷髏爬上局長的位子，咳——一將成名萬骨枯，又不知有多少人給他墊底遭殃？! 」她毅然決然離席，坦蕩無私地說，「新婚大喜宴筵上，新娘中途離席是不吉利的，讓我代為麗妹去吧。」

警察，警察，警覺觀察，這是他們的本職和天性。局長這個會做賊會防賊的大盜，視覺偏差是極少的，幾乎趨近於「零」。如若來一次競賽的話，那不是名利前茅，而是名列第一，當然的冠軍。現在他饞貓的眼神對著來者，又看看新娘，不覺愣傻了眼。他揉了揉似乎失靈的眼睛，傻呼呼地失神站著。在他眼裏新娘及其儐相的臉龐同步地變換著：一是風韻的臉，一是完美的面；一是妖嬈的臉，一是嬌柔的面；一是氣憤的臉，一是憤怒的面……臉面的轉換像信號一般交錯地輸入大腦皮層。反饋的是：誰是新娘？誰是儐相？竟有如此相像！真真假假，假假真真，難分真假……許是孿生子，雙胞胎。是靈敏的思維導出閃電的結論。他斂起疑慮，裝作早已知曉的模樣，單刀直入：「如果我沒有錯認的話，你就是新娘的儐相李華小姐吧。」其聲音是克制著的，帶有一絲兒猜測，雖說威嚴，但略帶顫動，外強中乾，表情和感情很不平衡。這個無恥的傢伙到現在才剛剛弄清楚，可悲，可歎！

李華保持著矜持的神態，幹練而無絲毫拘束，怒目繃臉無語作答，讓對方察看。

不是管家的管家尤素夫在處理尷尬局面倒是「及時雨」，他圓場道：「局長先生，好眼力，是的，她倆是孿生的兩姐妹，新娘是妹妹麗小姐，唐麗；儐相是姐姐，李小姐，李華。」

「哦——原來站在面前的是青銅縣的小李華。」緊張的心一時平靜不下來，在這關鍵當口又冒出一個敵手，怎麼辦？他自我安慰著，伸頭一刀，縮頭也是一刀，況且權代表一切，有何懼怕？來一個倒一個，來兩個倒一雙，除非這藥物對醫生能例外。他揶揄著，「既是李華，那小姐和拉先生原有一段舊情，那就為拉先生代勞了吧！」

「好！好主意。」警備司令部的錢司令翹起大拇指。

此人為新郎之父，不惑之年，是一個巴斗大的字不識半邊的草包司令，個子高大，穿著隨意，可營養是上上等的，故而長得肥頭胖耳，滿肚子的板油，宛如董卓也，叫人一看便知是個典型的馬大哈人物，愚蠢的程度令人難以置信。不會講則免開尊口吧，不，不然，他卻口若懸河滔滔不絕：「這個……啊……這個這個……就是這個。」說了個半天只有他自己明白，就是表達不出，你看他是什麼樣的角色倌。他的升官發財連自己也弄不清，就是整天稀里糊塗地無所事事，一切自有手下人。即便自己兒子結慶喜事眨眼成了喪事，也拿不出一個主意來。一隻眼睛給下垂的眼皮遮住了一半，這或許是沙場的紀念，晉升的標誌吧。

稱讚不絕後，又伸出兩個大拇指頭說：「這不就成了兩對了。唐經理，不，我的好親家。正是雙喜『光』門，啊，雙喜『光』門啊——哈哈哈……」下面已無詞可言了，就擯出他的法寶——用笑聲來抵充。

列位，這位貴人把「雙喜臨門」，說成「雙喜光門」。正道是言者無心，聽者疑慮。

「哈……」眾人的笑聲是對所出洋相的反應，並非附和。

過秘書作為本職工作，完全有責任挽回長官的面子，尤其在文人墨客面前，他像作文字遊戲似的俯首過去低低地糾正著說：「是『臨』門！」

司令立即收住笑聲，聽了秘書的話，不僅沒改正，反而重複地接了下去，高聲唱道：「雙喜光門死臨門。」把「是」講成「死」，正是一言既定。

話音未落更接連來了一陣哄堂大笑，笑聲好似來自天堂，蓋過了喇叭、嗩吶、鞭炮以及銅管樂隊。洋相一出再出，錯話反其成真，翁婿倆臉色慘白，冷汗涔涔……

「華小姐，既局長提議，你就賞個臉吧，代飲了吧。」眾賓喋喋不休地勸酒。

李華顧憐拉西姆尚未康復的喉嚨，又顧及妹妹的面子，在眾賓客的提議下，斷然端起酒杯，豪然自得地環視四周向眾賓致意……

西樓的傷殘人見杯高舉，拍腿蹬足更加厲害，撲向欄杆，擺動雙手，像失魂落魄的狂人，炯炯閃光的兩眼如兩條光柱直逼李華手中之杯，唾沫連連從口腔中吐出……李華頗感蹊蹺，發病不像，酒瘋不會，令人費解。看看手中酒，望望眾人臉，都眼睜她把杯子靠近嘴邊，紅唇在收縮中接觸杯沿。說時遲，那時快，又一物凌空飛入玻璃酒杯，此物不是別的，乃是半爿犀龍杯。李華驚見酒立即起沫，漸混濁沉澱：「有毒！」

謎底揭開，陰謀自然暴露。她扔下杯子猛回首，翁婿倆皆雙雙倒於地翻滾著，口中絮絮叨叨，竟未吐清一個「毒」字，一度掙扎七竅流血身亡。

嚎啕慟哭之聲轉眼之間取代了樂器的吹打聲，迴盪在公館上空，素純潔白的燈籠換下了大紅綢燈，鐃鈸聲代替了鞭炮、軍樂聲，紅綢幛子被白色帷幕所代之。發抖的手在白素帷幔上貼著一個斗大的隸體黑字──「奠」。婚禮頃刻成了喪禮，喜字劇變成了奠字，達官顯貴、親朋好友皆披麻帶孝前來弔唁。一場喜劇釀成了悲劇。車馬喧呼填街塞巷，排場之大，聲勢之浩，皆寧海之空前未聞也。就消息一則：「……一切奔喪者的食宿、車馬之費用開支，均由匯來銀行支付。」我們便知了了。

匯來銀行的金色招牌上被整開的白色道林紙封蓋著，匯來銀行和唐公館中，所有職員從上到下，不管副經理也罷，襄理也好，或是職員、聽差、甚至見習生一律佩繫白束腰帶，治喪一週，以示悼念。

唐公館更是大門緊閉，鐵將軍把守，門後張貼著無頭告示：

一、凡公館人員嚴禁出入，閒人莫入；

二、窩藏凶手或知情不報者與之同罪；

三、自即日起由警察局受理本館內外事宜。

特此通告

寧海市警備司令部

寧海市警察局

×年×月×日

從上述告示便知設計者的萬般苦心，在此假戲為何真做?!

欲知後事，請看續節。

三　執法者犯法，破案人作案

公館的佛堂是匯來建築群的後添之作，仄狹小巧，但華貴之極，它孤零零地座落在大廈的西北角，僻靜森森，儼然與世隔絕，其造型古樸典雅，飛閣流丹，在布局謀址上別具匠心，是典型的中國佛教廟殿。佛堂的正門是鎏金的，打開門扉，堂內燈火通明，錦幛繡幕，香菸繚繞，佛經頌頌。兩壁分設布列著閻羅、判官和小鬼等泥塑木雕，神態畢肖。這都是經理身前為老太太所造，真是一片孝心可鑒。不料今天卻成了自己和女婿的靈堂設置地。屏幔上懸掛著翁婿生前的照片，祭臺中供著他們的柳安木牌位和名酒佳餚，兩支大白蠟燭足有兩尺有餘，分插在銅蠟釺上，各被百餘支小燭緊圍。在小燭組成的同心圓空隙中用各種鮮花間隔著。最純潔的紫菸來自焚燒的檀香，馥郁的香氣從兩廂偶像下的鍍金香爐內逸出，好似雲潮冉冉上陞。

毓平、毓芬和唐麗、李華小姐以及若干至愛親朋披麻帶孝在唐錢的牌位前拈香、點燭、添油……太太跪拜著，她戰戰兢兢地望著那青面獠牙的陰間統治者的面具，虔敬地求神拜佛，正值她叩頭之際，一頁白紙由樑間飄落而下。眾人俱驚，疑似大仙顯靈，連連頌經叩頭拜佛不已。唯獨李華這位無神論者的外科醫生卻在循紙飄落的方向查去，一具屍體懸吊在門後的樑間上，她大駭而呼：「阿朱！」眾人側頸觀之，無不驚訝萬狀。李華鎮靜下來上前揀起紙片，見是一份「絕命書」，上面寫著工整的蠅頭小楷：

> 尊敬的太太、小姐：
>
> 我阿朱自幼貧困，經濟拮据。父親為鐵匠，母親是繅絲女工。孩童務農，年少學徒。十八歲進匯來當見習生，歷任會計、主管、主任、總管等職務，這一切都是匯來先生栽培和唐經理提攜，今我阿朱有罪，罪責難逃。經理翁婿的歸天，乃是一個蓄謀已久，精心策劃的陰謀，是執法者犯法，破案人作案。他們以流氓手段姦污了小姐，繼而暗害了拉先生，最後安排他人下此毒手，使主人和姑爺含恨於黃泉之下。太太，小姐，念我三十年的耿耿忠心服務於匯來。咳——我利令智昏地上了賊船，做出了使親者痛，仇者快的勾當。一切都無法補救，就為這是一樁彌天大罪……我知道你們是不會原諒我的，不會相信我的，我決不怪罪，因為，因為我變得連自己都不認識了，昔日的一片真善美靈魂早已被假惡醜所玷污！試問，我還有什麼面目見天下父老?!我只得以一死來清還我永遠還不清的孽債，洗刷我永遠刷不掉的罪孽……

李華手持信箋——自白書，讀到這裏，她奪門而出，奔跑在花園中。迎面遇上兩個兵士押著一個用衣服蒙頭的人。她奇怪地投了一瞥，又匆匆離去。轉進西樓快速登樓，她熱切地希望見到自已的心上人，把致殘的真相告之於伊卜拉西姆。她氣喘喘地敲了三下門，擦著微滲的汗珠，不見動靜便推門而入。只見：人劫屋空，物件狼藉，鮮血殷地。她啞然失色，疲憊地靠著門框，腦際湧現出那押著的蒙頭人。她豁然醒悟，一個轉向扭頭就跑，即三步併作兩步，兩步跨足一步，向主樓狂奔……

主樓的頂層成了臨時的監獄。李華覓著血跡拾級而上，踏至最後一個平臺時，太陽穴的筋似乎要爆裂了，一股刺鼻的酒味撲面薰來，她難以忍受地捏著鼻子。忽聽細言碎語從虛掩的門縫中傳來，如酗酒後含糊不清的對白。

酒鬼——這個車禍的炮製者——阿四放下酒盅對那酒伴瞟了一眼。其人虎背熊腰，彪形粗漢，綽號金剛，我們便可顧名思人了。正是因為這個渾名掩蓋了他的真實姓名，渾名也就自然成了雅號。魁梧的身軀猶如一尊托塔金剛，使人見到了不寒而慄。黛青的鬍髭短而硬，覆蓋了馬臉型的下部，臉膛更顯得黑沉沉的，幸而他只有一隻眼睛，猶如剝光的雞皮蛋，故背後稱他獨眼龍，比前面的綽號心寒便自退一半。算是特大號的軍服，還總是綁在身上，沒有絲毫餘量，沒見嗎？那緊緊的領子勒著他那紫盈盈的脖頸子，其不適的程度就像繃帶纏絡著他那隻被日本人挑去的瞎眼一樣。此人不是別人，乃是局長的保鏢——侍衛長。

「金剛隊長，今兒該是酒足飯飽了吧！」

衛隊長打了個呵欠，伸伸懶腰，其手指幾乎觸到掛鏡線上。他解下足有三寸寬的皮帶說：「現在就看咱哥兒們的了。」說完就和兩個醉醺醺的兵士擺開陣勢——四角各占一方對準了蒙頭人，你一拳來，我一腳去，像打沙袋般地毆打一陣。最後被打人抽搐著一聲不吭地癱軟在地，呼吸急促，他試圖用手解脫頭上裹著的衣服。

兵士甲：「住手！怎麼？想看看爺們好圖報復不？!」

「甭看了，是你四爺，就是沒壓死你的！」阿四像戰爭販子一樣瘋狂地吼叫，「如果你有膽量的話可以挑戰，怕穆斯林是孬種，不是娘養的，去下！」

餘音未完，被打人猛然扯下頭上的衣服，用它抹去臉上的血跡，呈紅一塊，紫一塊，臉盤子像巴斗大，無一處有拉西姆的本來臉型。他屏著氣，迫不及待地站起來，壓不住的火焰直衝而上，欲將決一死戰。他環顧這陌生的地方，毫無懼色。舊傷未癒新傷生，竟然不知什麼叫疼痛。這裏滿可用「面不減色心不跳」來形容我們的主人翁堅韌不拔的大無畏精神和無敵於天下的思想境界，正可謂伊斯蘭之精英，穆斯林之楷模。他憤怒地抓住門窗上的鐵柵欄，怒氣從腳跟直衝腦門，敵視著這兩對凶神惡煞。

李華從門縫中瞧見一切心如刀絞，正欲推門而進……但聞「啪」的一聲，酒鬼扔掉了酒壺，露出破斧沉舟的氣勢，嚼齒大叫：「拉——先生！」他語帶嘲諷的音調，「上次汽車沒壓死你，算你便宜，叫你多活了兩個月。這次你別想再逃出我的——」

「凶手！」李華出其不意地破門而入，「原來如此！酒後吐真情，不打自招供！」

阿四已知露了馬腳而無可挽回，便伸手抓住了她的手腕向後拗，嘲笑著：「不，李小姐，你搞錯了，我，我是懲辦凶手的——打手。為了治安，不讓壞人逍遙法外，不僅可以動手，還可以動槍吶。呸！你這小妮子真是狗逮耗子。」他用手往後一推，李華被推出丈許。他等不以此罷休，反變本加厲，各人捉住拉西姆的手和腳把他拋向空中，重重地將其摜落在地。一次、二次、三次……面對阿四、金隊長等充滿殺機的面孔和拉西姆滿臉鮮血而忍痛地喘息。慘絕人寰的摧殘，滅絕人性的迫害，她豈能忍受?! 不兆的預感使她撕心裂肺地煎熬。她不顧一切地拚上去用自己的身體護衛著自己心愛的人。要知道禽獸掠物是一追到底的，因為它們的鼻子下面連著嘴巴。這群衣冠禽獸怎肯善罷甘休？沒等她轉過身子早就給抓小雞似的提了過來，故技又重演⋯⋯

沉重的落地聲，一聲強似一聲；喘息的呼叫聲，一聲低於一聲。李華緊咬那書有「血淚交融」的手帕，眼見無可指望的拉西姆，一腔悲憤化作吶喊：「來人啊！救命哪，救命！」

那隻大皮靴踢開了門，以玩弄權勢的口吻厲聲說：「叫什麼？這是對凶犯的必要手段，大驚小怪。」局長雙手叉腰，陰沉沉的臉皮鐵一般青，他從口袋裏掏出「三炮臺」捲菸，分發給他的黨羽。

阿四的一頓臭汗使酒已醒了三分，見靠山到來就像黃狗見到主人擺尾憐乞，他扯下拉西姆的衣服抹掉手上的血跡，取出打火機為主子點燃。

局長先生以舉手之勞捉拿了凶手，他漫不經心地抽起菸，似雲霧般的菸一會兒從嘴巴吐出，一會兒又從鼻孔噴出，看著漸漸消失的白菸說：「李小姐，這可是公事，有關人命歸天，請不必過問。如果你硬要胡攪蠻纏，休怪我無情，我可要以妨礙公務論處，立即逮捕你。聽著，不要逼得我做出我還不願做的事來。至於你的喊叫麼，喏——比這菸霧消失得更快⋯⋯好了，該收場了！我再次告誡你無須多問，聽見嗎？」

「為什麼？」

「為什麼！嘿嘿。」他反唇相譏，「你別裝蒜了，這裏是唐公館，不是青銅縣的李氏府上，你——這寄人籬下的『野鴿子』，我為你而汗顏，奉勸你安守本分為好，因為警棍是從不吃素的！」

「你們，你們穿著警察的制服，拿著警棍幹著罪犯的勾當。你們竟然冒天下之大不韙，執法犯法，施展賊喊捉賊的伎倆，誣陷好人，公報私仇，採用法西斯暴行，誅戮無辜，為天理難容！」她不知從何處汲取了力量，她的誅心之論越說越加的理直氣壯，「我是個醫生，救死扶傷是我的本分，我的天職。」

「得了吧，這兒有的是犯人，不是病人！我的穿白大褂的郎中。」

「不錯，我是穿白大褂的郎中，那先生請問你是什麼呢？」她運用先發問後揭示的方法一著不讓，針鋒相對地回答，「你是披著人皮的豺狼！」

玩弄權勢的傢伙十有八九是不會承認自己的失敗的，尤其在公開場合。局長就是這號人，他自知理虧，命心領神會的爪牙們用暴力把她推了出去，關門落閂……

主人的罹難，家屬的哀思，員工的悲痛，給公館蒙上一層陰影，沉浸在極度悲哀之中。治喪已一月有餘了，書齋內經理的肖像上掛上了黑紗，空氣異常沉寂。局長手拎皮包像走進自己的總經理辦公室一樣。

「局長先生駕到，請坐！」尤素夫像往常一般招呼著。

毓平傷感地問：「趙局長，經理的案子進展如何？事至今日總有點眉目了吧。這樣無休止地困下去，恐怕……」

「請放心，夫人。根據阿朱的自白，這事件牽涉一些人。顯然是一個團夥，為圖財害命而喪心病狂，估計作案的——」他向在場者投以目光，尤素夫等迴避退下，「估計此案是公館內部人員所作，當然囉，也不排斥外面，或內外勾結。」他蓄意把簡單事件複雜化，使人產生錯覺，把視線引開而混水摸魚。大凡此類做法對於執法者來講，手段更隱蔽，更狡猾，更奸詐而已。從容自如的他像是周圍從未發生過什麼似的，滿有把握地站起來瞧了瞧太太們說，「請二位夫人多多節哀、寬心，我高（榮）——高興地全力以赴。」他自覺紕漏，露出馬腳，轉身面對老姐妹倆強作安慰，「我榮幸地接受此重任，絕不辜負夫人和司令的信任和重託，一定要查個水落石出，也一定會水落石出。這是我的職責。」

毓芬在一旁觀其相貌，察其言行，心裏重複著「我高（榮）——高興地全力以赴。」由聲音之耳熟引起往事的追溯：

高榮殺死李宗後跳樑由老虎氣窗逃遁的後影……

金條和銀元從搭膊中散落的聲音……

戳過門板而帶血的劍頭……

火光衝天的李宅……

疑竇頓生，剛欲啟口只聽得毓平的問話：「趙局長，到底誰坑害了我的丈夫和我的女婿？」她看了看對方後似乎沒有聽見，又重新問，「局長大人，置我丈夫和女婿於死地的凶手到底是誰？」

對於一而再，再而三的追問。他只是裝聾作啞罷了。一則激勵死者家屬對凶手的仇恨；二則「言多必失」是他們這號的「師訓」。沒見他裝出一副笑容可掬的臉具，像要發表高見似的。局長充滿自信地從皮包中取出手搖小放映機，拉開三腳架子。吊燈滅了，小電影機轉動起來，白色的粉牆被代作了「銀幕」：

祝阿四從照片中走出，蓬頭垢面。

阿四被押到陰森森的警察局審詢室。

趙局長鐵面無私戟指怒目地訓斥著阿四。

犯人阿四膽戰心驚無法抵賴，兩股戰戰，接著腿一軟，「撲通」跪地求饒……

婚禮宴席前，罪犯把毒藥放入酒瓶。

阿四噤若寒蟬，低頭窺察薛矮子，薛又瞧了瞧秘書，過秘書直截了當地對著局長。

局長偷眼瞟了一下秘書，秘書又瞅了瞅矮子，矮子像接受了指令勃然翻臉不認帳，並恫嚇祝阿四……

祝犯阿四跪地而行，一下子撲向局長。一把眼淚，一把鼻涕地哭訴……

過秘書便信手把早已成文的審詢記錄展示在阿四面前，上面寫著「凶手是已死的和在押的。」

祝犯垂頭喪氣地接過審詢記錄……

「銀幕」上一片白熾，吊燈復明。趙局長從皮包拉鍊袋中取出公文，打開卷宗把審詢記錄給太太們過目。上有祝犯的交代：

……拉西姆和朱金榮密謀策劃後，要我在婚禮宴席上用砒霜放入酒中，毒死唐經理和錢明遠……

列位，罪犯的求饒，即使眼淚化作傾盆雨都毋能博得局長和秘書的同情。他們以花言巧語，軟硬兼施的手段，目的就是要誘逼祝阿四——這個有頭無腦之輩的畫供，便是大功告成。現今這隻可憐的「替罪羊」還被蒙在鼓裏吶。他果然信以為真，心中閃動著一絲生機，順從地按下了這賣命的手印。

看到了凶手逮捕歸案，並已供認不諱。太太才稍稍正坐，愁眉中微展尊容。她語氣平平地說：「抗戰八年，人心叵測。憑良心，天理良心，唐家對他不薄，有哪一點虧待過他？衣食住行都為他安排好，高築的債臺一次替他償還還要怎麼？就念他上有七十高堂，下有頑童稚子，百般顧及他，唉——不說了……真是人有良心狗不吃屎！」

「太太，你說得極是。祝阿四就是『作死』，這號人就是鬼迷心竅，只認得『孔方兄』，如今也要叫他領教領教『鐵窗洞』。」局長為進一步穩住死者家屬的心，又從檔案袋中取出邋遢不堪的阿四被囚禁在牢房的相片。

太太感恩戴德地讚歎：「趙局長真是廉潔奉公，不愧為黨國之中堅，中國的趙青天，東方的福爾摩斯。你的恩德我刻骨銘心。」這裏筆者借古訓——「女人頭髮長，見識短」來評點毓平太太毋需如此這般。她昂首望著經理的掛像，情不自禁地安慰道，「夫君啊，真相已大白於天下，你，你安息吧！」

尤素夫端過茶點獻於賓主。

「局長先生，我有一事不明，請指教！」毓芬以旁觀者的身份借機不平地問：「從影片和審訊記錄來看，凶手捉拿歸案已確鑿無疑，此案可以宣告結束，那為什麼還要死死關押拉西姆不放呢？」

「開誠公布地直說了罷，李夫人，他參與了此事。」

「那為啥影片中沒有他的身影？須知，審詢記錄上的名字是後添的，筆跡便是有力的佐證。」

「？——」此問局長被蒙住了。

「拉西姆，不，我說的就是伊卜拉西姆。此其一；其二，他既然參與策劃陷害主人的陰謀，但又為什麼在宴會上自我揭示，這豈非搬起石頭砸自己的腳嗎？這兒我可以依一個醫生的名義擔保，他的神經是正常的；其三，拉西姆因車禍蒙受肉體和精神上的痛苦，一直需要別人陪同下療養醫治，請問，他又在何時、何地參與此事；最後，我得提醒局長先生，拉西姆因喉頭變型，聲帶破裂已成了啞巴，失去了語言表達的功能，唯只得借助於文字，請問先生有何原始文字憑證？」

執法者犯法是明知故犯的，因為如此，他們可以無視法律，篡改條例，以權欺世，以勢壓人。為此在戰術上和具體細節上是欠考慮的。面臨毓芬這幾點意料之外的責疑，甚為棘手。他無從措辭加以辯駁，只得假作鎮靜以虛充實，以邪克正虛晃一槍：「夫人，到時我們會出示的，但今天——很抱歉，還不是公開的時候。」

「還等什麼時候？」李華忿忿地隻身而進，劈頭接口便問，「看來要等拉西姆招認是他親自指使阿四害死姨夫的，是不?!」

對方不接口，眈眈相向。

李華為了拯救知音毫不膽怯，她冷眼相覷：「局長大人，這是誣害、誹謗，一切都是徒勞的。盡人皆知『機關算盡大聰明，反誤了卿卿的性命』，嫁禍於人同樣是犯罪，我希望你有所收斂……」

「要我們收斂？咳咳，那是對社會的犯罪！你懂嗎？這是天職！除非到『夜不閉戶，路不拾遺』的社會。」他以教訓人的口氣打斷了李華提出的希望。

「說的比唱的還好聽，做的比演的還好看。多美的語言，多神聖的天職。」她譏諷著，嘲笑著，「局長，我的局長先生，阿朱、阿四密謀製造的所謂車禍事件，我想你不會不知道吧？壓死拉西姆的事實真相你不會不清楚吧？那凶手為何不懲辦？局長大人，你的天職到哪裏去了？」

眾人吃驚地望著李華和趙局長。

她緊迫不捨地問：「從上可知，他們是敵對的，有不可逾越的鴻溝和不可攀越的高牆阻隔，勢不兩立又怎能化敵為友，一起策劃這齣見不得人的勾當呢？豈非咄咄怪事?!」

李華小姐的一席問話對自以為得意的局長則是當頭棒喝。他手足無措地挾起公文包，揹上皮包，氣急敗壞地找了一句下臺詞：「『野鴿子』！我無可奉告。」邊說邊旋身而走，不慎走錯了門，「咚」的一聲，牆壁欺侮了他的鼻子和額頭。一陣摸索才找著出口走了出去，狠狠地碰上了門，可又回轉頭來開門說，「尤素夫，從今天起你得聽我的差遣，料理公館事務。」說完又重演了那關門的動作。

「我？」老漢受寵若驚，呆若木雞。不知如何是好，也許是某種共性使他挑選了這位聰明睿智的老人。

欲知後事，請看續節。

四　坐以待斃非好漢

「我現在以局長和經理的雙重身分要你交代！」趙局長色厲內荏地提高了嗓門裝作一切都瞭如指掌地點明道，「古人云『若要人不知，除非己莫為』，阿朱、阿四——你的同黨都已供認不諱，你——」他使出慣技——黔驢技窮的絕招，突然抨擊檯面，以此手段來震懾和摧垮罪犯們心理的最後防線。咳，別小看這一著，倒也卓有成效，許多初犯者都在他的擊掌之後而土崩瓦解的。可這套把戲在拉西姆身上很不靈光。憔悴不堪的拉先生置若罔聞地坐在旮旯裏。

局長繃著臉走了上去，操起啞巴的下頦瞇起眼說：「你真是鋼筋鐵骨的架子？難道真不怕死？是真主給你的穆斯林性格？……來啊，取文房四寶，再給他一次機會。」

爪牙奉命取來筆墨紙硯。他來到外室反覆叮嚀著守衛兵士說：「今天是最後一天，明天一清早就要押送到地下室。這是首犯、重犯，要知道份量，別打盹！跑了拿你倆的腦袋頂！」

「是，兩換一，局座。」衛兵機械地背誦一遍以示明白。

尤素夫同楊老闆來到禁閉室。局長很不高興地責問：「尤素夫，他是誰？怎麼進來的？」

「敝人是穆斯林飯店的掌櫃，姓楊，木易楊。」楊老闆搶先自報「山門」。

「局長，是過秘書要我陪上樓的。」

「想必又拿了好處，撈了外快吧。否則他擬的公告不是糊牆了嗎？」

「說得極是，不過他是來送飯的。」

楊掌櫃從提盒中取出飯菜，衛兵沒精打采地履行公事，用筷子挑撥幾下黃豆芽菜後，做了一個放行的手勢，吆喝著：「放在窗洞上！啞吧，開飯了！」

「拿過來！」局長沉著氣瞟了一眼衛兵道，「有你這等檢查的嗎？敷衍塞責！對送來的一切要嚴查，謹防搗鬼。」他反綁著手對楊老闆說，「現在你把右手的碗扣在左手的碗上。」

楊老闆佯裝重聽，以贏得思考的時間。右手指摸著碗底下黏著的東西正是適逢其位。如果扣上，那全部露了餡。自己倒霉不算，還要加重徒兒的苦痛，於心何忍？故此次送不進，明日便宣告無效。他定了定神，做了個習慣性動作，反過來將左手的菜碗扣在右手的飯碗上。局長像似瞄出了破綻，便上手一把揪住掌櫃的左手，一字一句地責問，「我要你反扣過去，見見飯碗底，你——」

老闆按住碗底，沉思片刻，冷靜一會，他不慌不忙態度自若地解釋著：「回局長的話，我們是生意人，和他們這號人是萍水相逢，人一走飯菜全進泔腳桶。咳，請放心吧。我們開吃食店搞油膩飯的總習慣把菜蓋在飯上。」他故意湊近局長，當面揭開蓋碗繼續介紹生意經，「這樣好招徠顧客。假若照你的辦，」他隨手做了個熟練的翻轉動作，飯與菜翻了個身。為把對方的注意力引過去，又添上一句，「這樣我們就——」他把空碗一扔，「啪——（完了）」

局長看完了楊老闆的表演含笑而止。

唐公館中最高的套房現成了禁閉室——臨時牢房。內室與外室中間是鐵將軍把門，萬無一失。牆上新鑿一個窗洞，僅容得下一只湯碗通過。楊老闆經過輪番查檢，最後他用大拇指和食指端飯送到窗洞。拉西姆聽到碗碎聲驚惶不已，正躊躇中，見飯碗伸手去接。楊老表故意把中指狠壓拉西姆的食指於碗底座，以提請注意。

碗底座內到底是何物？拉西姆接過碗急遽取出黏在底座下的鋸條皮，一寸有餘，正好嵌在碗底座內。他欣喜若狂連飯都忘記了，直奔窗口抓住禁錮他的鐵十字柵欄，俯視樓下，由於特別高，褲襠的「會陰」部突然緊縮，只見東西兩座輔樓全在腳下，不覺倒噓了一口冷氣，快快不樂地蹲了下去，用筷子心不在焉地挑弄著飯菜，心裏苦思冥想……筷頭上的豆芽菜相互勾連著，蕩著，長長的一串。他觀之入神，聯想起長春橋堍手杖勾在欄杆上擺動的情景，耳旁響起了唐麗清脆的笑聲：「瞧，先生，它憑藉欄杆勾得多牢啊……」

節令既然是深秋，晚霞只留下最後一道餘暉，浮映在菸霧濛濛的海濱。高空的淡雲絲好似麗人的眼淚，周圍邊上帶著一道紅色光暈。是水瘦山寒的時候，也是舊恨加新仇的日暮。就這樣坐以待斃？不，不能，說什麼都不能！拉西姆自信地站起來，揪住頭髮，敲打腦殼，彷彿要讓思路通通擠出來似的。他傻呵呵地抿著嘴，愁愁然，從小窗洞向外張望：金剛酗酒毆打後在床上打鼾，兩個衛兵對著殘羹剩酒低聲攀談。

甲士：「老弟，沒聽說今晚是最後一班崗，明天要把他押到地下室，升級了看他招不招？」

乙士：「老哥，地下室那是日本人留下的，據說那是一個溶洞，裏面全是用骨灰磚鋪砌的，每塊有城磚那麼大小，夠沉的，一到裏面陰森可怕，受審的沒有一個彪漢不變懦夫的，不管是良民還是刁民，或是暴民，全都一個樣，否則就是豎著進去而橫著出來。」

「出來？休想！」

「對，聽說都壓成磚了，即使是懦夫命運也是如此。」

「唉，這些都是玩命的傢伙。」

「亡命之徒！」

「老弟，是什麼原因一到裏邊金口也會開呢？」

「哦，老兄，你問得好，我也琢磨過這個問題。你想呀，在死人的包圍之中，簡直到了不見天日的陰曹地府，能不懼怕嗎？閻王、判官和小鬼不是好惹的……據說還要裝上美國新式的什麼——噢，對了，叫測謊器。」

「不過，也有死到臨頭處之泰然的角色倌。」

「世間有幾？哈哈哈。」

……

拉西姆站立窗前平視遠眺。回味著獄卒似的衛兵談論，想到師父對自己性格的培養，他咬著牙關，抱定必死的決心，就是要做「世間有幾」的幾個，這才是真正的穆斯林性格。

夜幕終於降臨人間，他以頑強的毅力迎候曙光的到來。鋸條皮在不停地拉鋸著，鐵柵一根、二根鋸下來，當第三根扳斷時，由於用力過猛，「咔嚓」一聲手剮破了，跟著電燈亮了。「做什麼？」衛兵甲豎起了雙耳警覺地從小洞中窺察。

光是無聲的信號，比聲音傳得快。他猛轉身堵住了鐵柵洞口，若無其事地用竹箸在碗沿上一個勁兒地摩擦，發出了「沙沙……」的聲響，以此掩人耳目。衛兵甲對其幼稚動作啼笑皆非，嘶啞著睏覺喉嚨：「活見鬼！」

燈又滅了，他全力以赴地鋸著，滿臉汗珠；他用牙咬著鐵條拚命地彎著鈎，汗流浹背；他緊束腰帶，把鈎子全勾在褲帶上，露出笑貌。翻逾窗臺，鈎子扎在窗框上，不斷地鈎連鈎，鈎接鈎，慢慢地，無聲地下降著……

晨暉下一切都還在甜睡之中，三五隻小麻雀唱著悅耳動聽的晨曲，打破了黎明的沉寂，天空漸漸由灰白的──淡白的──白的──淺紅的。此刻鶯歌燕舞，雀躍蟬鳴。一聲刺耳的喇叭驚起了一林飛鳥，黑色轎車在公館門口停下了。過秘書下車摘去門後的公告牌，大鐵門敞開了，公館的緊張氣氛緩解了。

大樓下，局長隨同秘書和司機跨步上樓，登足止禁閉室外間，金剛隊長取鑰匙開啟門鎖，手腳突然冰冷。一「目」了然地見囚室之內四壁皆空，無囚徒，信箋飄散滿地，筆墨硯臺俱聚牆角。在場目擊者無不驚訝萬狀，瞠目相向。局長呢？像挫敗的公雞，來時那股不可一世的氣勢，現如洩了氣的皮球，耷拉著腦瓜懊惱地說：「我拿什麼去給司令交帳？」不說便罷，一說便知它的份量。他懂得司令不像唐太太那樣好耍。而且凶手歸案就要立即問斬的，現在好，我拿什麼……他氣呼呼地一把揪住了刑警隊長的衣襟。

金剛無可爭辯地垂下頭說：「局座，是我失職，請以軍法論處。」他學著京劇《將相和》中的廉頗老將一般負荊請罪。這位仁兄他不是身披荊棘，手拄棒杖，席地而跪，而是現代版的請罪——給自己銬上了明晃晃的手銬。

局長見其知罪，又念其雪夜警衛之勞頓，心又立刻軟了下來，去下手銬和緩地教育道：「作為刑警隊長，和衛隊長一樣重要，放走罪犯那是最大的恥辱，尤其是在押重犯！」

隊長聆之，感到一陣溫暖，熱淚從獨眼珠中滴落：「我感恩戴德，局座，請，請——」他抬頭要求處罰自己，忽然發現牆上留詩，像撈到了救命稻草似的指點著。

眾人不約而同地投向於壁，卻見七絕詩一首：

凶 手 高 榮
相 段 高 榮
畢 卑 樓 樹
露 劣 臺 下
顯 唯 施 奪
原 小 毒 人
形 人 刑 命

局長和秘書面面相覷，獨眼龍和薛矮子像是發現了什麼奧秘，拍腿同叫：「趙局長，有內奸幫拉西姆越樓潛逃。」

「誰？」

「高榮。」兩人同聲回答。

局長一聽高榮兩字，彷彿是驚堂木之下的聲響，心中不由一驚，臉紅到脖項即脫口而問：「何以見得？」

獨眼金剛用蒲扇般的大手指點並大聲誦讀：「凶手高榮，高榮！」

秘書不覺恍然醒悟，這兩位仁兄出盡其洋相，掩鼻而笑。「蠢貨！哪有此等讀法？真是不吃硯墨水的傢伙，應該是豎讀，從右！」

局長鬆了一口氣走向窗口，不料發現鐵柵欄被鋸，伸手擺弄著長長的鐵鈎，分析現場後說，「看來不會跑遠，你瞧鍊子的下部還在擺動，看！在那兒，就在那兒。」

「給我逮住他，要活的，快！」過秘書快速反應道。

軍士們一窩蜂地傾巢出動，衝殺下去……

花園內靜悄悄的，一個人影伏在花草叢中。

「他娘的，看，看你往哪兒──」薛矮子上去就是一腳，將生擒活拿，可最後一個字還未吐出，就突然張口結舌了。

「唉喲──」老花匠拿著桑剪，正在專心致志地為花卉整枝。這突然飛來的一腳怎能忍受？他搖搖晃晃從地上爬起來，不斷地揉著屁股。

「尤老頭，你見園裏有人嗎？」秘書邊問邊看著地上的鮮血。

花匠痛不堪言，只是搖頭，一瘸一拐地走開了。

「他絕不可能逃出公館。」過秘書滿有把握地判斷說，「老薛，我們分路搜查，別放過每一個房間和角落，就是他遁土，我也要挖地三尺而把他逮住！」

眾軍士奉命分頭搜查……

下人們住宿的是一排十間體的平房，它原是建造大樓時的臨時工房。營造商的工程隊在竣工後撤離場地時，因造價超出預算，無錢償還，以此抵沖。光陰荏苒，十年的時光，十間小屋呈衰朽的景象，是啊，它早已超出了歷史使命。君不見那巍峨高聳的大廈，就是在它的基礎上築成。別看木材蛀蝕俱成灰黃色，屋頂有的地方像一面篩，可見漏光瀉下。後添的油漆也斑駁得一乾二淨，唯兩側的山牆筆直而無傾斜，據此還有使用價值，作為員工的住房和庫房，雖說舊了一點，但不破，比起東北角的馬廐那要好得多了。

小屋東首第二間的門被推開了，潛藏屋內的拉西姆想奪窗逃走已來不及了，出於自衛他掇起長凳便掩入門後。老花匠挨了一腳一步一蹶地撞進門，拉西姆正欲拚砸上去，兩人四目全部嚇呆了。尤素夫驚喜交加地忘卻了自己的疼痛，反用手輕撫拉西姆的傷口，像慈父詢問兒子一般：「孩子，不，拉先生，他們在搜捕你，你快——」

巡捕哨聲乃抓人信號，但也給對方以信息，迫使在短時間內抉擇自己的行動。

「砰，砰，砰……開門，快開門！」薛矮子的皮靴重重地踢著房門，振動著門框。

坐以待斃？否，這不是偉丈夫也；逃走已失去時機。他忍無可忍，利索地從牆上拔出除草的斜鑿，閃入牆角，以圖拚死決鬥。不知怎的，老花匠自第一次見到拉西姆就產生了好感，車禍之後感情與日俱增，到現階段完全站在拉先生一面。也難怪，就是老人把他從死神的手中奪過來的，這種忘年之交勝於父子情。試想，能讓他往刀尖上闖？尤素夫已知他們人多勢眾，俗話說「雙手難敵四手，四手懼怕眾人。」硬拚要吃虧的，於是他一把奪過「凶器」，牽著他尋找藏身之地。說來極怪，越是緊張，越覺得什麼地方都不安全；什麼地方都不安全，就越緊張，就是連平時成為最保險、最可靠的地方，現今也不再保險、不再可靠了。

兵士見無反應即便要升級了，用槍托砸門。前面已交代清楚，此屋是已經不起衝擊了：「再不開要砸門了，他娘的！」

正在這上天無路，入地無門之時，琴房傳來了歌聲，使老漢茅塞頓開。他取下自己的舊毡帽往拉西姆頭上蓋去……

金剛破門而入，罵聲載道，抓開被窩見水桶、噴壺藏在其中，氣憤地隨手向窗外扔去。「晦氣，又碰到你這老不死的。還磨蹭什麼？人跑了。追，快追！」薛矮子手一揮爬上凳子，可武夫金大個子的兩條長腿早像百米跨欄躍出窗臺……

馬廐內貯藏著過冬的乾草，棗紅馬和黃膘駒在悠閒自在地咀嚼著……尤素夫扶拉先生走進馬廐，安置在草垛裏。他給棗紅馬配上馬鞍，緊束肚帶，然後牽馬而出。金剛和薛矮子在樹後悄悄張望，當尤素夫前腳走後腳即跟進。看看微微抖動的草堆，洋洋得意地揮動手槍喊話：「走出來吧，拉西姆，你休想再跑了！」

金剛如臨大敵把子彈壓入膛：「老薛，上！抓活的。」

團團圍住草垛，刺刀直往上戳，一窩肉耗崽驚得亂竄亂叫……

欲知後事，請看下章分述。

第十一章

一　刑車：紅頭汽車

疾風過後，勁草枝枝直立，翠綠的根，濃綠的莖，墨綠的葉，原色配合混為一體，煞是好看。這是大自然的恩賜——綠色世界的點綴。草尖在日光底下閃著彩色的光亮。狗尾巴草在擺尾，馬莧齒在搖晃，醬板草在點頭，打官司草蔓生遍地皆牽連一片，給草地作了一層網罩似的向遠處延伸，還有一些未列入生物學名冊的，也就是沒註冊的野草花卉倒已結了籽，像小腦袋似的拚命迎向有太陽的地方，以求後代的生存。金色的蒲公英、藍色的馬蓮和粉色的百合花以及雪白的梨花……一陣陣馥郁清香撲你的鼻孔，沁你的心脾；五顏六色攝進你的眸子，叫你眼醉。

尤素夫大爺牽馬來到草地，檢查著棗紅馬的前蹄鐵掌，又把手伸進牠的嘴巴摸數著牙床，瞧了瞧四處，滿意地拍拍馬的面門，低低地吩囑：「穩住！別慌，我的夥計」。騍馬的重心確實不穩，全身皆落在右側的雙腳上，尾巴不時地往左側拍打，猶如將覆之舟的舵向反相扳去一樣。老人右手拽著繮繩向前走去，眼梢不住地向後掃射。人影的晃動使他兜了百十米的彎道來到井欄旁。這口井名為思源井，出點顧名思義即飲水要思源。它是匯來總經理去世後的第二年所鑿，以示晚輩對先人的痛惜和緬懷，同時以取之不盡，用之不竭的井水，來展示匯來先生創業的艱辛及其他對後人的貢獻。目的讓世世代代永遠銘記前輩的豐功偉績，故此命名「思源」。

馬似乎很敏感，牠張大鼻孔甩著頭，顯得非常煩躁，非飲而不可。他取過吊桶汲上涼水放飲，沒喝幾口，他乘人不備將馬悄悄牽至東樓琴房走廊樓檐下，馬平穩了，吐了口氣。這時拉西姆早從單腳踩著的馬蹬子上下來了。蹬兒還像鐘擺一樣蕩著，人影早一溜煙地轉身竄進琴房。李華和唐麗見到又驚又喜。驚的是他突然的出現，喜的是他的健康狀況比想像中的好。眼睜睜地察看遍體鱗傷的親人，淚水豈能忍住？她倆抹著淚慌忙上前扶到沙發上。他掙脫著搖手嘮嘴於門外，但聞人聲嘈雜。秘書和隊長兩路人馬匯集在廊檐下，棗紅馬嘶叫著，馭手勒住絲繮用手拍著馬脖子。金隊長瞪著獨眼，滿腹狐疑地上下打量著，腹部的存氣上升到胸腔，出言不遜地罵道：「你這老不死的老古董，怎麼又上這來了？惹老子生氣！」

「老總，這馬前蹄不靈活，恐失前蹄而誤事，因此牽著遛達遛達。」

「哪問你這個！我是問那個鋼琴教師在什麼地方？」秘書先發制人。

「拉——西——姆——噢！原來你們東找西尋為他呀。」老漢故意拖長語調，末了他像是猛然醒悟，用手指點著主樓屋頂，「咦，他不是在那兒嗎？」

聽到這答覆秘書不勝怒：「那是昨天的事了，孔夫子不說『隔夜話』。真是亂彈琴，走，進去，不妨瞧瞧。」

姊妹聞聲圍著拉西姆束手無策，東塞西藏急得六神無主，心中好似十五只吊桶汲水——七上八下……

「小姐在練琴！」老車夫響亮警告，實為房內打招呼。

「你這老姨子養的，小姐練琴看看又怎麼樣？甭管你屁事！」薛矮子辯答著領了兵士向門口擁去。

「小姐練琴是不許打攪的，這是經理生前的囑咐。」儘管這麼說，這張失敗的王牌已很難奏效。

「好了，別嚷嚷！」秘書上前大呵一聲，喧嘩聲立刻寧靜下來，他側耳細聽裏面的琴聲，音量特別大，節奏雜亂並失去旋律，老奸巨滑的搖筆桿子人物鼻子一收縮，冷冷地一笑，向房門投了一瞥。

矮子心領神會舉手正欲叩門，唐麗從房中出來，吃驚的眼神頓時鎮靜下來，擺出主人的架勢，風趣而幽默地說：「喲，這是怎麼啦？興師動眾的……大清早的就這麼荷槍實彈，難怪我的『謀得利』在搖晃，琴弦在顫抖。」

「小姐，我，我們——奉命前來搜捕——逃犯——拉西姆——」

小姐沒等他說完索性把門敞開：「噢，為拉先生？」

見門大啟，他把頭一偏便往裏闖。麗小姐原以為上述做法可以解除他們的懷疑，但矮子卻來得正好，竟然奪門而進。她急中生智身子往門框上一靠，腳一伸，做了個攔路姿勢：「他在這兒？」

「是。」

「有何憑證？」

「我們——對……」矮子剛嘻開的嘴又抿上了。

「不對，他不是關押著嗎？我沒有向你們要人，你們倒向我要起人來了，豈不是滑天下之大稽。她的一個反詰使對方窘相畢露，無言以答。」

秘書向門靠過去，唐麗雙臂交叉前胸，倚著房門，穿著高跟皮鞋玻璃絲袜的小腿攔住了去路。她雖笑容可掬，嫵媚可愛，但總不是那麼自然。疑心生暗鬼，他裝出一副和顏悅色的神態，斯文彬然地上前解圍道：「是這樣的，尊敬的小姐，我們只想看看，請行個方便吧，這是公務，請別難為我，好嗎？」

「麗妹，既然履行公事就讓他進來吧！」李華在房裏喊。

「好吧，那就請便吧。」她收足扭身進房。

幾個荷槍實彈的衛兵早已蜂擁而入，翻箱倒櫃四處查看：沙發底下捅捅，落地收音機撥撥，留聲機放放，三角鋼琴上敲敲……

「報告，沒發現人影。」

秘書討了個沒趣，無精打采地走到琴旁，伸出右手欲按鍵盤。兩姐妹的臉頰一陣紅暈頓升。如果手勢下去即鋼琴定是無音，前功必廢於一旦。上去阻止，勢必是「此地無銀三百兩」，反使對方生疑。左思右想的唐麗無計可施，忽聽「噗」的一聲響，支撐琴蓋的一只鋼絲板頭突然墜地，琴蓋應聲而合，打在這個「衛道士」的手背上。

「對不起，我不小心，砸疼了吧。」李華表示歉意地揀起了板手。

「沒，沒有。」他好奇地接了過去，反覆琢磨著從未見過的玩意兒：「這是什麼？」

妹妹見姐姐的這一著很靈驗，故意作了翔實的介紹：「這是板手，鋼琴校音用的板頭，把它擱在蓋下遮住鍵盤，這樣可以訓練並提高自己對鍵盤的熟悉程度……」

他察顏觀色著對方的表情，無心再聽她的介紹，沉思一會說：「哦，原來如此，不過——」他又收住了自己的口，心想：難道會插翅而飛?! 他行了個軍禮以示歉意，「小姐，打攪了，對不起」。說罷帶兵怏然離去……

這一雙孿生姐妹方始鬆了一口氣，四肢乏力而不聽指揮地癱倒在椅子上，還是琴弦的振動聲響提醒了二位，遽步向鋼琴，急不可待地拉開琴罩，打開琴蓋，拉西姆從琴中站起來……

「不許動！」秘書突然殺了一個「回馬槍」，倉促入室，掩門挺槍而對，以勝利者的姿態獰笑著說，「我早就知道你不會離開這兒的，就像螞蝗叮在螺絲上。這是客觀規律——謝謝『謀得利』鋼琴的引導。」他對著華麗倆譴責般地熱諷冷嘲，「那紊亂的琴聲，低劣的調兒，不僅不能掩飾你們緊張而恐懼的心理，反而適得其反，暴露出蛛絲馬跡，無意之中暗示了我。敝人，這廂有禮了，謝謝兩位千金煞費苦心的相助。」

面對槍口，拉西姆看了一下受驚的姐妹倆，聽著那數落的聲調，低下頭對著擱起的琴蓋板。這是他教育唐麗熟記鍵盤的訓練之法，他目測著，預計著，跨出右腳以迅雷不及掩耳之勢把扳手踢向秘書，手槍不偏不斜被擊落在地。他乘勢一個足球場上的翻滾騰撲，一陣毆鬥廝打。在兩姐妹的幫助下，他奪槍瞄準秘書，生擒活拿了這個為虎作倀的傢伙。唐麗指著身旁的琴罩毯，以其人之道還治其人之身，笑笑說：「對不起了，我的秘書大人，我們絕不會損傷你一根毫毛，我起誓。不過，為了求全只得委屈你一下。請吧！」說完就關門而去。

李華從速在被擒者袋中取出手帕，這下大驚失色的他預感到不妙的兆頭。逃吧，門已緊閉；喊吧，槍口對準。無計之下他只得做起矮人來，甚而至於褲襠亦要鑽哪，哭喪著求饒：「小姐，請高抬貴手，我──」

涕下淚落是這號人的手段，動物的保護色。淚水對於生活中的丑角只是發洩發洩憤怒，活動活動眼睛，洗洗臉罷了。他的偽裝豈能蒙住外科大夫？華小姐以醫生的特有手段，熟練地把手帕囊入其口，並把琴毯像撒網似的罩住了他，迅速地嚴捆扎綁，然後緘口。天啊，誰也沒想到這塊琴毯竟成了他的包屍布。這是後事，姑且一擱。

「嘟──」米色轎車已停在門口，麗小姐跳下駕駛室打開後蓋。拉西姆騰起雙手把「包裹」一操，奪門塞進後備廂，蓋子「啪」地一聲落了鎖。

且話公館大門，車夫驀地揚起長鞭「拍」地一聲，馬車像離弦的箭駛出了大鐵門，向右轔轔而驅。當衛兵跑出門房間想攔也無法了，只得抱槍興歎，望塵莫及了。

薛矮子將功贖罪心切，又不是善於心計的貨色。他抓住一點死死盯著尤素夫的動態。因為上次的「屍體調包」他已領教夠了，不得不謹慎一些。俗話所說：「不吃一塹，焉長一智？」故此來一個緊睜眼，慢開口。哪想到鞭聲一起，使他措手不及地亂了陣腳。只得藉以彙報之口而聽候局長指令。

電話鈴聲不絕，摩托艇點火緊隨向右追去。

唐麗乘機驅車，順利地通過大門而向左急速行駛。

發動機的聲響蓋過馬蹄的節奏，機動車與畜力車追逐在公路上，超越在鐵路叉口，爬上大橋橋坡，馳騁在原野上——一個捷徑，摩托艇攔腰截住馬車：「停車，停車！我要開槍了，你這個老不死的。」矮子破口大罵，舉槍威逼。

「馭——」尤素夫收勒住韁繩，棗紅騍馬張大鼻孔吐著粗氣，矮子虎視眈眈地盯著車子內，連連跺腳罵道，「你，你這個混帳王八蛋，去哪？」

「就上這兒，老總，怎麼啦？」

「怎麼？問你！上這幹嗎？說！」

「馴馬唄。這麼些天馬都逼慌了，看都掉膘了。」

「胡說！」他和衛兵持槍把馬車圍得水洩不通，嘴裏還是不清不爽地胡謅著。最後他指了指車斗厲聲責問：「裏面是什麼人？快走出來！」

尤素夫已知任務了結，裝出莫名其妙的樣子以延誤時間，把手一攤：「人？哪來的人啊！」

矮子怎肯相信，一個箭步登上車臺，持槍撩開車簾，一副狼眼頓然「地牌色」，他失色頓足道：「上當！」一怒之下便扯下了車簾。

話說穆斯林飯店一頭。轎車放下了白色窗簾，車速在減慢，輪子緩緩地旋轉。拉西姆透過紗簾，但見飯店門前三步一崗，五步一哨，如臨大敵一般。唐麗握著方向盤立刻意識到警方已有戒備，於是撥動方向指示燈標頭，逆時針地旋過九十度，車子加大油門又加速向右開去……它穿過地下隧道，駛過繁華擁擠的大街，然後從鐵路大橋上衝坡……

汽笛長鳴，迴盪上空。

轎車在火車站的停車場熄火，車站的東西兩翼是對稱的塔樓，成圓柱體形，高聳直立，頗具德意志風貌。塔樓頂上是時鐘，時鐘的尖端像十八世紀武士的頭盔，上面安裝了戟頭形狀的避雷針，直指天宇，更顯得雄偉壯麗。此鐘是一九〇〇年生產的德國「J」字牌大自鳴鐘，分設東南西北四個方位展示，鐘面直徑足有兩米開外，其面標有羅馬數字鑲嵌的立體黑玻璃字，方頭的時分針均用鋼質法藍而成。二三公里外便能看到，並能聽到報時報刻的音樂之聲。候車大廳就在遙相呼應的塔樓中間，左側是行李房，右側是票房。面對入口處的是一個矩形的廣場，方石舖砌，可容納上千旅客。廣場上人聲鼎沸，此刻並非旅客上下車的時候，好像有什麼熱鬧可看。

車停以後，唐麗推門而出：「啊——」

「麗小姐，久違了，一日不見如隔三秋。想你，車開得不賴啊，歡迎還是歡送呢？由你決定吧。」

她吃驚失色地尋聲瞧去，卻見一輛紅頭汽車——刑車，旁邊趙局長彬然有禮地向自己招手致意，手足無措的她帶著失望的神情望著車內。

局長猛然冒出面來即揎拳捋袖吼斥：「麗小姐，你在跟我捉迷藏。你的作為好不叫人費解，居然還不死心，處心積慮地幫助謀殺自己父親和丈夫的罪犯潛逃！何以解釋？莫非罪犯——」

「罪犯？誰是罪犯？罪犯是誰？」

「誰？出來，逃犯！你已斷橋絕路了，伊卜拉西姆！」

「你別欺人太甚！」唐麗反駁著，鎮定自若地打開車門，拉西姆拉出機頭就是一梭子彈。一個衛兵應聲而倒，要不是金剛的護衛，局長必擊斃當場。因為警察們萬萬沒有想到他們所抓的逃犯手中尚有武器示威，更嚴陣以待。獨眼刑警隊長以當年衛隊長的勇氣，使出擒拿十八拍的招式，舉起雙手劈頭錛去，猝然不備的拉西姆倒下。李華急急扶起，金剛一腳勾起落地的手槍，命兵士將其銬住押上紅頭汽車。

「過秘書，」局長機械地發令，「逃犯已拘捕歸案，直送地下室。」

「稟告局座，秘書不在。」一個聲音高叫著。

他惘然自語：「我怎麼總感到他就在場內，而且還有他的聲音。奇怪！」

華麗倆交換了一下眼色，又同時射向刑車，泰然處之的拉西姆用牙咬了咬嘴唇，三人不約而同地向米色轎車掃了一眼。

局長欣然改令：「刑警隊長，由你代理執行，不得有誤！」

「遵命！」

姐妹倆一個失掉自己的戀人，一個失去自己的老師，撕心裂腑地目送著刑車——紅頭汽車……

欲知後事，請看續節。

二　時代小丑的葬禮

一個時代都有一部分人得勢，一部分人失勢；得勢者玩世不恭，失勢者看破紅塵。至於那些附勢者倒是占有絕對優勢，有的平平而過，有的碌碌無為，有的卻在升官途上翻滾跌爬，掙扎向上，學著得勢者的腔調。對上級奴顏婢膝——彎腰俯首，卑躬屈膝；對同仁猜疑刁難，專以梯人；對下者盛氣凌人——頭昂趾翹，胸挺腰拔。這號人對下級仰視；對同級平視；對上級俯視等三個動作來描摹其狀最貼切不過了。他們是社會上最活躍的人，能量極大，是不安定的因素，有類於戲劇中的丑角兒，千方百計地踐踏別人表現自己，以求得主子的信賴和歡心，列入得勢者的階層，作品中的過秘書就是這一類角色——時代的小丑。

主子對其是任而不親，用而不信。試看局長是何等地疑心生暗鬼的。列位，「用人不疑，疑人不用」這是歷朝歷代的至理名言，連這一點都不懂，可想愚昧無知到何等地步了。

當主子直呼秘書姓名時，其聽得一清二楚，就苦於手束腳縛口囊巾，想應不能，想踢不得。他在後備廂內奮力掙扎，可一切都無濟於事——被發動機的聲響掩沒了。

局長坐進唐公館的車子，把頭一偏：「上車吧，兩位小姐。」

米色轎車飛也似地離開了車站停車場，趙局長心神不定地問：「你倆可見到我的助手？」

唐麗用腳尖踢著姐姐，姐姐用手捏著妹妹，兩人同聲答道：「秘書在你身邊形影不離，怎麼叫我們看管呢？這豈非怪事咄咄。」這可謂孿生子的思維感染的又一佐證，回答竟如此不謀而合。

局長被問得面紅耳赤，握著方向盤悶悶不樂地尋思。這時候，他的腦際裏忽然閃出一幅幅的畫面：身穿軍服的過秘書，脫去軍裝，蓋上滿是金銀首飾的皮箱，倉促地走上飛機，發動機在呼嘯，螺旋槳在旋轉……「他會不會像翻譯官趙金庫是一路貨，派來監視我？! 他會不會混水摸魚，挾款潛逃？! 」

過秘書向司令部告密，錢司令大發雷霆，挺槍射擊……

「這一切的一切都——」

「砰」的一聲，局長從幻覺中醒來。看到薛矮子鳴槍跳下艇來隨即包圍汽車。不想是上司駕駛公館之車，瞬息一轉，由包圍之勢變成了歡迎之列：「緊急報告，拉西姆已潛逃！」

「不，又逮住了。」

薛矮子如釋重負，搔頭撓耳。

「秘書在何處？」局長即發問。

「沒跟局座一起？」矮子剛輕鬆卻又被這一問給懵了。

「走！你跟我一起去把他找回來。」主僕兩人分別上了摩托艇，圍繞轎車便兜了一圈後命令：「唐小姐，請你把車開回去，以後不准私自發車，一切聽候我的命令！從今天起此車立即封存，禁止使用！」說完驅動摩托而馳……

唐麗望著遠去的艇影，啐了口唾沫：「呸！唐公館的主人被你害死，唐公館的產業任你霸占，連這車竟然也受你管制？!」她使勁地碰上車門，發動引擎，逕向山坡駛去……

太陽已西墜，距地平線成四十五度角的方位。山坡傾斜得很，人的重心往後靠，顛簸也十分厲害。阿麗排上第一檔向上，沿著山脊走了一段就是下坡，位於兩山之間，成「之」字形。在它的轉接處的底下便是蔚藍色的大海，咆哮的大海。似乎在等待著它的俘虜，那樣地激動，那樣地飢餓，幾乎不能再安靜地忍耐下去了……

轎車在「之」字形的山岩上停了下來，面前是煙波縹緲的大海，藍湛湛的海水吐著白沫，洶湧澎湃，海浪拍打著崖壁，像伸出萬千條舌頭等著攝取吞噬食物……

「姐姐，姐姐！」唐麗叫醒了因過度傷心而昏昏入睡的李華，並扶出汽車安置在路邊草莽中。她望著浩瀚無垠的大海興歎不止，「這是為什麼？世道為何如此凶險？!他們狼狽為奸，毀我天倫，污我貞節，占我財產，真是天理難容。為什麼這一狼一狽如此囂張？……我要毀掉他，以此來埋葬這為虎作倀的時代小丑。」轉而瘋狂地吼叫著，「我要片甲不留地毀掉它！」她用腳猛踢後蓋，「衛道士的狽先生，時代的小丑，本小姐遵循自己的諾言，不傷你一根毫毛，今天我不用一刀一槍，採用你曾用過的『車禍』為你舉行葬禮，這叫作以其人之道還治其人之身，方解我心頭之恨。」說著她像著了魔似地竄進駕駛室，拉開手閘，車徐徐滑動，輪子的速度在加快……加速……

在到達人生終點舉行葬禮之前，我們有必要再來復展一下這號角色——狽一樣的參謀之人物的嘴臉。因為他代表了社會的一個階層，浮沉於中層之間，為數可觀。他們就像戲劇中的生旦淨墨丑的丑角，缺失不可。了解的目的是以防範生活中的小丑，對這類範疇的人物引起警戒。過秘書生於天堂般的蘇杭一帶，但不是紹興，絕不是，這是無疑的，可他的所作所為倒是脫不開紹興師爺的功架。他一肚子鬼點子，是人們深感痛絕的人。驢臉，八字眉，大鼻子高且勾，似鸚鵡的嘴喙，居於臉部中央，眼皮單又薄，永遠是耷拉著，半開半閉。他很少笑，就是笑也是皮笑肉不笑，形笑神不笑，臉色始終鐵青，無一點兒血氣，陰沉得可怕，其心靈中永遠是多霧的「陰天」。頎長的癟臉與他那瘦長的體型卻非常匹配。在人群中一望即知是一個善於心計，專營「梯人」的人，故所以不是薛矮子、祝阿四之類的五短身材。

這類人由於過度用腦，血液全部供足，故臉頰嚴重缺血而乾瘦。人們常戲謔地稱謂「面無四兩肉，死了嘸人哭。」沒想到此人的結局竟被這一言道中，為其蓋棺定論。快哉！

看著妹妹的舉止，李華感到奇怪，感到驚詫，她爬起來不顧一切地拚命追趕，大聲疾呼：「麗妹，麗妹！麗妹——」

車門大開，失控的汽車在蒼鬱的樹枝中亂撞亂竄，樹木、雜草、山石都統統向後摺去。不多一會兒，轎車像開山的巨石從山腰中拋滾下去……「麗妹，麗妹！」李華合上眼睛，痛苦地撲在大樹旁的岩石上，低語不絕，「妹妹，你——」

「姐姐。」

李華聞聲仰視，見唐麗抓住樹丫，吊在樹頭上。一個下落姐妹倆緊緊地擁抱在一起，目睹轎車摔下崖去，海水噬嚼著……吞沒了……

在局長辦公室的另一頭，南面是浴間、盥洗室，北面是廁所。潔白的瓷磚布牆舖地，在牆地交界處是黑色的條形瓷磚間隔著。清晨，抽水馬桶上坐著一個人，邊解手，邊看著隔夜的《大公報》。

「你，你在這兒！找得我好苦啊。」矮子以為是過秘書，不明情由上去抽掉報紙，「啊？」他伸出了舌頭，又馬上舉手行禮，「局座，我……我們再次找遍了公館的每個旮旯，連下水道陰溝，還有這——都……都未發現過秘書。報告，我的話完了。」接著又是一個恭敬的立正。

局長沒好氣地束著褲帶，心猿意馬地顯得異常不安：「他還會到什麼地方去呢？已經三天了。」

「會不會去銀行？」薛矮子猜測地問。

「咳，你這傢伙怎不早說。我倒忘了，走！」

匯來銀行的花園裏，全行職員列隊相迎。局長搖身一變又兼起總經理來了，權上加利，勢中添財，如猛虎插翅不可一勢。他整理著那套與氣氛極不協調的軍服，擺出凌人的氣勢，在眾人的簇擁下平步進入大廈。

行長、經理和襄理們把他讓進匯來先生辦公的總經理辦公室，這對唐星來講為紀念匯來先生從未在此辦公，亦不以總經理命名，可見其孝心。可局長卻當仁不讓地坐上寬暢的雕花紫檀木辦公桌前的大轉椅上，像演員進入了角色，而且無需感情培養就開演了：「最近生意怎麼樣？行情是漲還是跌？」

「總經理，近來局勢不妙，銀行前景每況愈下。」體態臃腫的副經理收起腆著的肚子說。

「噢，既是欠佳那該見機行事，全仗你的大力了。」他應酬一番後問，「我的秘書來過嗎？」

「來過。他來提款的。為您，怎麼？」

他的估計沒錯，這當然不是他的分析，只是胡亂的猜測，沒料想竟是事實，故此心火燃升，勃然大怒叱咤道：「好厲害，果然不測我所料。是什麼時候？」

「上星期，五天之前。」

「多少？」他用審訊的口吻緊逼追問。

「十萬元。說是為您二老安排的開支。」

「二老？真是滑天下之大稽。我的二老連我自己也不知在什麼地方呢！看來早已是一坵黃土和幾根白骨了。說謊，純粹是說謊，一個彌天大謊！」他克制著，戴著這頂總經理桂冠的他，最大限度地克制著，為的是要籠絡人心。

「什麼？撒謊？! 騙局？! 」行長、經理們血沉氣喘，臉慘色白，手冷腳涼。副經理更甚，僥倖心裏萌發：鑄成大錯唯和盤托出，許能得到包容日月的新總經理的寬容。因此思想一番繼續說，「以前他還先後來過兩次呢，都是提現金的。一共有——請原諒，讓我靜靜地回憶一下！」說「靜靜地」倒是實話，沒見他額頭爆出黃豆大的汗珠，臉部神經在持續地抽搐，肥肉在無節奏地跳動。他燃起一支菸，竭盡全力使自己能在這位新上任的總經理面前保持平靜。然而數字之巨已無法再能制控自己。他伸出發抖的手並屈指盤算了好大一會，在對方威逼的目光下這才吞吞吐吐地拋出一個數字，「大概有三十萬。」

「如此一筆大數！」新總經理聽了揉著雙手，還是努力克制著。他懂得小不忍則亂大謀，於是和緩地問，「薛老兄，這麼大一筆數字，秘書來取款你不會不知道吧！」

矮子腦瓜一低，喃喃地說：「不，我……我不知道。」

「真的？! 」他眉豎目瞪地直視對方，「好，我相信你的回答是通過思索的。那麼他平時跟你攀談些什麼呢？譬如有關我，或是銀行、公館諸如此類的話。」

「？」矮子茅塞關閉，還沒領悟意思。

他又重新把話表了一遍：「……喏，譬如我當總經理的……」

「背後頗有微詞。」薛矮子無法抵賴，想說，但視在坐的頭兒卻又縮了回去。

為維繫人心，新上任的總經理和顏悅色地說：「諸位，請自便吧。」

眾人反主為客唯唯而退。

矮子見眾人已散，愣眼向局長彙報：「他說局長掛上了總經理的牌，既不論功，又……又不——我記不起來了，意思又不犒賞。」

「又不行賞。」

「對，對，又不行賞，真不夠朋友。我們這些抬轎子、吹喇叭、搖旗吶喊的人與那些鋪地的骨灰磚主人又有何區別？！到頭來只不過是軀體與粉末之別罷了。」說完緊擦著嘴角邊的唾液，一動不動地瞧著上司並等候訓斥。

說來也怪，進了銀行局長的涵養功夫可好著呢。他熟知下級對自己是唯唯諾諾的，其耐著脾性制束著自己軍人的粗魯言行。為的是籠絡人心，平衡部下，分而治之，從中漁利而左右形勢。故而他不僅沒發火，反而和藹地說：「老弟啊，你的耿耿忠心，我像吃了螢火蟲一般，心裏雪雪亮。我趙某絕非食言小人。這因案子沒有了結，至關重要的是夾帶著司令的將門虎子，因此把你們——我的心腹都擱了下來了。現在我委任你為唐公館總管家，處理公館內的日常事務。」

巧事一拍即合。矮子曾有此心願，總未有機會啟齒，僅是一個好高騖遠的奢望，沒想到今日成了現實。高興得好久好久才從喉結中迸發出：「謝總經理的栽培，蒙局長多多關照！」

「哈哈哈，通力合作，我們戮力同心則必前程無量。」

一場交易在笑聲中收場了。到底上司的笑聲中蘊藏著什麼？深埋著什麼？

欲知後事，請看續節。

三　李代桃僵，嗚呼哀哉

監獄位於城廓東面，在護城河和京杭大運河之間，通德橋堍下，占地十餘畝之多。保險箱似的黑漆大鐵門邊照例開了一扇小便門，門上挖了一個洞眼，便於獄卒們察看。四周的高牆足有五米開外那麼高，牆基由花崗石條砌成，上面安置著角鐵支架，道道電網使人望而生畏。這座古堡式的監獄，意味著死亡的象徵。陰森可怕，難怪此處戲謔為閻王招魂，判官拉鬼的地方。牢房的地面比外面的地皮底得多，甚至比護城河的河床還要低，因而異常潮濕，到處是霉爛味，滿地是老鼠糞，蝙蝠屎，另加臭蟲蟑螂。牢房中間的狹窄過道處僅容得下兩人側著身子而過，兵卒的大皮靴「篤篤篤」地作響，在陰暗發汗的花崗岩石板上發出回聲。

「局長駕到，全體肅立！」獄吏如禮儀般高叫。

囚犯們通過鐵門上的小小孔洞，看著一路開道而來的警察局長、刑警隊長和典獄長。有的怒目，有的切齒，有的鳴冤叫屈，有的絕望而視……當視察到008號牢房時，一隻枯燥的手從小門洞中伸出，嘶啞著喉嚨喊叫:「趙……趙局長，你開開恩吧，救救我，救救我吧。我是為了你才淪落到如此地步的，我是無辜的……」

局長偏臉見一隻銬著手銬並帶著鏈子的「骨手」，橫眉而問:「誰在胡言譫語？」

「就是那個抓糞吃的瘋子祝阿四。」典獄長沒奈何地聳了聳肩膀，「沒辦法，這個神經病，他經常辱罵您，又吵又鬧，又哭又笑，一個勁地叫冤枉……說自己瞎了眼，看錯了人……抓起糞便就往嘴巴裏塞。呀，真是……」

「唔，聽他說話的語序並不是瘋子，不信，你把他帶來見我。」

「是，帶五——一——六——」

獄吏們狐假虎威地叫喊……

不多時光，一個蓬頭垢面的囚犯，穿一身襤褸不堪的條形犯人服裝，胸佩516號牌，手戴鐐銬來到典獄長辦公桌前。局長抽著菸，上下打量著來犯：昔日的酒糟鼻，紅眼睛，以及布滿血筋的雙頰，已變得蠟黃，小小的眼睛倒大了許多，這都是消瘦的緣故吧。然後在阿四身旁來回踱著方步，耍著官腔問：「你是516號？叫什麼？」

「是的，祝阿四。」

「借車禍壓死拉西姆的是不是你啊？」

「是……是我。這是阿朱叫我幹的。」囚犯供認不諱。

「那又是誰把毒藥放入酒中毒死了唐經理和錢少爺的呢？」

「這個──我本不想幹，因為唐經理待我不薄，可是薛矮倌一而再，再而三地要我，逼我，並說這是上頭安排的，事成後必有重賞，我被懵裏懵懂地上了賊船。為什麼他們卻逍遙法外?! 我們這號被人踩著，成了填腳石、上馬石，踩得個個變了型的侏儒，到頭來還要受這份罪。」阿四竭力為自己申辯洗身清，「趙局長，凡事憑良心，憑良心呀。」

他，警察局長──新任的匯來銀行總經理故作鎮靜地坐到轉椅上，合上眼簾。耳邊響起了過秘書的熱諷冷嘲：「趙局長，你為了奪取繼承權而不擇手段，喪盡天良。」又彷彿聽到薛矮子的咒罵聲：「為了你的平步青雲，我們毀掉了名譽，喪盡了人格，付出了生命，性命！」

「良心！天良！！生命！！！」這時的他如坐針氈，痙攣地豎了起來，心裏一陣劇急的震撼。「不，不能！他們生命的存在就是對我前程的威脅，我咋辦？」

急促的電話鈴聲打斷了他的思路，他拿起電話，在文件櫥前倚櫥而立：「喂，哪裏？」

「趙金庫嗎？」

「是的，噢，司令，您好！」

「凶手捉拿後審訊進展情況如何？」

「口齒咬得極緊，有時招供了又推翻，出爾反爾。」

「他娘的，好，就讓他出爾反爾，打昏他，按上手印，然後拉出去斃了。我的局長啊，別磨蹭了，大丈夫該斷不斷反受其亂。」

「是。」他肅立後重複了一遍上司的口令，「大丈夫該斷不斷反受其亂。高見，不過，司令，因為公子的身亡，是可忍，孰不可忍啊？小弟不敢草率行事，弄出個無頭案怎能對得起您老人家對我的恩典和栽培呢？所以——」

「你的精誠合作我是有數的，現在你要知道時局很不穩，學生鬧事，工人罷工，金融混亂，法幣貶值，物價上漲，對黨國很不利。共產黨乘機而入，造謠惑眾，案件日益增多，你得盡可能地快刀斬亂麻，結案算了。老弟啊，人死不能復生。個人的事最大最大也是小事，而黨國的事最小最小也是大事啊！」

「遵命。司令您的胸襟令人佩服，十二萬分地佩服。我一定全力督辦，請您老放心就是。」他掛上電話自鳴得意地自播起來，「英雄略見所同。」眸子骨碌碌地那麼一轉，計湧心尖。他對祝阿四說，「剛才司令的密令你都入耳了吧，我只得奉命行事，休怪罪於我，懂嗎？祝阿四你——」他沒聽到身後有反應，便撥過頭去一瞧，傻了眼。

原來阿四聽到這段密談，感到無指望了就面對牆壁，把戴著手銬的雙手舉過頭，在木柵欄上無聲地吊著……

局長見狀走了過去開啟手銬，銬子掛在衣帽勾上，阿四癱倒在地，無神的眼珠望著他，半響才開口央求說：「我已是甕中之鼈，只有坐以待斃。最終真相必將會大白於天下。」說完又垂下了頭。

放下屠刀立地成佛的他裝出一副慈善家的嘴臉說：「阿四啊，你的忠厚耿直捅動了我的心靈，我決心救你一命，以李代桃僵之計赦你無罪。」

「李代桃僵赦你無罪。」這閃爍著星光的詞句，孕含著生命之光。這對於一個絞刑下的囚犯來講怎不懷疑自己的耳朵?! 這絕處逢生的消息怎不使阿四由吃驚的慌張轉入興奮的衝動?! 那失控的雙膝就地一屈，連續的叩頭，納拜；納拜，叩頭，大勝虔誠之教徒。淚如泉湧，邊哭邊說：「局座，我的再生父母。包拯、況鍾和寇準皆是戲文中的清官，而您與之相媲，大有過之而無不及。我的青天大老爺啊，我感恩戴德，念您一輩子，一輩子做牛作馬，您——」

「別這樣。」他拉起被釋放的囚徒。

「局長，您讓我表完，為了局座，我就是豁出性命，匹夫在所不惜。『士為知己者死』，這是千古遺訓。」阿四學著戲文表白。

「好，我信得過你，不過，當務之急的是要找一個代『士』而死者。」

「那麼找誰人呢？」

「拉——西——姆——」他讀音清晰地說，並把事先擬好的文稿推到祝阿四面前，「就說他指使你害死了東家，他就是你的替罪羊，懂嗎？」

只要能「上岸」還有什麼不肯做的，況且拉西姆本是自己的刀下未死之鬼。阿四應諾後即在紙上按上了大拇指手印。

……

局長又以同樣的手法把薛矮子叫來，使這位新總管第一次用權，將雞血石的紅印鑑躍然於紙。一番褒彰之後說：「這樣你就可以無罪了，一切歸咎於祝阿四。」他將兩份材料放入公文包，兩人私語一會而送客。

翌日的晚霞把最後一絲餘暉灑在監牢的制高點——瞭望臺時，陰森森的監獄大門上的小門開啟了。局長領著整容後的阿四從「禁區」兩醒目的大字後面走了出來。他倆步行走出監獄大門，直跨上公共汽車向郊外進發。

夕陽漸將入山，餘暉斜瀉在不需要陽光的墳塋，冷颼颼的寒風吹著累累墳頭上的荒蕪，寒鴉在空中盤旋，「呱呱」的叫聲更增添淒涼之感。荒墳孤壇中陰氣密布，雜草萋生。一輛黑色轎車停在樹林邊，司機薛矮子手握山鋤刨著樹根，挖著泥坑。頭頂上的古槐樹上懸著一雙赤足，吊著一個蒙面人……

「薛總管，辛苦了！」此人尋聲搜去，卻見局長和阿四穿過林間，爬上半坡，步向古墳壇。

祝阿四也附和著：「薛老兄，我們又見面了。」

「又見面了，但願我們永遠……」

「永遠見面，天天見面——即在一起。」這兒筆者把他倆的原意補充完整。哪裏知曉一雙被人愚弄、利用的可憐蟲還蒙在鼓裏，這一腳填得夠著實的。他倆相互拍著對方的肩頭，「你歇息一刻，看我的。」說著下坑去繼續挖掘墓穴……

「來，稍等片刻，先飲上一瓶再動手也不遲。」局長看看天色尚早便遞過一瓶燒酒，阿四欣然而飲。

趙薛倆並肩向汽車走去。

「準備好了嗎？」

「按您的指令全部齊備。」薛矮子從武裝帶上取出烏黑發亮的勃郎寧手槍鄭重地說，「等候命令。」

讚譽之後，局長仰視樹上懸掛的人，又俯視泥坑中的阿四說：「大功告成平分秋色——你的公館，我的銀行。」他滿斟酒杯，叉著腰泰然地高舉酒瓶，「來，敬你一杯，預祝成功。」

薛總管笑嘻嘻地揣起槍枝，杯瓶相碰，飲畢得意地吹起口哨向回走去。局長鑽進汽車，從褲兜裏掏出美式小手槍，子彈挺入膛內。未幾，他向窗外望去，夜幕即將降臨，帶來絲絲寒意。他隨手把酒瓶投擲車外。「噗」的一聲，薛矮子聞到這不是命令的命令，即舉槍瞄準坑穴中的掘墓人。「砰」的一聲，祝阿四中彈墮地，所謂的「李代桃僵」的故技還未理解，只是咬著牙關慘叫：「你，你這短命鬼，矮棺材，不……不得好……」聲未斷而氣已絕。

獰笑中他又對著樹上發槍，被吊的人應聲跌入泥穴，正待復槍……就在這剎那間，背後放來了冷槍——無聲手槍。子彈穿進了凶殺者的腹部。他捧住小腹，凝視槍殺自己的劊子手：「你……你的李代桃僵就是這麼回事。」鮮血染洗了雙手，他左手托住右手手腕試圖還擊，但已力不從心，在坑穴邊緣上強行掙扎著，「我……我中了圈套……你這披著人皮的……」沒出數步，最後像死豬一般地墜入自挖的墓穴，壓在被其處決的兩囚犯上面。

成群的鳥鴉淒啼不停，成雙的野狼嚎嗥著。夜幕已徐徐而降，一陣秋風吹過，橫掃落葉於坑穴並壓蓋在屍體上，此為大自然為他們所盡的最後「人事」——舉哀埋葬，以了卻「死不見天」的夙願。

玩弄權勢的「獨腳強盜」，擦著烙手的槍，流露出勝利者的傲氣，踩足油門而倉促捷馳……半小時的里程，他回歸局長辦公室，悠哉悠哉地躺在安樂椅上搖晃著。心中陣陣自喜不勝，他想：感謝老天幫忙，使這個大動作——最後一次的動作乾淨利索，即便在三皇五帝中也找不出這一絕招。抑止不住的興奮使他終於站了起來，歇斯底里地狂叫一通：「從今天起，我就是名正言順的總經理，唐公館，不，趙公館，也不，是高公館的主人。我既獲得了唐麗，哈哈哈，又要逮住那『野鴿子』。」他突然心血來潮，「來人哪！」

金剛聽到大聲的哈笑以為出事了，持槍闖入：「局座，怎麼啦？」

「沒什麼，我高興，高興極了。對了，你打聽一下華小姐在公館嗎？」

「我剛從公館回來，沒見其影，興許在醫學院。」

「這兩天她倒挺安穩，怎麼不想方設法營救拉西姆了？」

「不，據悉，昨天她還和穆斯林飯店的幾個夥計和一個電車司機商量吶。」金隊長分辯道。

「嘿，現在看她如何營救？還是到泥坑中去收屍吧！」這時他感到疲憊不堪，為緊張後的自然狀態。屁股好像被什麼刺了一下，痛感如閃電般地傳遞到心臟和大腦，不禁大聲地問：「咳，什麼，什麼？你說有個電車司機？啥模樣？」

「是個善耍小刀的維吾爾族穆斯林。」

「噢，原來是他。」

他是何許人也？

欲知後事，請看續節。

四　躍馬騰空逾轎車

連綿不斷的秋雨簌簌地下著，一堆堆的深灰色的濃雲卻低低地壓著大地。林木都已凋謝，華衣被剝去，老樹陰鬱地站立著，宛若在為墓穴中的人物脫帽舉哀。潮濕的樹林緘默無聲，草皮上灑滿雨珠，宛然在悄悄地哭泣流淚。

孤墳壇的泥坑中，被秋風掃下的落葉在抖動，泥土在鬆動，一個人影掙扎著、呻吟著，踢去壓著的屍體坐了起來。這個泥人去下頭上裹著的衣服，蓬亂的黑髮和硬直的鬍鬚中露出一對咄咄逼人的光束。內衫貼著寬厚的胸脯，泥水沾滿全身，活像一個未脫水的泥塑人像。他雙手反縛，奮力抗爭。他，他就是被吊在樹上的蒙面人──伊卜拉西姆。他怎麼沒被斃？筆者在此注上一筆以交代。當薛矮子第一槍斃命阿四，再向吊在樹上的蒙面人即發第二槍。原來按矮子的意圖，先打斷繩索，然後再將落坑人斃命。就在他第三槍瞄準待發之際，自己被冷槍擊中，因此拉西姆未受槍傷，安然無恙。他用腳尖勾起山鋤，利用其刃割下手腕上的繩索，面顧身旁的兩具屍體，無法解答的疑問即刻浮現在腦際：為什麼，為什麼殺我又要他們殉葬？詭計多端，心懷叵測的主子用心何其毒也！翻開侏儒的屍體，掰下其手中緊握的槍，蛻去其軍裝裝備自己，奮然躍出泥坑。

持槍夜行膽壯步疾，頂風冒雨復仇心切。三十華里的急行軍，終久到達警察局。憑藉這身保護色的喬裝打扮，就像當年的憲兵長官一樣自如，輕易突破警戒，如入無人之境直闖局長室，唯見金剛一人獨守電話機旁打盹。拉西姆便躡手躡腳地閃到機旁，用槍頂住了金剛的太陽穴。

「啊——」獨眼龍這一驚非同小可，骨頭架子好似散了，站都站不起來。首先他做夢也未曾想到戒備如此森嚴的警察局竟有人私闖；二則，伊卜拉西姆已被處決怎又冒出？就在其尚未清醒之際，拉西姆攔腰一抱，卸去腰間的武器，並神速地把大個子反綁著銬在柳安木的安樂椅上，椅子不停地在搖動……

拉西姆指著局長的辦公桌，金大個子假裝不理會地搖搖頭。當槍口捅到他的胸脯時，這樣的個子討饒也很爽快：「別，別打！局長到醫學院去了。」

伊卜拉西姆隨手從桌上的臺曆牌上取下一沓日曆紙，用槍枝逼著把日曆紙全部塞進「俘虜」的口中，返身消失在夜霧中……

且講醫學院的解剖室裏，李華在李克洛教授的指導下，對屍體標本進行頸部解剖試驗。

「教授，如果病人聲帶破裂，能否進行手術移植？」她邊手術，邊向老師提問。

「聲帶移植？唔——這門學科在目前還是世界各國的研究課題，美英兩國雖有突破，但尚未推而廣之。你是為伊卜拉西姆吧。」

「是的，先生。」

「高尚的情操，純真的愛情，這是東方女性的美德之所在，偉大！」

「老師，您不知道他是何等痛苦呀！我了解他，他是一個有毅力，有抱負的人，把痛苦深埋心田，從不讓人分憂解愁。尤其對他那種極富有情感，善歌雄辯的人來講，失聲該是多麼——」她有滿腹的心裏話，可現在再也說不下去了，難過地放下了手術刀。

「別傷心，莫發愁，先找資料。」教授把手術刀遞給了自己培養出來的高材生，發人深省地說，「刀，手術刀，不能放！它能解除你親人的苦痛，給你帶來幸福和歡樂。『聲帶再植』試試看，我一定盡力而為。」

李華受到鼓舞，振足起精神繼續做下去……

「你在這兒，我去翻閱一些國際文獻，找一些資料。教授被學生的崇高愛情所感動，從對伊卜拉西姆的誤斷中，他已真正看到自己學生的能力和智慧，在這節骨眼上應鼎力相助，扶持她一把定能出成效。他蛻去橡皮手套，指了指牆上的掛鐘，可別磨夜深，注意十點熄燈。」說完拿起銀灰色的派拉蒙雨衣離開解剖室。

這位醫學權威前腳剛走，局長後腳跟進。鬼頭鬼腦地闖入解剖室，並把門輕輕反鎖後拔下鑰匙。那雙情慾衝動的眼神，全部傾洩在專心致志進行解剖的年輕女大夫身上，像一頭發情的公狼，上前一把摟住李華，狂吻亂摸。她吃驚地叱斥拚命地掙脫。

「你，你放尊重些！」

「尊重？尊重賣幾錢一斤？別假惺惺了。」他毫無羞恥，更無收斂，窮追不捨。

她退旋至被解屍體旁，手正巧觸到手術刀上，便操刀勇氣倍增地叫嚷：「你，你給我出去！如果你再前進一步，我將拚其一死！」

局長見姦辱未遂靠在牆上，雙手交臂前胸厚顏無恥地以話調情：「小姐，我的美人兒，我可以聽命，不過啥時再來呢？」

「真不要臉，你這知法犯法的傢伙……」她邊罵邊背沿手術臺向門邊挪動。其時掛鐘正敲十下，她已知是熄燈的時刻了，剛要開門衝出，室內外剎時一片漆黑。

「別走了，親愛的，門——」他用打火機照著手指頭上兜著轉兒的鑰匙。

「卑鄙，你要怎樣？」

「我？你還看不出，寶貝，我需要你。看，天賜良機，來吧，我的小美人。」他垂涎三尺而步步逼近，像餓狼撲向小羊一般。

李華逼得無路可走，施用緩兵之計：「我可以滿足你，不過得在恢復伊卜拉西姆自由以後。」

「哈哈哈，我的寶貝，你還惦記著你的那個窮穆斯林，還想幫他恢復聲音？老實告訴你，他已進入另外一個世界了。」

她頓感天旋地轉，眼前金星飛濺便失去自控力，搖晃著跌倒在地。這意料之外的收穫他不費吹灰之力擒住了她。獸性發作，脫衣解帶，企圖姦污。值時一道閃光掠過，在轟鳴的雷聲中，一條黑影遊蕩在窗外，似精靈一般。「啊——鬼，鬼！」他驚叫不迭，又看著顯眼的一具具屍體直挺挺地橫臥手術臺。此情此景，任憑你是一等樣的好漢、豪傑，也免不了冷汗直冒，全身直打哆嗦。他好不容易地雙掌合十，祈禱著，乞求著……緊跟著又是一個閃電，黑影趴上了窗臺，局長已嚇得屁滾尿流。閃光後的雷擊聲把李華驚醒。當第三次閃電劃破夜空時，黑影一躍而進，持槍搜索。她拭目察看，一陣緊張的心理驅動了她，左看右認，最後從黑影「嘶嘶」的憤怒表達聲中辯認出自己的親人。由恐懼轉為驚喜，情不自禁地呼叫：「伊卜拉西姆！」一邊奮力撲向愛人的懷中，以求保護。伊卜拉西姆憐憫地端詳著親愛者的驚恐之狀，殺機頓起。他把李華按到身後，黑洞洞的槍口對準仇人，步步近逼準備逃竄的局長。

這個殺人作為嗜好的劊子手其思想還未轉過彎來，做夢也想不到伊卜拉西姆的死而復生，竟跳出墓穴跟蹤前來復仇。須知薛矮子打斷繩索致使拉西姆墜入坑內，正待開槍送其上西天之際，迫不及待的局長先發制人草草結果了「代理劊子手」的性命，導致了這齣自掘墳墓的悲劇。局長做賊心虛，在惶恐的退卻中打了個趔趄，撞到解剖屍體上，驚悸中碰上了手術器械盤。他狗急跳牆順手拉起搪瓷盤向拉西姆砸去。在這黑燈瞎火中的決鬥，猶如京劇《三岔口》中的再現。眼明手快的拉西姆把頭一偏，盤子擦肩飛過，砸碎了玻璃窗戶，手術器具散落一地。這時的伊卜拉西姆已佔有絕對有勢——擁有手槍，完全可以「一劍封喉」，故他有恃無恐，雙手舉槍瞄準，扣動扳機……

不想善良的李華卻急忙上前擋住，告誡說：「伊卜拉西姆，親愛的，別開槍！殺人的事不是我們幹的。這兒是醫學院——高等學府，是生命的搖籃，病家的聖地……」

為了報仇雪恨而傷害自己愛人的心靈，這對於我們的主人翁是極不願意的。他脫出雙眼惘然地對著李華。她抓住槍枝勸慰著：「西姆哥，這豈是我們所用的？要知道在我們的辭典裏所查到的不是『殺人』，而是『救人』。」

他想到車站受辱一幕，沒奈何把槍給了李華，可心頭的怒火卻無法壓抑，咯咯直響的鋼牙無法消失，只得狠狠地跺跺腳。可仇人則乘機溜到門口，正欲取鑰匙開門時，拉西姆揀起撒落在窗臺的明晃晃的手術刀，「嗖」地向門飛去，刀尖直戳趙氏按門的左手背，入木三分釘於門板上，一聲高叫拔出木板帶著刀連滾帶爬地逃命而去……

李華點燃酒精燈撲向伊卜拉西姆，投入了愛人的懷抱。燈光瀉在他蠟黃的瘦臉上，久久相視，好一陣才說：「親愛的，你受苦了。」

他痛苦地合上眼皮，嘴唇上的髫鬚在顫動，他放眼巡視四周，數具屍體僵臥在石板上，頸部都蓋著白紗布。

「你瞧。」她指著身旁被解剖的屍體頸部，柔中有剛地說：「這是第十具了，也是最後一具了，看來聲帶的移植大有希望，語言工具一定要在你喉頭再生，你一定能重放歌聲。明天，我們就可以給你動手術，還有李克洛教授呢。」

他充滿感激的神情，默默地盯著她前額上月牙型傷疤，負疚地伸出手輕輕撫摸，然後又深深地在上打了個唇印。她雙手捧著他那瘦削的臉龐，看著憔悴至極的心上人，疼愛地說：「親愛的，你睏倦極了，走，該好好休息。」

聊敘局長辦公室。安樂椅在作不規則的搖擺、晃動、旋轉，忽前忽後，忽左忽右，彷彿海上的一葉小舟。一雙反銬在安樂椅背的手在掙扎著，金剛在不住地從口腔中吐出日曆紙。這時桌上的電話鈴響了。他使盡力氣擺動椅子向桌子靠攏，卻無濟於事。由於用力不當，椅子不聽使喚，有時向相反方向動去。聽著這急促的鈴響，他急得索性用腳把話筒踢到臺上。裏面傳來了聲響：「喂，你是金剛嗎？喂喂……」

趙局長在醫學院門房間對著電話嘶裂嗓子嗥叫著：「金剛，金剛！為什麼不回我的話？為什麼？為什麼？我現在命令你回答我，回答我！」他憤怒地拍打著機子的橫叉。

金剛急得像熱鍋上的螞蟻，豆大的汗珠從額上掛下來，欲動不得，欲喊不能。那三寸的舌頭在改變功能，不停地攪拌著口中的日曆紙，鼻子在不停地喘息。最後他倆腿往空中一蹬，重心後移，來了一個後滾翻。「啪」地一聲，椅子也跟著轉了一百八十度，反罩其身，他像龜鼈馱甲殼帶著安樂椅走向電話機，並不時地吐著紙片。而電話中的咒罵聲不絕：「回答我，金剛！我是局長！他奶奶的，混蛋……」

此刻尤素夫正好闖入局長室匯報：「局長，拉西姆怎麼還沒回來？」「回來」兩字還沒出口，見金剛之狼狽相驚詫不已。

隊長示意尤素夫聽電話。老漢心頭一直惦記著伊卜拉西姆，便抓起話筒匯報起來：「報告局長，拉西姆提審到現在還沒歸來。」

「好了，別嚕嗦！人在這兒。你快叫金剛傳我的命令，出動全體兵士即快速包圍醫學院，醫學院！快，火速！」

「是，是，局座，我立即出動。」金剛吐掉最後一沓紙片高聲答話。他即轉向尤素夫，「快快幫我打開。他媽的，老子專門銬人，沒想今天被人銬了，真不是滋味。唉——」

老漢聽命打開手銬。金剛獲釋迅速按動電鈕，警報聲、摩托聲迴旋夜空……

醫學院的教育區和宿舍區僅一水相隔，由勤學橋溝通。宿舍區的正門前是一棵婆娑的古銀杏，足有一個世紀之久，它是醫學院建院的歷史見證。夏日摺扇似的葉子兒交錯相疊，猶如華蓋，留下一片陰涼，供大學生們納涼遊樂。再往北便是一幢幢清一色的二層樓建築——學生宿舍，大樹後背緊挨女生宿舍。已是子夜時分，伊卜拉西姆敏捷地揿熄電筒，黑暗中從李華的床頭櫃中取出槍枝，遽向門外衝去。她見勢不妙，一把拖住他，迍邅地說：「上哪？」

他情意綿綿地望了望知音，苦苦地搖搖頭，隨手提筆疾書：「我愛您，但絕不能害您！」

筆剛擱下，忽聞敲門聲，一陣勝似一陣。李華揑掉紙箋，上前頂住門，用手指著床下暗示其躲藏，一面佯問：「誰啊？深更半夜的，啊涕——」她裝著從床上起來，伸了伸懶腰，鈕著扣子打開房門。

警察一窩蜂地擁入，搜角查箱，為首者乃是局長也。他吊著手腕出現在門口，指揮著他的部下查抄。

「報告，沒有發現。」

「跑了？李華，我提醒你注意，現在你不是窩藏的問題了，而是協同伊卜拉西姆謀害我趙某人的同案犯了。」他以逮捕凶犯的名義指著幾張床下狠狠地命令，「要麼不來，來者必獲，給我再搜一遍！」警察依次抓起床單，趴著查看。電筒的光柱如利劍一般刺向黑暗的角落。在這生死攸關的時刻，李華撲上去阻攔：「你們憑什麼搜查我們學生的宿舍？」

「憑什麼？嚇，就憑這個——」他用手槍頂了頂大蓋帽，指著帽沿上的青天白日帽徽。

爪牙們拖開了她，準備把她的床掀開，可她死命蠻纏地躺在床上。沒門，他們只得像趴兒狗鑽到床肚裏去查看。手電一照，便閉上眼睛退了出來，拍拍制服搖搖頭。李華驀地坐了起來，奇怪地看著一張張洩了氣的臉，眼光不由得投向窗口擺動的樹枝條兒，微微舒展了一口氣。頭兒怎肯罷休？他打亮手電由窗戶向樓下照去，靈機一動：有著誘餌還怕釣不到魚？於是大呼一聲：「把她帶下去！」

李華挽著皮包安然自若地跟了下去，來到古銀杏樹下。

「你把拉西姆藏到什麼地方去了？說不說？」頭兒再次追問。

「你不必狂吠，我可以坦率地告訴你，作為一個醫生保護病人是天職，尤其在理療過程中，別說劊子手面前，更可以拒絕作答，這是我的權利，也是我的義務！」她義正辭嚴地答道。

斬釘截鐵的作答使對方嘸落場，只是虎視眈眈地對著她。最終耍出卑鄙的手段，用手中的菸蒂烙她前額的傷疤，口中像念著符咒似地挑逗著：「美人兒，舊痕加新痕，你總得開口了吧！」

李華咬著銀牙忍痛地說：「舊痕加新痕由你一手造成，債有主，冤有頭，這筆帳算得清。然而舊恨加新恨復仇有後人，這筆帳——唉，我悔不該……」

伊卜拉西姆經女宿舍窗口，由斜逸的樹幹支竄至銀杏大樹上，他耳聞目睹下邊的情狀。知音撥動了心弦，心弦為知音而鳴。他心如刀絞，拉出機頭對準宿敵……

李華以身相代，救出自己的心上人暗暗自喜。為穩住愛人故意話中有音地說：「不過，局長先生，復仇還不是時候。」她把「時候」兩字放大了音量，拉長了語調。

拉西姆理會其意，耐著性子不安地收拾起機頭。

局長見烙印無效，大喝一聲：「你不是時候，我倒正是時候。來啊。」他絕沒想到這懦弱女子竟如等偉岸，故施以無禮，「扒去她的衣服，讓她乘乘涼，同時也好讓兄弟們開開眼界，瞧瞧這白大褂的處女身段。」

對於潔身自好的李華醫生豈能容忍這野蠻行徑?!

這伙痞徒哪有人情味。沒等話兒吐完，早已湧了上去拉扯。伏在樹巔的拉西姆見儔侶受辱，是可忍，孰不可忍！他正要縱身下跳營救……

「住——手！」一輛雙馬套車疾馳而來。尤素夫大爺凌駕大車在大樹下旋轉一周，急忙下車上前求情，「局長，這使不得啊！我家小姐是個知書達理的讀書人，這樣憑白無辜遭污辱會鬧出人命案子的呀。」他又轉向警察央求，「各位老總務請海涵，高抬貴手。」他邊說邊分發捲菸。

一夜的奔波，確有些怠倦，一支菸倒能使人鮮一鮮。警士們燃菸抽了起來，主子捋起手臂訓斥說：「怎麼，一支菸就打倒了胃口？你們到底聽誰的？」

金剛把菸一丟，獨眼一眨一眨，舉頭望了望微明的天幕，把手一揮喊道：「上，兄弟們！」

警察又一窩蜂地像黑狗一般竄了上去，氣勢沒壓住倒反更猖狂。老漢豁出性命誓死護衛著小主人，拳打腳踢挨槍柄，臉腫鼻青嘴流血，他幾次絆倒在地，幾經努力爬起來。最後被爪牙們架著拖到頭兒面前。他右手按於左胸，像燒香者對待佛祖一樣虔誠，雙膝跪地。他的膝蓋骨除禮拜——為真主祈禱之外，在主子面前接觸地面還是第一遭。他苦於無奈低頭伏尾，苦苦拜求：「老爺，求求老爺，您就看在老叟的年邁雙鬢上饒了她吧。我是一僕二主，不能眼睜睜地看著自己的小主人被人蹂躪糟蹋；但我又不能違抗你的命令，這都是奴僕的不忠，倒不如讓我死在你的面前，落得個『忠義』雙全的好名聲。」說罷撞向局長的槍口，仰面長歎。

「一派胡言！哪有一僕二主，只有一主二僕。她是主人？」他指著李華，「呸」的一聲唾沫芯四濺，「她是上無片瓦，下無寸土，是個寄人籬下的『野鴿子』。」

金剛在頭兒的激勵下，上前一把抓住李華的衣領，「嘶啦——」扯去大袂，爪牙們也跟著你一把，我一把地扯著、撕著……李華反抗著、瑟縮著……蜷曲地倒在地上。

容忍到超越限度，肺也會炸裂。拉西姆身藏暗處，聽著這求人的聲音，看著這燎人的場景，鐵石心腸的人也會流淚，他把滿腔的仇恨全凝聚在食指上，他屏住進氣扣動扳機，「砰」的一槍擊中了仇敵的左肩頭。槍聲震驚了眾爪牙，還未弄清槍聲起於何處，伊卜拉西姆像猿猴，像燕鷹般地縱上棗紅馬背，雙腿一夾，後馬催動前面的黃膘馬，拖車而馳。局長被這突然其來的冷槍嚇得魂不附體，過了好一會兒才吩咐部下：「追！一定要抓住他，抓住賞一百大洋！」

「重賞之下必有勇夫。」摩托艇步著馬車的後塵跟蹤追擊，警察在艇內不斷地向外射擊。拉西姆翻下馬背，從車轅上走進車廂，通過後窗進行還擊。塵土飛揚，馬蹄聲、摩托聲、車輪聲、槍擊聲響徹一片。最前面的一輛駕駛員被擊斃，車翻人亡；第二輛繞過翻車的殘骸，因速度太快，一時失控撞在山石上，騰起一團火煙，燃燒著的飛輪在公路上滾動，分離的艇舟像翻身的小船死在道旁；第三輛接踵而來，漸漸接近，眼看就要追上。他從容瞄準還擊，扣動扳機，可子彈已盡。他摜掉槍枝，卸去車轅，跨上棗紅騍馬。雙馬如脫韁野馬縱橫決蕩。失去動力的馬車與第三輛摩托艇相撞，一齊摔下懸崖。

目擊這一幕幕慘狀，金隊長氣憤地站在吉普車上，插好手槍向身後的警士手中奪過卡賓槍：「一群蠢貨！他媽的！」他單手挺槍，獨眼瞄準，槍端的瞄準器準心在捕捉著「獵物」……彎道上一梭子彈射出，黃膘馬擊傷。不愧為「獨眼神槍手」，果真名不虛傳。棗紅馬只得放慢速度拖著受傷的黃膘馬。這時拉西姆為贏得時間，如馬戲班的演員一樣彎腰迅速解脫繩索，一人一騎加速飛奔。山彎一個個地向後馳去，耳旁的風呼呼作響，就在一個十字叉道口子上，騍馬一聲嘶叫，突然後腿直立，一輛黑色轎車攔住了去路。勇士般的騎手鎮靜地拍拍馬頸，理理鬃毛。在原地轉了一圈，藐視地對著包圍上來的警察，強悍得如同偉丈夫抖動了一下韁索。兩腿奮力一夾，馬一聲長嘯從轎車頂部凌空逾躍而過。列位，這不愧為馬背上民族的後裔，保留著這遺傳因素，了不起！而蹲在車內的局長拉起無聲手槍，彈丸穿過玻璃直進騰馬腹中，一個人仰馬翻俱摔倒於地。

「抓活的！」局長衝出車門，得意地把槍枝扔進車內。

伊卜拉西姆赤手空拳摔鬥頑敵，一陣搏擊，終於因寡不敵眾而束手受擒。

天幕漸漸拉開，老銀杏屹立在晨曦中，鬱鬱蒼蒼，絢麗挺拔。李華身經這場浩劫，瑟索在大樹下。她手捏半爿犀龍杯，打開皮包取出梳子和小鏡，梳理著蓬鬆的鬈髮，擦抹著帶血的面腮。小鏡中見尤素夫大爺脫去外衣輕輕地披在小主人身上：「華小姐，您受驚了，都怪我的無能，才……」

「謝謝，大爺您怎講這話？好不叫人寒慄，快別再講了。」她俯首之目凝聚在半月犀龍杯上，惶恐不安地問，「大爺，您說拉西姆會不會給——」

「唉，他太天真幼稚了，這也許是他入世不深，閱歷短淺的緣故吧，可都十八了，伊卜拉西姆這孩子……」他自思自歎著。

「伊卜拉西姆？」她驚詫地站了起來，披在身上的馬褂呢夾襖從肩頭滑落下來，「大爺，您怎麼知道他是伊卜拉西姆？莫非……」

「華小姐，是您手中的東西。」老人沉思著回答。

「犀龍杯？」李華睜著明亮的眸子，久久地對著這位兩鬢蒼蒼的老人，心裏琢磨著：他是誰？這與犀龍杯又有何相干？

「姑娘，實不相瞞，我知道您在想些什麼。」

她那剛驚嚇的眼神還沒消逝，吃驚的表情又驟然而升，她微微點頭報以默認。

尤素夫翻來覆去地端詳著手中的半月犀龍杯，於是把這只從宮廷來到民間落戶的稀世珍寶——御杯的來歷一五一十地道了出來。從浩蕩龍恩的賞賜，到惠靈法師的輾轉於二世——無名的苦行僧，老僧又如何將此無價之寶饋送於穆斯林的他，最後又怎樣為託付伊卜拉西姆而把「至寶」相贈於白阿訇的前因後果交代一番。「姑娘，您瞧上面還有伊卜拉西姆的名字和生日，可惜只一半。它的下面——唉。」講到杯底，他摸著凹下的圓底部，唉聲歎氣地說，「那時候伊卜拉西姆還是始齔的兒童，不，是襁褓的嬰兒，為了拯救我的大兒子，傾盡全部家產還不夠贖還。最後在萬般無奈之下，我便把杯底的雙龍戲珠的那顆珍珠取下賣掉才湊成數。後來，後來，唉，都是我不好啊——常言道『禍不單行，福無雙至』，這一點不假。屋漏偏逢連夜雨，船漏又遭強頭風。由於水澇的天災，兵匪的人禍，加上徹夜不眠的思子，老伴病情日趨惡化，直到油乾燈草盡。後來，勤奮終於使我扭轉了局面，我好轉了，手頭攢了一些錢，然不算闊綽。一度想回青銅縣找兒子，我曾多次發信聯繫，可都杳無音信。直至現在從旁人的口信得到白阿訇已病故，清真寺也被燒了，我只得心癟了。」

顫動的嘴唇再也克制不住氣息的外流：「爸爸——」熱淚伴隨著湧出了眼眶，她一頭墜倒在老人的懷中。

「爸爸。」這十八年來未聽到的喊聲，震撼了他的心扉；終止了這十八春秋屬於他的稱謂，一下子輪到了自己的頭上；停止了這十八寒暑反覆於夢幻的呼喚，一下子覓到了他的身旁。老淚豈能不縱橫?!他噙著淚稱呼道：「孩子，我的好孩子，你，你受盡委屈了。」一點不錯，按他淪落為現有的身份，要娶得這等受過高等教育的兒媳，真是踏破鐵鞋無覓處。而且又為兒子治病——操這份心；救命——遭這份罪，蒙受這麼大的侮辱，為父的於心何忍?!再則，兒子虎落平陽受狗欺，生死未卜，如何對得起這位未過門的新人?!老成持重的他抖擻身軀撿起夾襖把她裹得更緊。

「尤老表」，身穿有軌電車號衣的吉偉氣急敗壞地奔來，「你老可見到了拉西姆沒有？」

「拉西姆，不，伊卜拉西姆被叼在豺狼的嘴裏。」

「啥時候？」

「剛才。」

「剛才?!這倒奇了。昨晚到現在我一宿沒合眼，一直在尋找他。」吉偉用衣袖抹著臉上的汗珠子，繼續往下講，「昨天傍晚我跑著最後一趟車，突然一輛黑色轎車超車而過。在並進的一剎那間，我發現薛矮子駕駛著車，裏面隱隱約約橫臥著一個人，蒙臉包著頭，從那人的衣衫我斷定是伊卜拉西姆。於是我緊緊追趕上去，連站頭都沒停靠。那矮棺材似乎知道我的意圖，故意壓著電車路軌行駛，使我無法超越。又過了一個站頭他才向右拐彎。我急忙交給接班人，迅速跳下駕駛室窮追上去。因找不到車子，我被甩了下來，眼睜睜地望著『黑車』像泥鰍向郊外一溜煙地竄掉。我蹣跚而行，這時一個不祥之兆驅使我繼續前行。到了三岔口，我尋找車跡，沿著鄧綠普輪胎的印轍追蹤著，尋找著……暮色越發地濃了，我有點氣餒。正在這時，我又發現那轎車迎面而來，駕車的不是矮子，而是那冒名頂替趙金庫的高榮。注視車中，我突然心涼了半截，蹊蹺地自問，怎麼車上竟只有一人？薛矮子呢？伊卜拉西姆到何處去了？我上去攔住汽車想問個明白，而那傢伙卻繞過我駛去，並探頭於窗外狠狠地瞪了我一眼，我氣憤地吐了一口唾沫……」

「他，他就是高榮，一個披著人皮的豺狼。他利用矮子的手處決了祝阿四和西姆哥，爾後他又親手當場擊斃薛矮子，完成了他借刀殺人、殺人滅口的連環絕策。」李華滿懷憤恨地補充完。

「遺憾，死裏逃生又碰上冤家路窄，看來凶多吉少。」尤素夫是多麼擔心拉西姆，也許是血緣吧。

局長又如何處置伊卜拉西姆？

欲知後事，請看下章分述。

第十二章

本是同根生，相煎何太急

帶血的一雙光腳拖著沉重的鐵鐐，艱難地在泥濘的小道上挪步，發出「哐啷、哐啷……」的金屬碰擊聲。他爬上雜草叢生的土坵，淌過水流潺潺的小溪，穿過綠草茵茵的草坪，路經百花吐艷的坡坂，走上五顏六色的卵石鋪砌的小徑，最後在小方瓷磚砌成的乳白色臺階前停住了，黑影落在潔白的地面，手銬腳鐐的影子在晃動……通往地下審訊室的門緩慢向兩邊移開，霧氣迷濛，陰寒逼人。「伊卜拉西姆！」一個粗獷的叫喊聲打破了沉寂。

年輕的囚犯緊閉雙目，踉蹌向下。

「你已經是死定了的人，你的僥倖縱然逃不出我趙某手心，睜開眼睛瞧瞧吧！」

拉西姆怒目相持的眼睛，宛如兩柄利劍直逼頭兒，昂然往下走去……

趙局長以威脅恫嚇的語言自我表白：「正告你！這是用骨灰磚鋪的地下室，你腳下的每一級臺階都是用骨灰磚鋪砌的。想當初，他們亦像你一樣都是不可一世的『人才』，可在我的刑具面前沒有一個能生還人間，唯識時務者方能逃脫厄運。」

拉西姆由於不慎在最後一個臺階踩了空，栽倒於地。

「摔疼了吧，別懊惱！這最末一個臺階還得用你——伊卜拉西姆的骨灰磚來墊補。來人哪，加溫！看他畫供不畫供！」

啞巴囚犯被兩個董超薛霸式的人物挾住，懸空倒吊。皮鞭的抽打聲和短促的嘶啞聲在室內迴旋。一張自供狀紙攤在他的頭下，殷紅的鮮血滴在道林紙的供詞上。獨眼刑警大隊長上去又是一陣雨滴般的亂鞭，直到揪心裂肺的喊叫聲停息，頭兒才上前做了手勢，鞭聲方息。此刻暈厥過去的囚徒才放倒在地。

局長趁時醞釀著下一部署，可一盆冷水早從頭澆到腳。他吹鬍子瞪眼睛大聲辱罵：「混帳王八蛋，到這裏的是死囚，潑水何用？」然後氣沖沖地把自供狀紙塞到金剛手裏轉身便走。

愣頭愣腦的獨眼龍看著頭兒的後影才知自己犯了經驗主義，於是乎迅速俯身抓起啞巴的手指往印泥缸裏按。拉西姆在冷水的刺激下神志甦醒，掙脫了金剛右手，拄撐著坐起來。金剛誘騙著說：「這下你該認了吧，來，按上手印了結此案。」說罷把紙遞了過去。

他，拉西姆眼目清亮，看著白紙上的蠅頭小楷：

> 拉西姆，又名伊卜拉西姆，係回族，該犯犯有謀財害命罪，潛逃拒捕罪，行凶殺人罪……

他啞然偏過頭去，目及那件件帶著血腥的刑具，捂著累累舊傷新痕，忍著陣陣劇痛。他站立起來，目光賽似閃電直逼打手。金剛膽怯地後縮著，手中的罪狀書失落在地，被拉西姆踩上一腳，落上一個腳印。一個月的交道打下來，「一目了然」的隊長已領教了，對手是一個不可征服的人，一個強悍偉岸的男子漢，一個信仰真主的穆斯林，他心中有安拉，身邊有聖人。剛才那雨滴般的皮鞭——最後絕招也無濟於事了。可對於他們幹這一行當的人，他們的心也是肉做的，人也是娘養的。反其道而行事他們不會不感到是一種「罪孽」，即使他們不為自己著想，而對他們的子孫來說，總負欠著一筆無法抵償的債務，今日不還，明朝還；明年不還，後年還；這代不還，下代還；陽間不還，陰間還。金剛手中的莫須有罪狀書的失落，就是他內心空虛的自我表露。

主子返然而進，瞧見紙上無手印，只落得一隻充滿紙面的大腳印，感冒萬分便對準囚徒飛起一腳，狂吠不迭：「我要的是手印，不是腳印；是手印，不是腳印！」他撩起刺著青龍——雙龍戲珠的手臂，猛地揪住頭髮，掄起大拳直擊面腮，「現在你該認識我了吧！」

拉西姆忍無可忍，耐無可耐，豁出性命用頭猛力頂擊。局長一個趔趄後退數步，他惱羞成怒，露出猙獰的面目，抓起案頭的硯蓋扔了過去，擊中拉西姆頭部，其前俯後仰失去平衡又倒了下去。

「一群廢物，還遲疑什麼？快！」

金剛聽命一個箭步上去捉住了拉西姆的手腕往印泥缸撳去。突然大聲驚叫起來：「趙局長，他……他的大拇指肉咬掉了！」

局長一震，用足尖勾了勾他的腿，踩踏著腳下那塊鬆動的骨灰磚：「好啊，『英雄』，了不起的『英雄』。伊卜拉西姆，你既咬得下自己的肉，那也吞得下別人的骨。我倒要看看你的能耐有多大。」他取過為他奠基創業的日本鬼頭牌刀插入磚縫裏，命尤素夫撬出骨灰磚，「給我啃下去，否則——」

像局長這類人物是說得出就做得出，即使錯也要錯到底。尤素夫惴惴不安，為孩子免遭禍殃，百般勸阻地說：「局座，這使不得，使不得呀，這是違反天意的，真主、玉皇、上帝都不會同意的，非遭報應不可。這豈不成了吃死人不吐骨頭了嗎？」

「你這老傢伙，怎麼越老越糊塗了?! 人說手臂朝裏彎，而你倒好卻向著外。」一頓搶白之後，他呲牙咧嘴咆哮著說，「咳，這種人豈至死人的骨頭，就是自己父兄的骨髓他也照吮不誤。」戈培爾的門徒認為謠言重複幾遍即便變成真理，可與之相比略遜一籌，則說錯了話才是真話。

老人苦楚地用衣角悄然抹去淚珠，黯然神傷。

「怎麼？每當我下手來一個大動作時，你總是——難道他又是你的什麼一僕三主不成？」

「不，不是，局長。」

「那你的淚又表明了什麼？」

「我想局座別折騰這啞巴了，他也實在可憐，還是讓他自己畫押算了。」

「鑒於這點何需你越俎代庖？」局長不耐煩地把手一揮，「我現在請你——」

「是，不，我……我不能從命，我求求您，局座，您就可憐可憐我的，不，我們的……不，這個殘疾人吧。」

「殘疾人？他身可是一點都不殘哪。」局長火極了，接著「這跟你無關，退下！命令你離開！」

一段時間的冷場……

「不，他是伊卜拉西姆！我的——」

「伊卜拉西姆，對，你怎知曉？莫非跟你沾親帶故？!」

尤素夫再也無力克制自己感情——父子的天性，縱然奮不顧身地撲向拉西姆：「孩子，我的兒子——伊卜拉西姆。」他心疼地摩挲著條條纍痕，心痛欲碎地嚎啕痛哭起來。

「兒子？! 你在發燒吧，講這混話！」這位頭兒懵懂地瞧著這剛冒出來的父子倆，酷似的臉架子把他弄得將信將疑。他捋出手臂上去一把揪住尤素夫老漢的對胸衣襟，一古腦兒地發洩在他身上，「難怪我的計謀屢遭挫敗，而他總是逢凶化吉，死而復生，原來是你從中搗鬼，充當了一個極不光彩的角色。嘿——」

佝僂而乾癟的老人，被這劊子手像老鷹抓小雞似的提了起來，其手臂上的青色塊在眼前一晃。老人被驚愣了，驚到幾乎不相信自己的眼睛。他揉了揉眼珠，從視覺的殘留中辯別出雙龍戲珠的圖案來。兩眼翻白，口吐白沫，一下子躺倒在臺階上……

見狀拉西姆搖晃著身子爬上前去攙扶，他對老人的態度是出於「千里穆民是一家」的緣故，現自己被認作兒子這純屬解救的需要。善良的心田，苦心的安排，怎不觸動失去語言表達的人？可是他的行動被攔擊住了，只是徒勞地抖動著禁錮的手銬腳鐐，抬頭蔑視著局長。

「啞巴，你仔細地瞧瞧，怎麼，不認識了？光陰荏苒，我就是十多年前的高榮，高榮！現在的局長，警察局的趙局長！」他霸氣十足地說，說得確切一點是喊，「事至今日，你仍然是我的階下囚。好吧，給你一點方便，量你再也跑不了。來啊！打開腳鐐讓他蹲下表演。」

卸去腳鐐的拉西姆雙手按住刀柄向下撳，右腳踩住刀面──這沾滿中國人民鮮血的屠刀，從容不迫地撬出表有「趙氏金庫」字樣的骨灰磚，心突地一沉，忍著劇痛跪下來乞求死者翻譯官趙金庫的寬恕和原諒，並默誓為其報仇雪恨。禮畢即鄭重地捧起骨灰磚放到嘴邊，喃喃地喊：「色倆目」。一陣霧氣飄了過來，帶著白守義阿訇的呼喚：「伊卜拉西姆，我的孩子，不能這樣做，絕不能！這是罪孽！！」他深吻了一下，又豎直放下，雙手交臂前胸緘默著，宛似妙手偶得了什麼，但因欲言無聲而痛苦地搖搖頭。從他眉尖的褶皺中，他彷彿看到了含冤於九泉下的英靈，彷彿聽到了他們發自肺腑的吶喊和呼救：

席子左手捂住流血的下頷，右手指著高榮切齒地：「伊卜拉西姆，我上了他的當！」

奶奶頸上套著絞索慷慨陳詞：「伊卜拉西姆是個孤兒，我願用這把老骨頭替他抵命！」

劉伊瑪目左手湊著心口外流的血，右手舉劍挑去脫斯他，豎起一對銅鈴般的眼球，緊咬唇鬚：「小人，逆徒！可恥──」

李佩捂住帶血的腦殼，跌倒在錢箱旁：「高榮搶我的血汗——錢！」

李宗被劍刺穿腹部釘在門板上，一隻眼鏡腳掛在耳根上咬牙喊：「強盜！」

興泉小腿上鮮血淋漓，拖步在雪地上拉著人力車，鮮血灑街……

娜英捂住眼睛，血外溢者，雙膝跪地：「主啊，我是一個虔敬的穆斯林，為什麼讓他的罪孽得逞？我——」

趙翻譯官的頸部被高榮用毛巾勒絞著：「無——恥——之——徒——」

噁心嘔吐不已的唐錢翁婿倆無聲的喊：「毒……毒酒」！

懸吊在樑間的阿朱，屍體在擺動著：「太太小姐，這是一個精心策畫的陰謀！」

……

邦克樓上的誦經聲由遠及近……

又是一陣霧氣，白守義在喚叫：「我的孩子，真主在呼喚，還猶豫什麼？」

拉西姆站了起來深吸了一口氣，看看骨灰磚和那硯蓋，憤怒的雙眼虎視眈眈地盯著剃頭鬼——高榮，像足球十二碼罰球似的，竭盡全力，飛起左腳踢出那塊骨灰磚。「磚」不偏不差命中於高榮的前額，血濺了骨灰磚。磚兒落地之聲驚動了在旁的尤素夫，他恐慄地大吼起來：「伊卜拉西姆！」可聲音發自動作之後，趙金庫局長——高榮已應聲倒地。金剛疾步趨向主子並急忙扶起。

這時門外響起激烈的槍聲，唐麗奪路衝下地下室，卻被吉偉一把拖住，躲過了金剛的子彈。正當其調轉槍口向拉西姆射擊時，吉偉這位伊卜拉西姆的忠實夥伴——不是兄弟勝似兄弟的摯友，眼明手快匕首飛出，大個子獨眼龍當場斃命嗚呼，倒在主子身旁。麗小姐急不可待地衝下樓梯，直撲向拉先生，師生千言萬語的情誼頓時言堵語塞，好久一會兒才說：「先生，您受苦了。」

吉偉跨步竄到金剛處取出鑰匙，解放了生死與共的好兄弟。拉西姆熱淚盈眶緊緊擁抱著。在歡躍的場面中，唯獨尤素夫老人淒惶地坐在高榮——局長身邊，摩挲著十多年前親手為其手臂上針刺的青色「雙龍戲珠」印，黯然神傷地垂下了頭。

當李華拎著皮包侷促地走在樓梯上，高榮復蘇過來，以金剛的屍體作掩護，暗暗舉槍瞄準拉西姆。居高臨下的李華見之大呼：「當心！拉西姆。」眾目不約而同地投向來者。在這岌岌可危的一眨那，「砰！」說時遲，那時快，唐麗用自己的身軀護衛了老師，而她不幸飲彈捺住左胸。李華受孿生子「共時性」的思維感染，同樣捂住了左胸心口處。一陣眩暈從梯上摔滾下來，跌倒在那扶梯的最末層，多虧了尤素夫把她攙扶住。吉偉如電閃一般竄到高榮前便掄起大拳，手起槍落，廝殺滾翻在地，正當他倆伸手奪槍時，老漢放下了李華上前踩住了手槍：「小兄弟，你就饒了他吧，看在我的，不，看在真主的份上。」

悲慟無比的吉偉，語路全然堵塞，狠命地跺腳，扭頭看了看唐麗、李華和拉西姆。

這位被折磨得失去語言能力的人，多次在死亡線上抗爭的英雄——伊卜拉西姆，他輕輕放下尚有一息的門生——唐麗，又瞧瞧自己的愛人——李華，果斷而勇敢地拔出插在縫隙中的日本鬼頭牌指揮刀，拉開吉偉，引刀而上，向高榮狠狠劈去。然而，卻被尤素夫用身子擋住。高榮乘此翻身站起，避過了刀刃。

拉西姆撕去破衣，抖擻精神血戰高榮。

老漢兩股戰戰，發抖的雙手捂住了面龐，沙啞的喉嚨裏迸出從未有的最強音，可以說是聲嘶力竭地叫喊：「住手！不許相煎！不許相煎……」

「為何？」吉偉憤憤不平地說，「尤大爺，你好不知曉，他從殺阿訇，燒寺院，劫百姓，件件樁樁少不了他。從青銅縣到雲龍城，從雲龍城至寧海市，哪個不曉，誰人不知他是殺人不眨眼的惡魔。他不是人，他是一個十惡不赦的剃頭鬼，罪孽深重的混世魔王。我們有不共戴天的深仇大恨啊！」

尤素夫抓住拉西姆搖搖頭，拉西姆不解地推開老人，奮力向高榮誅去，但又被拖住了手腕。高榮已無法招架，向後迂迴退卻，以便逃脫。拉西姆血氣湧上再度出擊，緊逼過去，又是砍刀。數次的交會，數次的砍殺……

老人以父親的名義絕望地呼喊：「伊卜拉西姆——邁哈德——何苦相煎！！！」

拉西姆聞之當場愣住了，高榮避之乘虛捉住刀頭，互相爭奪不已。指揮刀因兩端受力，刀面成油條型，刀刃崩裂與鋸齒無二。

「伊卜拉西姆，你，你——」李華被老人扶著，她似乎看出了什麼，息事寧人地說，「只要他不再找麻煩，我們就離開這兒，一切像與昨天告別一樣，那麼就不必留下這份罪孽。」

麗小姐在吉偉的看護下微微翻起眼簾，朦朦朧朧地看著高榮和拉西姆相煎的態勢——雙方爭奪著指揮刀……

李華難受地嚥了一口唾沫，走到伊卜拉西姆前，用乞求的口吻說：「親愛的，你，你要聽爸爸的話！」

他用驚詫的目光深情地看著飽經風霜的老人，正用顫動的象松樹皮的手取下拉西姆腰帶上的半爿犀龍杯——心相，接著又從李華拉鍊包上取下另一半犀龍杯——心印，合二而一：完整的底座即「雙龍戲珠」，在紅色印缸裏一按，打印在拉西姆的手臂上：一雙紅龍與邁哈德手臂上的一對青龍，雖大小略次，可雙龍戲珠的神態相同。栩栩如生，同出一鑒，分列在握著指揮刀兩端的兄弟——仇敵的手臂上，相互對映。眾人即刻靜了下來，彼此相望，目瞪口呆。

「伊卜拉西姆，叫，快叫爸爸。」李華由於激動，忘卻了拉西姆的失聲而催促著。

他欲呼而不能，隨手棄刀下跪，眼淚簌落落地拋了下來。老人家雙手扶起小兒子，走到桌旁揮毫疾書曹植・子建的〈七步詩〉：

煮豆燃豆萁，
豆在釜中泣。
本是同根生，
相煎何太急？

高榮——邁哈德看完詩句，握著變型的刀頭，反覆吟誦著「本是同根生，相煎何太急？」相煎？相煎！相——煎……哈哈哈……，久久佇立，爾後無地自容地轉過身軀，拖著倒墜的日本鬼頭牌指揮刀刀尖，走向樓梯口，向隅而泣。手緊抓刀刃，血由掌心經手臂青龍處滴入那缺失的臺階低窪處……

唐麗躺在先生的懷中，喃喃地喚著：「先生，我……我，」她煞白的臉上浮現出一絲笑意，「今天，我的宿願已兌現，我不能為先生而生，願為先生而死，走完這人生必由之路。我……我感到欣——慰。不過，我還想——」她強掙著坐起來，看著曾污辱過她，損壞她處女貞節的局長——尤素夫的大兒子脫帽把那刀架到脖頸上，大聲呼叫：「趙金庫……高榮……邁哈德……」刀勒聲絕，仰天倒臥在最後一個臺階處，唐麗亦安詳地瞑目長辭。

在眾人的慟哭聲中，伊卜拉西姆接著把復原的犀龍杯安放在學生唐麗的胸前；姐姐從手袋中取出書有「血淚交融」的白手帕蓋在胞妹的臉龐上。告別結束，眾人簇擁著這位穆斯林老人，循骨灰磚鋪砌的臺階向上……

尤素夫回首望著麗小姐和大兒子邁哈德，搥胸頓足，默默而念：「禱告主，這相煎都是我的罪孽。」

「不，爸爸。」李華寬慰著老人，「相煎是社會的罪孽。」

眾人步出地下室，門關閉合攏。伊卜拉西姆從褲腰縫裏取出那枚蘇區的銅幣——這不是一份普通的「乜貼」。眾目齊投向錢幣上的五角星和它中間的鐮刀斧頭，邁出矯健的步伐，在晨曦啟明星的指引下，迎著曙光向前……

函之跋（一）

——院長推薦，廠長「化緣」……

中国电影刊授学院

马孝平同志：

您好！林杰同志（原中国农业电影制片厂厂长、现离休）近日已将您的剧本《罪孽》（上下册）送回刊院。当时，王[illegible]副院长向林推荐此稿，因那次正好是林即去宁夏考察，他说找当地文化部门看看，意图能得财政上的支持以便推上去投拍。后此事未成，而林杰又长期外出，所以将您的剧作意见通知晚了，请谅。

现将林杰同志和教师阅评意见寄您。

致礼！

[illegible]

1988.7.7.

注：電影劇本《罪孽》上下集，係小說《相煎》之藍本，為作者電影文學專業畢業「論文」。

附：中國農業電影製片廠廠長林冬之墨寶

利院：

便函悉。

托王中枢同志将无錫槐古中学馬孝平剧作（上下集）带上，望查收。

由於我的繁忙，拖得太久了，实在抱歉！

顺致

敬礼

林冬

八八年二月廿一日。

函之跋（二）

——大師遴選稿，編審同心搞……

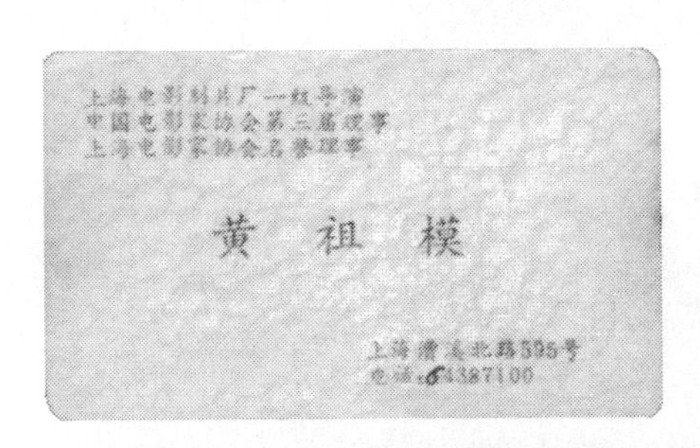

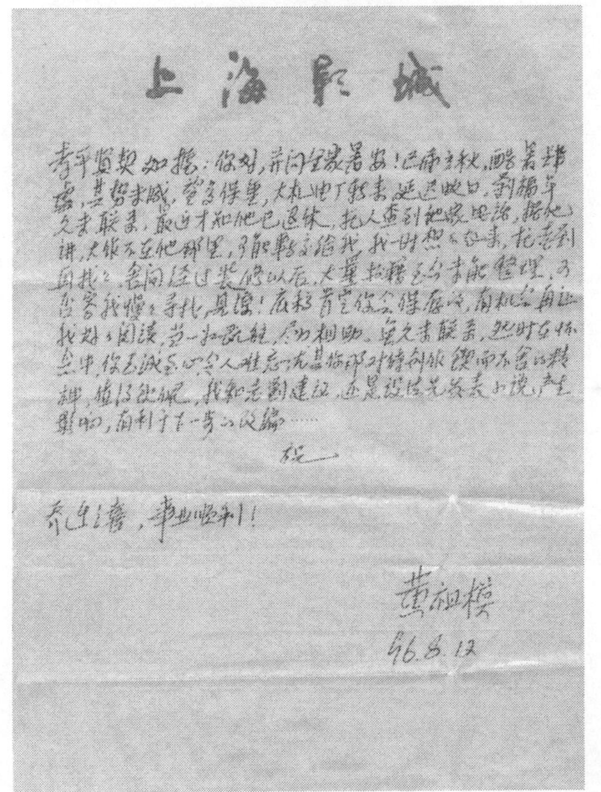

上海影城

祝——

[illegible]，事业顺利！

黄祖模
96.8.12

注：①著名藝術家黃祖模大師手稿，代表作電影《廬山戀》。

②《相煎》劇本由黃導親臨指導，並在上海電影製片廠文學部修改。

附（1）：黃導與劉編關注《罪孽》和《相煎》

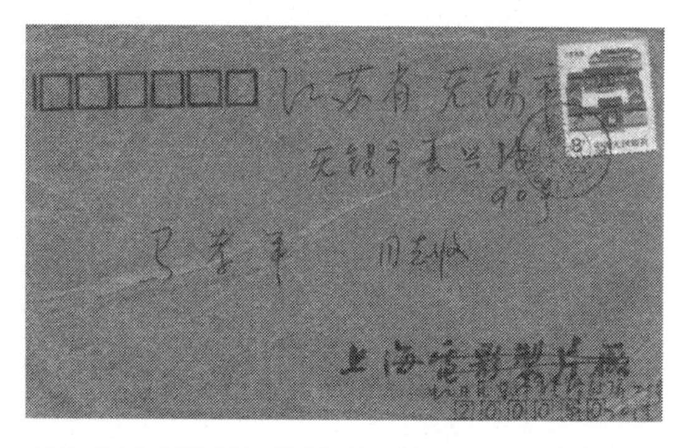

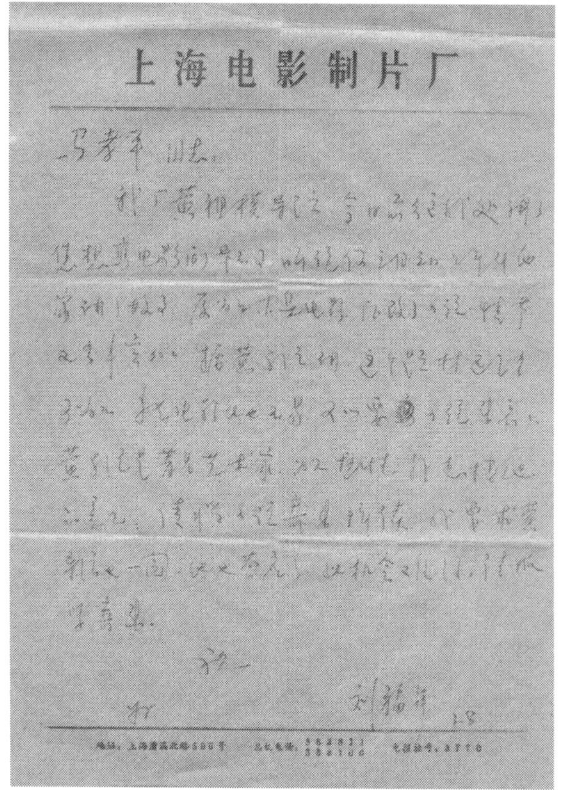

上海电影制片厂

马孝平 同志：

刘福年

注：劉福年上海電影製片廠文學部責任編輯，曾編輯《李雙雙》、《喜盈門》、《牛百歲》等電影和電視劇，在上影廠有一定聲望之人。

附（2）：《相煎》的腳本《罪孽》之命運

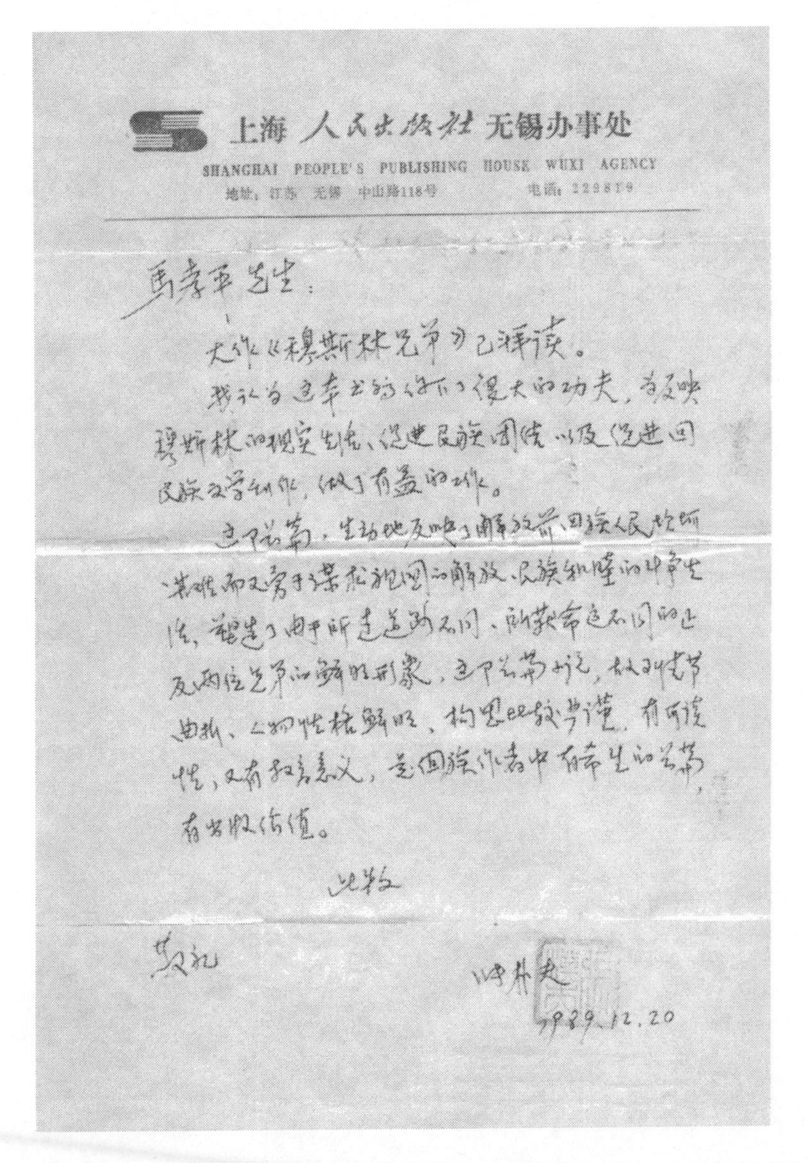

上海人民出版社 无锡办事处
SHANGHAI PEOPLE'S PUBLISHING HOUSE WUXI AGENCY
地址：江苏 无锡 中山路118号　　电话：229819

马孝军先生：

大作《穆斯林兄弟》已拜读。

我认为这本书的作者下了很大的功夫，着力反映穆斯林的现实生活、促进民族团结以及促进回民族文学创作，做了有益的工作。

这个长篇，生动地反映了解放前回族人民饱受苦难和兄弟俩为谋求祖国的解放、民族的兴隆的斗争生活，塑造了由于所走道路不同、所获命运不同的两位兄弟的鲜明形象。这个长篇的故事情节曲折、人物性格鲜明、构思比较严谨，有可读性，又有教育意义，是回族作者中有希望的长篇，有出版价值。

此致

敬礼

张樸夫
1989.12.20

注：張樸夫系上海人民出版社無錫辦事處主任編輯，電影《天山雪狐》之編劇。

閱畢寄語

書籍是全世界的營養品

——莎士比亞

文化生活叢書·藝文采風 1306017

相煎

作　　者　華平、孝平
責任編輯　邱詩倫
特約校稿　林秋芬

發 行 人　陳滿銘
總 經 理　梁錦興
總 編 輯　陳滿銘
副總編輯　張晏瑞
編 輯 所　萬卷樓圖書股份有限公司
排　　版　林曉敏
印　　刷　百通科技股份有限公司
封面設計　菩薩蠻電腦科技有限公司

發　　行　萬卷樓圖書股份有限公司
臺北市羅斯福路二段 41 號 6 樓之 3
電話 (02)23216565
傳真 (02)23218698
電郵 SERVICE@WANJUAN.COM.TW
香港經銷　香港聯合書刊物流有限公司
電話 (852)21502100
傳真 (852)23560735

ISBN 978-986-478-053-2
2018 年 7 月初版二刷
2017 年 12 月初版
定價：新臺幣 600 元

如何購買本書：
1. 劃撥購書，請透過以下郵政劃撥帳號：
帳號：15624015
戶名：萬卷樓圖書股份有限公司
2. 轉帳購書，請透過以下帳戶
合作金庫銀行　古亭分行
戶名：萬卷樓圖書股份有限公司
帳號：0877717092596
3. 網路購書，請透過萬卷樓網站
網址　WWW.WANJUAN.COM.TW
大量購書，請直接聯繫我們，將有專人為您服務。客服：(02)23216565 分機 10

如有缺頁、破損或裝訂錯誤，請寄回更換

國家圖書館出版品預行編目資料

相煎 / 華平著、孝平書.
-- 初版. -- 臺北市：萬卷樓, 2017.12
面；　公分. -- (文化生活叢書)
ISBN 978-986-478-053-2(平裝)

857.7　105021801